サスペンス作家が殺人を邪魔するには

エル・コシマノ

何者かが、オンラインの掲示板に、元夫スティーヴンの殺害依頼を投稿した⁉——作家のフィンレイは、子育てに奮闘しつつ、遅れている原稿の執筆に取り組んでいた。だがスティーヴンの件が気になって仕事が手につかない。オンライン掲示板を眺めていると、あるアカウントの人物が、依頼に食いつこうとしているのを発見する。どうやらプロの殺人請負人らしい。フィンレイはベビーシッターで同居人のヴェロと一緒に、元夫が殺害されるのを阻止しようと奔走するが……。どこに連れていかれるかわからない、極上のジェットコースター・サスペンス！

登場人物

フィンレイ（フィン）・ドノヴァン……ロマンティック・サスペンス作家
ヴェロニカ（ヴェロ）・ルイス……フィンレイの子どもたちのシッター兼同居人
デリア（ディー）・ドノヴァン……フィンレイの娘。五歳
ザック・ドノヴァン……フィンレイの息子。二歳
スティーヴン・ドノヴァン……フィンレイの元夫。造園事業者
ジョージア・マクドネル……フィンレイの姉。フェアファクス郡警察の凶悪犯罪課所属の警察官
ポール・マクドネル……フィンレイの父
スーザン・マクドネル……フィンレイの母
シルヴィア（シル）・バー……フィンレイの著作権エージェント
ジュリアン・ベイカー……フィンレイの恋人。ロー・スクールの学生
ニコラス（ニック）・アンソニー……フェアファクス郡警察の刑事
ジョーイ（ジョー）・バラフォンテ……刑事。ニックの相棒
テレサ・ホール……スティーヴンの元婚約者
エイミー・レイノルズ……テレサの親友

イリーナ・ボロフコフ……………………マフィアの用心棒だった男の妻
ラモン……………………………………………ヴェロのいとこ。自動車修理工場経営者
ハビエル（ハビ）………………………………ラモンの友人
ミセス・ハガティ………………………………フィンレイ宅の向かいの住人
近隣自警団の団長
ブリアナ（ブリー）・フラー………………スティーヴンの元アシスタント
メリッサ・フラー………………………………ブリーの母親
フェリクス・ジロフ……………………………ロシアン・マフィア
エカタリーナ（キャット）・ルイバコフ……フェリクスの弁護士
デレク……………………………………………パソコン修理店の店員
キャム……………………………………………ハッカー
カール・ウェストーヴァー
エドワード・フラー……………………………｝スティーヴンの農園のサイレント・パートナー
バーバラ・ウェストーヴァー…………………カールの妻
パーカー…………………………………………ジュリアンのルームメイト

サスペンス作家が殺人を邪魔するには

エル・コシマノ
辻　早苗訳

創元推理文庫

FINLAY DONOVAN KNOCKS 'EM DEAD

by

Elle Cosimano

This edition is published by TOKYO SOGENSHA Co., Ltd.
Japanese translation published by arrangement with
Lindsey Cosimano c/o Levine Greenberg Rostan Literary Agency
through The English Agency (Japan) Ltd.

サスペンス作家が殺人を邪魔するには

二〇〇二年のダメママたちへ

1

　クリストファーが死んだ。飛び出た虚《うつ》ろな目をして水面に浮かんでいるところを、夜明け直後に発見された。これまでは、だれかを殺した経験があると嘘偽りなく言うことはできなかったけど、今回の件は百パーセントわたしの責任であるのは否定できない。

「あなたのせいじゃないって」慰《なぐさ》めるように、ヴェロが黒いロング・セーターの袖の上からわたしの腕をぎゅっと握ってきた。ほかにこの場にふさわしい服を持っていなかった。目覚めたとき、葬儀に参列することになるとは思ってもいなかったのだ。それなのに、子どもたちの若くてぶっ飛んだシッターは、どういうわけか体にフィットするズボン、デザイナーズ・ブラウス、イケてる《キラー》まとめ髪でばっちり決めていた。彼女が薄笑いを向けてくる。「そうするつもりがあったわけでもないんだし」

　娘は小さな手をわたしに握られ、体をわたしに押しつけ、泣き腫《は》らしたまっ赤な目をしている。

「仕方ないわよ」ヴェロが声を落とす。「説明書きはすっごく小さな字で書かれていたんだから。あなたの年齢だと――」

「わたしは三十一歳です」

「まさにそこよ。あなたにあんな小さな字がちゃんと読めるなんて、だれも思ってないって。餌をやりすぎただけでしょ」

「お腹を空かせてるように見えたのよ」自分の耳にも弱々しい弁解に聞こえた。でも、娘の部屋に足を踏み入れるたび、クリストファーがまん丸の目で懇願《こんがん》するように金魚鉢から見つめてきたのだ。

「わかってるって」ヴェロがつやめく唇《くちびる》をすぼめてわたしの肩を軽く叩いた。「あなたは最善を尽くしたのよ、フィン」

娘の金魚は膨張した腹部を非難がましくわたしに向け、濁《にご》った水に浮いていた。クリストファーは、デリアが父親のスティーヴンからプレゼントされたのだった。彼はきっと、ただわたしに意地悪をするつもりで金魚を買ったのだろうけど。キャパシティを超えたところにもうひとつ責任を押しつけて、しくじったわたしにいやみを言って親権を渡せと迫るために。わが家の不動産エージェントのテレサと浮気をして家を出て、彼女と婚約して以来、彼はわたしが親として不適格だと証明するのに躍起《やっき》になっていた。スティーヴンにとってそれは負けられない勝負となり、テレサと別れたのちはますますひどくなった。わたしはいまいましい金魚を生かし続け、彼などいなくても執筆業で得られるささやかな収入で子どもたち――とペット――くらい食べさせられる、と元夫に証明しようと執念を燃やした。わたしひとりでもデリアと息子のザックとクリストファーを養えると。少なくとも、ヴェロの手伝いがあれば。

でも、わたしが世話をはじめて一カ月もしないうちに、クリストファーは死んでしまった。

ザックはまだ幼くて父親に告げ口できないだろうけど、デリアはたとえ自分の命を守るためだったとしても秘密を守れない。クリストファーの死をスティーヴンから隠し通すのは不可能だ。彼はそれをケチくさい離婚専門弁護士のガイに嬉々として話し、法廷でもその話を持ち出すだろう。〝裁判長、証拠物件Aの金魚をごらんください。この金魚は私の元妻が世話をはじめてほんの三週間で腹を上にして浮かぶはめになりました。元妻には明らかに子どもたちの世話をする能力がありません〟

先月、わたしがらみで亡くなった人間のことを（あるいは、ヴェロと一緒にその死体をどこに処分したかを）スティーヴンが知ったら、きっと心臓発作を起こすだろう。ヴェロはその可能性についてうれしそうに考えたものの、ほんとうにそれで彼が死んでしまう確率はほんのわずかしかないとわかるまでだった。一カ月前、混み合ったレストランで著作権エージェントと小説のプロットについて話していたところ、それを耳にしたパトリシア・ミックラーという女性が、五万ドルで夫を殺してほしいとわたしに依頼してきたのだった。彼女の夫のハリスはひどい男で、たまたまロシアン・マフィアの資金洗浄もしていた。薬の入ったシャンパンを飲んだハリスがわたしのミニバンに乗ったのは偶発的な事情によるもので、彼を実際に殺したのは別人だったのだけど、パトリシアはわたしがやったのだと思いこんだ。そして、わたしの名前を友人のイリーナに伝えた。イリーナの夫はおそろしいロシアン・マフィアの用心棒で、彼の死も偶然のできごとだった。それなのに、パトリシアとイリーナはわたしへの感謝として大金を支払った。それと、ちょっとした情報をくれた。わたしの元夫を殺したら金銭を支払う旨《むね》の求人を、だれかがネットに出していると。

ヴェロがビニール製の緑色の網をわたしに向かって突き出した。「簡単なスピーチをしてくれる？」

紙オムツのギャザー部分を黒いシャツの下から覗かせたザックが、丸々とした脚で金魚鉢に近づいた。べたつく手でドレッサーの端をつかんで、つま先立ちになる。顎《あご》に涎《よだれ》を垂らしながら、一本の指で金魚鉢に触れた。デリアがしゃくり上げ、上唇を鼻水でてからせ、期待に満ちた目で見上げてきた。わたしはヴェロから網を受け取った。「なにを言えばいいのよ？」小声で訊いた。

ヴェロがわたしを金魚鉢のほうへと押しやる。「クリストファーについてなにかすてきなことを言えばいいのよ」

わたしは網を胸に抱え、悲しみに暮れる五歳児を落ち着かせることばを探した。娘は目を覚ましてから自分のペットが金魚鉢のなかでシリアルのチェリオスみたいに浮かんでいるのを発見してからというもの、ずっとヒステリックになっていた。わたしは作家だっていうのに、ったく。ことばを紡《つむ》いで生計を立てているんでしょうが。簡単なはず。それなのに、クリストファーに目をやるたび、頭に浮かぶのは元夫の顔だけになってしまった。元夫のスティーヴンを殺したいからではない。ううん、殺したいかも。ときどきは。ほとんど毎日。彼が口を開いたときはかならず。でも、彼がうちを出てわが家の不動産エージェントのもとへ行ってから、どれほど自分たちの関係が悪くなっていたとしても、スティーヴンは子どもたちを愛しているし、子どもたちも父親を愛している。わたしはデリアやザックを傷つけるようなことはぜったいにしない。

だれかがスティーヴンを殺したがっている。でも、それはわたしじゃない。

「クリストファーについてなにを話せばいいでしょう」なにかひらめかないかとヴェロに目をやる。彼女は唇をひくつかせ、続けて、と身ぶりで示した。「彼はいい金魚でした。わたしたちみんなにとって忠実で誠実な友で……」

わたしのヨガパンツがぐいっと引っ張られた。「あの子の笑顔について話してあげて」デリアが黒いレオタードの袖で洟《はな》を拭《ぬぐ》った。「あと、すっごく格好いいあぶくを出せたことも」わたしにぶつかるように身を寄せ、セーターに顔を埋《うず》めた。ザックが心配そうに小さな額《ひたい》にしわを寄せる。息子はまだ小さすぎてなにが起きているのかちゃんと理解できていないのをありがたく思いながら、デリアの思いをことばにし、網を金魚鉢に入れてクリストファーをすくい取った。

廊下の向かい側にあるバスルームへみんなで粛々と進むあいだも、デリアはわたしのヨガパンツをつかんだままだった。ザックは、わたしの後ろにいるヴェロに腰のところで抱かれ、葬列のしんがりを務めていた。みんなで蓋《ふた》を開けたトイレを囲み、クリストファーが小さなポチャンという音とともに便器に落ちるとき、最後の祈りを捧げた。

わたしがレバーに手を伸ばすと、デリアが腕をつかんできた。「やだ、マミー！」

「やらなくちゃだめなのよ。このままずっと便器のなかにはいてもらえないの」

「なんで?」デリアがべそをかく。

「それは……」懇願のまなざしをヴェロに向ける。この章は、うちにある『すべてがわかる妊娠と出産の本』にはぜったいに載っていない。お金を返してほしかった。

「それはね」ヴェロが助太刀してくれた。「じきににおいが――」わたしは彼女の足を踏んだ。

「もうこの子と会えなくなっちゃうよ」デリアがむせび泣いた。

デリアの洟が風船のように膨《ふく》らんだので、わたしの袖で拭いてやった。「彼の思い出は永遠よ」それに、デリアに請われて #goldfishofinstagram に投稿させられた何十枚という写真も。

「ペット・ショップに行って新しい金魚を買ってきてもいいんじゃないかな」わたしが止める間もなく、ヴェロがそう言った。デリアが号泣する。床に下ろされていたザックの下唇も震えはじめた。

「新しい金魚なんていらない!」娘は金切り声になった。「クリストファーみたいな金魚はほかにいないもん!」

「そうよね」子どもたちが揃って泣きわめきはじめたので、わたしも負けじと声を張りあげた。「どんな金魚もクリストファーにはなれないわ。彼の思い出のために、黙禱《もくとう》しましょう」

デリアが唇をぎゅっと結んだ。バスルームが静かになり、聞こえるのは子どもたちの洟をすする音だけになった。わたしは頭《こうべ》を垂れ、ヴェロの脇腹をつついて彼女にも同じようにさせた。丸々一分待ってから、トイレのレバーに手を伸ばした。今度はデリアも止めようとせず、クリストファーはオレンジ色の渦となって流されて消えた。

デリアの涙に濡れたスパイク・ヘアをヴェロがやさしく乱した。「おいで、ディー。クッキーを焼いてあげる」

「あんまりたくさん食べさせないでね」わたしは注意した。母が軍隊だって賄《まかな》えるくらいたっぷりの七面鳥料理を作ることになっているのだ。夕食前に子どもたちをお腹いっぱいにでもしようものなら、殺されてしまう。

ザックはヴェロに抱き上げられて歓声をあげ、階下へと連れていかれた。デリアは最後にもう一度トイレを見たあと、弟とヴェロを追いかけてキッチンへ向かった。

わたしは照明のスイッチに手を伸ばし、そこでためらった。トイレをふり返り、もう一度流す。世界一ラッキーな人間というわけじゃないから、死者に取り憑かれたりしないと決めつけないほうがいいと思ったのだ。

2

一時間後、ヴェロとふたりで子どもたちをチャイルド・シートと補助シートにそれぞれ座らせた。ヴェロはデリアとザックの頬から証拠のクッキーかすを拭い取り、わたしは小さなキャリーケースふたつをミニバンの後ろに入れ、ハッチバックのドアを閉めた。

「なんで荷物を持っていくの?」ヴェロが訊いてきた。

「今朝スティーヴンからメールが来たの。引っ越したから、新しい家で子どもたちと週末を過ごしたいんですって」彼はフォーキア郡で借りたリフォームずみ農家の写真を添付してきて、おもちゃは荷ほどきしたし、子どもたちの部屋も用意できていて、食料もたっぷりストックしてあると抜かりなく伝えてきた。彼は弁護士のガイにもccで同じメールを送っており、ガイはふたり宛の返信で〝子どもたちにとってすばらしい家〟を見つけたスティーヴンを褒めたたえていた。明らかに、わたしに向けた〝これには文句のつけようがないだろう〟という弁護士ならではの言いまわしだった。

スティーヴンの元婚約者が逮捕されたあと、彼の農園に子どもたちを近づけずにおくのは簡単だった。農園に六人の死体が埋められているのが発覚し、続く捜査でテレサ・ホールの関与が判明して、スティーヴンは彼女との婚約を破棄した。時間をおかずに彼女のタウンハウスを出て、それ以来販売オフィスにしている農園のトレーラーで寝起きしていたのだ。スティーヴンと弁護士は、彼が立ちなおるまで子どもたちの泊まりがけの訪問は延期にするのがいいだろうと合意した。でも、彼らはヴェロとわたしが知っていることを知らない。スティーヴン・ドノヴァンを始末してくれたら十万ドルを支払う、という求人をだれかがオンライン・フォーラムに出していることを。ヴェロとわたしの知るかぎり、そのフォーラムは母親たちのサポート・グループという体裁をかろうじて保っている、実質的な汚物溜め——何百人もの不平不満のある中年女性たちが匿名《とくめい》で集まり、気に入らないこと、つまり夫や上司やボーイフレンドの悪口を吐き出す場所——だ。財産を持っている者にとっては、そういった人たちを処分する場所でもあるようだ。

ヴェロがぎょっとした顔になり、バンのドアを閉めた。「本気で子どもたちを彼のところで過ごさせるつもりじゃないでしょうね」

「当たり前でしょ。両親に電話して、お泊まりさせてほしいと頼んだわよ。それからスティーヴンにメールして、子どもたちには予定があるって伝えた」

ふたりでバンに乗りこむとき、意地悪そうな笑みでヴェロの唇が持ち上がった。彼女は意味ありげに声を落とし、片方の眉をくいくい動かした。「丸三日子どもたちなしですって？　週末にジュリアンを呼んでおままごとがしたかったら、わたしはいとこのところに泊めてもらってもいいけど」

ジュリアンがうちのキッチンに、あるいはわたしの寝室にいるところを想像して、顔が赤くなった。きまりが悪くてちらっとバックミラーを見たところ、ザックの頭はすでにチャイルド・シートにくっついていたし、デリアの赤く泣き腫らした目は閉じかけていた。「おままごとなんてしている暇はないわ」最近デートをしている若くてセクシーなロー・スクールの学生とふたりきりで週末を過ごす案にはそそられたけど、それよりもっと重要な用事があった。

「あの求人を出した人間を突き止めないと。スティーヴンを殺そうとしている人なんていないと確信できないかぎり、心配で週末に子どもたちを彼と過ごさせるなんてできない」しかもそれだけじゃなく、月曜の午前九時までに著作権エージェントにプレゼン用のサンプル原稿を送らなければならない。

イグニッションに挿したキーをまわし、ぶつぶつと文句を言うエンジンにたじろいだけど、不承不承ながらもかかってくれた。

ヴェロがうんざりといった声を出した。「月曜になったら車を買いにいくわよ」

「このバンに問題はない。あなたのいとこが修理してくれたばかりだもの」

「ちがう。ラモンはバンにバンドエイドを貼っただけ。現実を見て。このバンはくず鉄よ」

わたしはギアを入れ、年代もののダッジ・キャラヴァンが私道をガタガタと走り出すと、なにも——少なくとも重要な部品は——ゆるんだり落ちたりしませんようにと祈った。「いまは新しい車を買う余裕がない。スティーヴンと彼の弁護士がわたしの支出のすべてに目を光らせているし」

「フォーラムに求人が出ていた仕事を受ければいいのよ。十万ドルあればかなりいい車が買えるでしょ」

「お金目当てで元夫を殺したりしません」小声で言い、眠っている子どもたちをちらりとふり返る。

「だったら、彼の弁護士を殺したらいくらもらえると思う？」そう言ったヴェロをわたしはにらみつけた。「落ち着いて。冗談だって。でも、そのトランスミッションはそろそろヤバそう。シルヴィアはあなたが執筆を進めているものと思ってるんだから、その本をちゃっちゃと書いたほうがいいわよ」

「わかってる。ちゃんと書く」著作権エージェントのシルヴィア・バーは、わたしが一カ月前に書きはじめたはずの小説の一部を寄こせとうるさいし、編集者は原稿が年内に納品されるのをあてにしている。「今週末にがんばるから。どっちみち図書館に行く予定だったし」ヴェロとわたしは行けるかぎりの図書館を交代で十箇所以上まわり、そこのコンピューターを使ってフォーラムに出された例の求人にだれも応じていないのを確認し、検索履歴を忘れずに削除した。応募がないまま一カ月が経過していたけど、だれかが子どもたちの父親を殺したがっているという事実は変わらない。それなのに、スティーヴンが家をかまえたいま、子どもたちを彼に近づけずにいるもっともな理由がなくなってしまったわけだ。必要とあらば、週末をずっと図書館で過ごすつもりだ。求人を出した人物——おそらくスティーヴンが拒絶したか怒らせたかした無数の女性のひとり——を突き止めるまで、例の女性用フォーラムを徹底的に探ってみせる。それから警察に匿名の通報をして、その女性のしようとしていることを伝え、それで片がつくことを死に物狂いで願う。

「手伝ってあげる」大通りに出たとき、ヴェロが言った。「ふたり揃ってばかみたいに週末をむだにすることなんてないわよ。ホットなデートの予定はないの？」

「勘弁して。あなたがふたり分こなしてくれてるでしょ」

わたしの視線は大通りからそれてヴェロに向いた。ちゃんとした服を着て出かけろとわたしに口うるさく言っていたのはヴェロだ。でも、その彼女は最近どんどん家に引きこもるようになっていた。地元のコミュニティ・カレッジで授業があるときをのぞき、わたしや子どもたちと一緒にパジャマ姿で映画を観る夜に満足していた。「たまに外出すれば、おもしろいことが起こるかもよ」

ヴェロが呆れ顔になる。

「あの人はどうなの、マクロ経済学のトッドだっけ？」

「ミクロ経済学ね」〝ミクロ〟を強調してヴェロが返す。「ボーイフレンドと裸で戯《たわむ》れるためにわたしを追い払おうとしてるの？　トッドとデートするくらいなら、いとことフットボールの試合を観て週末を過ごしたほうがまし」

ヴェロをちらちら見たせいでバンがちょっとだけふらつき、隣りの車線を走っていた男性に盛大にクラクションを鳴らされた。「おばさんが病気だから、今年は感謝祭に家族で集まらないって言ってなかった？」

「おばが病気なのはほんと。母が看病してる」ヴェロといとこが親しいのは知っている――うちに移ってくる前は、彼女はいとこの家のソファで寝ていたのだ――けど、ほかの家族のこととなると柄にもなく口が重くなるのだった。一緒に暮らすようになったこの一カ月で、彼女の家族からわが家に電話がかかってきたことは一度もなく、母親とおばさんは橋を渡ったすぐそこのメリーランド州に住んでいるにもかかわらず、わたしの知るかぎりヴェロは一度も家族のところに行っていない。

「ラモンに外出の予定がないなら、夕食を彼と一緒にすればよくない？」

返ってきた笑いは乾いたものだった。「ラモンの考える家庭料理は、インスタントのマカロニ・チーズなのよ。それに、祝日はあなたと過ごしたい」ヴェロは窓に顔を向けた。彼女が話してくれていないなにかがありそうだという感覚をふり払えなかったけど、両親の家に近づいていたので問い詰めるのはやめておいた。心の準備ができたら話してくれるだろう。家族っていうのは、ときどきへんてこりんになる。わたしはよくわかっていた。

両親は姉のジョージアとわたしが育った、かつては静かだったバークという郊外にある煉瓦壁の二階建てコロニアル様式の家にいまも住んでいる。私道にバンを入れると、母が玄関ドアを勢いよく開けた。〝おばあちゃんはなんでもなおせる〟と書かれたエプロンには油や小麦粉が飛び散っている。子どもたちを起こしてなかに入ると、詰め物をしたロースト・ターキーのおいしそうなにおいが漂ってきた。一年に五日は、実家のすぐそばで暮らしていることをありがたく思った。残りの三百六十日はって？　あんまりありがたくはないかも。

母はデリアをハグしたとき、その髪型に眉《まゆ》をひそめた。短いブロンドのスパイク・ヘアは、ダクト・テープとはさみのからんだ事件当時から少なくとも一インチは伸びていたし、出がけにヴェロが横分けにしてピンクのバレッタで留めてくれていた。「またこんなに大きくなっちゃって！　何カ月も会ってなかったみたい！」

「先週子どもたちに会ったじゃないの、ママ」マザーバッグを腕にかけ、反対の手にパンプキン・パイを持って、ザックを母の腕にぽんと預けた。母はザックの頬についていたチョコレートを拭い、そこにキスをしながらわたしに渋面《じゅうめん》を向けた。そして、鼻にしわを寄せてマザーバッグに手を伸ばした。

「ごめん。家を出る前にオムツを替えたんだけど、渋滞にはまっちゃって」

ジョージアが玄関ホールに姿を現わし、手にしていたビールを開けた。母が神にすがるように天を仰ぐ。「なによ?」ジョージアは素知らぬ顔だ。「もう五時でしょ」

「ヴァティカンではそうかもね」母はぶつくさと言ったあと、キャリーケースふたつを運びこむヴェロを見て顔をぱっと明るくした。「ヴェロ、スウィートハート、会えてうれしいわ。来てくれてありがとう」ふたりがぎこちなくハグすると、あいだにはさまれたザックがくすくすと笑った。

「来ないなんてありえませんって」

「鞄《かばん》はその辺に置いて」玄関のドアを閉めながら、母が階段の下あたりを示した。

「ヘイ、ヴェロ。感謝祭おめで――ぐふっ！」ジョージアの息がうめき声とともに噴出した。

デリアが突進して、骨も砕かんばかりに姉の脚に抱きついたせいだ。

「ジョージアおばちゃん、来週幼稚園に来てくれる？　お仕事の日《ワーク・デイ》があるの」

「ワーク・デイ？」

「社会人先生の日《キャリア・デイ》よ」わたしは娘のことばを正し、パイを玄関ホールのテーブルに置いてコートを脱いだ。

デリアがつま先でぴょんぴょん跳ねる。「友だちにおばちゃんがおまわりさんだって言ったら、ピストルが見たいって」

ジョージアがデリアの髪をくしゃっとやると、バレッタがずれた。「あなたのマミーと話しとくね。じーじのところに行ってて。じーじってばクッキーを独り占めしてるんじゃないかな」デリアは、フットボールの試合が大音量でついている居間に駆けていった。ジョージアはわたしたちに向かってビールを上げて乾杯の仕草をした。けれど、ボトルに口をつける前に、母からザックを胸に押しつけられた。警察官の反射神経を発揮して、ずるずるとすべり落ちるザックを空いているほうの手でつかまえる。

「オムツ替えは予備の寝室ですればいいわ」母はそう言ってマザーバッグを姉の足もとにどさりと置いた。

ジョージアの目がまん丸になる。

ヴェロは両手を上げてあとずさった。「こっちを見ないで。今日は休みなんだから」居間に逃げこみ、わたしの父の頬にキスをしてカウチの隣りにどすんと座った。

ジョージアはくんくんとにおいを嗅ぎ、その不快そうな顔を見てザックがくすくす笑った。

「ザックを頼むわ、フィン。これはわたしの手に負えない」そう言ってわたしのほうへザックを差し出す。姉なら爆発物を処理するほうが気楽にできるだろう。

わたしはザックを受け取る代わりに姉の手からビールを取り、その腕にマザーバッグのストラップをかけた。「タクティカル・バッグ（軍や法執行官の用いる耐久性にすぐれたバッグ）だと思えばいいわ」元気づけるようにぽんぽんと姉を叩く。

ジョージアがマザーバッグに目をやり、懇願するように小声でわたしの名前を呼んだけど、わたしは姉のビールをごくごくと飲み、砂糖とバターで煮たさつまいもと詰め物の甘い香りをたどってキッチンへ向かった。テーブルの椅子にどさりと腰を下ろし、目を閉じてビールを飲み、つかの間の平穏に感謝する。

テーブルになにか重いものがどすんと置かれた。目を開ける。茎《くき》のからみ合ったインゲンが山盛りのボウルだった。「わたしがターキーに肉汁をかけているあいだ、こっちをお願い」母が言い、鍋つかみをはめた。ため息をついてビールを置くと、母が湯気の立つターキーをオーブンから出した。

「執筆の進み具合はどうなの？」

「いい感じよ」嘘だった。

ベイスター（肉汁を肉にかけるときに使うスポイト状の調理道具）でオーブントレイから肉汁を吸い上げながら、母が横目で見てきた。「お金はもうもらったの？」

「半分だけね。残りは書き終えたときにもらえるわ」もし書き終えられたら。

「その半分は貯金しておきなさい。万一に備えて」

「万一って？」

「弁護士を雇うお金が必要になった場合に備えてよ」母が重さにうめきながらターキーをオーブンに戻す。手伝いを申し出てはいけないとわかっていた。母には人に手を出されたくない領域がある。祝日の食事──料理することと家族に食べさせること──という仕事を死んでも手放さないだろう。インゲンの下準備をさせてくれるただひとつの理由は、それくらいならさすがのわたしでもしくじれないからだ。「スティーヴンの弁護士はいまだにあなたを困らせてるの？」

わたしはインゲンのヘタをポキンと折り取った。「大丈夫よ、ママ。対処できるから」

「スティーヴンは毎週面会に来るのを納得したんだと思ってたけど」

「家が決まったから、毎週金曜日の午後から月曜日の朝までを子どもたちと過ごしたがってるの」

母は嫌悪感もあらわな声を出し、まな板をテーブルに乱暴に落として包丁をドンと置いた。共同親権は、テレサと婚約中にスティーヴンが手に入れようとしていた全面的親権ほど悪いものじゃない。それでも、子どもたちはほんの数ブロック離れたところではなく、別の郡に三晩も行ってしまうのだ。「彼はモンスターよ」母はやけくそみたいにパセリをみじん切りにした。

「スティーヴンはモンスターなんかじゃない。ただ腹を立てているだけ」腹を立てているのは、テレサとうまくいかなかったからだ。芝土《しばつち》農園から六人の死体が掘り起こされたせいで、事業が低迷しているからだ。彼の手助けなしでも、ついにわたしが自分と子どもたちを養えるだけの収入を得るようになったからだ。

「あなたが若い男の人とつき合っているから？」

そう、それもあるかも。

わたしがだれかとつき合っているという事実は、スティーヴンの脇腹に刺さった棘《とげ》なのだ。彼はその棘を取りのぞいてわたしに突き刺したがっていて、こちらの親権を少しずつ奪う新たな計画を考えては毎週のようにガイに電話をしていた。

母が片方の眉をくいっと上げた。「ジョージアから聞いたんだけど、あなたのデート相手はアルバイトをしてるらしいわね。まだ学生だとか」

「大学院生です」

「あなたには若すぎるわね。同年代の人とデートすべきよ。あなたと子どもたちを養える、頼りになる人と」

「わたしと子どもたちは、わ、た、し、が養える」

「夫がいれば、スティーヴンだって子どもたちを奪おうとしないでしょ。そうする根拠がなくなるんだから」

わたしは殺害したインゲンのボウルを押しやった。「ママとパパはどうしてわたしに夫を見つけろってうるさく言うの？　ジョージアに奥さんを見つけろとはぜったいに言わないのに」

「あの子には充分な医療保険も退職金もあるからよ」

わたしは重々しくため息をつき、手で顔をおおった。返すことばもない。

「ジョージアの同僚とかいうあのすてきな男性はどうなの？」母は宙でレードルをまわしながら名前を思い出そうとした。「背が高くて、黒っぽい髪で、仕事のパートナーが癌《がん》になった人よ。何年も前にジョージアと彼が警察学校を卒業したときに一度会ってるの。すごくハンサムな人よね」まるで外聞の悪い話をしているみたいに声を落とす。「おまけにカトリック」

わたしは赤くなった顔を隠すためにビールを口もとへ運んだ。ニックことニコラス・アンソニー刑事は、たしかにとてもハンサムだ。キスがどえらくうまくもある。でも、母に結婚の妄想をする理由をあたえる必要はない。ニックがシャンパンのボトルを持ってうちの玄関ポーチに姿を現わし、わたしを最悪の人間と思いこんだ件を謝ってから一カ月が経つけれど、あのときの口論にわたしはいまだにちくちくやられていた。こっちの動機は悪気のないものだったけど、ある程度はニックの言うとおりだった。わたしはトラブルに巻きこまれたくなくて彼に嘘をつき、そんな自分をまだ赦《ゆる》せるまでに至っていない。

「ジョージアの同僚とデートなんてしてません」きっぱりとした口調で言った。

「あらそ。ジョージアの話だと、あなたがつき合ってるその若者は弁護士を目指してるんですってね。彼ならスティーヴンの問題であなたを助けてくれるかもしれないわね」

「彼が勉強してるのはそういう分野じゃないのよ」ジュリアンは刑法を学んでいるのだ。ふたりの状況が皮肉に満ちていることは、ちゃんとわかっている。

「その人はもう子どもたちに会ったの?」

「会ってない」ジュリアンはわたしの家に行ってもいいかとたずねたことがなく、わたしも誘っていない。会うのはたいてい彼が働いているバーだ。それか、彼のアパートメント。たいてい彼のベッドで、ときどきはソファで、たまにキッチンの床で。わたしは立ち上がって冷蔵庫からもう一本ビールをつかんだけど、まっ赤になった顔を隠すために冷蔵庫のドアをなかなか閉めなかった。ジュリアンとわたしは真剣なつき合いをしていない。ふたりの関係が正確にはなんなのか、よくわからない。わかっているのは、ジュリアンと一緒にいるのが楽しくて、セックスが最高ってことだけ。いまはそれ以外のものが欲しいとは正直思っていない。わたしにはヴェロがいて、子どもたちがいて、まあまあの収入がある。ほんとうに必要なのはそれだけで、あとはときどき頭が吹っ飛ぶほどのオーガズムがあればいい。

「それならなおさら貯金しておかないとだめよ、フィンレイ。独身女性には備えすぎってことがないんだから。貯《たくわ》えておきなさいね」

「お金の心配はないって」冷蔵庫のドアを閉め、ビールの栓を開ける。これ以上マフィアのお金も、死体も、厄介な夫――わたしの夫だろうと、ほかのだれかの夫だろうと――もいらない。

キッチンのスイングドアが勢いよく開いて、特殊部隊《SWAT》の完全装備に身を包み、ザックを小脇に抱えた姉が飛びこんできた。ヘルメットのフェイスプレートが上げられていたので、汗がこめかみから流れるのが見えた。「任務完了」きつく巻いたオムツをごみ箱に捨てる。ザックは身をくねらせてジョージアの腕から出ると、よたよたと居間に向かった。姉はわたしの隣りの椅子にへたりこみ、ヘルメットを脱いだ。

「お姉ちゃんならできるって思ってたわ」

「しばらくは危機的状況だったんだから。あの子のトイレ・トレーニングはいつはじめるの？　あと、デリアの幼稚園の社会人先生《キャリア・デイ》の日ってなに？」

わたしは姉にビールを渡した。「火曜日に仕事について話してくれるおとなを幼稚園に連れていくことになってるの」

「どうしてあんたが行かないの？　有名作家じゃないの」

「有名なんかじゃない」こぎつけたそこそこの出版契約は、各種請求書の支払いができる程度だった。その本はまだ刊行すらされていない。大コケして、二度と本を出せなくなる可能性だってある。「それに、デリアが先生に訊いたら、だめって言われたんだって」

「なんで？」

母にちらっと目をやって、声を落とす。「わたしの本の内容が園児にふさわしくないらしいわ」

「セックス描写ってこと？」

母がレードルでかき混ぜる手を止めた。わたしはテーブルの下で姉を蹴《け》り、金属がついた安全靴のつま先に当たって悪態をついた。「なんだって感謝祭にSWATの装備を持ってきたのよ？」

「持ってきてない。警察学校時代の訓練用装備よ。昔使ってた部屋のクロゼットで見つけたの。

いまでもちゃんと着られた」胸当てをぽんとやって誇らしげに言う。

「マジックテープで調節するやつだからでしょ！」

「あなたの本のセックス描写がどうのって、なんのこと？」母が片手を腰に当てる。もう一方の手に持ったレードルからグレービーソースが滴《したた》った。「どうしてセックス描写があるの？ミステリを書いてるって言ってたじゃないの」

「ありがたいこと」わたしはぶつくさと言い、姉からビールを奪い返した。

ジョージアが目をいたずらっぽくきらめかせる。「フィンの本を読んだことがないの、ママ？ どうしたらあのセックス場面を忘れられるのよ？」姉はわたしにウインクを寄こし、生のインゲンをボウルからひとつ取って口に放りこんだ。

またインゲンを取ろうとした姉の手をはたく。「ちょっと《フォー・クライスツ・セイク》お姉ちゃん。オムツを替えたばっかりでしょ。手を洗ったの？」

母がレードルでわたしを指した。「このうちで神さまの名前をみだりに口にしないでちょうだい、フィンレイ・グレイス・マクドネル」

「ドノヴァンよ」ジョージアとわたしが口を揃えて訂正した。

母は歯を食いしばり、姉に向けてレードルをふったので、グレービーソースが飛び散った。

「それからジョージア・マーガレット、あなたはその汚い手を洗ってきなさい！」

ジョージアが目玉を上に向ける。立ち上がってテーブルを離れながら、わたしの肩をパンチした。

「で、あなたの本のセックス描写がなんですって？」母がたずねた。

「わたしの本はどれくらい読んでる？」

母の顔が赤くなる。「冒頭の章」

「冒頭の章だけ？」

「一冊めのね」

わたしの口があんぐりと開いた。父がわたしの小説を一冊も読んでいないのは知っていた――そして、ありがたく思っていた。ペーパーバックの文字は父には小さすぎるのだ。でも、わたしの私生活に首を突っこむ機会を逃さない母なら、最低でも一冊は読み終える努力をするだろうと思っていた。

「読みはじめたけど」母が弁解する。「ぴんとこなかったの。なによ？」わたしは呆然と見つめていたのだ。「わたしはノーラ・ロバーツが好きなの。ノーラの本を読んだことはある？すごくおもしろいわよ」再度肉汁をかけたターキーを母がうめきながらオーブンに戻す。「ほらね、こういう理由でも夫を持つべきなのよ」

「ターキーくらい自分で持ち上げられます」

母は天井を見上げ、というか神に目をやったのかもしれないけど、布巾をふり広げて手を拭った。「ターキーはあと三十分でできるってお父さんに言ってきて。あと、電動ナイフの出番だって」

頭をふりながら、ビールを持ってスイングドアを通る。居間ではフットボールの試合が大音量で流れていて、カウチに座ったヴェロとうちの父がテレビに向かって叫び、ファーストダウンのことで言い合っていた。

「ヘイ、パパ。ママがキッチンに来てほしいって」父の背後から頬にキスをした。父は、肩に置かれたわたしの手をぽんぽんとやった。

「逃がさないわよ、ご老人」ヴェロがからかい、ぎこちなく立ち上がる父にてのひらを差し出した。

父はポケットを探って二十ドル紙幣を引っ張り出した。「オンラインの賭けにしておけばよかったよ」

「賭けはしちゃだめなの。悪い習慣ですよ。オッズはひどいし」ヴェロはウインクをして父のお金を受け取った。

「私をすっからかんにしたきみがよく言うよ。ウェブサイトを試すべきだな。今週末は大学対抗のフットボール試合が目白押しだからね。その二十ドルを使って、全試合に二、三ドルずつ賭けるといい。私よりは運に恵まれるかもしれないよ」

父がキッチンへ行くと、ヴェロは手のなかの二十ドル紙幣をもの思わしげに見つめた。上の空の表情で紙幣をポケットにしまい、父の温もりが残る場所にわたしがどさりと腰を下ろしてもほとんど気づかなかった。いとこの家のカウチで彼と一緒にフットボールの試合を観たかった、と考えているのだろうか。わたしの実家で感謝祭を過ごすことにしたのは、わたしが頼んだからだったの？　母がどうしてもと言って聞かなかったから？　一緒に死体を埋めたからってだけで、がまんして他人の家族とターキー料理を食べなくてはならないという暗黙の道徳律でもあるのだろうか？

「考えなおしたんなら、いまからでもラモンのところへ行ったっていいのよ」わたしは言ってみた。

ヴェロは驚いた顔でふり向いた。まるで、さまよっていた心がわたしのことばでいきなり引き戻されたみたいに。「でも、あなたのお母さんは――」

「ママならわかってくれるわよ。ターキーとパイを持ち帰らせてくれるかも」家族には発狂させられそうになるけど、祝日を家族と一緒に過ごさないなんて想像もできない。ポケットからバンのキーを出してヴェロの手に落とした。

「あなたはどうするの？」彼女が言った。

「子どもたちが寝たあと、ジョージアに送ってもらうわ。いとこと一緒に週末を過ごしてらっしゃい。わたしはやることがいっぱいあるから大丈夫」

ヴェロの笑いは邪《よこしま》だった。彼女の頭にあったのは、図書館ではないのが明らかだった。

「わたしだったらやらないことをしないようにね」

3

十一時少し前に、姉に送ってもらって帰宅した。バンがガレージに入っていて、ヴェロのチャージャーがなかった。月曜日がシルヴィアにサンプル原稿を送る期日だと念押しする手書きのメモが、カウンターに残されていた。メモを請求書類の下に押しこんで、そのことは考えないようにした。

ドアを開けた冷蔵庫の前にかがみ、母に持たされた残り物の入った山ほどの使い捨てのプラスチック容器をうまく入れようとテトリスをやった。場所を空けるためにビールを二本出したけど、それでもドアはまだ閉まらず、ついに諦めて冷凍庫からアイスクリームを出し、最後まで残っていたクランベリー・ソースの容器をそこに入れた。

成果に満足したわたしは靴を蹴り脱ぎ、引き出しからスプーンを出すと、ビールと〈ベン&ジェリーズ〉のアイスクリームを持って二階へ行った。空っぽの家の息詰まるような静けさには気づかないふりをする。ヴェロの部屋のドアは、夜眠っているときと同じように閉まっていたけれど、彼女の不在がはっきりと感じられた。家を独り占めできてわくわくしているべきなのに、いざ現実になってみるとそれがうれしいかどうかわからなかった。

着古したスウェットパンツと色褪《いろあ》せただぶだぶのTシャツに着替えると、サイド・テーブルのランプを暗めにつけてベッドに横になり、蓋を開けたアイスクリームを胸もとで抱えた。たっぷりのミントチョコレートをスプーンからなめ取り、シルヴィアに送るサンプル原稿に取りかかるべきか、丸ひと晩眠れるチャンスを逃さずにおくべきかで心が揺れていた。次作をどんなものにするかのアイデアすらなかった。執筆をしようとコンピューターの前に座るたび、例の女性向けフォーラムのことを考えてしまい、スティーヴンの名前が書かれた埋もれたスレッドのことを心配した。

アイスクリームにスプーンを突き立て、天井を見つめる。母が正しいのかも。ちゃんとした弁護士を雇えるように、お金を取っておくべきなのかもしれない。全面的な親権を求めて戦うべきかも。でも、なんて言えばいい？　どう正当化する？　〝裁判長、週末に子どもたちを父親と過ごさせるわけにはいかないんです。彼の首には懸賞金が懸かっているので。どうして知っているかというと、厄介な夫たちをうまく排除したせいで、クライアントからその仕事に向いていると思われたからなんです。わたしには元夫を殺す当面の計画はありませんが、わたし以外の人間がその仕事を引き受ける可能性もあるので、子どもたちを彼のもとで過ごさせたくないんです〟

サイド・テーブルに置いた携帯電話が振動した。アイスクリームの容器を置き、携帯電話を引き寄せ、画面にジュリアンの画像が出ると笑顔になった。

〈家にいる？〉彼がたずねる。

〈ええ〉

〈会いたい気分？〉

ブラインドの隙間から躍るヘッドライトが射しこみ、寝室を明るくした。ベッドからごろりと出てぺたぺたと窓辺へ行き、羽根板《スラット》を押し下げると、私道でジュリアンのえび茶色のジープがアイドリングしていた。

〈すぐ行くわ〉と返信する。

テニス・シューズに足を突っこみ、スウェットシャツを頭からかぶりながら階段を下りる。外気は肌を刺すように冷たかったので、スウェットシャツを抱きしめるようにしながら急ぎ足で芝生を横切った。震えながらジープの助手席にさっと乗りこむ。ドアを閉めた直後にジュリアンが変速レバー越しに身を乗り出してきて、わたしの顔を両手で包んだ。

彼の指の腹はやわらかく、顔はひげを剃《そ》ったばかりでなめらかだった。ナツメグとアフターシェーブ・ローションみたいな香りがして、厚いウールのセーターには薪《たきぎ》の煙のにおいがついていた。

「感謝祭おめでとう」彼が言い、唇を重ねたままにんまりした。少しだけ顔を離してわたしにニット帽をかぶせ、顔にかかった髪を耳にかけてくれた。ジュリアンのハニーブロンドの髪は黒っぽいビーニー帽に隠れており、やわらかな巻き毛が覗いていた。

「どうしてここにいるの？」覗いている彼の髪を指に巻きつける。「ご両親と感謝祭を過ごすんだと思っていたけど」

「過ごしたよ」親指でわたしの唇の輪郭をもの憂《う》げにたどる。「実家から帰る途中で寄ったんだ。先週、ぼくのアパートメントに忘れていったニット帽がなくて困ってるんじゃないかと思ったから」

「そうだったの」ひざ立ちになって、ジュリアンの首に抱きついた。「すっごく困ってたわ」

ジュリアンは目をきらめかせ、シートの下に手をやった。わたしたちを道連れにして、運転席が後ろにスライドした。「ほかに困ってたことはない？」

「いくつかあるわよ」変速レバーを乗り越える。ミセス・ハガティが窓から覗いていて、心臓発作を起こしたとしてもかまわなかった。

「どうしてもあなたに会いたかった」キスの合間にジュリアンが言う。その手がスウェットシャツという繭《まゆ》のなかにすべりこんで素肌の背中に冷たいパターンを描き、ブラのバックベルトがあるべき中央でふと止まった。ジュリアンがにやつき、わたしの唇に向かって低くうめきながら両手を太腿《ふともも》に移してひざにきつく引き寄せた。

服が多すぎた。ジュリアンが革のボマージャケットと分厚いケーブル編みセーターを着ているせいで、彼をほとんど感じられなかった。でも、ジーンズの布地越しにはあるものをはっきりと感じた。

「バンはガレージのなか？」ウインドウが曇りはじめ、彼がたずねた。

わたしは笑いにむせた。最後にバンの後ろに乗った男性がどうなったかを思い出したのだ。バンはたしかにガレージのなかだ。でも、子どもたちのチャイルド・シートと補助シート、フルーツ味のお菓子、赤ちゃん用のウェットティッシュがバンのなかにある。実際にどうしようかと考えている自分が信じられなかった。

「子どもたちは週末はわたしの実家に行ってるの。入る?」急《せ》いた必死の口調がふたりのあいだで熱く粘ついたけど、取り消すには手遅れだった。

ジュリアンが歯でわたしの下唇をとらえた。「ヴェロは?」

「いとこのところ」わたしはあえいだ。

舌と舌がぶつかり、これ以上ホットになったら裸になって前庭の芝の上でことにおよんでしまいそうだった。ドアに伸ばした手をつかまれる。「待って。だめなんだ」荒い息の合間に彼が言った。「長くはいられない。アパートメントに戻って荷造りをしないと。みんなが朝六時に出発したがってるから」

困惑して体を起こすと、ニット帽が斜めにずれた。「どこに行くの?」

ジュリアンの唇はキスでふっくらし、目はいまも飢えていた。「来週、教授が会議でいないんだ。で、試験勉強ができるようにと何日か余分に休講にしてくれた。それで、仲間と一緒にパナマシティーへキャンプに行くことになってね」

「フロリダ州に行くの?」

「衝動的に決まった旅なんだ」乱れた髪をなでつけ、ニット帽をまっすぐにしてくれる。「バーのボスにシフトを変更してもらった。今週キャンプ場を予約したところなんだ」

スティーヴンが大学の休みに友愛会の友人たちとデイトナやマイアミへ行っていたのを思い出した。わたしは一度も誘われなかったし、戻ってきた彼にあれこれしつこく訊かなかった。

だからといって、なにも知らないわけじゃないけど。「男友だちだけ？」

「ほかにも大学の友人が何人か」わたしは彼から少し離れた。ジュリアンに顎をそっとつままれる。「ただ太陽を浴びてくつろぐだけだ。それだけだよ。一週間で戻ってくる」

ちっぽけなビキニを着た女子大生と、もっと小さなテントを思い描き、嫉妬心でいっぱいになった。嫉妬する権利なんてないのに。ジュリアンとわたしは真剣なつき合いじゃない。彼はわたしの家に上がったこともない。子どもたちにもヴェロにも元夫にだって会ったことがない。

「そう」頬を張られるような衝撃を感じた。

デートするようになったこの一カ月、わたしだってジュリアンの友だちにひとりも会っていなかった。

「どうしたの？」彼がたずねる。

「なんでもない」笑顔を貼りつける。彼になにを期待しているのだろう？　わたしには、子どもたちと仕事と家という責任がある。彼が誘ってくれるなんて本気で期待していたの？　「ほんとうよ。行ってくるといいわ。楽しんできてね」

「いいの？　もしなにか引っかかってるなら、ぼくたち――」

わたしはジュリアンの顔を手ではさんでキスをした。彼に最後まで言わせたくなかったから。〝ぼくたち、つき合うのをやめるべきかも〟〝ぼくたち、慎重になるべきかも〟〝ぼくたち、ちゃんと話し合うべきかも〟どれもしたくなかった。ジュリアンのジープのなかでセックスをしたかった。ミニバンの食べかすだらけのフロアでもいいかも。ビーチにいるジュリアンだとか、だれかと一緒に寝袋に入っているジュリアンのことなんて考えたくなかった。

彼がわたしのニット帽をむしり取って助手席に放った。手を髪とシャツのなかへ潜らせて、欲求不満のうめき声とともにひざの上にわたしを引き戻す。

タイヤのきしる音がした。わたしたちが荒い息をしながら慌てて離れると同時に、うちの私道にピックアップ・トラックが入ってきて急停止した。まっ赤なテールランプがにらんでいる。ジュリアンの腕からするりと抜け出して、助手席に戻った。ジュリアンがわたしの視線を追ってリアウインドウから外を見る。息切れしている彼の目には、いまも情熱がくすぶっていた。

「別れたご主人？」

わたしはうなずき、スティーヴンがアクセルを踏んで立ち去るのを待った。立ち去るどころか、彼はギアをパーキングに入れた。「嘘っ」低くつぶやいた。

ジュリアンがヘッドレストに頭をもたせかけ、かすれた声で言った。「行ったほうがよさそうだね」

「行かないで。お願い。ちょっと……ここにいて」指を一本立て、ジープのドアを勢いよく開けた。

思っていた以上に強くドアが閉まった。スウェットシャツを引っ張って、くしゃくしゃになった髪をかき上げ、私道の端にいるスティーヴンのところまで大股で向かった。

「なにしに来たの？　子どもたちはうちの両親のところだって言ったでしょう」

「あのジープはだれのだ？」スティーヴンはリアウインドウに貼られたジョージ《G》・メイソン《M》大

学《U》のステッカーに眉をひそめ、なかを覗こうと首を伸ばしている。

「友だちよ」彼がジープに向かおうとしたので、その胸に手を置いて止めた。「ねえ、いまちょっと忙しいの。明日電話をくれるんじゃだめ?」

スティーヴンは驚いて動きを止め、頬を赤くした。「なんできみの首はまっ赤なんだ? それに、その髪はどうしたんだ?」

「どうもしません。お願いだから――」

わたしの背後で車のドアが閉まる音がし、スティーヴンが体をこわばらせた。わたしは目をぎゅっと閉じた。

「こいつはだれだ?」わたしの隣りにジュリアンが来ると、スティーヴンが言った。

ジュリアンがわたしを脇に引っ張った。「あなたたちは話し合う必要がありそうだし、ぼくはそろそろアパートメントに帰らないと。明日は早く出発するから。ぼくが帰っても、あなたは大丈夫?」

「彼女は大丈夫だ」スティーヴンのうなり声がした。

わたしはうなずいた。

ジュリアンが身をかがめ、ゆったりと名残惜しそうなキスをしてきたので、わたしはちょっぴり息が上がった。

「いいかげんにしないか、若造」スティーヴンが噛みつく。「門限があるんじゃないのか?」

「戻ったら、携帯にメールを送るね」ジュリアンがささやいた。わたしが欲求不満という水たまりのなかにとろけ、元夫殺しを十万ドルで請け負おうかと真剣に考えているあいだに、ジュリアンはジープに乗りこんで走り去った。

わたしは両手を腰に当てて――スティーヴンの首を絞めるよりまし――食ってかかった。

「いまのはどういうつもり?」

「こっちこそ訊きたいね。あれが彼なのか?」スティーヴンが消えゆくジープのテールランプを指さした。「あれが、ヴェロがしょっちゅう言っていた謎の弁護士なのか? ったく、フィン! あいつは何歳なんだよ?」

「ブリーは何歳なの?」負けじと言い返す。スティーヴンのオフィスで働くブロンドの元気なアシスタントは、法律で飲酒が認められている年齢にすら達しているとは思えなかった。

「きみには関係ないだろう!」わたしは片眉をくいっと上げたけれど、スティーヴンはダブル・スタンダードに明らかに気づいていなかった。彼は嫌悪で唇をとがらせていた。「だからデリアとザックをこの週末に実家に行かせたのか? パジャマ姿で家の前に出て、あの若造の車のウインドウを曇らせるようなことをするために?」険しいまなざしをわたしのスウェットシャツの前面に向ける。「勘弁してくれよ、フィン、ブラすらつけてないじゃないか」

胸のところで腕を組んだわたしは、ミセス・ハガティの二階の窓で明かりがちらついたのをぼんやりと意識した。「どうしてここに来たの、スティーヴン? 感謝祭なのよ。ほかに行く場所はないの?」

スティーヴンは短いあごひげをなで、たじろいだのをごまかした。彼の両親は二、三年前にフロリダ州タンパに閑居しており、姉はペンシルヴェニア州フィラデルフィアに引っ越している。ズボンにインしていないフランネルのシャツにはケチャップがついていたし、息は玉葱《たまねぎ》の酸っぱいにおいがした。車中でファストフードを食べたのが、彼の感謝祭だったらしい。

　スティーヴンはくしゃくしゃの髪に両手を突っこみ、ピックアップ・トラックの前をいらだたしげに行ったり来たりした。テレサと喧嘩をしたときに、話をしたくて真夜中にうちの私道に這い戻ってきたときと同じ、ひどいありさまだった。

「ブリーに捨てられたんでしょ」彼が言い返してこなかったので、大当たりだったとわかった。

「彼女に捨てられたんじゃない」苦々しい口調だった。「事業のことを考えて決めたんだ。警察の捜査が入ったせいでおおぜいのクライアントを失って、これ以上アシスタントを雇っている余裕がなくなったから。二、三週間前に辞めてもらった」わたしは頭をふりながら、苦々しく笑った。「なんだよ?」街灯の下で彼の顔が赤くなる。「必要なときだけ来てもいいと提案したんだぞ。彼女が断ったのはぼくのせいじゃない」

　わたしは両手に顔を埋め、ため息に乗せて彼の名前をささやいた。ブリーに訴えられ、農園前の広告掲示板いっぱいに #MeToo（ソーシャル・メディアで使われたハッシュタグで、自分が受けた性被害を告発するもの）と書かれなければラッキーというものだ。彼が申し出を断られて捨てた女性が長年のあいだに何人いたのか、知りたくもなかった。

　スティーヴンは、うちに移ってくる前のヴェロにも同じことをした。シッター代を払う余裕がなくなったけど、彼個人にちょっとした残業をしてくれたら雇い続けてもいいと言ったのだ。

セックスの誘いをにべもなくはねつけられると、彼女をクビにしたのだけど、実はそれも嘘で、ほんとうはヴェロが自分から辞めたのだった。

わたしは自分の体を抱きしめた格好で玄関ポーチへ向かった。「家《ホーム》に帰りなさい、スティーヴン」

「帰る家なんてない」背後で彼が言った。わたしは私道のまんなかで立ち止まり、ふり返った自分を罵った。スティーヴンの鼻は赤くなっており、顔は街灯のきつい明かりで色味が消えていた。「あの家《ハウス》は家《ホーム》じゃない。子どもたちがいなければ」

それを理解するのにこんなに時間がかかったなんて、お気の毒さま。「なにが望みなの、スティーヴン？」

「日曜に子どもたちと過ごしたい」懇願口調だ。「何時間かでいい。うちのモミの木はまだ伐採するほど育ってないんだが、すごくいいモミの木を育てている農園を見つけたから、子どもたちにクリスマス・ツリーを選ばせてやりたいと思って。ほら、それぞれの家に一本ずつさ」

わたしは目をこすった。子どもたちを元夫に近づけずにいる口実が尽きつつあった。「デリアは次の日幼稚園に行かなくちゃならないのよ」

スティーヴンの顔に希望がきらめいた。「寝る時間までには送り届けるから。約束する」

「わかったわ」疲れすぎて議論する気にもなれず、背を丸めた。「早めに食事をさせておくわ。五時に迎えにきて」

ふたたび家のほうに向く――スティーヴンが急に完璧なツリーで飾りたくなった家。別の場所のほうが芝が青いと考え、彼が歩み去った家。スティーヴンはポケットに手を入れて私道に立ったまま、白い息が重く漂うなかでわたしがドアを閉めるのを見つめていた。

4

土曜の朝に図書館が開館したとき、駐車場はほぼ空だった。おそらく、世間の人たちはターキー料理由来の昏睡《こんすい》からまだ目覚めておらず、ズボンのボタンとボタン穴がふたたびお近づきになるのを待っているところなのだろう。今朝穿《は》いてみたヨガパンツでさえ、ぱつんぱつん気味に感じられた。結局、その前に穿いていた快適なスウェットパンツを選んだ。ジュリアンのジープのにおいがまだほんのり残っているからじゃない、と自分に言い訳をして。

ヴェロの野球帽を引っ張り下ろして顔を隠し、貸出・返却カウンターを遠巻きにして進む。テイクアウト用カップの熱々のコーヒーを上着のなかに隠し、感謝祭の残り物で作ったサンドイッチをパソコンバッグに忍ばせていたから、カウンターにひとりだけ座っている女性に〝スーパー図書館員パワー〟で勘づかれませんようにと祈りながら、来訪者用コンピューターのあるいちばん奥の間仕切りスペースへ最長ルートで向かった。書架のところにだれもいないのをたしかめてから、コンピューターの前に腰を下ろした。

サンドイッチとコーヒーを取り出す。パソコンバッグから携帯電話を出して、新着メールの通知があるのを見てどきりとした。スワイプして開くと、ジュリアンからのメールではなかった。午後のミサに遅れたくないから、明日は午前中早めに子どもたちを迎えにくるように、という母からの念押しだった。

つい気になって、インスタグラムのアカウントを開き、ジュリアンのプロフィールを探した。おたがいにフォローはしていなかったけど、彼のアカウントは〝非公開〟にはなっていなかった。彼の名前の上で指をうろつかせながら、これは覗き見ではない、と自分に言い聞かせる。プロフィールの写真をタップするとき、心臓の鼓動が速まった。なにを見つけると期待していたのか、あるいは願っていたのかわからないけど、以前にも目にしたことのある写真が画面いっぱいに出てきただけだったので、肩が落ちた。

携帯電話を机に伏せて置き、図書館のコンピューターに向かう。ここへは仕事をしに来たのよ、と自分に言い聞かせる。スティーヴンの首に懸賞金を懸けたFedUpを見つけ、シルヴィアに渡すサンプル原稿を書くのだ。大学院の休みを楽しんでいるジュリアンをこそこそと探るのではなく。

頭からジュリアンを追い出し、検索窓にフォーラムのアドレスを入力し、投稿について知ったときにヴェロと一緒に作った匿名アカウントでログインする。そのフォーラムは登録ユーザーが三万人近くいて、毎日何千という新たな投稿がされている巨大なものだった。女性全般を中心としたなじみのあるチャットルームのリストをスクロールしていく。〈女性のネットワーク〉、〈女性の健康〉、〈離死別サポート・グループ〉……。それから母親を中心とした#momlife のグループ。〈働く母親〉、〈母乳育児中の母親〉、〈自宅教育中の母親〉、〈トイレ・トレーニング中の母親〉……。最後のところで手を止め、あとでこのチャットルームを読もうと頭にメモをし、それからスクロールを再開した。遊びの約束チャットや読書クラブのオフ会の下に埋もれた、もっと胡散《うさん》臭げなサブグループがページの下のほうに複数あるのをヴェロとふたりで見つけていた。たとえば、クーポン・コードをドラッグみたいに売る〈節約家〉とか、秘密主義のティーンや浮気をする夫を調べる方法をシェアする〈女性警官〉とか、〝大掃除のコツ〟がときにあまり芳《かんば》しくない領域へと舵《かじ》を切ることもあって、厄介な配偶者を始末する隠喩《いんゆ》ではないかと取れる投稿も少なくない〈器用な女〉とか。

スティーヴンの名前に言及した投稿は、〈いけず女のセッション〉というチャット・グループでされた。新しめのスレッドを手早くスクロールしていき、〝厄介ごと〟という件名をクリックする。これもほかの数多くのスレッドと同じようにはじまった――女性たちが自分の人生にかかわる厄介な男性について愚痴《ぐち》る――が、そのうち不穏な様相を帯びていった。

Momma2Three：フェアオークスに新しくできたサロンでヴィンに担当してもらっちゃだめだと、全母親に注意するのが市民としてのわたしの務めだと思う。あいつがうちの娘にメールを送っている現場をつかまえたの。娘は十七歳だっていうのに!!!

SexyMomToTwins：嘘!!! 通報したって言って! 見下げ果てたふるまいの男と言えば、座骨神経痛になったときにマッサージの予約を入れたセンターヴィルの理学療法院をおぼえてる? 療法士のひとりがわたしの体をまさぐろうとしたんだから。ド変態よ。あんなところ、潰してもらわないと。

Snickerdoodle：気色悪《きしょくわる》！　ひどい経験をしたのね。男なんて豚よ！　現に、先週リホボスでエアービーアンドビー《Airbnb》（短期で部屋を借りたい人と貸したい人をマッチングするサービス）の部屋を借りた友だちが、バスルームで隠しカメラを発見したって。マジで。貸し主を調べたら、貸別荘とか貸部屋を何十と所有してる人だった。リンクを貼っておくわね。

HarryStyles#1Fan：おえっ。このチャットルームのおかげで注意し合えてほんとうによかった。

FedUp：完全に同感。最低の男《リアル・ピース・オブ・ワーク》がいて、ウォレントンに〈緑の芝と木の農園〉を所有してる。スティーヴン・ドノヴァンは嘘つきで浮気者よ。

PTAPrez：待って……その農園って十月にニュースになってた場所じゃない？　死体がたくさん出てきたっていう？

FedUp：そこよ。彼がいなくなったら世界がもっといい場所になるという百のしかるべ《100 Good》き理由《reasons》なら簡単に思いつくわね。

スレッドはそこで途絶えていて、最後のリプライのあとには心を乱す、しっかり存在する沈黙が漂っていた。自宅の手入れの行き届いた芝地をおおっている値の張る芝が、組織犯罪があったのと同じ土で育てられたものだなんて、だれも考えたくないはず。それに、この投稿は団結を示すためだけのものではないように感じた。不法ビジネスの隠語を使ったりして、敵意がにじみ出ている。

〝本物の仕事《リアル・ピース・オブ・ワーク》〟ということばは、すごく殺人契約っぽい響きがある。それに、〝百のしかるべき理由《100 Good reasons》〟は一〇〇、〇〇〇ドルという値段の隠語っぽい。スティーヴンのフルネームと事業の場所がはっきりと書かれているし、〝彼がいなくなったら世界がもっといい場所になる〟というのは……その意図は明確だと思う。

少しほっとした気分でそのスレッドを閉じる。三日前にヴェロが図書館でチェックしたあとも新たなリプライはなかった。でも、このFedUpの正体を突き止めるという問題は残ったままだ。続く二、三時間をフォーラム内のウサギの巣穴に潜りこみ、FedUpのほかの投稿を探すのに費やしたけど、わかる範囲ではスティーヴンについてのものがただひとつの投稿だった。そのプロフィールによれば、スティーヴン暗殺依頼の投稿をする二日前にメンバー登録し、それ以降なにも投稿していない。ただ、活動を停止しているわけではないようだ。最後のログインは今朝だった。

「あなたはだれなの?」FedUpのすかすかのプロフィールを見つめながら問いかける。女性なのは明らかだ。スティーヴンに嘘をつかれたかだまされただれかだろう。人格に問題のある人物。モニターにぼんやりと映った自分が見つめ返してくる。FedUp はモニターの向こう側の陰に潜み、だれかがリプライしてくれるのを待っているのだろうか、と訝《いぶか》った。

5

日曜の朝も図書館へ行ったけれど、結局FedUpの正体についてはわからずじまいで、次作のプロットについてはもっとわからないままだった。実家でデリアとザックをピックアップして帰宅し、ガレージのドアがきしみながら開いてヴェロのチャージャーが停まっているのが見えたとき、ことばにならないほどほっとした。片方の腕にザックを抱き、もう片方でノートパソコンとマザーバッグを持ってキャリーケースふたつを引きずり、キッチンにつながるドアを苦心して開けた。

「ヴェロ！」大声で呼ばわった。ザックはわたしの腕からすべり下りて、遊び部屋へよたよたと向かった。デリアは上着を椅子に投げかけた。ヴェロの名前がしんとした家中にこだまする。荷物を床に落とし、週末を丸々わたしたち抜きで過ごせて上機嫌の彼女が飛びこんでくるものと期待した。またヴェロに呼びかけつつ、空になった幼児用の蓋つきマグカップをマザーバッグから出してシンクに置いたとき、急いで図書館へ行ったせいで洗う間もなかった朝食の食器がそのままだったので驚いた。コーヒーメーカーには冷たくなったコーヒーかすが半分残ったままだし、カウンターにはパンくずが落ちたままだ。

ヴェロにやってもらおうとして放置したわけではないけれど、片づけていないなんて彼女らしくなかった。

玄関ホールで階段の前に立ち、二階でシャワーの音がしないか、ヴェロの部屋からレゲトン（プエルトリコ起源のダンス音楽）が聞こえないかと耳を澄ました。

「ヴェロはどこ？」デリアが訊いてきた。

「お昼寝でもしてるんじゃないかしら。ザックと遊んできたら？」娘を遊び部屋のほうへそっと押した。

わたしは階段を上がってヴェロの部屋へ行った。閉じたドアから男性バンドの悲しげなバラードが小さく漏れている。聴いたことのない曲だったし、カーラジオから流れてきたとしたら、ヴェロならぜったいに茶化しそうな曲だった。ドアをノックすると、ベッドのスプリングがきしみ、ゆっくりと足を引きずる音が聞こえた。ドアが開き、わずかな隙間からヴェロが顔を覗かせる。わたしのものっぽい上下が合っていないフランネルのパジャマを着ている。前日のマスカラが目の周囲に落ちていて、頭のてっぺんでまとめたお団子からほつれたくしゃくしゃの髪がその目を半ば隠していた。

「あなた、だれ？」わたしはドアを押し開けた。「うちのシッターになにをしたの？」

会計士だと言い返されるのを待ったけど、ヴェロはただベッドに戻ってうつぶせに倒れこんだだけだった。わたしはベッドの端に座り、彼女の顔と枕のあいだに手をこじ入れて額に当てた。じっとりもしていなければ熱くもなかったけど、彼女の髪は場末のバーみたいなにおいがした。

「いとこと過ごした週末はそんなによかったわけ？」ラモンと夜を過ごしたあと、二日酔いで帰ってきたことはこれまでもあった。でも、ふさぎこんだようすで帰ってきたのははじめてだ。ヴェロが枕にさらに顔を埋め、わたしは心配で胸が潰れそうになった。「話したい？」

「話したくない」くぐもった返事があった。

このふさぎこみから引っ張り出す方法は、ひとつしか知らなかった。「だったら起きて」立ち上がり、ヴェロの顔の下から枕を引き抜いた。その摩擦《まさつ》で彼女の髪が逆立った。「ショッピングに行くわよ」

ヴェロが片目を不安げに大きく開けた。「なにを買うの？」

「クリスマス・プレゼントよ。それと、デイリークイーンのドライブスルーにも寄る」ヴェロは、気に入らないチリドッグにもミルクシェイクにもデイリークイーンで遭遇したことがないのだ。「でも、疲れすぎで一緒に行けないっていうなら――」

「待って」ヴェロががばっと起き上がる。「わたし抜きでなにも買わないで。一緒に行くわ」

二分後、ヴェロのバスルームでシャワーの音がして、心配で潰れそうだった胸がやっとほぐれはじめた。ヴェロは明らかに家族との問題を抱えている。彼女がうちでくつろげるのはうれしいけれど、その問題についてわたしに打ち明ける心の準備がまだできていないみたいなのが気にかかった。

デイリークイーンのドライブスルーに寄ったあと、ヴェロは元気を取り戻したけど、ホームセンターの〈ロウズ〉の混み合った駐車場にバンを入れるまでだった。

「なんでここに?」ヴェロが言った。

「ショッピングよ」

「クリスマスの買い物をするって言ったじゃない。ここじゃクリスマスの買い物にならない」

ヴェロがぐずぐず文句を言うなか、ふたりして子どもたちをバンから降ろして店に向かった。

「クリスマスの買い物はショッピングモールでするものよ。それか、ジンジャーブレッドやステッキ型キャンディを手に、ぎりぎり直前にインターネットで買うか。さもなきゃふわっふわのスリッパとパジャマ姿でカウチに座って《ホームショッピング・ネットワーク》（テレビショッピング番組）ですませるか」入り口脇にいた出迎え係から彼女はクーポン帳を引ったくるように取った。

わたしはザックをショッピング・カート前方の幼児座席に乗せた。息子はもぞもぞと体を動かし、照明器具のコーナーでゆっくりと回転しているシーリング・ファンにふっくらしたべたつく手を伸ばし、カートを反対側へと動かされると甲高《かんだか》いぐずり声を大きくした。わたしは、音がしてランプがチカチカつく壁裏センサーを陳列棚からつかみ、それで気をそらして静かにさせようとザックのひざに置いた。

ヴェロが壁裏センサーをザックから取り上げる。「あのね、坊や、あなたのマミーにこんなものは必要ないから」ザックがぐずりはじめると、彼女はチェリオスを袋ごとあたえた。

わたしはヴェロに買い物リストを渡した。「ここに書いたものを探して。ジョージアは車の手入れ用品セットを、母は窓に取りつけるタイプの鳥の餌入れを欲しがってるの。園芸品のコーナーに行ったら、雪かきシャベルも買っておいたほうがいいわね。わたしは工具コーナーで父のプレゼントを見繕《みつくろ》ってくる」
「持ってって」ヴェロがクーポン帳を渡してきた。「買うのはセール品だけにして。高すぎるのはだめ。あなたのクレジットカードの未払い金を払い終えたばっかりなんだから」そう言ったあと、デリアを連れて人混みのなかに消えていった。わたしはカートを押して買い物客と店員でごった返す通路に入り、島陳列《アイランド・ディスプレイ》にひとつだけ残っていたコードレス・ドリルを父用にと引っつかんで、勝ち誇った気分でカートに落とした。日曜大工の道具が陳列された棚をゆっくりと通り過ぎる。通路は女性たちでいっぱいで、そのだれもがおそらくは夫のためであろうプレゼントのリストを持っている。そのうちのどれだけが、一年後に空っぽの作業台を持つことになるのだろう。

うちのガレージにある作業台の上にかかったばかげたピンクの移植ごて——スティーヴンが出ていったとき、小穴のあいたパネル板《ペグボード》にひとつだけ置いていった道具——に思いが漂った。なにもかかっていない掛け釘《くぎ》や埃まみれの引き出しを思った。死体を埋めるのに使ういまいましいシャベルを探すのにヴェロとふたりで苦労したことも。買い物客のあいだを縫い、棚から全商品をひとつずつつかむ。ドライバー、金槌《かなづち》、巻尺、懐中電灯、サイズも色もさまざまなペンチのセット。考えてみたら、コードレス・ドリルは自分用にしてもいいかもしれない。各種電池の巨大な詰め合わせパックをつかみ、カートに放りこむ。

ザックがチェリオスを食べ終え、またぐずり出した。三十分が経っていて、ヴェロはどこだろうと思いはじめたとき、カートを押す彼女が通路を曲がってきてわたしの横に来た。

「見て、マミー！」デリアが幼児座席から出した脚をぶらぶらさせる。「歯がぐらぐらしてるよ。歯の妖精さんが来て、お金をくれるの」舌の先で前歯を押す。わたしは目を細めて、よく見ようと顔を近づけた。ぐらぐらどころか小さく揺れてもいない。

「まだ抜けそうにないと思うわよ」

「だからヴェロがこれを買ってくれるんだよ」デリアがペンチをふりかざす。娘がそれで歯を抜こうとして口に突っこむ前に取り上げ、わたしのiPhoneと交換し、ペンチはヴェロのカートに投げ入れた。

ヴェロはわたしのカートに入っているものを見てにやにやした。「あら、だれかさんが必死で電池をかき集めたみたいね。ジュリアンがいないのは一週間だと思ったけど」いわくありげに声を落とす。「電動の道具がいるなら、同じ通りでおとなのオモチャ販売を自宅ではじめたステイシーがいるけど。商品を買ったらタダで電池をつけてくれるし、なにを買ったかわからないように配慮もされてるって話よ」

商品を補充していたティーンの店員が手を止めてこっちを凝視《ぎょうし》してきた。顔がまっ赤になる。

「そういう道具は必要ありません、おあいにくさま」

「おことばですが、あなたのナイト・テーブルの引き出しを見たことがあるわたしとしては、フィン、同意いたしかねます」店員の目が見開かれる。「なに見てるのよ?」ヴェロが店員に突っかかり、その通路にいた客たちの注意を引いた。

穿鑿《せんさく》好きな視線がそれぞれのカートへとすべて戻ると、わたしは声を小さくして言った。

「ジュリアンとはなんの関係もありません。ガレージに車を入れるたびに、あの空っぽのペグボードを目にするのにうんざりなだけ。なにかが壊れるたびにスティーヴンとか父に頼らなければならない理由なんてないでしょ」ヴェロとわたしだって、ゆるんだネジを締めなおすくらい完璧に対処できる。ダブルロールのダクト・テープを取ってヴェロのカートに落とし入れる。

「ボーイフレンドとおままごとができなかったみたいだけど、それなら執筆は進んだの？」

どちらとも取れるうなり声を出す。「週末はずっとFedUpを突き止めようとフォーラムを探ってたわ」

「なんか見つかった？」

「全然」

「こっちも」

自分のカートを止め、ヴェロのカートもつかんで止めさせた。「いとこの家からフォーラムをチェックしたの？」

「まさか！」彼女が顔をしかめた。「ホテルのロビーにあるビジネス・センターを使ったわよ」

「ホテルのロビーって？」小声で言う。

「それはどうでもいいでしょ。どうでもよくないのは、わたしが見つけたもの」

わたしはぽかんと口を開けた。「FedUpを見つけたの？」

「ううん。でも、聞いて」ふたりしてふたたびゆっくりとカートを押しながら、ヴェロが顔を寄せてきた。「EasyCleanという人物があのフォーラムで大儲けしてるの。隠語や曖昧《あいまい》な言いまわしの投稿がされる——たいてい大きなものを処分したがっていて、お金で廃棄を請け負ってくれる人を探している女性からの投稿。じゃなきゃ、頑固な汚れに手こずっていて、きれいにするのを手伝ってくれる人には喜んで謝礼を出すつもりの母親の投稿だったり」ヴェロは声を落としたまま、それぞれのことばを片手の引用符仕草で強調した。「数日後、EasyClean がことばに気を配った質問をいくつかして、彼女と投稿者が同じ言語をしゃべっていることを確認する。そのあと、EasyClean とクライアントになった投稿者はふたりだけで会話できる場所に移る。気づけばスレッドは死んでいる——わたしが思うに、大きくて汚い夫も」

「考えちがいじゃないって確信があるの?」わたしの口調は疑わしげだった。「その EasyClean っていう人が殺人請負人なら、どうしてパトリシア・ミックラーの投稿に反応しなかったわけ?」パトリシアは、夫を処分してくれる人をあのフォーラムで何カ月も探していたが見つからなかったため、わたしと出会って依頼してきたらしかった。

「EasyClean はプロなの。ターゲットを綿密に調べるんだと思う。ハリス・ミックラーがマフィアのために帳簿を改ざんしてると知っていたら、あなたは彼を殺した?」

「声を落として」わたしは小声できつく言った。「わたしはだれも殺してないわよ」

「あのね、このEasyClean って女は、文字どおり掃除をしているのよ、フィン! こういう仕事は安くない。この二週間で少なくとも三件が掃除されるのを見たんだから」

「どうしてなにも言ってくれなかったの?」

「パターンがわかるほどのデータがなかったから。三件めの依頼が投稿されるまで確信がなかったし、なんでもないことであなたに心配をかけたくなかったのよ。でも、それでちょっと気になって……」

「なにが？」

「あのお金のこと」ヴェロは顎をとんとんとやってから、わたしの持っていたクーポン帳を取り上げた。「電化製品のコーナーで大型冷凍庫の在庫一掃セールをやってるわね。ガレージにおさまるんじゃないかな」

わたしがクーポン帳を取り返すと、ヴェロが笑った。

「雪かきシャベルはどこ？　あと、母にプレゼントする鳥の餌入れは？」

ヴェロはため息をつき、渋面を浮かべて自分のカートを見た。「デリアとわたしは気が散ってたみたい」

園芸コーナーに向かって中央の広い通路を進むと、買い物客がまばらになっていった。携帯電話で時刻をたしかめる。「急がないと。一時間後にスティーヴンが子どもたちを迎えにきて、クリスマス・ツリーを買いにいく予定なの」

「この子たちを彼と一緒に行かせるなんて、信じられない」ヴェロは子どもたちに聞かれないように小声で言った。

「どうすればよかったっていうの？」スティーヴンには法的権利があり、いやになるほど有能な弁護士がついている。「わたしだってあなたに負けないくらい気に入らないけど、元夫と子どもたちが行くのは人目のある場所よ。それに、今週末はわたしもあなたも例のフォーラムをチェックしたでしょ。もう一カ月になるのに、だれもあの投稿に反応してなくて、どのみち何百もの新しい投稿のなかに埋もれてる。子どもたちに危険はおよばないと思う」

「どうかな、フィン」ガーデニングの通路に曲がるとき、ヴェロが言った。「EasyClean はずっと忙しくしてた。彼女がすでにスティーヴンの下調べにかかってたら?」

「それはないと思うけど」そう言いながらも、はらわたがよじれるように感じた。スティーヴンが狙われているときに、彼と子どもたちだけになるというのは気に入らなかった。「でも、スティーヴンに電話して、わたしのいないところで子どもたちと一緒に過ごさせるわけにはいかない、なんて言えない。この一カ月、子どもたちが彼のところへ行くたびにわたしも同行するって譲らなかったから、怪しまれはじめてるの」

ヴェロは顔を傾げて鳥の餌入れの数々を吟味《ぎんみ》した。「一緒に行かずに子どもたちを見守る方法があるんじゃない?」

「どういうこと?」

彼女はバードウォッチングの陳列棚から双眼鏡を取り、わたしのカートに入れた。「アンソニー刑事さんと遠足に行ったのに、なにも学ばなかったの?」

6

ヴェロとわたしは冬物コート、ニット帽、スカーフを身につけ、湯気の立つコーヒーふたつと半分空になったダンキンドーナツの箱をあいだに置き、古いシボレーの前の座席でかがみこんでいた。ヴェロはチャージャーをラモンの修理工場の駐車場に停め、代車を借りたのだ。スティーヴンが子どもたちを迎えにきたとき、わたしはふたりに上着を着せ、デリアにバックパックを担がせ、私道を出ていくピックアップ・トラックに向かって大きく手をふった。それからコートをつかみ、ドアに錠をし、道路脇で待っていたヴェロに急いで合流した。クリスマス・ツリーの農園まで、気づかれないように距離を空けてスティーヴンのピックアップ・トラックを尾《つ》け、砂利敷きの駐車場の暗い隅に停めた。

ヴェロが目を細めて双眼鏡を覗いた。「もう少し近づいたほうがよくない？」

「これ以上近づいたら、彼に見られる危険がある」クリスマス・ツリーの区画は車や、木枠に吊り下げられた温もりのある白い照明を受けたカットずみのトウヒ、モミ、マツでいっぱいだった。頭上のスピーカーからはクリスマス・ソングががんがん流れ、三角帽をかぶった農園の接客係らが木々のあいだの小径《こみち》を歩きまわって客から現金を受け取り、車まで木を運んだりしている。

「いたわ！」ヴェロがフロントガラスの向こうを指さした。わたしは体を起こし、コーヒーをドリンク・ホルダーに入れ、デリアとザックを見ようと身を寄せた。ヴェロが双眼鏡を渡してくれる。スティーヴンの腕に抱えられたザックが体をくねらせているのが見えた。デリアはスティーヴンの空いているほうの手をつかんで引っ張っている。娘の口が動いていたけど、なにを言っているのかわからなかった。

「音量を上げて」

ヴェロがダッシュボードに置いたレシーバーの明るい青色のつまみをまわした。雑音を通してデリアの興奮したおしゃべりが聞こえてきた。デリアのバックパックのなかでベビー・モニターが動くたびに音が悪くなる。スティーヴンが迎えにくる前に、スイッチを入れたベビー・モニターを娘のバックパックに忍ばせておいたのだ。「受信できる距離は？」ヴェロがたずねる。

「メーカーによると千フィートらしいわ」

双眼鏡をダッシュボードに置いてコーヒーを飲む。デリアのおしゃべりする声が車内を満たし、ちょっぴり心配が和《やわ》らいだのだ。

「母の言うとおりだわ。ちゃんとした離婚専門弁護士を雇って、親権の件を任せるべきだと思う。スティーヴンを自分でなんとかしようとするなんて、どだい無理な話なんだわ」

「本物の弁護士はいくらかかるの？」

「ガイは一時間に二百ドル稼ぐ」コーヒーの湯気を吹く。「口座にお金があるうちに雇ったほうがいいかも。ミニバンを下取りに出すことも考えてたの」ドーナツに手を伸ばす。ヴェロはいつになく静かだった。静かすぎた。ひとつしかないチョコレート・クリームを取っても文句を言わなかった。「どうしてそんな顔でわたしを見るの？」

「そんな顔って？」

「なんかまずいことになってるって顔」

「まずいことなんてなにもない」ヴェロは半分食べたドーナツを置き、パンツに落ちた粉砂糖を払った。

「つい先週、新しい車を買えってうるさく言ってきたじゃない。どうして急にクーポン帳を使おうとしたり、〈ロウズ〉で在庫一掃セールになってる冷凍庫を買おうと言ったりするの？」

「経済的に賢明な選択をするのに理由が必要？」

「口座にいくら残ってるの、ヴェロ？」

ヴェロがのろのろとわたしと目を合わせた。「クリスマスの買い物の前？　それともあと？」

わたしの口があんぐりと開いた。「冗談はやめて！　イリーナのお金があるでしょ？」ロシアン・マフィアの用心棒の裕福な妻が、七万五千ドルをわたしたちに現金で支払ったのだ。マジで。わたしたちはそのお金を冷凍庫に隠した。「一カ月で使い果たしてしまったなんてあるわけがない！」

「使い果たしてはないわ。投資にまわしたの」

「だったら、引き上げて。株をいくつか売るなんてむずかしくないでしょ？」

「そんなに単純じゃないのよ、フィンレイ。ある程度置いておかなくちゃならないの」

「そのあいだ、請求書の支払いはどうしたらいいの？　殺人を請け負えばいいなんて言わないでよ！」

「わからない」ヴェロの声が大きくなる。「あなたの次の本で入るお金を使えばいい。原稿を早く書き終えてくれれば、それだけ早くわたしたちにお金が入る」わ、わたしたち。まるで、キーボードの前に陣取って小説を書くのが彼女みたいに、そのことばを投げつけてきた。「で、いつ書き終わるの？」

わたしはウインドウの外に視線を転じた。デリアとザックがクリスマス・ツリーのあいだをふらふらと走り、それをスティーヴンが追いかけているのがちらりと見えた。「知らないほうがいいわ」

沈黙が落ち、張り詰めた空気が車内に募っていった。ヴェロがもじもじし出す。

「ロマンティック・サスペンスを書くのに燃え尽きたのかもね」ヴェロがくるりとわたしをふり向く。「翼を広げるべきなのかも。ほら、新たなジャンルに挑戦するとか。新しいトレンドをいろんなところで見かけるし。まだまだ市場は空いてるって」

「なんの？」

「恐竜《ディノ》ポルノよ」わたしはコーヒーにむせた。「ほんとうだって、フィンレイ。計算しまくった結果、次にヒットするのはディノポルノだって確信を得たんだから」

わたしはあんぐりと口を開けて彼女を凝視《ぎょうし》した。「どうやるのよ？」

「わたしもそれが不思議だったのね。だからサンプルをいくつかダウンロードしたわけ」そう言って肘《ひじ》を曲げてティラノサウルスの小さな腕を模した。「恐竜ヒーローの手はすっごく小さいけど、ヒロインは気にしないみたい。だって、ヒーローは小さな手を補ってあまりある超巨大な――」

「ストップ！」わたしは目をおおい、その場面を想像すまいとした。「知りたくない」

「わかったわよ。でもね、みんながヴェロキラプトル（小型の肉食恐竜）の官能小説を買い占めはじめたときに、聞いてないなんて言わないでよ」ヴェロは腕を組んでシートにどすんともたれた。ふたりとも、フロントガラスの外を見つめた。

帽子にジングルベルをつけた、おっぱいがとんでもなく大きな若い接客係にスティーヴンが近づいた。彼女に身を寄せて一本のツリーを指さし、財布を出しながら彼女のセーターの胸にこっそり目をやった。

「いまの見た？」ヴェロの声は嫌悪感丸出しだ。「彼ったら、完全に棚の上の小さな妖精《エルフ》に色目を使ってる。いやになるほどわかりやすすぎる。まじめな話、フィン、あいつを始末するのはむずかしくないでしょ。十万ドルあれば、すっごくいい車が買えるわよ。それに、高い弁護士費用だって払わなくてよくなるし」

「本を書き終えるほうを選びます」

ヴェロは頭をふり、接客係に恥ずかしげもなくちょっかいを出しているスティーヴンを双眼鏡で見つめた。「だいたい、彼のどこがよかったのよ？」

一年前に訊かれたなら、彼のひたむきさ、自信に満ちた態度に惹かれたのだと答えていただろう。でも、いまは自分たちの関係のさまざまなことがはっきり見えるようになっていた。ため息をひとつ。「スティーヴンは、わたしが彼を必要としているように感じさせるのがうまかったの」

「なにそれ」

「ほんとよね」スティーヴンがエルフに名刺を渡すのが見えて、きっと相手の電話番号を聞き出そうとしているのだろうと思った。彼が背中を向けているあいだに、ザックがよたよたとツリーのあいだの小径に逃げこんだ。デリアが弟を追いかける。スティーヴンがくるりとふり向いてふたりの名前を叫んだ。走り出しながら財布を前ポケットに突っこんで、急ぐあまりテントの支柱を危うく倒しそうになる。

三人とも迷路のなかに消えた。子どもたちの笑い声がモニターから響いた。

「どこへ行ったの?」ヴェロはくすりと笑い、双眼鏡の焦点を調整した。

「スティーヴンがふたりに言い聞かせてるところなんじゃないかな。すぐに姿が見えるわよ」

デリアのバックパックにベビー・モニターがこすれる雑音ばかりになって、ザックの笑い声がほとんど聞こえない。スティーヴンの叫び声がどんどん遠ざかる。レシーバーの音量を上げる。しばらくすると、彼らの声は聞こえなくなった。

「どうして聞こえないの?」ヴェロが言う。

レシーバーをフロントガラスのそばへ持っていく。モニターがこすれる音しか聞こえない。

うなじがぞわぞわし、腕の産毛が逆立った。首を伸ばして迷路の奥を見ようとしたけど、照明の途切れた先の何エーカーもの農園は、まっ暗な木々の迷宮だった。暗がりのなかだと、千フィート先がどこまでなのかまるでわからない。

雑音を通してデリアの声が聞こえてきた。「ダディ、どこ?」

胸が潰れそうな思いでレシーバーをきつく握った。「そんなに遠くまで行ったはずがない。彼がすぐに見つけてくれる」

「ダディ? ダディ?」デリアの声が震える。「こわいよ!」

ヴェロとわたしは勢いよくドアを開け、駐車場を駆け抜けた。落としたカップからコーヒーが飛び散る。もごもごと〝失礼〟とか〝ごめんなさい〟とか言いながら人混みをかき分け、カップルや家族連れをよけて走った。エルフの帽子をかぶった男性の接客係がわたしの前にさっと出てきて、〝落ち着いて〟という仕草をした。胸をバクバクさせながら、相手を脇へ押しのける。照明で照らされていないツリーの迷路エリアへ飛びこむと、ヴェロがあとに続いた。ふた手に分かれて子どもたちの名前を叫ぶ。周囲で小径が暗く狭くなる。走るわたしの顔を枝が打つ。

「ザックがいた!」ヴェロの叫び声が聞こえた。

「デリア!」わたしは立ち止まり、その場でまわりながら娘の返事が聞こえないかと耳を澄ました。

「マミー!」必死の叫び声が、手のなかのレシーバーからと、右側のどこかからのステレオで聞こえてきた。だっと駆け出し、にじんで過ぎ去っていくツリーの列を覗きこんでいくと、ついに娘の明るいピンクの上着がちらっと見えた。

「デリアを見つけた！」大声で叫び、ひざをついてデリアを抱き寄せた。すぐにザックを胸にきつく抱いたヴェロがやってきた。

「スティーヴンはどこ？」荒い息を白く吐きながら彼女がたずねた。

「スティーヴン？」わたしは呼ばわった。暗がりから低いうめき声が答えた。ヴェロとふたりで子どもたちを連れて声のしたほうへ向かい、ツリーの列をひとつひとつたしかめると、うつぶせに倒れた人物を発見した。「スティーヴン！」慌てて駆け寄ると、腰に抱いていたデリアが飛び跳ねた。

スティーヴンはゆっくりと起き上がり、こわごわ後頭部をさすった。ヴェロが携帯電話を取り出して、明るい白いライトで顔を照らす。こめかみからひと筋の赤いものが伝い下りていた。

「明かりを顔に向けるな！　彼女はここでなにをしている？　きみもだ」

「なにがあったの？」わたしはたずねた。

彼はゆっくりと立ち上がり、手を貸そうとしたわたしを払いのけた。傷に手を押し当ててたじろぐ。「わからない。暗かったから。子どもたちを追いかけてたら、背後から殴られた。倒れたときに頭を怪我したんだろう」

彼はポケットに手を入れ、安堵の顔で財布を取り出した。それからジーンズ、シャツ、上着のポケットを叩いて渋面《じゅうめん》になった。「くそったれ野郎に携帯電話を盗られた！」

デリアが濡れた頬をわたしの首筋に埋めた。「もう帰りたいよ、マミー」ザックはヴェロにもたれて洟《はな》をすすり、おしゃぶりを激しく吸った。ヴェロがその背中を円を描くようになでる。「ザックとデリアを車へ連れていく」わたしがデリアを下ろすと、ヴェロが手を差し出した。スティーヴンは三人が代車へ歩いていく姿を見つめて歯ぎしりした。

「あれはだれの車なんだ?」

「そんなのどうでもいいでしょ」

「あれに子どもたちを乗せるのはだめだ。チャイルド・シートも補助シートもないだろう」

「念のために積んできてます」

「なんの念のためだ? どういう意味なんだ?」わたしがレシーバーのスイッチを切ると、スティーヴンがそれを引ったくった。「これはなんだ? ぼくをスパイしてたのか?」

それに答えるのは無意味だ。「子どもたちはヴェロに連れ帰ってもらう。あなたのキーをちょうだい。救急外来までわたしが運転していく。縫う必要があるかもしれないし」

「縫う必要なんてない」スティーヴンが噛みついた。

「せめてジョージアに連絡させて。被害届を出すべきよ」

「どこかの不良が盗みを働いたってだけだ、フィンレイ。たいしたことじゃない。財布は盗まれなかったんだし」

「たいしたことでしょ! 怪我をしたのよ。子どもたちだって怪我をしてたかもしれない。ヴェロとわたしがいなかったら――」

「子どもたちは安全だったさ！」滴《したた》る血が目に入っている顔で彼がにらみつけてきた。「立ち上がって埃を払い、子どもたちの選んだツリーを買って、家まで送り届けられてたはずだ。それなのに、きみはたったそれだけのこともさせてくれなかったんだ。そうだろう？」

ヴェロがエンジンをかけてヘッドライトをつけた。「明日話し合いましょう。お願いだから被害届を出してね」歩き去りながら懇願した。ただ子どもたちをここから連れ出したいだけだった。スティーヴンは襲われたけど、お金を狙われたわけじゃなかった。財布はポケットに入っていたのに。それは、犯人があるものだけを狙っていたということになる――彼の携帯電話だ。もっと正確に言うならば、携帯電話に入っている情報だ……スケジュール、連絡先、よく訪れる場所の記録。殺人請負人が完璧な殺害計画を立てるのに必要なすべて。

ヴェロが正しかった。だれも仕事を引き受けていないからといって、それを計画している人間がいないとはかぎらないのだ。

7

月曜の朝はあまりにも早く来てしまった。ブランケットをはねのけてくんくんにおいを嗅ぐ。ごろりと転がり、ベッド脇に悪臭のもとを見つけた。寝ぼけまなこをこすっているあいだにザックの姿は消えていた。わたしの部屋での任務が満足のいく結果になったらしく、廊下からくすくす笑いが聞こえていた。

重々しいため息をついて起き上がり、ザックをつかまえてオムツを交換するために部屋に連れ戻す。キッチンで鍋のカチャカチャいう音や油の煮え立つ音がして、塩気のあるおいしそうな香りが階上まで漂ってきた。

「デリア！」大声で呼んだ。「起きて幼稚園へ行く準備をする時間よ」渋面の娘がどすどすとわたしの部屋に入ってきて、目にかかったスパイク・ヘアを払う。パジャマのズボンは足首のまわりでだぶついていて、片手には首もとをつかんだ縫いぐるみの犬がだらりと下がっている。ザックは床に下ろされる前に脚を動かしていた。「ヴェロが朝ご飯を作ってくれてるにおいがするわ。ふたりで先に階下《した》に行っててちょうだい」

そばのサイド・テーブルでコードレス電話機の画面が明るくなった。発信者のところにシルヴィアの名前が出る。携帯電話で時刻をたしかめ、悪態をつきながら三回も電話をくれていた通知をスワイプで消した。「おおおっとぉ」キッチンにいるヴェロの声だ。階下のコードレス電話機に出た発信者の名前を見たのだろう。「だれかさんがまずいことになってるわぁ。だからさっさと執筆に取りかかれって言ったでしょうが！」

着信音が鳴るに任せて、留守番電話に切り替わるのを待ったらどうなるかと考えた。シルヴィアのことだから、わたしが出るまで電話をかけ続けるだろう。両手の汗を拭《ぬぐ》い、コードレス電話機を耳に当てた。

「朝の八時よ」わたしがもしもしと言う前にシルヴィアがのたまった。「月曜日の」きっぱり知らしめる。

「わかってる。ごめんなさい」

「あなたのサンプル原稿について話し合うために、一時間後に編集者と会うんだけど、受信トレイに入ってないのよね」

「送るつもりだったの。ほんとうよ。でも、週末があっという間に終わってしまって」よろよろと仕事部屋に向かう。まるで、ノートパソコンを開ければ、週末にやらなかったサンプル原稿が魔法のように現われるとでも思っているかのように。「それでね……こういうことなの」デスクにつき、使った粘着付箋《ふせん》やレシートをどける。「頭のなかにはあるの。ただ原稿の形にする時間がなかっただけで。いますぐやる、ぜったいに。九時に編集者と会うまでになにか送るから」そのなにかがどんなものなのかはよくわからなかったけど、これでそれを考える時間が一時間稼げるはず。

「はっきりさせておくことがあるわ、フィンレイ。わたしの名刺の肩書きは、〝ミズ・ドノヴァンのアシスタント〟とは書かれていないの。わたしはあなたのエ、ー、ジ、ェ、ン、トなのよ――わたしがエージェントであなたはラッキーだということもつけくわえておくわ。締切を守れない作家の口述筆記はわたしの仕事じゃないけど、稼ぎは欲しいからやってあげる。今回だけは。さて」シルヴィアが座ると、椅子のきしむ音が電話を通して聞こえてきた。「聞かせてもらいましょうか。全部話して」

「わかった、全部ね」丸めてごみ箱に放りこんだ粘着付箋をかき分け、先月書き留めたけどあまりのひどさに捨てたアイデアを必死で探した。見つかったのは、ただの買い物リストや覚え書きがほとんどだった。最新の粘着付箋をノートパソコンのモニターから引っぺがし、やることリストの最初の項目をさっと見て、ことの皮肉に陰鬱《いんうつ》な笑いが小さく漏れた。

〈月曜までにシルヴィアにサンプル原稿を送る〉

最高。やるじゃん、フィン。

シルヴィアがいらだちの息を吐くのを聞きながら、リストの次の項目に移る。

〈ガイに連絡して面会交流をキャンセルする〉

「えっと、男がいて……父親なんだけど」ちりぢりの考えをかき集めながら、ゆっくりと話しはじめる。「彼は性格的に難のある実業家で、おおぜいの敵を作ってるの」目を閉じてインスピレーションを探す。おそろしい設定が必要だ。サスペンスに満ちたおぞましいことが起こりそうな場所が。「男は自分の子どもたちと一緒に暗い松林でハイキングをしていて……背後から襲われて残忍に殺される」

「死因は？」

「頭部への鈍器損傷とか？」

「いいじゃない。続けて」

「わかった……で……殺し屋であるヒロインは……木の上から男をつけ狙っていた。男は彼女の次なるターゲットということになっていた。つまりね、男は離婚していて、元妻は男が危険な人物だと知っていたから子どもたちを隠していたの」

「すばらしいわ」シルヴィアが望みの持てる明るい調子で言った。彼女が前のめりになるのが聞こえるほどで、わたしはリストの次なる項目に目を走らせた。

〈デリアのなくした手袋がないか、幼稚園の落とし物陳列コーナーをチェックする〉

「でも、男は元妻を見つけ出した。そして学校から子どもたちをさらい、ぜったいにだれも捜しにこないだろう、森のなかにぽつんと建つキャビンに連れ去る」

「なんてやつ！」シルヴィアが小声で言った。

「話は変わって、男の敵のひとりががまんの限界に達していた」

「なにに対して？」

「わからない」リストをデスクに放り投げる。「そこをどうするかはまだなの。悪人が人を殺すなにかしらの理由で。お金、嫉妬、復讐などなど……。で、その謎の敵が男を殺してもらうとヒロインを雇うわけ」椅子から立ち上がる。うろうろと歩きまわると、頭の詰まりがようやくゆるんだみたいにことばが流れるように出てきた。「ヒロインはターゲットを追い、キャビンにいるところを見つけたものの、双眼鏡で観察したところ男の子どもたちも一緒なのがわかって行動を起こせないと悟る。すぐには。その場所では。父親が死んだら、子どもたちの面倒はだれが見るのか？　自分の正体を明かさないまま、どうやったら子どもたちを安全なところへ送り届けられるのか？」シルヴィアは静かになっていた。それがいいことか悪いことかはわからなかったけど、わたしは続けた。サンプル原稿がひとり歩きをはじめて、物語がますますドラマティックになっていった。「殺し屋のヒロインは木の上でどうすべきか葛藤しながら、遠くの男と子どもたちを観察した。一方、ヒロインは知らなかったのだけど、森にはもうひとりいた。雪が降りはじめる。森は暗く寒くなり、視界が悪くなる。男と子どもたちがキャビンへ戻ろうとしたそのとき、もうひとりの殺し屋が森から飛び出し、ヒロインのターゲットを殺し、子どもたちを置き去りにした」

「そんな！」シルヴィアがあえぐ。

「ヒロインは決断を迫られる。夜が迫るにつれて下がっていく気温のなかで子どもたちが命を落とさないよう、身をさらして助けるか、賞金をかっさらっていった殺し屋を追うか」

シルヴィアは息も荒く切羽詰まった声だった。「彼女はどうしたの？」

「子どもたちを救った」

「そうこなくっちゃ！」

「でも、子どもたちを当局に預ける際に、殺人罪で逮捕されてしまう」

「ヒロインは逃げたのよね」

「ううん、刑務所に入るの」

シルヴィアのヒールが床を打つような音がした。「ちょっと待って」受話器を反対の耳に当てるときにつけ爪が当たる音がした。「投獄されるって？　もう第二幕に入っているのに、まだプロットBを聞いてないわよ。ロマンスはどこなの？　セックスは？　刑務所に入っていたら、どうやってホットな警官とよろしくやれるっていうの？」

わたしは鼻梁《びりょう》をつまんだ。「ホットな警官はいない」

「一作めの警官はどうしたのよ？」

どうしてみんな警官にこだわるの？「二作めには出てこないとか？」

「なぜ？　彼はみんなに人気があったのに」

「ヒロインは弁護士を愛するようになるからよ」

「で、ふたりは刑務所でセックスするの？」

「それはこれから」

「もうちょっと早くしてちょうだい。あと十二分でタクシーを拾うんだから」

わたしは椅子にへたりこんだ。打ちしおれ、急いで残りを話しにかかろうとする。きっとサンプル原稿すべてをシルヴィアにはねつけられるにちがいない。「ヒロインは、彼女の事件を担当することになった弁護士と恋に落ちるの。弁護士は若くて頭がよくて――」

「ホット？」

「そう、ホット」

「警官と同じくらい？」

「それよりホットかも。なぜなら、彼はヒロインを信じるからよ、シルヴィア！」ヒロインと、ハンロンの剃刀《かみそり》（愚かさゆえに起こったできごとを悪意のせいだと考えてはいけない、という格言）と、ピザとビールを信じている。「弁護士はヒロインの無実を証明してみせると誓う。でも、そのあと……」ことばに詰まり、リストにすがる。


〈弁護士を見つける〉

「そのあと弁護士が失踪する」わたしはデスクを叩いた。「なんの痕跡も残さずに消えてしまうの。電話もなし。メールもなし」彼がおそらくベビーオイルをたっぷり塗ってビーチに寝そべり、ビキニの女子大生の群れとビールを飲んでいるだろうという部分は割愛する。「ヒロインは直感的に、自分を一生刑務所で苦しませようとする何者かに弁護士が誘拐された――あるいは、もっとひどい運命に遭わされた――と思う」

「そしてヒロインは脱獄する？」シルヴィアが割りこむ。

わたしは大きくため息をついた。「そうね、してもいいんじゃない？」

「万難を排してホットな弁護士を見つけ出すのね。気に入ったわ。それをタイトルにしましょう、フィン」シルヴィアのペンがデスクに落ちる音がした。「『ザ・ヒット2：万難を排して』よ」

「わかった」シルヴィアは好きなタイトルをつければいい。わたしがラッキーなら、中身も彼女が代わりに書いてくれるかも。

「白状するとね、フィンレイ、理由もなくあなたを疑ってたの。でも、すごいプロットを考えついたみたいじゃない。映像にもぴったりな感じがする。映像化権も売れるかも」

「あんまり先走らないほうが――」

「急がなきゃ。編集者との打ち合わせに遅れそう。彼女の意見をあとでメールするわ」電話が切れた。椅子にぐったりと寄りかかり、たったいまシルヴィアに話した内容をふり返り、あとで痛い目に遭うことはないかと吟味した。大丈夫そうだった。

家の外でエンジンの音がした。

立ち上がってブラインドの羽根板《スラット》を押し下げ、私道に見慣れたピックアップ・トラックが停まっているのを見てうめいた。

ローブにスリッパという格好で階段を駆け下りると、ヴェロが玄関ホールの窓から外を覗いていた。「スティーヴンはなにしに来たの?」

「知らない」

「シルヴィアとうまくいかなかったんなら、いつだって彼を殺すって方法があるからね」ヴェロが言った。

玄関のドアを開けると、冷たい空気が吹きこんできた。分厚いフランネルを着たスティーヴンがポーチに立っていて、巨大なモミの木を抱えていた。彼が入ってくるとワークブーツから玄関ホールのラグに泥が落ち、モミの木から針のような葉が降った。

「ダディ!」デリアが歓声をあげてだっと階段を下りてきて、スティーヴンの自由なほうの腕に飛びこんだ。その後ろからどすんどすんという音がして、ザックも下りてきた。

「やあ、パンプキンくん」スティーヴンはデリアの頭にキスをしてから下ろした。ウールの帽子から包帯が覗いていたし、頬があざになっていた。

「どういうこと?」わたしは顔をゆがめた。高い枝が天井をこすり、スティーヴンが壁にもたせかけると木のてっぺんがたわんだ。ザックが近づいてモミをなでた。スティーヴンがあからさまに安堵する。

「昨日のツリー農園でのことが申し訳なくて、今朝いちばんでまた行って最高にいい木を買ってきたんだ」

ヴェロが片方の眉《まゆ》をくいっと上げた。「ちょっと大きすぎるんじゃない？」

スティーヴンは笑顔でモミの木を見上げる。「ぼくがカットしてもいい。農園の女の子が言うには、飾る場所がすかすかになるよりも、必要なサイズより大きめのものを選んだほうがいいらしい」

ヴェロの視線が彼の股間へと落ちる。「彼女、がっかりするわね」両肘を体の脇につけ、手を恐竜の鉤爪《かぎづめ》みたいにして、わたしの横を通ってキッチンへ向かった。

スティーヴンの顔が赤くなる。「いまのはなんだったんだ？」

「知らないほうがいい」彼のこめかみの包帯を身ぶりで示す。「気分はどう？」

彼が帽子を乱暴に脱ぎ、包帯をつついた。「ふた針縫った」ばつが悪そうだ。ポケットから携帯電話を出して見せてきた。「それに、ほら、今朝ピックアップ・トラックのなかに落ちているのを見つけたんだ。昨日子どもたちを車から降ろすときに落としたんだろう」

あるいは、EasyClean が必要な情報を入手したあと、こっそり戻したか。「怪我をさせられたのよ。警察に話すべきだわ」

「なにを話すんだ？　暗がりで走っていて頭を打ったって？　ただのばかみたいな事故だったんだよ、フィン。話すことなんてなにもない」鼻をくんくんとやる。「いいにおいがするじゃないか。朝食はなにかな？」明るい口調はちょっとばかりぎこちなかった。

デリアが手を叩いた。「ヴェロがふにゃふにゃのポテトチップスを作ってるの！」

スティーヴンは眉をひそめた。「彼女は子どもたちにポテトチップスを食べさせるのか？

朝食に？」

「チラキレス（揚げたトルティーヤにソースをかけたメキシコ伝統料理）です！」ヴェロがキッチンからぴしゃりと言った。

「それから、あなたの分はありません」

「だれか来るなんて思ってなかったから」わたしは説明した。

「いいんだ」スティーヴンの笑みはこわばっていた。「ツリーを渡したら、パンケーキを食べにいこうと思ってたし。デリアとザックも一緒にどうかなと思ったんだが」

「デリアは幼稚園があるのよ」

「パンケーキを食べたあとにぼくが送っていけばいい」

わたしは窓から彼のピックアップ・トラックを覗いてみた。ことによると、いまこのときもEasyClean が見張っているかもしれないのだ。

「お願い、マミー」デリアがわたしの腕にぶら下がって懇願した。「ダディと一緒にパンケーキ食べたい！」

「一時間以内に幼稚園に行かなくちゃならないし、ヴェロがもう作ってくれてるでしょ」

「ポテトチップスを料理って呼べるならな」スティーヴンがぼそぼそと言った。

わたしは歯を食いしばり、デリアをキッチンのほうへと押しやった。「朝ご飯を食べてきなさい。ザックも連れていってね。早くしないと幼稚園に遅れるわよ」デリアは膨《ふく》れ面をしてのろのろと歩いた。子どもたちが声の届かないところまで行くのを待って、スティーヴンの腕をつかんでドアに向くようにした。「ツリーをありがとう。子どもたちを連れていくって言ってくれたことも。でも、ほんとうに都合が悪いのよ」

「どういうことだ？」スティーヴンはドアを押さえて開かないようにした。「電話するたび、子どもたちに会えない言い訳を聞かされる」

「言い訳じゃないわ。わたしたち、忙しかっただけ」

「テレサのことがあるからだろ？　農園で死体が見つかったからびびってるんだな」

「なにを言わせたいの、スティーヴン？」

「テレサがなにをしていたにしろ、ぼくは関係ない。きみはぼくをよく知っているだろう、フィン。ぼくがあんなことにかかわるはずがないとわかっているはずだ」

「そう？　わたしたちのあいだで起きたあれこれを考えたら、あなたのことなんて少しも知らなかったんじゃないかと思うけど」

スティーヴンの顎《あご》の筋肉がこわばった。「卑怯だぞ。きみとのつき合いは、ぼくのほうが彼女より長いじゃないか」キッチンを指さして言う。「知り合って一年にもならないよく知らない人間をこの家に住まわせ、デリアを幼稚園へ送らせ、ザックと一日中一緒に過ごさせている！　彼女のことをほんとうにわかっているのか？」

「彼女は子どもたちのシッターなのよ、スティーヴン！」

「ぼくはあの子たちの父親だ！　子どもたちに会いたいんだ」

反論はできなかった。彼には子どもたちと一緒に過ごす権利がある。スティーヴンが子どもたちと離れていたがらないのと同じくらい、わたしだって子どもたちを彼から引き離したままでいいなんて思っていない。でも、真実はとても開けられない虫だらけの缶（厄介な問題の意味）のなかに埋まっているのだ。「会わせないとは言ってない。ただ、今朝はだめなだけ」スティーヴンの体越しにドアに手を伸ばす。

「今週末は子どもたちと過ごしたい」

わたしは曖昧《あいまい》にうなずいた。「今週中に電話して、あなたが来る時間を決めましょう」

「だめだ、フィン」険しいまなざしで彼が迫ってきた。「金曜に幼稚園から帰ってきたころに迎えにくる。ベビー・モニターはなしだ。車からぼくをスパイするのもなし。子どもたちはぼくと一緒に週末を——週末丸々を——過ごす。でなきゃガイに電話する」

スティーヴンは最後にツリーをもう一度見てからドアをさっと開け、出ていったあとに叩きつけるように閉めた。ヴェロの手を肩に感じて、わたしは飛び上がった。「もう一本シャベルを買うべきだったわね」

8

火曜日、ランチ・タイムのショッピングモールは混み合っていた。すぐそばの鉢植えに仕込まれたスピーカーからクリスマス・ソングがしつこく流れていたけど、甘ったるい歌詞はフードコートの買い物客のざわめきやプラスチックのトレイがぶつかる音にかき消されていた。ドリンクバーの飲み物をちびちびと飲みながら、人混みが寄せたり引いたりするのを見つめた。仕事部屋を出てはどうかとヴェロに言われたのだった。環境を変えれば——昔ながらの人間観察とクリスマス・ショッピングをすれば——スランプから脱して創作の女神《ミューズ》の尻を叩けるかもしれないと。最低でも、ジュリアンがキャンプに行ってから四日経つのにメールすら送ってきていない、という事実を忘れられるのではないかと。いまわたしにあるのは、物語の種だけだ——クライアントと恋に落ちた失踪中の弁護士、犯してもいない殺人の罪で裁判にかけられる殺し屋ヒロイン。でも、キーボードを何時間見つめても、この物語がハッピーエンドを迎えるとは想像できなかった。

テーブルに置いてあった携帯電話が振動した。手に取り、画面に出た番号がジュリアンのものではないとわかってちょっぴりへこむ。

電話を耳に当て、もう片方に指を突っこんだ。「どうも、シル」

「すばらしい報せがあるの」弾んだ声だ。「編集者があなたのアイデアをすっごく気に入ってくれたわ。サンプルが欲しいって。どれくらいで二万語書いて送れる？」

二万語といったら一冊のほぼ四分の一だ。「わからない。年末くらいまでには、かな」いまの調子だと、それだってかなり無理があるけど。

「いいわね！　編集者には、月曜までに送らせるって言っておいたから」わたしは炭酸飲料にむせた。「それだけの時間があれば、ほんのちょっとした変更をくわえるのに充分でしょ」

「変更？」

「編集者はホットな警官を物語に戻したがってるの。いいから聞いて」言い返そうとするわたしをシルヴィアがさえぎった。「弁護士はそのままで大丈夫──編集者はそっちの展開を気に入ってる──だけど、読者は一作めのホットな警官に再会できると期待している。内的にも外的にも緊張感がくわわるし、ふたりめの恋愛対象がいればプロットがぴりっと引き締まるでしょう」

「三角関係は扱いがむずかしいわ」わたしは反論した。

「だったら、第三幕でどっちかを殺せばいい。残ったひとりにヒロインを救わせ、熱々のハッピーエンドにするのよ。好きなほうを選びなさい。ただし、サンプルにホットな警官を登場させるのを忘れないように。来週の月曜までに二万語ですからね、フィンレイ。がっかりさせないでよ」

シルヴィアは電話を切った。

食べ終えていない〈アンティ・アンズ〉のプレッツェルがトレイの上でぎとぎと脂《あぶら》にまみれて冷たくなりつつあった。どうしてわたしのヒロインはヒーローに救ってもらわないとならないの？　どうしてヒロインが自分で自分を救えると信じてもらえないの？

それを言えば、ヒロインはいつになったら救出を開始するの？

歯でプレッツェルを噛みちぎり、原稿ファイルを閉じてブラウザを開き、背後からだれも見ていないことをちらりと確認してからフォーラムに入る。ログインから一分以内にログアウトできる。投稿をチェックする時間だけあればいいのだ。なんの害もなく、なんの罪もない。

〝厄介ごと〟という件名をクリックして短いスレッドを呼び出す。

咀嚼《そしゃく》の動きが止まり、タッチパッドの上で手が凍りつく。

EasyClean：@FedUp、スティーヴン・ドノヴァンはたしかにほんとうにひどいやつのようだ。問題の嘘つきの浮気者を調べた。あなたに同意する。彼が来週いなくなっても、世界はそれを悲しまない。やりとりをはじめるには五十のしかるべき理由《50 Good reasons》さえあればいい。理解を示す人間と話す準備ができたら、ダイレクト・メッセージ《DM》をください。こちらは聞く準備ができている。

喉がつかえた。

立ち上がり、プレッツェルをバッグに突っこみ、ノートパソコンを片づけてデリアの幼稚園へ行かなくては。社会人先生の日《キャリア・デイ》なので、ジョージアが発表のために来ている。姉にこの投稿を見せて、郵便受けに匿名《とくめい》の手紙が入っていた（完全なる嘘ではない）という話をでっち上げればいい。何週間も前にすべきだったことをして、警察に解決を任せ――。

EasyClean の投稿に対して返信がモニター上に現われたのを呆然と見つめる。

FedUp：@EasyClean、ご親切な申し出をありがとう。やり方をまちがえたのかと思いはじめていたところです。こういったことにはほとんど経験がなくて。話し相手ができてありがたいわ。近いうちにメッセージを送ります。

パソコンバッグのなかをかきまわして携帯電話を出し、ヴェロにかけた。

お願い出て、お願い出て、お願い出て……。

「だれかが死んだ報せでしょうね」ヴェロがざらついた声でぶつくさ言った。

「まさか寝てたんじゃないでしょうね。もうお昼なのよ」

「ザックがお昼寝をしてるのよ。だから、わたしも横になってた」

「EasyClean が仕事を受けた」

電話を通してブランケットのこすれる音が聞こえた。ヴェロのざらついた小声が急にくっきりはっきりした。「どういう意味よ、EasyClean が仕事を受けたって？」

「言ったとおりの意味よ！　いまフォーラムに入ってるの！」そばのテーブルにいた女性が横

目で見てきた。「なんとかしなきゃ」激しい口調の小声で言う。「あなたの元夫をシベリア行きの飛行機に乗せる以外、わたしたちにできることはないと思うけど」

「三十分でデリアを幼稚園に迎えにいく。ジョージアが社会人先生の日《キャリア・デイ》で幼稚園に行ってるの。姉に話す」

ヴェロがはっと息を呑んだ。

「なにを話すわけ？」

「必要最低限のことだけ」

「ぜったいにだめだからね、フィンレイ！」

きつい口調のささやきまで声を落とし、そばのテーブルにいる女性に背を向けた。「ツリー農園で子どもたちがどれだけこわがってたか見たでしょ。あの子たちの父親を殺そうとしている人間がいるってときに、手をこまねいてなんていられない！」

「その投稿が警察の知るところとなったら、フォーラム全体が捜査の対象になる。そうなったら、警察がなにを突き止めることになるか、わかってるでしょ。そのフォーラムは、パトリシア・ミックラーがあなたを見つける前に、夫のハリスを殺してくれる人間を探すために利用していたものなのよ。あの事件は終わったの、フィンレイ。フェリクス・ジロフは拘置所にいて、わたしたちは難を逃れた。でも、あなたがこの件をお姉さんにべらべらしゃべったら、フェリクスが裁判にかけられもしないうちにあの事件の捜査が再開されてしまう。そうしたら、わたしたちふたりとも殺人罪で刑務所に入ることになるかもしれない」

鼻の下の汗を拭う。ヴェロの言うとおりだ。この件に警察を関与させるのはとんでもなく大きなリスクだ。でも、なにかしなければ。FedUp と EasyClean が会話の場をグループ・チャットからDMに移したら、追跡できなくなってしまう。

「フィンレイ?」ヴェロの口調は、子どもたちが静かすぎるときに使うものだった。ふたりがよからぬことをしていると察したときのもの。「なにをしているの?」

わたしはノートパソコンを引き寄せて〝スレッドに返信〟をクリックした。

「帰ってきたほうがいいわ」ヴェロがきっぱりと言う。「この件を話し合わないと」

わたしは両手ですばやく打鍵した。この何週間かでいちばん多い文字数だ。この場面が展開する道はひとつだけだったから。

Anonymous2：@FedUp、ちゃんとしたプロと話をしたほうがよさそうね。わたしには数人の女性が不必要なストレスから解放される手助けをした経験があり、あなたのこの特別な問題も解決のお手伝いができると確信しています。わたしのほうは、やりとりをはじめるためにどんなしかるべき理由《Good reasons》も必要ありません。DMしてください。一緒に解決しましょう。

「フィン、この件はうまく立ちまわらないと。いまなにをしているか知らないけど、すぐにやめて」

わたしは〝送信〟をクリックし、震える息を吐きながらノートパソコンを押しやった。

回線は死んだように静かだった。「まさか返信したなんて言わないわよね」

「それしか考えつかなかったのよ！」時間が必要だ。考える時間が。FedUpの正体を突き止める時間。これで充分な時間が稼げたかもしれない。

「いまどこ？」ヴェロが訊いてきた。

「ショッピングモールのフードコート」

「そこでノートパソコンを使ってるの？」

「そうよ！」

「なにやってんのよ、フィン！　なに考えてたの？」

「大型冷凍庫を買いたいっていったのよ、あなたが言ったんでしょ！」

「フードコートのフリーWi-Fiから元夫殺しを引き受けろなんて言ってません！」

わたしはあえいでノートパソコンを叩きつけるように閉め、周囲のテーブルに目を走らせた。

わたしったらなにをしでかしたの？

「よく聞いてちょうだい、フィンレイ」ヴェロが無理やり落ち着いた声で言った。「いますぐフォーラムからログアウトして。幼稚園にデリアを迎えにいって、このことはジョージアにはひとこともしゃべらないこと。わたしたちふたりでなんとかするのよ。前にもしたようにね」

いくつもの死体の記憶がよみがえり、ごくりと唾を飲んだ。人間の命の重みを思い出して。

月明かりの下で永遠とも思えるほどシャベルで穴を掘り続けたことを。
〝前にもしたように〟は、わたしがおそれていたそのものだった。

9

ボタンをはめていないコートから冷たい風が入りこむのを感じながら、デリアの幼稚園の駐車場を横切る。停めてある車のあいだを縫いながら姉のぴかぴかの青いシボレー・インパラを探したけど、どこにも見当たらなかった。バッグから携帯電話を掘り出し、幼稚園の前に立ったまま、フードコートでパニックを起こしたときにオフにした電話やメールをスクロールしていった。見逃した最初のメール四通を見てどきっとする。四通ともジョージアからだった。一通めはほとんど一時間前の着信だった。

〈職場で緊急事態。現場を抜け出せない。バカタレ一号が弟の足を撃った。バカタレ二号がやり返した。署に連行する前に救急外来に連れていかないとならない。幼稚園に間に合いそうにない。ほかの人に代わってもらえない?〉

二通めはその五分後に着信していた。

〈ヴェロはどう? 会計学なんて格好いいじゃない。でしょ?〉

それから……。

〈気にしないで。さっきのは忘れて〉

最後のテキスト・メールは四十分以上前に来ていた。

〈社会人先生の日《キャリア・デイ》のことは心配しないで。なんとかなったってデリアに伝えて〉

入り口から混み合ったロビーに飛びこみ、オレンジ色の工事現場用ベストを着ているお父さんと青い手術着を着たお母さんのあいだに〝失礼〟と言いながら割って入る。つま先立ちになって娘の教室を覗きこむ。デリアが教室の前に先生と一緒に立っていて、不安そうにスパイク・ヘアを指でもてあそんでいた。保護者のなかにパッドの入ったSWATのユニフォームを着てヘルメットをかぶった人目を引く人物が見え、安堵で力が抜けた。母親の何人かが小声で話しながら、ラグにあぐらをかいて座っている大喜びの園児のあいだを慎重に進むジョージアの長い脚にうっとりしたまなざしをくれていたけれど、わたしはデリアの大きな笑顔に釘《くぎ》づけだった。

ゲストがデリアの横に来て園児たちのほうを向き、SWATのヘルメットを脱ぎにかかると拍手が小さくなっていった。ヘルメットが持ち上げられ、黒っぽい目——ぜったいに姉のものではありえない目——が教室を見まわし、わたしのところで止まった。ニックがヘルメットを小脇に抱えた。はにかんだような片えくぼができ、母親数人がもっとよく見ようと必死になった。彼女たちの視線はユニフォームの長い脚を恥ずかしげもなく上がっていき、太腿《ふともも》につけられたホルスターや胸にぴたりとフィットしている戦闘用ベストのところで長く留まった。

デリアの先生がクリップボードを読み上げはじめると、母親たちが静かになった。「みなさん、今日はデリア・ドノヴァンが特別ゲストを呼んでくれました。フェアファクス郡警察のアンソニー刑事さんです。組織犯罪を監視する特別な部署で働いてらっしゃいます。刑事さんには訊きたいことがたくさんあるでしょうけど、保護者の方々には園児たちが耳にしても大丈夫な内容の質問にしていただくようお願いします」母親たちに向かって先生が眼鏡の縁《ふち》越しに目を向け、片方の眉を上げてくすくす笑いを引き出した。

園児たちはラグの上でひざ立ちになり、手を高く挙げた。デリアが友だちのひとりを指す。教室が静まり、耳を澄ますみんなにニックの声が魔法をかけた。デリアは、いつもなら父親にしか向けない——どんなものでもなおしてくれるという——崇拝のまなざしでニックを見上げている。最後にニックと会ったとき、わたしはデートに誘われてやんわりと断った。その彼がいま、SWATのユニフォーム姿で園児たちの前に立っている。わたしが求めてもおらず、おそらくはわたしにはもったいなさすぎるヒーロー。

手のなかの携帯電話が振動した。画面にジョージアの名前が出た。混み合った戸口から離れて電話を耳に当てる。

「彼、間に合った？」ジョージアが言った。

「うん。彼はここでなにをしてるの？」

ジョージアのついた安堵の息は、背後から聞こえる無線機の雑音やドアの開閉音のせいでくぐもった。「ほかにどうすればいいかわからなかったのよ。あなたに連絡はつかないし、デリアの社会人先生の日《キャリア・ディ》を台なしにしたくなかったから」

「それで都合のいいことに、ニックがＳＷＡＴの装備で幼稚園に行こうと申し出てくれたわけ？」

「ちょっとちがう。装備はわたしのアイデアなの。ジーンズとヘンリーネックのＴシャツより格好いいでしょ。デリアの友だちにすごいと思わせられるんじゃないかって考えたわけ」

わたしは渋々礼を言った。「でも、お姉ちゃんはわたしに借りができたわね。すっごく大きな借りが」

「なんで？　借りができたのはそっちでしょ」

「社会人先生の日《キャリア・ディ》を進んで引き受けたから？　それとも、自分の代わりにニックを送りこんだから？」そう言ったとたん、はっとした。「待って……ママに言われてやったの？」

「まさか」ジョージアが慌てて否定する。「ちがうって」

「やっぱりママの差し金だったのね！　お姉ちゃんが言われたとおりにしたなんて信じられない。ひどいよ、ジョージア。すっごく気まずいんだから！」

「気にしなきゃいいじゃない」

「お姉ちゃんを殺すつもりだってニックに言おうか？」

「妙ちきりんなことになるでしょうね。あのさ、バカタレ一号と二号の聴取を終えなきゃなんないの。あとでまたかける」

「借りを忘れないでよ！」電話を切る姉に念押しした。開いた戸口の奥から、園児たちの頭越しにニックがにやりと笑いかけてきて、好奇心に駆られた母親の何人かがわたしをふり向いた。このことだけでも、ジョージアにたっぷりオムツ替えをさせてやる。

「人をそらさない男ですよね？」背後からかすれた声で言われてふり向く。男性はわたしの肩越しにニックを見つめながら頭をふった。「彼はみんなをすっかり手なずけてしまいましたよ。子どもたちまでも」男性はポケットのなかで鍵束だか小銭だかをじゃらじゃらさせた。ボタンを留めていない上着の隙間から、銃床ときらめくバッジが覗いていた。だれだろうと必死で考えていると、男性の青い目がさっとわたしと目を合わせてきた。「失礼」手を差し出す。「自己紹介すべきでしたね。ジョーイ・バラフォンテです」ぴんときていないわたしに気づき、彼が教室のほうへ顎をしゃくる。「ニックのパートナーの」

「そうでしたか」もごもごと言い、急いで握手をした。

笑みを浮かべた彼の唇《くちびる》の端から爪楊枝《つまようじ》の先が覗いていた。いつものニックと同じように私服姿だけど、色合いはもっと明るかった。こめかみあたりに白いものがちらほら出かかっているたっぷりのブロンド、フレンチブルーのシャツ、そして薄灰色のスラックス。黄褐色の革ジャケットに煙草のにおいがかすかにしみついている。ハンサムだけど、ニックみたいな細身で危険なほど荒々しい感じではなかった。どちらかというとスティーヴン寄りの、どこにでもいそうな親しみやすい雰囲気で、腹部が少しばかり出はじめている。癌《がん》治療を受けていた人には見えなかった。「休職中だと思ってました」それとなく言ってみた。

「それはチャーリーですね」笑みを浮かべていた彼の口角が下がる。「チャーリーならまだ復職していなくて、全員で彼の帰りを待っているところです。私はニックの新しいパートナーなんです。あなたはかの有名なフィンレイ・ドノヴァンですよね」姉がよくするように、警察官の鋭い目つきでわたしを眺めまわした。まるで、ほかの人たちは気づきもしない小さな糸くずも取る粘着クリーナーだ。彼が小さくくすりと笑って爪楊枝を反対側へすべらせる。「あなたと話している私の首をはねたがってるみたいな目でニックがこっちを見ていなかったとしても、おおぜいのなかでもすぐにあなたがわかったでしょう。あいつはあなたの話ばかりしているから」

拍手喝采が起こり、ニックのプレゼンが終わったのだとわかった。ちらっとこちらを見た彼の笑みには、ジョーイへの鋭い警告がこもっていた。ジョーイが肘でわたしをつつく。

「ほら、私の言った意味がわかったでしょう？　彼は恥ずかしい秘密を全部バラされてるんじゃないかとヒヤヒヤしてるんですよ」

「彼はなにをバラされる心配をしているの？」

保護者が教室からぞろぞろと出てくるなか、ジョーイが耳もとに顔を寄せてきた。「張りこみの相棒として私は最悪で、あなたとのほうがうんと楽しめたこととか」

顔をまっ赤にしていると、デリアがニックの手を取ってみんなのあいだを縫ってこちらに向かってきた。そばまで来ると、デリアがニックの両脚をがばっと抱きしめて「ありがとう」とささやいたので、わたしは胸がいっぱいになった。

ずっしりと重い沈黙が落ちるなか、デリアは整理棚へバックパックを取りに走っていった。こんなに近くにいると、おぼえていたよりニックの背が高く感じられた。足もとがブーツだから一、二インチ上乗せされていたし、たったいまの娘のまなざしが彼を人間以上の存在まで高めたせいもあった。

お見通しとばかりに、彼の頬にゆっくりと片えくぼが浮かんだ。「会えてうれしいよ、フィンレイ」

「こちらこそ」バッグのストラップを肩の高い位置にかけなおし、ユニフォームがニックの体を包んでいるようすを見つめないように努めたけど、彼の胸がちょうどわたしの目線にあった。目をそらしたところ、同じくらいすばらしい上腕二頭筋が視界に入った。視線を下げるのは……ぜったいにだめだ。上目づかいにニックを見て、やわらかな微笑《ほほえ》みに息を呑んだ。「プレゼンをしてくれてありがとう。そんな義理もなかったのに」

ニックは廊下に並ぶ整理棚に顎をしゃくった。デリアが上着を着ていた。「来てよかったよ。彼女はすごくいい子だね」一カ月前にデリアにくそ野郎と言われたことを考えたら、とても寛大なことばだった。わたしと彼がデートをしていると娘から聞いたスティーヴンがニックについて言ったことばを、デリアがそのまま口にしたのだ。でも、彼とはデートしていなかった。厳密に言えば。張りこみの車のなかでジャックウサギみたいにネッキングしたのを数に入れなければ。

　思い出して、首が少し汗ばんできた。

　ニックの顔が赤いのは、彼も同じことを思い出しているせいかもしれない。

　ジョーイがニックの肩を平手でぴしゃりとやった。「外で煙草を吸ってくる。車で待ってる」爪楊枝をくわえたまま、わたしに笑顔を向けてきた。「やっと会えてうれしかったですよ、フィンレイ。彼をあんまりいじめないでやってくださいね」ウインクをひとつして、彼は人混みのなかに溶けこんでいった。

　社会人先生《キャリア・デイ》の日のゲストだった父親二、三人が立ち止まってニックと握手していくあいだ、わたしはぎこちなく待った。母親も何人かニックの腕をぽんぽんとやり、来てくれてありがとうと言いながら、上腕二頭筋からなかなか手を離そうとしなかった。

「あなたのプレゼンはすごくよかったわ」ニックのファンの列がついになくなると、わたしは言った。「デリアにとってはすごく重要なことだったの。ありがとう」

　ニックが軽く頭を下げる。「おれからの電話を受けてもいいと思うくらい感謝してる?」

　整理棚のそばに固まっている母親たちをちらっと見る。彼女たちは聞き耳を立てていないふりをしながら、それぞれの子どもに上着を着せていた。

「すまない、いまのは不適切だった」ニックが母親たちに背を向ける。「積もる話でもできたらいいと思っただけなんだ」ヘルメットを大きなてのひらで包む。一カ月前に張りこみ中の車のなかで臀部《でんぶ》をつかんできた彼の手の感触はすっごくよかった。「なんだったら、リサーチって呼んでもかまわない。ほら、書いてる本についておれに質問するとか」周囲を見まわしてから声を落とす。「ラボできみがピーターにサインした本を読んでみたよ。返さなかったらただじゃおかないと脅《おど》されたうえで貸してもらったんだ。かなりよかった」

科捜研の若い技師に請われてサインしたのはどの本だったかを、一所懸命思い出そうとする。半裸のカバー・モデルがぱっと浮かび、その本のいくつかの場面を思い出して舌を呑みこみそうになった。「やだ。あれを読んだの?」

うっすらしたニックの笑みのなかに、おもしろがっているような色があった。「ジョージアの話だと、いまは新しい本を書いているそうだね。その話をぜひ聞きたいな」

「いい考えかどうかわからないわ。わたしはいま——」園児がニックの背後から脚にぶつかったせいで、彼が一歩わたしに近づいた。コーヒーとスペアミントがアフターシェーブ・ローションと混じり合ったすてきな香りがした。目を閉じたら、一緒に張りこみをした車のシートのにおいまでしてきそうな気がした。口のなかがぱさぱさになる。「そうね。いいかも」

黒っぽい目をきらめかせて混み合った廊下を後ろ向きに出口へ向かう彼は、わたしをじっと見つめたままなのにだれにもぶつからなかった。周囲の人たちが自然と彼のために道を空けるのかもしれない。「今日は楽しかったとデリアに伝えてほしい。電話する」ニックはにやつきをこらえるために唇を噛み、くるりと向きを変えてドアから外へ出ていった。

10

どっと息が戻ってきた。なにをしでかしてしまったの？　マジでニックと食事に行く約束をたったいましてしまった？　彼から電話があったら——彼がもし電話してきたら——まちがいだったと説明しなくては。彼と出かけると返事をしたとき、どうかしていたのは明らかなんだから。ニックがあんなにそばにいるときに、頭がまともに働くはずもない。

デリアの整理棚のほうを見て、うなじの毛が逆立った。娘のそばに女性がしゃがみこんでいるのが見えたのだ。ストレートのブロンドで顔が隠れていたけれど、幼稚園の先生じゃないのはわかったし、顔見知りのお母さんのだれにも似ていなかった。ぐずぐずと残っている園児をよけながら娘のもとへ向かう。娘と女性のあいだに携帯電話があるのがちらっと見え、歩みを速める。ふたりは画面のだれかに向かって手をふった。

「なにしてるの？」わたしの声に女性がはっと立ち上がり、守るようにデリアの手をつかんでふり向いた。携帯電話を下げて太腿に押しつける。

でも、その前に画面に映った顔にわたしは気づいた。

「もしもし？」女性の脚に携帯電話が押しつけられているせいでくぐもったテレサの声は、いらだちを募らせていた。「なにも見えないんだけど、エイミー。そこにいるの？　ばかみたいな社会人先生の日《キャリア・デイ》なんてどうでもいいって言ったでしょ」携帯電話から重々しいため息が聞こえた。「聞いてるなら、うちに来て。《ジェネラル・ホスピタル》（アメリカの医療もの昼ドラ）があと一時間ではじまるから、〈ハリス・ティーター〉（チェーンのスーパーマーケット）に寄ってきてほしいのよ。〈ベン＆ジェリーズ〉のアイスがなくなって――」

テレサの親友のエイミー・レイノルズがやましそうな目でわたしを見て、電話を切った。わたしは娘をそっと自分に引き寄せた。

デリアが飛び跳ね、わたしのズボンを引っ張った。「マミー！　エイミーおばちゃんが来てくれたんだよ！」

「あの、どうも、フィンレイ」エイミーが携帯電話をしまって握手の手を伸ばしてきた。「わたしは――」

「あなたがだれかは知ってる」前にエイミーを見たことがあるのだ。ショッピングモールの化粧品売り場のカウンターでヴェロが彼女の接客を受けているあいだ、離れたところから覗いていたから。エイミーとテレサは女子学生クラブの仲間《ソロリティ・シスターズ》で、大学卒業後も親友のままだ。テレサが自宅のオフィスにしている部屋の壁に、腕を組んだふたりの写真が何枚も飾られていた。

わたしが握手に応じずにいると、エイミーは手を引っこめた。「ここでなにをしているのかと考えてらっしゃるんでしょうね。わたし……」彼女はデリアを見下ろして声を落とした。「お子さんたちに会えてなかったので……あれ以来」デリアが青い目に好奇心をたたえて顔を上げた。

「スウィーティ」わたしはデリアに話しかけた。「帰る前にトイレに行ってきたら？」

エイミーが笑顔で安心させる。「心配しなくて大丈夫。あなたが戻ってくるまでここにいるから」デリアが廊下をスキップしていくとエイミーは唇を噛み、急に自信がなくなったみたいにすがるような目を向けてきた。「ごめんなさい、フィンレイ。来てもいいかどうかたずねるべきだったのはわかっています。でも、もう一カ月もお子さんたちに会ってなくて。テレサが逮捕されて以来」

「テレサとスティーヴンの婚約は破棄された。彼女はあの子たちの――」

「テレサの立場はわかってます」エイミーの口調は鋭くなっていた。「レストランのトイレでスープまみれで泣いてる彼女から電話を受けたのはわたしですから。タオルを持っていって、髪についたフレンチ・オニオンを洗い落としたのも」

「あのときは、彼女がうちの夫と寝てるって知ったばかりだったのよ！」

「それに、あなたが仕返しでテレサの車のマフラーに粘土《プレイ・ドー》を詰めて修理工場送りにしたとき、彼女が借りたのはわたしのSUVでした！」気持ちを落ち着かせようと息をして、荒らげた声を落とした。「彼女だけを悪者にするのはやめてください。嘘やごまかしがあるとき、そこにはいつだってふたりの人間がからんでいるんです」

「わたしがテレサをどう思っていようと、彼女とスティーヴンの関係は終わったの。たとえ電話越しだろうと、彼女にはうちの子どもたちとしゃべる理由なんてまったくないのよ。あなたもね」

エイミーの目が潤《うる》み、声がおぼつかなげになった。「スティーヴンから聞いてるかどうか知りませんけど、お子さんたちとは毎週末会ってました。よくふたりを公園に連れていったわ。デリアとマニキュアを塗り合ったり、クッキーを焼いたりした。だから……」こぼれた涙をぐいっと拭う。「会えなくなってさみしいんです。夫があまり望まなかったのでわたしたち夫婦には……子どもがいなくて。デリアはすごくいい子で、一緒にいてすごく楽しかったわ」鼻をくすんとやる。「ばかみたいに聞こえるでしょうね」

ばかみたいに聞こえないのがいやだった。

「あの」もう帰ってと言おうとしたとき、エイミーが慌ててまた話し出した。「あなたとテレサが仲よくないのは知っているし、それは仕方ないと思います。彼女とスティーヴンのことでは傷ついたでしょうし、そのせいでわたしを嫌っていても驚きません。というか、理解できます。でも、テレサはわたしの親友なんです。彼女がどんなにしくじろうと、ずっと親友のまま変わりません。わたしたち、なんでも分かち合うの。というか、フェリクスがらみの件まではそうでした」エイミーがぶるっと震える。「スティーヴンはあいかわらずわたしに腹を立てています。あの晩警察署で会って以来、わたしからの電話に出てくれません。テレサがフェリクスとかかわっていると彼に話さなかったから。でも、テレサはすべてをわたしに話してくれてたわけじゃなかったんです……少なくとも、その件については、わたしはなにも聞いてませんでした」顔を上げてわたしと目を合わせた彼女は、罪悪感で赤くなっていた。「スティーヴンがしていること――わたしに怒っているせいで、デリアとザックに会わせてくれないこと――

は、フェアじゃないわ。最後にもう一度だけふたりに会いたかったんです。いきなりふたりの人生から消えるなんてよくないと思ったから。お別れが言いたかっただけなんです」震える息を長々と吐き、目を拭った。「ザックは来てます？」言いながら、わたしの周囲を覗く。

「息子は今日はシッターといるの」彼女が小さくたじろぐのが見えた。この新たな彼女を理解するのにわたしは苦心していた。テレサの女子学生クラブ《ソロリティ・シスターズ》の仲間のエイミーではなく、夫が浮気をしているときにその恋人が相談していた女性でもなく、子どもたちのエイミーおばさんである彼女を。土曜日に子どもたちのベビーシッターをし、デリアにマニキュアを塗った女性。社会人先生の日《キャリア・デイ》に来た女性。テレサは顔も見せなかったのに。

デリアがトイレから戻ってくると、エイミーの顔に悲しげな笑みが花開いた。

「おいで、デリア」娘のバックパックを床から拾い上げる。「もう帰らないと。エイミーおばさんにバイバイして」

エイミーはわかったという印にわたしに向かって小さくうなずいた。彼女はデリアと手をつなぎ、あいだに娘をはさんで三人で駐車場に向かいながら横目でわたしを見てきた。ミニバンのところまで来ると、エイミーはぎゅっと目を閉じ、デリアをきつくハグしたときには涙をぼろぼろと流していた。最後にデリアの頬にキスをする。補助シートに上がる娘を見る彼女はとてもつらそうだった。

気まずい沈黙のあと、エイミーとわたしは握手するに至った。彼女の下唇が震える。「わたしからのバイバイをザックに伝えてくれます？」

つらそうな彼女の声を聞いて、わたしのなかでなにかがばらばらになった。ザックは理解したり気にかけたりするには幼すぎるとしても、それをわたしの口から伝えたくはなかった。デリアが身をよじり、ウインドウ越しにこっちを見た。わたしは咳払いをして感情の塊《かたまり》をどけた。「あなたとテレサはなんでも話すって言ったわよね。いまでも？」

エイミーが眉をひそめた。「それがなにか？」

「テレサになにも言わずにいる――ビデオ通話も、外で会うのも、彼女の家に行くのもなし――なら、わたしも子どもたちに会うのを許したとスティーヴンに話さずにおくわ」

エイミーがはっとわたしの目を見る。いまの提案の不当性と明らかに葛藤しているようすだ。ヴェロに隠しごとをしろとわたしに突きつけるようなものだ。正直に言って、そんなことが自分にできるかどうかわからない。それでも、子どもたちの人生にぜったいにテレサを立ち入らせずにおくことだけは譲れない。「言いません」張り詰めた空気のあと彼女が言った。「今週の土曜日は仕事が休みなんです。そちらの都合が悪くなければ、その日にうかがえます」

スティーヴンは週末を子どもたちと過ごすと頑なだった。でも、ついさっきフォーラムであんなものを目にしてしまったいま、ぜったいにそうはさせないつもりだ。わたしはエイミーを気に入ってはいないかもしれないけど、彼女がうちの子たちを愛しているのは明らかだ。子どもたちは彼女と一緒にいるほうが、スティーヴンと一緒にいるよりも遥かに安全だ。

わたしは新しい連絡先を開いて携帯電話を彼女に渡した。「土曜日でいいわ」

11

犯罪現場にはけっして戻ってはならない。罪を逃れたいのであれば、それがシンプルな常識だ。ほかにも、シャワー・カーテンで死体を包むな、クレジットカードで四ガロンもの漂白剤やシャベルを買うな、ガレージに大型冷凍庫を置くな、というものもある。今日の午後にまたショッピングモールに行こうとヴェロが言い張った理由は、わたしにすらわからなかった。それでも、わたしたちは午後四時にまさにそのショッピングモールにいた。

買い物客のあいだを縫い、サンタさんと写真を撮ってもらおうと待っている家族連れの長い列を突き抜ける。サンタさんの背後にある遊び場は、くたくたに疲れた保育士と金切り声をあげる幼児でいっぱいだった。承諾書にサインをし、世話係に携帯電話番号を伝えて子どもたちを預けたあと、モールの隅にあるパソコン修理店へとヴェロに引っ張っていかれた。

「ここでなにをするの？」彼女にたずねた。

「いいから」

カウンターのなかにいる店員は高校も卒業していないように見えた。彼はスツールに背を丸めて座り、レジ横で頬杖をついていて、グラフィックTシャツの前面には名札をつけていた。くしゃくしゃの前髪の隙間から携帯電話を見ていて、背後のスピーカーからは引き裂かれるようなギターの甲高《かんだか》いリフが鳴っていた。

ヴェロがカウンターをノックする。「あの？」

男の子が困惑げな顔を上げた。まるで、今日が何日か、あるいは自分がどうやってここに来たのかがわからないみたいだ。プレーヤーの音量を落とそうと手を伸ばしたときにスツールがきしみ、信じられないくらい白くてぼてぼてした腹部がさらされた。「なんすか？」

「〈ギーク・スクワッド〉（家電量販店〈ベスト・バイ〉のパソコン・サポート・サービス）の人と話がしたいんだけど……」ヴェロは顔を傾けて男の子の名札を読んだ。「デレク」

彼が顔をゆがめて音量をまた上げた。「この先の〈ベスト・バイ〉にどうぞ」

「あのね、わたしだってほかのお店に行きたいわよ」音楽に負けじとヴェロが声を張りあげる。「でも、子どもたちが遊び場にいるからこのモールを離れるわけにはいかないの」デレクは携帯電話から厚ぼったいまぶたを上げてヴェロからわたしへと視線を移したあと、また画面に目を落とした。ヴェロがカウンターを強くノックした。「ちょっと！　困ってるからテクニカル・サポートを受けたいって言ってるの。自分の仕事をちゃんとわかってる人はこの店にいないの？」

片方の眉《まゆ》がほんの少し上がった気がした。それ以上わざわざ上げる必要もないとばかりだ。

「困りごとって？」

「セキュリティ問題」

デレクは重々しいため息をついて音量を下げた。「実機を見ないと」

ヴェロは見下すような目つきで彼をじろじろと見た。「どうして？」

「この店は、お客さんが自分でなんとかできるようにアドバイスする場所じゃないんすよ。修理してほしけりゃ、その実機を持ってきて、かかった時間分の料金を払ってください」彼はそう言って手を出した。親指にチョコレートがついていた。わたしは新しいノートパソコンをいやいやバッグから出して彼に渡した。

「セキュリティの問題って？」彼が言いながらノートパソコンを開いた。

「問題というよりは質問かしら」わたしは慎重に話しはじめた。「知りたいのは……たとえばフードコートみたいなところのフリー Wi-Fi を使った場合、ノートパソコンの安全性はどれくらいなのかということ」

デレクの両手がタッチパッドの上で飛ぶように動いた。「場合によりけり」

「場合って？」

「なにしたんすか？　請求書の支払い？　Eメールを送った？　ポルノ・サイトをネットサーフィンしてた……？」興味なさそうな視線がヴェロの胸へと上がる。その表情からすると、見る価値もなかったようだ。

ヴェロが彼の頭にノートパソコンを叩きつける前にと、わたしは彼女とカウンターのあいだに割って入った。「あるチャットルームで匿名《とくめい》の投稿をしたとして、だれかがその投稿からこのノートパソコンにたどり着けたりするかしら？」

デレクは肩をすくめた。「そこらへんにいるふつうの人間なら無理でしょうね。パソコンに詳しい人間ならできるかも」

「詳しい人間が投稿からわたしにたどり着くまで、どれくらいかかるかしら?」

「さあ」彼はわたしのノートパソコンをクリックしながら言った。ヴェロがカウンターに手を伸ばしてパソコンを思いきり閉めたので、デレクは危うく指をはさまれるところだった。彼が引っこめた手をひらひらさせてヴェロをにらむ。「簡単な質問じゃないんすよ、お客さん!条件によって返事が変わってくるんだから」

「条件って?」ヴェロがたずねる。

彼は、訊くまでもないだろうとばかりにいらだちの息を吐いた。「さあね。いろいろっすよ。ブラウザ、ネットワーク、ウェブサイト、パソコンの登録がどうなってるか……」

「わたしの投稿だってことを突き止められない方法はある?」

「あのさ」デレクは両手を上げた。「おれはハードウェア専門なんすよ。ネットワークに詳しい人間に訊いてください」

「ここにそういう人はいる?」わたしはたずねた。「その……ほら……そういう問題を解決できる人ってことだけど?」

デレクはわたしとヴェロを交互に見たけど、その目はヴェロのデザイナーズ・サングラス、プラダのコピー・バッグからぶら下がる高級スマートキーのチャージャーのロゴに長めに留まった。わたしのノートパソコンのリンゴのマークをずんぐりした人差し指でぼんやりとなぞりながら、《従業員以外立ち入り禁止》と書かれた背後のドアをちらっと見て声をひそめた。「そういう人間を知ってるかもね」チェーンのついたすり切れた革の財布を後ろポケットから引っ張り出して、そこから名刺を出した。それをカウンター越しにこっちに押しやる。手に取ったけど、どちらの面にも名前は書かれていなかった。なんの変哲もない白い名刺に書かれているのは電話番号だけだった。

ヴェロは自分の爪をしげしげと見つめて不満げに言った。「キャムを呼び出して」

わたしは彼女をにらんだ。「彼女が言ったのは、その人は優秀なのかってこと」

デレクはまた背後のドアにちらりと目を向けてから、カウンターに肘《ひじ》をついて声をひそめた。「おれ、去年、オンライン上でなりすまし詐欺に引っかかったんすよ。アソコの写真を送るよう女に言いくるめられちゃって」ヴェロがおえっと吐く声を出したので、わたしは彼女のつま先を思いきり踏んづけた。「で、いろんなサイトにその写真をアップされたんす」デレクが続けた。「その女は自分がやったという痕跡を消したと思いこんでたけど、キャムが一時間もしないで彼女を突き止めた。キャムは彼女のアカウントに侵入して、おおぜいの人間がおれのイチモツを目にする前にすべての写真を削除してくれたんだ」うなずいた彼の声には畏敬の念がこもっていた。「ってことなんで、キャムは優秀っすよ」

ヴェロは納得したようには見えなかったけど、わたしはキャムが何歳だろうとかまわなかった。いまわたしに必要なのは〝優秀〟な人だ。

デレクが片手を上げた。「いまので四十ドルになります」

「四十ドルですって?」ヴェロがサングラスをむしり取り、目をひんむいた。「ふざけてんの？」

コンピューターを取り戻してここから出たかったわたしは、財布からクレジットカードを取り出した。

「悪いけど、カード読み取り機は故障中。現金払いのみっす」

「ここはパソコン修理店でしょ！　なんでカード読み取り機が故障中なのよ？」ヴェロが悪態をつき続けているあいだに、わたしはマザーバッグの底から二十ドル札二枚を見つけ出した。

デレクはレシートがいるかどうかも訊かずにお金を受け取った。

「当ててあげましょうか」ヴェロが無表情で言う。「プリンターも故障中なんでしょ。どこがサポート窓口だか」そうぼやいた。

デレクは薄ら笑いを浮かべてお金をポケットにしまった。「幸運を祈ってますよ」彼がノートパソコンをわたしの手のなかに落とした。

苦笑いが出た。幸運とわたし？　これまでの記録はかならずしも最高のものじゃなかったけど。

わたしはキャムの名刺をポケットにしまいながら、彼がふたり分幸運であることを願った。

12

ヴェロはラモンの修理工場の錠と格闘し、鍵が引っかかると、小さくついた悪態と一緒に続けざまに白い息の波が吐き出された。最後に鍵を力いっぱいひねり、ふたりして転がるようにしてなかに入ると、冷たい夜気で冷えた腕をさすった。今夜は姉がデリアとザックを預かってくれていた。社会人先生《キャリア・デイ》の日にニックを送りこんだ詫《わ》びとして。子どもたちのいない夜にやりたいことなら百万だって考えられたし、その大半が暖かいブランケットの山の下でジュリアンと体の熱が関係するものだったけど、彼はいまもフロリダのホットなビーチにいて連絡がつかないし、わたしはといえば修理工場でヴェロと一緒に凍えかけている。

ヴェロが待合室の照明をつけた。おぼえているとおりのがらんとしたスペースだ——低くてがたつくテーブルの周囲にプラスチックの椅子が何脚か申し訳程度に置かれていて、蛍光灯周囲の吊り天井のボードは黄ばんでいる。ラモンの修理工場は二時間前に閉店していたけど、ヴェロは合鍵を持っていて、終業後に自分たちが使ってもいいとこは気にしないと断言したのだ。よく知りもしないハッカーを自宅に招待するつもりはさらさらなかったので、ここを使わせてもらうことにした。

ヴェロは両腕をさすり、まっしぐらにサーモスタットへと向かった。しばらくすると暖房のスイッチが入り、頭上のダクトを流れるプロパンのにおいがして、記憶が刺激されてぶるっと震えた。

携帯電話の通知音がして、わたしは胸をつかんであえいだ。

「びくついてる人がいるみたいね」ヴェロが両手をこすって温めながら言った。

「無理ないでしょ?」この前ここに来たときは、フェリクス・ジロフの用心棒に首にナイフを押しつけられ、フェリクスから尋問されたのだ。それ以来、修理工場は避けてきた。携帯電話の画面をタップする。ジュリアンからの楽しそうなメッセージで気を紛《まぎ》らわせられればいいと思ったけど、エイミーからのテキスト・メールだった。子どもたちと一緒に過ごさせてもらえることに感謝し、土曜日にぜったいにうかがいます、と書かれていた。

外で車のドアが閉まる音がした。正面の窓を両の拳が叩いた。携帯電話をしまってドアを開け、防犯灯の下で上がり段に立つひょろっとしたティーンの少年を見て眉をひそめた。べたつくブロンドの髪が目にかかっている。少年は頭をふって髪を払い、わたしをにらみつけてきた。

「写真でも撮りたいとか?」彼の両手は古びたアーミー・ジャケットのポケットに突っこまれていた。そのジャケットは至るところにマーカー汚れがあり、胸ポケット上部の名前は完全に黒く塗り潰されていた。

「あなたがキャム?」ちがっていることを願いながら訊いた。

「あんたは天才にちがいないな。入れてくれるのくれないの?」

「どうぞ」わたしは脇によけた。キャムは明るい色合いの目で改造車雑誌、冷水器、ラモンのオフィスへと続く暗い通路をざっと見てから入ってきた。

「おれたちだけ？」彼が言った。キャムからはおそろしい雰囲気は伝わってこなかった。どちらかというとわたしよりもびくついているみたいで、二、三フィート離れているよう気をつけながら周囲を見まわしていた。

ヴェロがブーツをカツカツと鳴らして近づいてくると、キャムはあとずさった。「彼女は友だちよ」わたしは言った。

ヴェロは彼の前でいきなり立ち止まった。両手を腰に当て、長いポニーテールが片側に傾いている。「これがキャム？　ただの子どもじゃないの」

キャムがわたしたちを身ぶりで示した。「あんたたちはメンサ（知能指数が全人口の上位二パーセントの人たちが参加する国際グループ）の会員にちがいない」

わたしはヴェロをにらみつけ、なにを言おうとしていたにせよ口を閉じていて、と無言の警告をした。「オフィスで話しましょう」

「話ならここで」キャムが椅子を一脚動かして座るとき、金属の脚が耳障りな音をたてた。彼はだらけた姿勢で座り、ポケットのなかで手を拳に握っているのが見て取れた。ヴェロとわたしはメラミン製の低いテーブルをはさんで彼の向かい側に座った。

「おれの番号は店から聞いたのか？」

「ショッピングモールのお店からね」わたしは細かく説明した。「カウンターのなかにいた若者が、かなりデリケートな個人的問題をあなたが解決してくれたと言ってたわ」

キャムは歯をなめ、垂れた前髪の隙間からわたしたちを見つめた。彼は椅子にもたれ、脚を前に伸ばして足首のところで交差させた。「出張サービス代が二百ドルで、それにプラスして一時間ごとに五十ドル請求する。ハードウェアとソフトウェアのインストールはそれとは別に一時間に百ドル、プラス部品代だ」

ヴェロの顎が落ちた。椅子から落ちるかと思った。「ただ来るだけで二百ドルですって?」

「二百五十ドルだね」キャムが訂正する。「三分前に最初の一時間がはじまってるから」

「第一級で特大のたわご——」

わたしはヴェロのひざにぴしゃりと手を置いて黙らせた。「それでけっこうよ。現金ならあるわ」とにかくこの問題をなんとかしなくちゃならないのだ。バッグから二百五十ドルを出し、テーブル越しに手を伸ばして彼の手に突っこんだ。

キャムはそのお金をジーンズの前ポケットにしまった。腕を組み、見下すようにわたしを見た。「どんなセキュリティ問題?」

わたしは説明をはじめた。「あるフォーラムがあって、そこの掲示板をときどき読んでるの。いつもは投稿はしないんだけど——」

「それってプライベートなフォーラム?」キャムが口をはさんできた。「ログインにはパスワードが必要?」

「ええ。でも、匿名のユーザー名を作ったわ」

「本物のEメール・アドレスから?」

「いいえ、ダミーのアカウントを使った」

キャムは首を傾げた。「ダミーのEメール・アカウントを作ったのはどこで?」

「公立の図書館だけど」

なにかのテストに合格したかのようにキャムが一度うなずいた。「自宅でそのダミーのEメール・アカウントにログインしたことは?」

「一度もない」そのEメール・アカウントは、例のフォーラムに入ってFedUpを探るという目的のためだけに作ったものだった。

「職場では?」

自宅と仕事場が同じだと説明する手間もかけず、ただ首を横にふった。キャムに個人情報を提供したくなくて、名前すら言っていない。見上げたことに、彼も訊いてこなかった。

キャムはわたしを見つめ、突き出した両手の親指で胸を軽く叩いた。「じゃあ、なにが問題なんすか?」

わたしはちらっとヴェロを見た。彼女はなにも言わず、不機嫌そうに唇《くちびる》をとがらせてピンクの長いマニキュアをはがしていた。一度だけ肩をすくめた。

「今週、モールのフードコートでフリー Wi-Fi を使ってそのフォーラムにログインしたの。そして、スレッドのある投稿に返信した。その投稿にはとても……個人的な情報がふくまれていて……返信したのがわたしだと、だれかに突き止められないか心配なの」

キャムが片方の眉を上げ、批判的な目でわたしを眺めまわした。まるで、わたしの裸を想像して、感銘を受けなかったと言わんばかりだ。「そのとき使ってたブラウザは?」

「買ったときから入ってたやつなんだけど……サファリだったかしら?」

その返事に失望したとばかりに、キャムはかすかに頭をふった。そして、わたしの椅子の横にあるパソコンバッグに向かって顎をしゃくった。「マシンはどこで買った?」

「オンラインで」

「新品を?」

「再装整備ずみのもの」

「メーカーから?」

「いいえ、eBayで」

彼が小さくうなずいたので、いくらかポイントを取り戻せたらしい。「登録はした?」

「してないと思う」わたしにノートパソコンを売った男性は、自分のファイルはすべて削除したと請け合った。ロック画面を解除するパスワードを彼からもらっていて、それをまだ変更していなかった。でも、それを言ったらキャムからポイントをもらえないのではないかという気がした。「パソコンは前の所有者が登録したままだと思う」

「大丈夫そうだな」キャムが組んでいた腕をほどき、椅子を押して立ち上がった。

「待って」慌てて言って、勢いよく立ち上がった。「それだけ? 大丈夫そうって? それ、どういう意味? ノートパソコンを見てもいないじゃないの」

キャムは肩をすくめた。「混雑したショッピングモール。フリーWi-Fi。匿名アカウント。

自宅や職場に関連するEメールのアカウントではログインしてない。心配ないよ」そう言って両手をポケットに突っこんだ。「自分にたどり着かれそうな場所から投稿したりEメールを送信しなきゃ、問題なしだ」

「二百五十ドルも請求して、〝自宅からそのアカウントをチェックするな〟だけ?」ヴェロが耳障りな笑い声を上げた。「そんなんだったらググればすんだわよ!」

「払った分だけ見返りが欲しいってか? じゃあ、言ってやる。くそったれのフードコートからヌード写真を投稿しないこと。それと、レーダーに引っかかりたくなかったら、今度図書館とかそういう場所に行ったときにでもダークウェブ・ブラウザをダウンロードするんだな。で、自分だって突き止められずに個人的な投稿をしたいときにそれを使いな」

「そのダークウェブ・ブラウザだけど」わたしは立ち去ろうとする彼の前に立ちはだかった。「プロのハッカーからも身を隠せるものなの?」ジョージアが木曜の夜に一緒にお酒を飲む、サイバー犯罪の捜査官みたいな人たちから。児童ポルノ犯罪の一味や、テロリストの地元下部組織や、大物インターネット詐欺師を逮捕する人たち。彼らならものの二秒でわたしにたどり着けると思う。

「ばかなことをしないかぎりは」

「それって安心材料にならない感じ」ヴェロがぼそりと言った。

外でクラクションが鳴った。「迎えの車だ。お疲れっした」

「待って」ドアに手を伸ばすキャムに言った。相手がわたしを突き止められない方法を知っている彼なら、こちらがだれかを突き止める方法だって知っているかもしれない。「Eメールのアドレスを渡したら、そのアカウントがだれのものか突き止められる?」

キャムが肩をすくめる。「調査代は五十ドルだけど」

財布に伸ばそうとしていたわたしの手をヴェロがつかんだ。「なにやってるの? お金が木になるとでも?」

「どうしたのよ?」わたしは小声で嚙みついた。ラモンと過ごした週末から戻って以来、お金のことに関するヴェロのふるまいがどうもおかしい。

クラクションが大音量で鳴り響いた。ヴェロの顎がひくつく。

「ねえ、おふたりさん。その五十ドルにまだしがみついてるんなら、利子を請求しなくちゃならなくなるけど」

ヴェロはわたしの腕を放し、キャムがお金を取ると小さく悪態をついた。わたしは雑誌の山を動かして嚙み跡のついたボールペンを見つけた。『スポーツ・イラストレイテッド』誌の表紙の端を破り、FedUpのEメール・アドレスを書き殴ってキャムに渡した。

「どれくらいかかるかしら?」

「場合によるな」彼は雑誌の切れ端をポケットに入れた。「連絡する」キャムが出ていってドアが閉まると、ドアについたベルがやかましく鳴った。

ヴェロが頭をふる。「あのチンケな男は信用できない」

最悪の問題は、わたしも同感ということだ。

13

その晩の後刻、ヴェロとわたしは山ほどのクリスマス用ライトに囲まれ、ポップコーンのボウルをあいだにはさんで居間のカーペットに座りこんでいた。家のなかはありがたくも静かで、認めたくはなかったけど、スティーヴンが持ってきたツリーはすがすがしいモミの香りで部屋を満たしていてなかなかすてきだった。ヴェロが地下室から埃まみれのクリスマス用の箱を運んできて、もつれた緑のコードをほどこうとしていた。その前には、ツリーをスタンドに立て、椅子に乗って先端を切ってくれた。ヴェロはものごとを調和させるのがうまい――刺々しさをなめらかにして、厄介で支離滅裂な人生がうまくいくようにしてくれるのだ。

わたしは、彼女が炉棚にかけた三つの靴下を見て顔をしかめた。スティーヴンが言ったことなんてどうでもよかった。ヴェロがガレージに偶然入ってきて死体を埋めるのに手を貸してくれた時点では、それほど長い知り合いだったわけでも、よく知っていたわけでもなかったけど、いまでは彼女は家族だ。今週中にモールに寄ってもうひとつ靴下を買ってくること、と頭のなかにメモした。

「彼女、投稿してきた?」ヴェロは腕にライトのコードを巻きつけて作業に没頭していた。

わたしはふたたび携帯電話をチェックした。「まだよ」

この何時間か、キャムから勧められたダークウェブ・ブラウザをググり、ふたりのノートパソコンや携帯電話にダウンロードする方法を調べた。それから女性のためのフォーラムにログインしてFedUpが返信したかどうか確認したけど、わたしがフードコートでオファーして以降、スレッドにはなんの動きもなかった。でも、DMが一通来ていた——EasyClean からのひとこと。〈手を引け〉

「ぴりぴりしてるみたいね」ヴェロが言う。わたしはデリアのマジックペンのキャップを取った。

「当たり前でしょ。FedUp が返信してこないのは、もう EasyClean に頼んでしまったからだったら?」

「それはないと思うな。EasyClean は、依頼を受けてればわざわざメッセージなんて送ってくるような人じゃないはず。あっちはあなたを脅《おど》して追い払おうとしてるだけよ。悩んでるのはそれだけ?」

「ほかに悩むようなことがある?」カーペットに大きく広げたアートペーパーにマジックペンで試し書きをしてみた。乾いてインクが出てこなかった。

「ジュリアンから連絡は?」

「ない」ペンの先がアートペーパーを突き抜け、わたしはいらっとした。彼がフロリダへ行ってから五日になるのに、ひとことの連絡もない。「戻ったらメールをくれるって言ってた」

「いつ戻ってくるの?」

「訊かなかった」

ヴェロが片方の眉をつり上げた。

「なによ？　わたしはジュリアンの母親じゃないのよ。わたしは彼の……」まったく、自分が彼にとってどういう存在なのかわからなかった。「言っとくけど、年齢のことで冗談を言ったら承知しないからね」

ヴェロはにやつきながら、ポップコーンをひとつかみ口に放りこんだ。「じゃあ、ニックとデートするの？」眉をやたら動かしている。

ニックがそのうち近況報告でもしようと軽く誘ってきたことを、ヴェロに話すというまちがいを犯してしまったのだった。彼女はそれ以来、ニックから電話がかかってくるのを待ってわたしの携帯電話のそばをうろついていた。ただ、自分に正直になるならば、わたしもいつも以上に携帯電話を気にしているかもしれない。ジュリアンからメールが来ていないかとチェックしているのか、ニックからのメールをチェックしているのか、自分でもよくわからなかったけど。ふたつの可能性のうち、どちらのほうを心待ちにしているのかも。

「ニックと近況報告をするのはまちがいだと思う」

「わたしはそうは思わないな。編集者はなにかを嗅ぎ取ったのよ。弁護士が行方知れずのあいだ、だれがヒロインの相手をするのか？　恋の相手がふたりいたら、ぜったいにストーリーのおもしろさがアップするでしょ」

わたしの携帯電話で通知音がした。ヴェロが飛びついて先に携帯電話をつかみ、わたしから逃げながら暗証番号を入力した。彼女の目が飛び出る。

「うっひゃあ！」吐息のような声を出し、携帯電話を取り返そうとするわたしの手の届かないところへやった。「これの四十パーセントをゲットするには、だれを殺さなきゃならない？」

画面にジュリアンが出ているのを見て、わたしの胃が変な具合にひっくり返った。ヴェロから携帯電話を奪い返してカウチの側面に倒れこむ。ジュリアンの自撮り写真を見つめるうちに、口のなかがからからになっていった。肩に砂がついている。ローズゴールドの胸は海水と汗ですべらかで、低く穿《は》いたボードショーツのウエストからは、おそらくわたしを悶々とさせる意図だろうけど、引き締まった薄い色合いの肌が覗いていた。

〈あなたにもここにいてほしかった。あと二、三日したら戻る。戻ったらメールするね〉日に焼けて色味の薄くなった髪は乱れ、笑顔はいたずらっぽかった。

わたしは自分のスウェットを見下ろし、頭頂部《ママ》のお団子《バン》をなでつけた。少なくともスウェットパンツを穿いている。それでも、いまどれだけがんばって自撮りしたとしても、ジュリアンのものとは雲泥の差だろう。スウェットパンツを穿いていない自撮り写真なら少しは釣り合いが取れるだろうか、とつかの間考えた。そのとき、オンラインでばかなことをしないようにと修理工場でキャムに言われたのを思い出した。ジュリアンにヌード写真を送るのは、きっとその〝ばかなこと〟のカテゴリーに入るにちがいない。

炎の絵文字で手を打つことにし、こうタイプした。〈待ちきれない。またね〉

ヴェロの薄ら笑いを無視し、ジュリアンの写真をカメラロールに保存し、ノートパソコンのスクリーン・セイバーにできるくらい解像度はいいかしら、と恥ずかしげもなく考えた。

「彼のインスタをチェックすべきよ。写真がもっと投稿されてるはず」ヴェロが言った。

わたしは携帯電話をロックして、画面を下にして背後に置いた。「だめよ。そんなの気色悪いしまちがってる」

「興味ないなんて言わないで」

「そんなに興味があるなら、自分の携帯電話からチェックしなさいよ」

「わたしがアカウントを持ってないのを知ってるでしょ」そう言って床からわたしの携帯電話を取った。

「どうしてなの?」ヴェロみたいに目を瞠《みは》るほどの美人でファッショナブルな人がソーシャル・メディアのアカウントをひとつも持っていないのが、前々から不思議で仕方なかった。いま彼女が自撮り写真を投稿したら、それがフランネルのパジャマ姿だったとしても、一時間以内に千人のフォロワーができるだろう。

「世界中にわたしのことを知ってもらう必要なんてないからよ」

「友だちはどうなの?」

「あなたとラモンがわたしの居場所を知ってる」ヴェロは眉根を寄せながら暗証番号を入力し、あちこちスクロールした。「はん」渋い顔で画面を見つめる。「ジュリアンのアカウントは非公開になってる」

「そんなはずない。ほんの何日か前に見たもの」

「気色悪いしまちがってるって言ってなかった?」

「貸して」わたしは携帯電話を取り、ヴェロの言うとおりだとわかって驚いた。サムネイル写真と一行プロフィールをのぞき、ジュリアンのアカウントは鍵がかかっていた。「変ね。どうしていまになって設定を変えたのかしら?」

ヴェロが同情をこめて目をくしゃっとした。答えは明らかでしょ、と言わんばかりに。ジュリアンは友だちと遠くへ出かけ、ビーチでお酒を飲んで羽目をはずしている。片やわたしはここにいて、元夫を探り、電動工具用に大量の電池を買っている。

「ま、いいわ。もっと心配しなくちゃならないことがあるし」喉の痛みを無視して携帯電話をカーペットに放り、マジックペンを手にした。ジュリアンのことも、彼がなにをしているかも、考えたりしない。「この EasyClean という人物と、彼女がわたしの元夫になにを計画しているかとかね」

赤色のマジックペンのキャップをさっとはずし、ヴェロとのあいだに置いた長いアートペーパーのいちばん上にスティーヴンの名前を書き殴った。その横には十月二十九日という日付を書く。その下に縦線二本を書いてアートペーパーを三つのセクションにわける。

「なにしてるの?」ヴェロがポップコーンを頬張りながら訊いてきた。

「一カ月前にしておくべきだったことを。FedUp の正体を探り出して、彼女を止める方法を見つけるの」

「どうやって?」

「小説を書くのと同じ方法で」

「つまり、何日もシャワーを浴びず、パジャマ姿のまま掃除機が吸いこむみたいにグミベア（熊の形をしたグミ）を食べ、ノートパソコンに向かって悪態をつくってこと？」

「ちがう」いらいらした口調になった。「スティーヴン殺害の構想を練るのよ」

「ありがとうございます、嬰児《みどりご》イエスさま、やっと願いが叶います」

わたしが頭を目がけてマジックペンを投げると、ヴェロはひょいと首をすくめてくすくす笑った。「文字どおりの意味じゃないって。スティーヴンが怒らせた人たちのリストを作ってるの。それから、そのなかのだれがいちばん彼を殺したがってそうかを突き止める」

アートペーパーを見るうちに、ヴェロの笑いが鎮《しず》まっていった。「こんなことは言いたくないけどさ、フィン、アートペーパーの巻きがもうひとついるわよ」

「とりあえずはじめないと話にならないでしょ」三つのセクションに項目名をつける。「人は三つの理由のいずれかで殺人を犯す。愛、お金、復讐」復讐欄にテレサの名前を書いた。「FedUpがスティーヴンについて最初に投稿した十月二十九日は、テレサが逮捕された二日後だった」スティーヴンとテレサの関係はその前からぐらついていたけど、ジョージアから聞いた話だと、テレサが連行された夜にふたりは警察署でひどい喧嘩になり、スティーヴンは婚約を破棄したらしい。翌朝、スティーヴンはテレサの家を出て、二カラットの婚約指輪を取り戻し、共同名義の当座預金口座から彼の分のお金を引き出した。

ヴェロは頭をふり、ポップコーンの粒を思索的な表情で噛みながらコードのからまりをほどき続けた。「テレサにあの投稿ができたはずないわよ。彼女は留置場にいたんだから」

ヴェロの言うことももっともだった。エイミーが保釈金を払ったのだけど、それには何日もかかった。勾留中のテレサが自由にコンピューターにアクセスできたはずもなかっただろうし、さらに言えばそれを実行できるプライバシーも時間もなかったはずだ。

ヴェロが表に向かって顎《あご》をくいっとやった。「ほかにだれがいる？」

「踏みつけにされた恋人で？　あと知ってるのはブリーだけかな」

ヴェロはクリスマス用ライトから顔を上げ、わたしが〝愛〟の欄にブリーの名前を書くのを見て鼻にしわを寄せた。「なんでブリーがスティーヴンを殺したがるわけ？　彼女はスティーヴンに首ったけなんだと思ったけど」

「そうだったんだと思う。クビにされるまではね。スティーヴンの話では、殺人事件の捜査の件がニュースになったせいで大口のクライアントをいくつか失って、従業員を減らさざるをえなくなったんですって。それで何週間か前にブリーをクビにした」

ヴェロはなにやら計算しているみたいに小首を傾げた。「タイミングが合わない。ニュースが流れたのは日曜日の夜。女性フォーラムに求人広告が投稿されたのはその二日後。クライアントがすぐさま逃げ出しはじめたとしても、スティーヴンがそんなに早くブリーをクビにしたはずがない。彼ってどうしようもなく自分本位だもの。自分が警察を相手にしているあいだ、彼女にはたっくさんの電話をさばいてもらわなきゃならないでしょ。あと、ブリーみたいな人がどうやって十万ドルなんて手に入れられるわけ？　オフィスでアシスタントをしてる二十歳の女の子にEasyCleanみたいな人間を雇う余裕なんてぜったいにない。無理ね」ヴェロは頭をふり、ふたつめの欄を長い爪でコツコツとやった。「お金の線を追いましょう。いつだって結局はお金が鍵になるんだから。スティーヴンがくたばったら、だれが得をするか？」

「子どもたちが生命保険の受取人になってる」

ヴェロが陰鬱《いんうつ》な笑いを漏らした。「そうなると、ふたつめの欄ではあなたが第一容疑者になるわね。必死で考えて。ほかにだれがいる？」

「スティーヴンにはほかに資産はないわ。お金はすべて農園に注ぎこんでたから」

わたしの携帯電話でチャイム音が鳴った。わたしより先にヴェロが取った。「おーっと、ニックにちがいないわ」彼女はにやりと笑った。けれど、画面を親指で操作した顔が曇った。

「どうかした？」わたしはたずねた。「だれだったの？」

「FedUpよ……彼女、スレッドに返信した」

わたしはにじり寄り、ヴェロの肩越しに読んだ。

FedUp：@EasyClean、@Anonymous2、返信をありがとうございます。申し出をしてくださったご親切を受け、おふた方のどちらとでもチャットをしたいところですが、いまはストレスの多い時期なのです。クリスマスまでに片づけておかなくてはならないことが山ほどあるのに、時間が足りない状態です。わかっていただけると思います。連絡を取り合うのは落ち着いてからにしませんか？　クリスマスの予定を無事に終えられたときにでも、おふたりのどちらかがメッセージをくださることを願っています。

ヴェロが携帯電話の画面に向かって眉を寄せた。「〝おふた方のどちらとでもチャットをしたいところですが〟……？　これってどういう意味？」

わたしは投稿をもう一度読んだ。〝クリスマスまでに片づけておかなくてはならないことが山ほどあるのに、時間が足りない状態です〟「どうやら彼女はふたりとも雇おうとしているみたいね。で、スティーヴンを始末できたほうが報酬を得る」FedUp は賭け金を上げたのだ。勝者がすべてを手に入れる。そのうえで、チクタクと時を刻む時計を追加して期限を設けた。

「彼女、クリスマスまでに片をつけたがっている」

「まだ三週間以上ある」

新たな投稿がスレッドの下に現われた。

EasyClean：@FedUp、時間が重要だということは完璧に理解できます。こちらは準備をすでに開始しています。じきに連絡できるでしょう。

ヴェロの言うとおりだ。お金は最大の動機だ。EasyClean が莫大なお金を失いそうだと考えているなら、すばやく動くだろう。つまり、わたしはそれより早く動かなければならないわけだ。FedUp の正体を突き止めて、依頼を取り消すよう説得しなければ。

マジックペンにキャップをし、目の前にくり広げられつつある可能なシナリオを考えた。

三つの動機。

物語の進む三つの方向。

でも、そのすべてに共通する背景はひとつだけ。

アートペーパーをくるくる巻き上げて立ち上がる。「着替えて。農園に行くわよ」

14

前回ヴェロとわたしが暗がりのなかでこの砂利道を通ったときは、三千フィートのクリング・ラップ（ザ・グラッド・プロダクツ社のラップ）、懐中電灯、シャベル二本がトランクに入っていて、腐敗しつつある死体を移動させる手堅い計画があった。今回はそこまで準備ができている気がしなかった。

「あなたのクレジットカードをちょうだい」ヴェロが小声で言った。彼女のチャージャーを販売オフィスのトレーラー裏に停めてから、なかに入れないことに気づいたのだった。

「なんでわたしのクレジットカードなの？　自分のを使えばいいでしょ？」

「持ってない」ヴェロはてのひらを上にして背後に向け、わたしがアメリカン・エキスプレスのカードを取り出すのを待った。わたしは彼女の手にカードを叩きつけるように置いてから携帯電話のフラッシュライトを錠のそばに向け、彼女がドアとドア枠のあいだにカードを挿しこんだ。

「自分がなにをしているか、ちゃんとわかってるんでしょうね？」

「当たり前でしょ。YouTube で観――」クレジットカードが割れた。ヴェロが手もとに残った部分を引き抜いてフラッシュライトに向けた。

ヴェロの手からカードの残骸を引ったくり、コートのポケットに戻した。「ほかに入る方法があるはず」

「窓を割る以外に？」

スティーヴンが農園用トラックとして使っているおんぼろフォード車のサンバイザーに突っこんであった鍵束は、すべて試したあとだった。わたしはドアそばの腐葉土《マルチ》にひざをつき、キクや冬キャベツを照らしてクレジットカードの残り部分を探した。こんなことをしてもむだだ、もう……。

水道の蛇口《じゃぐち》に取りつける金属のノズルがライトに反射した。

「なにしてるの？」ヴェロが訊く。わたしはトレーラーの正面を見つめ、外壁や窓枠をゆっくりと照らしていた。スティーヴンはぜったいに鍵をどこかに隠しているはずだ。彼はいつだってそうしている。元夫はボーイスカウトではなかったけれど、常に備えを怠らない。超人的な立案とものごとをまとめる能力を用い、ひとりの女性と暮らしながら別の女性とベッドをともにし、気取られずに出入りする。スティーヴンはいつだって脱出計画を用意していた。

そして、いつだって鍵を持っていた。

ライトがトレーラーの向こう端の縦樋《たてどい》下にあるコンクリートの受け石を照らした。受け石の端を持ち上げると、押し潰された腐葉土《マルチ》から銀色の輝きがウインクしてきた。「ありがとう、ミセス・ハガティ」そうささやいた。鍵をジーンズで拭《ぬぐ》っていると、ヴェロが片眉をつり上げた。「浮気をしているとき、スティーヴンはテレサのために家の外に鍵を置いていたの」錠に鍵を挿しこみながら説明する。「ミセス・ハガティは、テレサが樋の受け石から鍵を取り出すところを見ていたわけ。元夫は習慣の生き物なの」

「あいつはただの下司野郎《げす》ってだけ」

わたしは暗いトレーラーに足を踏み入れた。壁のキーパッドで赤いランプが光っているのを見て凍りつき、そこにヴェロがぶつかってきた。「それはなに？」赤いランプが点滅し、わたしが目を瞬《しばたた》いていると、彼女がたずねた。

「セキュリティ・システム」

「彼はセキュリティ・システムをつけてないって言ったじゃない」

ランプの点滅が速くなってきて、胃が急降下した。「いまはつけてるみたいね」

「どうする？」ポップコーンのにおいがする彼女の熱い息がうなじにかかった。

「解除コードがいる」

「そのコードは？」

「知るわけないでしょ？」

「鍵の隠し場所は知ってたじゃない！」

「それとこれとは別！　うちはセキュリティ・システムなんてつけたことがないもの」

「テレサの家にはあった？」

「ううん。スティーヴンがセキュリティ・システムを嫌ってるのよ」痕跡を残さずに出入りするのがむずかしくなるからだろう。

「わかった。考えて」ヴェロがパネルへとわたしを押しやる。「こういうシステムの解除コードってたいてい四桁だよね？　スティーヴンならどんな番号を選ぶ？」

「わからない」赤いランプの点滅速度がさらに速くなり、舌がもつれた。「あなたの家のガレージの番号を試してみて」

ガレージのドアの四桁数字を入力する。パネルの点滅が止まった。

「うまくいった？」ヴェロがひそめた声で言った。聞こえるのは壁にかかった時計が時を刻む音と、サーモスタットがカチリと入る音だけだ。

「だと思う」震える息を吐きながら言った。ドアを閉める。フラッシュライトをつけた携帯電話を高く掲げ、暗がりのなかを進んでブリーのデスクへ行き、ランプをつけた。電球のやわらかな明かりは通常よりも明るく感じられ、道路からだれにも見られないことを願った。「さっさと目当てのものを見つけて、ここをずらかろう。帳簿はスティーヴンのオフィスだと思う。デスクからなにが見つかるかやってみて。わたしはなにか怪しげなものがないか、ここを探す」

ヴェロがオフィスに向かうと、堅木張りの廊下がきしんだ。スティーヴンのオフィスでランプがつき、ファイル用引き出しを次々とすばやく開ける音やフォルダーをがむしゃらに動かす音が聞こえた。わたしはブリーのデスクチェアを引き出してどけ、手早く引き出しを開け閉めして、彼女が残していった個人的なものはないかと……FedUp を見つける手がかりになるものはないかと探した。スティーヴンが仕事で敵を作っていたのなら、アシスタントであるブリーが知っている可能性が高かった。

電話の脇に伝言ノートが開いた状態で置かれていた。螺旋《らせん》閉じで、剝《は》ぎ取り用のミシン目が入ってて、黄色の薄い紙に複写できるタイプだ。二、三十の伝言をめくってみたけど、奇妙なものは目に飛びこんでこなかった。伝言ノートをもとの場所に戻したとき、〝タイムカード〟と書かれたプラスチックのファイル・ボックスが電話の横にあるのに気づいた。

時給で雇われている従業員の出退勤時刻が記録されたカードをくっていき、唯一の女性の名前のところで手を止める。ブリアナ・フラー。これがブリーにちがいない。

彼女の連絡先情報と最後のシフトの記録が入るようにして、そのカードの写真を携帯電話で撮った。最後の出勤日は土曜日だった……十月二十六日？

それでは筋が通らない。

それはニックとわたしが芝を買うふりをして農園を訪れた日で、ブリーがアオウシノケグサのフィールドへの行き方を教えてくれた。警察が死体を掘り起こす前だ。スティーヴンは、事件が報じられたあとにブリーをクビにしたと言っていた。

カードを裏返してみたけど、なにも書かれていなかった。ブリーの最終出勤日はほとんど一カ月前だ。スティーヴンは昔からずっと嘘をつくのがうまかったけど、どうしてこの件でわざわざ嘘をついたのだろう？

壁の時計がカチコチと鳴った。カードをファイル・ボックスに戻し、ファイル用引き出しのところへ移動した。なかに突っこまれているたくさんの私物を漁る。合成皮革の手袋、折りたたみ傘、リップ・グロス、青いキラキラしたマニキュアの瓶……はっとして見おぼえのあるすり切れたロマンティック・サスペンス小説を引き出す——わたしの本だ。小口（書籍の背の反対側の裁断面）には地元の公立図書館の所蔵印が押されている。ぎこちない手つきで裏表紙を開き、ポケットから貸出時の控えを抜いた。貸出期間は何週間も過ぎていた。ブリーの借りた本ならば、どうして取りに戻らなかったのだろう？　それに、図書館で借りられるロマンティック・サスペンス小説なんて山ほどあるのに、どうしてわたしの本を選んだのだろう？

本から写真がすべり落ちた。ブリーの若々しい顔がわたしに笑いかける。スティーヴンが彼女の肩に腕をまわしている。その写真は両端が折られていて、ブリーとスティーヴンだけが見えるようになっていた。両端を伸ばすと、全体が見えた。わたしの知らない年配男性がブリーの右側にいて、彼女の腰に腕をまわしていた。その男性は長身で、スティーヴンより十から十五歳は上らしい。がっしりした顎のハンサムで、色合いの薄い髪がこめかみあたりで後退しつつあるせいで、感じのよい青い目の周囲の笑いじわが見えていた。どこか見おぼえのある気がするのは、元夫と同じ揺らがぬ自信がにじみ出ているからだろうか。男性とスティーヴンは顔立ちが似ているというわけではなかったけど同じ雰囲気があり、ブリーはふたりの男性にはさまれて幸せそうな輝きを放っていた。

スティーヴンの反対側には、白髪になりつつあるぼさぼさ髪の痩せた中年男性が少し離れて立っていた。まるで、三人に引き寄せられてはからずも写りこんでしまったかのようだ。唇を結んだままの笑みは硬く、右頬の高い位置にある大きくて黒いほくろを小さく見せようとでもするように顔を背《そむ》けている。どことなく見おぼえがあったものの、この男性がだれなのかはまったくわからなかった。ふたりの男性がだれにしろ、ブリーとスティーヴン双方にとってたいせつな人物であるのは明らかだ。

その写真をポケットに入れたとき、けたたましいベル音で部屋が揺れた。

ブリーのデスクにある電話をはっと見る。発信者名が明るく表示された。〈ホームセーフ・セキュリティ社〉

「フィン？　これ見てる？」ヴェロの声はこわばっていたので、彼女もスティーヴンのデスクの電話でわたしと同じものを目にしているのだとわかった。

「セキュリティ会社からよ。出なくちゃ」

「出たら、わたしがたちがここにいるのがバレるじゃない！」

「出なかったら、警察に通報されるのよ！」電話の着信音がふたたび鳴った。どきどきしながら電話に手を伸ばす。受話器を耳に当て、送話口を手でふさいでしゃべった。「もしもし？」

「こちらはホームセーフ・セキュリティ社です。警報が鳴ったのでご連絡しています。電話口にいるのはどなたですか？」

女性が返事を待つあいだ、わたしはパニックを起こしてデスクを見まわし、タイムカードの入ったファイル・ボックスに目を留めた。ファイル・ボックスにあったのはすべて男性の名前だったけど、ひとりだけ女性がいた。わたしは咳払いをし、ブリーの陽気な口調をまねた。

「ブリーです。ブリー・フラー。アシスタントです。ご迷惑をおかけしてすみませんでした。

うっかり忘れてしまって……傘を」

〝傘ですって？　なに言ってんの？〟そばに来たヴェロが口だけ動かして伝えてきた。

「取りに戻ったとき、アラームがセットされているのを忘れてたんです。でも、すべて問題なしです。ほんとうに。トラブルは起きてません」ぎこちなく笑った。

「それならよかったです、ブリー。では、こちらでアラームを無効化するためのあなたの合いことばをお願いします」

「わたしの合いことばですか？」ヴェロをふり向く。彼女の目がまん丸くなった。

「警察官にそちらへ行ってもらう必要がありますか？　困ったことになっているんですか？」

「ええ、じゃなくていいえ！」片手で顔をぴしゃりとやった。「困ったことにはなってません。警察官なんてぜったいに送りこんでいただかなくてけっこうです」ヴェロが窓へ急ぎ、ブラインドの隙間から外を見た。

「それなら、アラームを無効化する五文字の合いことばを言っていただく必要があります」

舌が上顎にくっついて固まった。スティーヴンはどんな合いことばを設定するだろう？

〝デリア〟では短すぎる。〝テレサ〟もだ。

「フィンレイ！」ヴェロが嚙みついた。〝電話を切って！　逃げないと！〟と声を出さずに伝えてきた。

「ありがとうございました」セキュリティ会社の女性が朗《ほが》らかに言った。「たしかに合いことばをうかがいました。敷地内チェック要請をキャンセルしておきます」

セキュリティ会社からの電話が切れた受話器を凝視《ぎょうし》し、たったいまなにが起きたのかを理解しようとした。小さくだったとはいえ、口にされたことばはひとつだけで、わたしの名前だった。そして、それは五文字だった。

わたしの名前がスティーヴンの合いことばだった？

「警察が到着するまであとどれくらい？」ヴェロのことばが聞こえ、ぼうっとした状態からわれに返った。

「警察は来ないわ」わたしが言うと、ヴェロは壁にぐったりともたれて片手を胸に当てた。

「スティーヴンの帳簿は見つけた？」

ヴェロは携帯電話をかざした。

「よかった。ここから退散しましょ」

15

ブリーのデスク・ランプのスイッチを切り、向きを変えて立ち去ろうとしたときにヴェロにぶつかりそうになった。彼女は正面の窓脇にじっと立ち、農園入り口へと続く長い砂利道を見下ろしていた。ヘッドライトがトレーラーに向かってきて窓ガラスをなめた。

「くそっ！」ヴェロが身を縮める。「スティーヴンかな？」

羽根板《スラット》の隙間から外を見てみた。「ちがうと思う」断言するにはまだ遠すぎたけど、スティーヴンのピックアップ・トラックにしてはヘッドライトの位置が低すぎに思われた。

ライトが窓から入ってわたしたちをもろに照らした。ふたりしてさっとかがみこみ、窓の下の壁に背中を押しつけた。目を閉じ、タイヤにゆっくり着実に踏まれる砂利の音に耳を澄ます。ヘッドライトが消えてトレーラーがまっ暗になると、わたしもヴェロも息を吐いた。

体をねじってひざ立ちになり、ブラインドの隙間から覗く。セダンの暗い輪郭がじわじわと這うように近づいてきていた。

「警察だと思う？」ヴェロが訊いた。

さっともとの姿勢に戻る。床についた両手が汗ばんでいた。セキュリティ会社の女性はアラームを無効化すると言っていたけど、彼女に合いことばを言うのが遅すぎたのかもしれない。

「敷地をざっとチェックしにきただけじゃないかな。あなたの車はトレーラーの裏に停めた。駐車場からは見えない。静かにしていれば、すぐに立ち去ってくれるかも」

「道路から明かりが見えたのかな？」

「わからない」その車が砂利道に入ってきたのは、デスク・ランプを消したあとだったけど、農園の境界沿いの木々は葉が落ちていたうえ、晴れた夜だった。警察がこっちを見ていた場合、道路からなにが見えたかはだれにもわからない。

「行こう！」ヴェロがわたしの手をつかんだ。「裏の窓から出よう」

「無理よ！　もうすぐそこまで来てるもの」なんとか車までたどり着けたとしても、来たときと同じく農園の裏から逃げようとすれば、テールランプを見られてしまう。「落ち着いてじっとしていましょう。あっちは車から出もしないかもしれないでしょ。彼らが行ってしまうまで隠れているほうが安全だわ」

背中を壁に押しつけたままでいると、車がトレーラーの前でゆっくりと停まった。頭上の薄い窓ガラスを通して警察無線の雑音が聞こえないかと耳を澄ましたけど、聞こえたのはアイドリングする低いエンジン音だけだった。

車のドアが開く音がした。足が砂利道に降ろされる。そしてもう片方の足も。ヴェロがわたしの手をきつく握った。足音が近づいてきてわたしたちのすぐそばで止まる。ヴェロは十字を切り、耐えがたい沈黙のなかで無音の祈りを捧げた。液体が激しく長々と外壁にかかる音がして、わたしたちはあえいだ。

「立ちションしてるの？」ヴェロが抑えた声で言った。わたしが彼女の口を手でおおうと、かけられていた液体の勢いがゆっくりと滴《したた》るまでに減じた。少しの間があったあと、ライターのこすれるような音がした。ヴェロがわたしの手を口から引っぺがして小声で言った。「この状況でマジで煙草休憩なんかしてるわけ？」

わたしは頭をのけぞらせて目をきつく閉じた。いまいましい煙草を吸い終わるまで丸々五分はかかるだろう。煙草を吸いながらトレーラーの周囲を歩きでもしたら、ヴェロの車を見つけてしまうかもしれない。もっと悪い場合は、裏の窓からなかを覗いてわたしたちを見つけるかも。

「じっとしててよ」ライターのこすれる音がまた聞こえたとき、ヴェロの手をつかんでささやいた。「ここは暗いから、外にいる人にはなにも見えない――」

窓が割れた。がばっと床に伏せると、頭上からガラスの欠片が降ってきて反対側の壁にぶつかった。車のエンジンが轟《とどろ》き、タイヤが回転し、弾き飛ばされた砂利が外壁にばらばらと当たる音が、突然のシューッという音にかき消された。

わたしたちの周囲で炎が燃え上がった。両ひざをつき、ヴェロをそばに引き寄せる。煙が充満して咳が出る。割れた窓から黒煙が流れ出る。顔の前で手をふって煙をよけると、ちょうど尻をふりながら道路へと出ていくテールランプがちらりと見えた。

ヴェロがドアのほうへとわたしを引っ張った。「出なきゃ！」

部屋をふり向いた。炎はすでに壁を上っていて、その指先がソファの肘掛けにまとわりつき、天井を黒く変色させていた。救えるものがあるとしたらそれはなにかと、熱に浮かされたようにオフィスを見まわす。このトレーラーにはスティーヴンが働いてきたすべてがあり、それが目の前で燃え上がっていた。

ヴェロはわたしのコートをつかみ、炎が爆《は》ぜてシューシューいう音に負けじと叫んだ。「ここを出るのよ、フィンレイ！　いますぐ！」

よろよろとトレーラーを出るわたしたちを煙が追いかけてきた。ヴェロが車を取りにいき、わたしはトレーラーのドアに錠をかけた。すでに熱くなっている鍵をまわす両手が震える。チャージャーのエンジンが轟音《ごうおん》とともにかかり、表にまわってくるとヘッドライトが分厚い煙の隙間に不気味な光景を描いた。

「乗って！」ヴェロが叫ぶ。助手席側へと走ってドアを勢いよく閉めると、ヴェロが車を急ターンさせ、農園の裏口へと飛ばした。背後の煙の合間で明るい黄色の炎がちらつくなか、ふたりとも荒い息をしていた。「なにがどうなってるの？」

「だれかがスティーヴンのオフィスに火をつけたのよ！」一カ月前にヴェロと一緒に穴を掘った未作付けのフィールドをチャージャーが猛スピードで通り過ぎ、わたしはダッシュボードを必死でつかんだ。農園裏のヒマラヤスギの木立ちが前方に見えてくると、砂利道が終わる箇所でタイヤのスリップ跡を残さないようにヴェロはスピードを落とし、アスファルトの道へと進んだ。

チャージャーはスピードを上げ、曲がりくねった道にしがみつくように走った。車内のなにもかもに炭のようなにおいがして、喉が詰まって唾を飲みこむのにも苦労した。「停めて」チャージャーがまた路上の隆起を猛スピードで越えたせいで、胃液がこみ上げてきた。

ヴェロは前方に続くカーブを見て目を険しくした。「ここでは停まれない」

「停めてってば！」ドアをつかむ両手に力が入った。タイヤがキキーッと鳴って煙を吐き、狭い路肩に急停止した。ドアをがばっと開け、なけなしの胃の内容物を側溝に吐いた。嘔吐《おうと》し終わると、汗ばんだ額《ひたい》に煤《すす》で黒くなった両手を当て、バケットシートの端にお尻を乗せたまま両肘をひざにつき、炎がソファの周囲で躍っていたようすを思い出しながら気分が落ち着くのを待った。

「スティーヴンはあのソファで寝てたの」酸っぱい胃液と煙のせいで声がしわがれていた。

わたしが口にしなかったことを推測したヴェロが、体をこわばらせる。スティーヴンが新しい家に移ったのはほんの数日前だ。先週まで彼はあのトレーラーで暮らしていたのだ。FedUp が投稿中に書いていた住所は農園のものだった。ヴェロの考えが正しくて、EasyClean が依頼を受けるより先にスティーヴンを張りこんでいたのだとしたら、彼がオフィスで寝ていたのを知っていたはずだ。

遠くの空をオレンジ色の炎の舌がなめ、黒煙の雲が星々を塗り潰していた。スティーヴンのセキュリティ・システムは煙探知機と連動しているだろうか。アラームが当局に送られ、オフィスからなにかを救い出すのに間に合うだろうか。それとも、だれかが火事の通報をする前にすべて焼け落ちてしまうだろうか。

嘔吐の最後の痕跡を拭い、助手席のドアを閉めた。

「EasyClean がだれにせよ、あんまりきれいな仕事ぶりじゃなかったわね」炎を見てヴェロが頭をふった。「あなたとわたしのほうがよっぽどうまくできてたはず」

煤まみれのヴェロに向かって片方の眉を上げてみせた。

彼女が両手を上げる。体のほかの部分同様に、手も汚れていた。「十万ドルの仕事なら、プロらしい働きを期待するのがふつうだって言ってるだけ。それより、わたしの車のなかで吐かないでくれてありがとう。ほらね？　すっきりきれいなもんじゃない」シートに吐くのを避ける能力を履歴書の目玉にすべきだとでも言いたげに、こっちに向かってヴェロが身ぶりをした。陰鬱に笑ったせいで涙が出てきたので、袖で拭った。

ヴェロがギアを入れて車を道路に戻した。「ブリーのデスクでなにか収穫はあった？」

「彼女の名前と住所が書かれたタイムカードと、引き出しに残ってたがらくたを見つけた。最後の出勤日は十月二十六日だった」ヴェロが意味ありげにちらりとわたしを見た。おそらく同じことを考えているのだろう。ブリーをいつクビにしたのかについて、スティーヴンはすべてを正直に話したわけではなかった。そうなると、クビにした理由についてもほんとうのことを言わなかっただろうと考えられる。「そっちは？　スティーヴンの帳簿でなにか見つけた？」

「たしかめる時間はなかったけど、ここ何カ月かの取引内容の写真をたっぷり撮った。あと、未処理書類入れにあった請求書も。家でじっくり調べましょう。なにか掘り出せるかも」わたしがたじろいだのを見て、ヴェロが肩をすくめた。「ごめん。その言いまわしはまずかったね」

遠くでサイレンが悲しげに鳴った。ヴェロはバックミラーに目をやり、わたしはシートの上で身をよじった。農園へと急行する赤と白の閃光が背後の木々の隙間で瞬いた。燃え残ったものはあまりないだろうけど、火事になったときにスティーヴンがあそこで眠って——あるいは、泥酔して気を失って——いなかったのがせめてもの救いだ。

「警察はセキュリティ会社に話を聞くと思う？」ヴェロが訊く。

ウインドウに頭をゴツンとぶつけ、手で目をおおった。消防隊長が証拠を集めるのに一日か二日かかるだろう。それに、警察はセキュリティ会社から話を聞くための令状を取る時間が必要となる。でも、スティーヴンは……彼なら数時間以内にセキュリティ会社にモニタリング・サービスの報告書を要求できる。そして、捜査を捗《はかど》らせたかったら、その情報を刑事たちに伝えられる。「わたしがセキュリティ会社と話した記録から、警察はブリーのところへ行くことになる」

「スティーヴンを丸焼きにするためにEasyCleanを雇ったんでなければ、ブリーはなんの心配もしなくていいでしょ」

「もし彼女がそうしたんだったら？」いまもブリーが完全に無実だという確信がなかった。「警察より先に彼女と話さなきゃ。スティーヴンはなにかを隠している。ブリーをクビにした理由について嘘をついたし、わたしの知るかぎり彼女はそれ以来農園に戻ってない。私物がファイル用引き出しに入ったままだったもの。私物を取りに戻りたくないくらい腹を立てているなら、お金で雇った人にスティーヴンを殺させる可能性もあるんじゃないかな」

「本気で彼女がこんなことをしたと思ってる？」

「わからないけど、もしそうだったなら、警察が彼女を逮捕する前に依頼を取り下げるよう説得する必要がある」

16

翌早朝に携帯電話が鳴ったとき、わたしはウィンターグレイの農場を通る未舗装道へとミニバンを進めたところだった。霜の降りたフィールドは柵におおわれていて、ところどころに牛がいた。「ヘイ、ジョージア」凍てついた轍《わだち》に合わせて声が揺れた。「デリアは幼稚園に間に合った?」

「いま送り届けたところ。これから仕事に向かう。ザックはあんたの家に連れてってヴェロに預けた。スティーヴンから電話はあった?」

「ううん。なんで?」

「ゆうべだれかが芝土《しばつち》農園の販売オフィスに放火したのよ」

「どういうこと?」適度に驚いた声を出し、そこに問いをにじませた。

「トレーラーはもうない。全焼した」

「嘘。だれの仕業か目星はついてるの?」

「消防隊長はまだ現場にいる。フォーキア郡警察の知り合いが正式な報告書を入手するのは二、三日してからになるだろうけど、いまのところすべてが放火を示してる。刑事数人を捜査に当たらせてる。知り合いから聞き出せたのはそれだけ」

その刑事たちはものの数時間でここへ来る可能性が高い。「またなにか聞いたら教えてくれる?」

「任せて。それより、あなたはスティーヴンの弁護士に電話しなさい。捜査が終了するまで面会交流を延期してもらうの。これはただの事故じゃないのよ、フィン、だから事情がはっきりするまで、子どもたちをスティーヴンの家に泊まらせるべきじゃないと思う」

「やってみる。ありがとう、ジョージア」通話を切り、不規則に広がる農家が見えてきたのでスピードを落とした。きれいな白の外壁に細長いライトがいくつも下がっていて、家をぐるりと囲むポーチの手すりは花輪でおめかししていた。アイボリー色のリンカーン・コンチネンタルと、ブリーの車にちがいない赤いフォルクスワーゲン・ビートルに並べて、ミニバンを停める。コートを体にまとわりつかせ、ポーチの階段を上がって呼び鈴を鳴らした。ドアにかけられた手作りリースの柊《ひいらぎ》の実やソリの鈴に、熱接着剤で作った細い蜘蛛《くも》の巣がかかっている。ドアが大きく開くと、温かな香りが流れ出てきた——香辛料を使ったリンゴとベーコンと、オーブンに入ったシナモン・ロールの豊かな香りだ。

「こんにちは」応対に出てきた女性は驚くほどブリーと似ていた。礼儀正しく微笑《ほほえ》んでいるけど自信なさそうで、わたしがだれだったかを思い出そうとしているかのようだ。女性がジーンズで両手を拭《ぬぐ》うと、食器洗剤の小さな泡が薄青い布地のなかに消えた。

「こんにちは、ブリーを訪ねてきました。家にいます?」女性の背後に目をやり、田舎の風景画や趣《おもむき》のある手塗りの手工芸品で飾られた広くて感じのよい玄関ホールを覗いた。ブリーのタイムカードに書かれていた住所を調べたとき、両親と一緒に実家で暮らしていると知って少し驚いたのだった。公的記録を漁ったからブリーがコミュニティ・カレッジに在籍しているのは知ってたけど、彼女の母親を目の前にしてはじめて自分たちの年齢差がかなり大きいことを痛感した。

「あら、もちろんですよ！」女性が握手の手を差し出した。短くした爪はクリスマス色のクラフト・ペイントで汚れていた。「メリッサです。お入りになりますか……？」小首を傾げ、わたしが名乗るのを待った。

「フィンレイです」そう言って握手した。メリッサの手は温かく、洗い物をしていたせいでまだ濡れていた。わたしの名前が頭にしみ入ると、彼女が唇《くちびる》をきつく結んだ。

「スティーヴンの奥さんね」

「元妻です」唇をとがらせて訂正した。〝元〟ということばは常に苦々しげに出てきた。

メリッサの微笑みから温もりが少し消えた。「そうですか。ブリーはたぶん納屋にいると思います」そう言って柵の向こうにある建物を指さした。「行ってみてください」なかへどうぞという招待はあっけなく引っこめられた。

「ありがとうございます」ポーチから下りる。メリッサがドアを閉めたことにも、牧草地へと向かうわたしを居間のカーテンの隙間からじっと見ていることにも、気を悪くはしなかった。ドノヴァンという姓の人間ならだれでも嫌うくらい、彼女がスティーヴンをよく知っているのが明らかだったから。

身をかがめて柵の横木の下を通り、納屋へと向かった。納屋の屋根につけられた金属の風見鶏がくるくるとまわったあと、反対方向にもまわった。納屋の大きな扉に向かっているときの風は一定していなかった。扉の片側をほんの少し開ける。なかの空気は暖かくてかび臭く、干し草と厩肥《きゅうひ》の強烈なにおいがした。

「ブリー?」自分の声が二階の暗い隅で反響した。

「ここよ」声がどこから聞こえてきたのかよくわからないまま、納屋へと入る。囲いに入れられた豚が鼻で土を掘り、山羊《やぎ》がメエと鳴くなか、こちらに背を向けて逆さにしたバケツに座っていた。壁の向かい側にブリーがいて、釘《くぎ》や鉤《かぎ》に熊手やシャベルが下がった壁の前を通った。彼女は古タイヤのブランコにからみついた長いロープの結び目をいじっていた。

「ハイ、ミセス・ドノヴァン」ブリーは顔も上げずに言った。そばの地面に携帯電話が置かれていた。わたしが来たことをメリッサが伝えたにちがいない。「わたしがもう芝土農園で働いてないって聞かれたんでしょうね」顔をうつむけたまま仕事に集中しているふりをしていた。声に抑揚がなく、いつもことばを強調するように思われた楽天的な高い声はなりをひそめていた。

「何日か前にスティーヴンから聞いたわ。彼の話だと、農園の経営が苦しくて何人か解雇せざるをえなかったって」

ブリーは白けた感じに鼻を鳴らした。「彼らしいわ」小さな声だった。

「スティーヴンは率直だったことのない人だしね」わたしは認めた。ブリーはなにも言わなかったものの、空気が変化したのを感じた。彼女はわたしが納屋に足を踏み入れてから一度もこっちを見なかったけど、刺々しい態度の下で急に好奇心が頭をもたげたらしい。わたしは壁ぎわに重ねられたバケツを指した。「座ってもいいかしら?」

ブリーは肩をすくめた。わたしはバケツをひとつ取って逆さまにし、彼女の横に腰を下ろした。

「ということは、わたしだけじゃないんですね」ブリーの短い爪が頑固な結び目に潜《もぐ》りこんだ。爪はずいぶん深くまで噛み切られていて指先がピンクになっていた。青白い顔にはいつものメイクが施されていなかった。

「スティーヴンが傷つけた人はってこと?　そうね」やさしい口調で言った。「全然」

ブリーの顎《あご》がこわばった。いまのを聞いて気分がよくなったのか悪くなったのかわからなかったけど、彼女には真実を知る権利がある。バッグに手を入れて、ブリーが図書館から借りた本にはさまっていた写真を取り出した。それを差し出すと、彼女の視線が動くのを感じた。「トレーラーのなかに忘れてたわよ。特別な写真に見えたから、取り戻したいんじゃないかと思って」

ブリーはブランコから手を離した。ゆっくりと顔を上げてわたしの目を見る。その目のなかに、わたし自身――一年前のわたし――がかすかに映っているのが見えた。「ありがとうございます」彼女は携帯電話の隣りに写真を裏返して置いた。「このために来たんですか?　かなり遠いですけど。郵送してくださってもよかったのに」減らず口には思われなかった。皮肉はブリーに似合わない。どちらかというと、わたしと話したい気持ちを認めずに会話を促すもののように感じられた。

「スティーヴンとなにがあったのか、話したいんじゃないかと思って」

「農園とはなんの関係もないんです」重々しいため息とともに言う。「マスコミに叩かれたことも、クライアントが逃げたこととも、テレサが逮捕されたこととも。彼とのあいだにはそれよりずっと前から問題があったんです」

「どんな問題？」

ブリーはぼろぼろになったロープの端をいじりながら考えた。「辛抱強くしようとがんばったんです。父が農園の仕事にわたしを就けてくれてから、スティーヴンとはほんとうにうまくいってたんですよ。わたしたち……一瞬で気持ちがぴたっと合ったんです。そこから先はなりゆきみたいな感じで進んで」わたしが片方の眉《まゆ》を上げると、ブリーの頬がまっ赤になった。「そういうんじゃなかったんですよ。あなたが考えているようなことじゃ。スティーヴンは、テレサがだれかと関係していることを知っていたんです。しばらくのあいだ疑いを持っていて、そのせいで彼は頭がおかしくなりかけてました。酔っ払って、その話しかしない夜もありました。だから、わたしたちが一緒に寝ていてもかまわないんだって言って――」ブリーがぴたりと口を閉じた。唇を噛む。「だから、わたしたちが長い時間を一緒に過ごしていてもかまわないんだ、だってテレサも浮気をしているんだからって。わたしが辛抱強く待ってさえいれば彼はそのうち婚約を破棄して、わたしたちはこそこそしなくても一緒になれるって思ったんです。

でも待つ時間が長くなればなるほど、スティーヴンがほんとうに夢中なのはテレサじゃないんじゃないかって思えてきて」ブリーが上目づかいにわたしを見た。

ショックで笑ってしまった。「スティーヴンが夢中な相手はわたしだって思ったの？」

「おかしくはないでしょ」弁解気味の口調だ。「だって、ふたりのあいだにはお子さんたちがいるし。それに、テレサのほうが美人だけど、あなたのほうが彼女よりうんとやさしいし」ブリーがはっと手で口をおおった。「ごめんなさい、ミセス・ドノヴァン。そんなつもりじゃなかったんです」

「いいのよ」笑いがやわらかくなる。「テレサは大半の人よりきれいだもの。そもそも、そのせいでスティーヴンはわたしを捨てたのだと思うし」

ブリーは眉を寄せ、唇を噛んだ。「スティーヴンはぜったいに認めないでしょうけど、ずっとここそこそとあなたを嗅ぎまわってたんです」

笑いが引っこんだ。「どうやって？」

「ガレージを修理したり、請求書の支払いをしたり、あなたがだれかとデートしてないかとソーシャル・メディアをチェックしたりして。あなたが下着モデルとデートしてるなんていかれた思いこみをしたせいで、何週間もおかしくなってたんですよ」ブリーは目玉をぐるりとまわした。「そうしたら、あの土曜日にあなたがニックと農園に来たんです」ニックを思い出したブリーが目を輝かせる。デリアの幼稚園の廊下で彼に色目を使った女性たちと同じうっとりした表情だ。「ふたりともすごく幸せそうで、彼のほうはどう見てもあなたに夢中でした。で、わたしは、これはチャンスだと思ったんです。あなたはハンサムな男性と前に進みつつあったし、テレサはスティーヴン以外の人と浮気をしていたから。これで決まりだと思ったんです。だから、あなたたちがオフィスを立ち去ったすぐあとにスティーヴンに電話したんです」首をすくめる。「さもしい行ないだったかもしれないけど、あなたとニックが一緒に芝を買おうとしている――真剣なつき合いなんだ――ってスティーヴンに伝えるのが待ちきれなくて。でも、彼は怒りを爆発させました。話したとたん、彼は農園に急いでやってきたんです。そして、トレーラーのなかでひどくキレて飛び出していきました。丸二日彼から電話がありませんでした。たしかに」両手を上げる。「彼は手いっぱいでしたけど。だって、テレサは逮捕されるし、警察は令状を持ってトレーラーに押し寄せて、オフィスを閉めさせて農園を掘り起こしたんですから。やっと火曜日に連絡をくれたと思ったら、もう出勤しなくていいっていう話でした」

わたしは、〝お気の毒に〟というようなことばを口にした。少なくとも、そう言ったと思っている。ブリーのさっきのことばでいまも頭がいっぱいだったのだ。あの日、スティーヴンがパニックを起こしたのは、わたしが自分以外の男性と芝を買いにきたと聞いたせいだと。「じゃあ、スティーヴンにクビにされたのは、わたしに関係があると思っているの？」

ブリーがうなずく。「彼はいまもあなたを愛しているんです。十月にセキュリティ・システムを導入して、合いことばをあなたの名前にしたときにそうだとわかりました」

わたしはそれを知っている表情を浮かべないようにした。「合いことば？」

「うっかりアラームを作動させてしまった場合、セキュリティ会社に問題はないと伝えるためのことばです。スティーヴンが決めた合いことばは〝フィンレイ〟なんです。テレサとの関係がうまくいかなくても、あなたがいてくれると彼は心のどこかで思ってたんじゃないでしょうか。だからニックのことであんなにうろたえたんだと思います」

わたしはずっとスティーヴンがつまずいたときのセーフティネットで、わたしがだれかとつき合っていたらもう受け止めてもらえないかもしれないと彼は心配になったのだ。わたしには——請求書の支払いをしたり、ガレージを修理したり、子どもたちのお守りをしたりする——自分が必要だとスティーヴンはずっと偉そうに言っていたけれど、ほんとうは逆だったのかもしれない。

ひざに肘《ひじ》をつくと、ふたりの肩がほとんど触れそうになった。「わたしとスティーヴンはもう終わってるって知ってるわよね？　彼のひどいふるまいは、あなたともわたしとも関係ないの。テレサとも」そっと言った。「スティーヴンの自信のなさが原因なのよ。それだけ」

「わかってます。母からも同じことを言われました。別れた理由はわたしとは関係ない、彼をきっぱり行かせるべきだって。だとしても、気持ちが楽になるわけじゃありません。どうしても、彼が考えなおしてくれるんじゃないかと思ってしまって」ブリーが顔を上げて目を合わせてきた。「ばかだと思います？」

彼女のなかにデリアを見ずにいるのはむずかしかった。ふたりとも、的はずれの希望を持って楽観的な見方をしている。ブリーの気持ちを傷つけたくはなかったけど、嘘をつくべきではないと思った。「ばかじゃないかもしれない。でも、まちがいなく賢くもないわね」ブリーは顔をうつむけてロープのほつれをいじった。「訊いてもいいかしら？」

ブリーは警戒気味に少しだけうなずいた。

「スティーヴンは十月にセキュリティ・システムを導入したって言ってたわよね。それってテレサとフェリクス・ジロフのことがあったから？」

「いえ。それより前です。電話のせいなんです」

「電話のせい？」

「しょっちゅうスティーヴンに電話をしてきていやがらせをしていた人がいたんです。何カ月も。秋にはかなりひどくなって。彼、そのせいでちょっとおかしくなったんです」

「だれだったの？」

「わかりません。いつも彼の携帯電話にかかってきたので。電話がかかってくると、スティーヴンはドアを閉めました。彼はどなって、怒って電話を切ってました」

「相手の望みがなんだったかわかる？」

「スティーヴンに貸しがあると思いこんでる、頭のおかしな女だって彼は言ってましたけど」

女。「じゃあ、女性からの電話だったのね？」

「そう思います。その……スティーヴンが相手に、自分のことしか考えないくそ女って言ったのを一度聞いたことがあったし」ブリーが眉根を寄せる。「まさか、彼が別の女性と関係を持ってたなんて考えてます？」

「わたしの知るかぎりはないけど」考えこんでしまった。スティーヴンならやりかねないとは思うけど、ブリーが彼を傷つけないとはっきりわかるまで、彼女に〝武器〟をあたえたくはなかった。「スティーヴンは農園で金銭問題があるって言ってたけど。彼に不満を持っている人を知ってる？　クライアントとか納品業者とか、彼がお金を借りている人で？」

「いいえ」ブリーはきっぱりと頭をふった。「スティーヴンは支払いはきっちりしてました。クライアントも納品業者もみんなありがたがってました」

「腹を立ててるような人がいるかどうかわかる？」

「放火をするほど腹を立てている人っていうことなら、いいえ、だれも思い浮かびません」

「放火？」クビになったあと、スティーヴンとはいっさい連絡していない、とブリーは言っていた。だったら、どうして火事のことを知っているの？　警察がすでにここに来たのだろうか？

ブリーが立ち上がり、太腿から藁《わら》くずを払った。わたしも立ち上がると、彼女はそのバケツをほかのバケツに重ねた。「ご存じなかったんですか？　ゆうべ、だれかがスティーヴンの農園のトレーラーに火をつけたんですよ。兄が消防ボランティアをやっていて、真夜中過ぎに呼び出しを受けたんです。消火したときにはほとんど焼け落ちてたと言ってました」わたしが無言なのを、ブリーは驚いたせいだと勘ちがいしたみたいだ。頬をまっ赤にした。「あなたがいらしたとき、てっきりご存じなんだと思いました。その件でいらしたのだと」

「火をつけるほどあなたが怒っているかどうかをたしかめに来たと？」

ブリーがうなずいた。「兄からも訊かれたので」

「あなたはなんと答えたの？」

「ここでひと晩中父とテレビを観ていたって。嘘をつくつもりはないので言いますけど、スティーヴンからクビにされたときはかなり腹を立てました。でも、あの火事を起こしてなんかいません。兄が言うには、いずれにしても警察は確認のためにわたしから事情を聞くだろうってことでした」

「警察にはなんと話すつもり？」

「真実を。彼を愛していると」

別れ際、ブリーはわたしに小さく手をふった。彼女が温もりのある両親の家に戻るとき、ほどけたブーツの紐が地面をそっとこすった。

17

今朝はブリーのところへ急ぐあまり、ポップタルトをカウンターに置いたまま食べ損ねたし、メリッサが玄関を開けた拍子に漂ってきた温かくておいしい朝食の香りにやられて以来、お腹が鳴りっ放しだった。でも、どういうわけか納屋で話をしているあいだに食欲が失せ、帰り道でファストフードを買っていこうという気持ちにはどうしてもなれなかった。うちのある通りへと曲がるときに頭にあったのは、温めなおしたコーヒーと忘れたときのまま残っていてほしいポップタルトだけだった。

うちまで一ブロックもなくなった場所で、思いきりブレーキを踏んだ。

見慣れないセダンがうちの私道に停まっていた。ルーフに何本ものアンテナが立っているところからすると、警察車両と見てまちがいなさそうだ。

嘘。こんなことが起きるはずがない。火事があったのはほんの昨夜だ。それも、別の郡で。警察はブリーのところにだってまだ来ていないし、彼女より先に警察がうちに来るような痕跡をトレーラーに残してきていないのに。そうでしょ？

私道へゆっくりと車を進めながら、頭を必死でめぐらせてヴェロがすでに白状したかもしれないことを考える。あるいは、彼女がとっさに思いついた可能性のあるアリバイについて。煤《すす》まみれになった前夜の服はブリーを訪ねる前に洗濯したけど、靴はどうしたっけ？　ヴェロの車におそらく証拠をたっぷり残している。

　ミニバンをガレージに入れてドアを閉め、令状を持っていなければ追い払おうと心の準備をする。よろよろとキッチンに入り、ぎくりと足を止めた。

　ニックがテーブルについていて、眉間に深いしわを寄せて集中していた。その向かい側でデリアが椅子にひざ立ちになっている。そして、テーブルに肘をついて身を乗り出し、四目並べ《コネクト・フォー》の黄色い盤面《グリッド》のなかでまだ空いている穴を通してニックを見つめていた。ニックはゲームから顔を上げなかったけど、わたしの帰宅に気づいたときに目がちらっと動いたのを感じた。

　ヴェロはふたりの背後でカウンターにもたれ、布巾で手を拭きながらにやついていた。手錠はなし。令状もなし。

　ニックのパートナーのジョーイは居間のカウチに座り、目を閉じ頭をのけぞらせて口を開いており、眠っている人特有の一定したリズムで胸がゆっくりと上下していた。ザックが彼の隣りに座っていて、小さな音量でついている子ども番組の《ブルーズ・クルーズ》に釘づけになっている。

　わたしがドアを閉めるとヴェロが指を唇に当て、娘とニックが戦略のゲームに熱中しているテーブルのほうへと顎をしゃくった。戦略のゲームというよりは、意地の張り合いゲームなのかも。

「刑事さんはあなたに会いにきたのよ」ヴェロのささやきは、グリッドにディスクを落とす音ではとんど聞き取れないくらいだった。「あなたは留守だから、帰ってきたら連絡させるって言ったんだけど、彼が立ち去る前にデリアに見つかってしまったのよ」

テーブルのニックの前には湯気の立つコーヒーのマグがある。ポップタルト――わたしのポップタルト――がその横にアルミホイルが開いた状態で置かれている。ニックが赤いディスクをグリッドの上で焦らすように持った。片方の眉をつり上げてデリアを見て、ディスクを落とす。「上がり《コネクト・フォー》だ」

デリアの顎が落ちた。「刑事さんの勝ち？」

「やっとね！」椅子に背を預けてわたしのポップタルトを口に入れ、そのまましゃべった。「この半時間、きみに負け続けてたんだから」

デリアはグリッド下部のレバーを開き、赤と黒のディスクをテーブルにぶちまけた。「もう一回やろ」

ヴェロがデリアの椅子を引き、体の近くにかき集めた黒いディスクから無理やり離した。「それよりもいいことを思いついたわ。マミーとニックに勝負させてあげるのよ」わたしが帰ってきていたのにたったいま気づいたかのように、デリアが目をぱちくりして見てきた。そして、文句を言おうと口を開いたけど、ヴェロがキッチンからデリアを連れ出そうと最後のポップタルトで釣った。

「気をつけてね」デリアがわたしに注意する。「刑事さんはずるするよ」それから、得意顔のヴェロについて足早に出ていった。

「ゲームをする気はある？」ニックは頭の後ろで手を組んで、デリアが座っていた椅子に腰を下ろすわたしを目をきらめかせて見ている。

「車が新しくなった？」黒いディスクをグリッドに落とし、いちばん下に入るのを目で追った。

ニックは赤いディスクをわたしのディスクの上に落とした。

「ジョーイのだ」

「いい人みたいね」《ブルーズ・クルーズ》のエピソードのあいだ、ずっと座っていられる男性はあまりいない。

「あいつはしゃべりすぎる」

「聞こえたぞ」ジョーイがカウチでぼやいた。

「彼はショッピングモールで夜間の警備員のアルバイトをして、週末には母親の手助けをしてるんだ」ニックが説明する。「三十分くらい前にあなたのカウチで眠りこんだ。彼が寝ているあいだ、デリアとちょっと遊んでもいいかなと思ったんだ」

「いいのよ。ただ、あなたが来るとは思ってなかっただけ。電話をくれるって言ってたでしょ」

ニックは、わたしが次のディスクをグリッドの上に持っていくのを見つめた。「農園で火事があったと聞いた」

ディスクを持つ手が凍りついた。「そうなの？」

「あなたとお子さんたちが無事なのをたしかめたかった」

「わたしたちなら大丈夫」慎重に言った。「警察はもうなにかつかんでるの？」

「わからない。農園はうちの管轄じゃないから。だが、科捜研に問い合わせてみることはできる。ピーターがなにか耳にしてるかもしれないし。情報を入手できないかちょっと聞いてまわってみるから、一日二日くれないか。土曜日に時間があるなら、食事をしながら報告できるかもしれない」

顔を上げて彼を見て、喉が締めつけられた。コーヒーを飲みながらこっちを見てくるニックのまなざしは、プラトニックからはほど遠いものだった。「食事だけなら」はっきりさせる。

「デートみたいな感じにはしない」

「あなたが望まないなら」

「つき合ってる人がいるの」急いで言い足した。

「弁護士だろ。知ってる。ヴェロから聞いたよ」

「彼女、ほかになにか言ってた？」

ニックはマグを置いた。「まだそれほど真剣なつき合いではなくて、相手は一週間ほど町を出てるって」ヴェロが眠っているあいだに殺すこと、と頭のなかにメモする。

ニックはディスクを持ってグリッドの上を行ったり来たりさせ、完璧な場所を見つけて落とし入れ、わたしのディスクを封じこめた。「新しくできたレストランを土曜日の夜にジョーイと試しに行こうと考えていたんだが、彼はつき合ってくれないみたいだから――」

「母の用事につき合うことになったからだ」ジョーイが割りこむ。「ビンゴ大会に連れていくって約束したんだよ」

「――きみが一緒に行ってくれないかと思ったんだ」

「彼と一緒に行ってやってください、フィンレイ」ジョーイが懇願した。「そうでないと、私はこの先ずっとグチグチ言われることになります」

わたしはゲームにじっと目を据えたままにした。ふたたび顔を上げたら、同意すべきでないことに同意してしまいそうな気がしたからだ。「え、土曜日……。時間があまりないわね。土曜日はヴェロの休日だから、シッターがいないの」

「あら、いるわよ」ヴェロが階段の上から大きな声で言った。

「着ていく服がない」

「あるでしょ！」彼女が叫ぶ。

決まりだ。ぜったいにヴェロを殺してやる。

ニックが身を寄せてきてささやいた。「おれの家で食事してもいいんだよ。おれのチリはうまいって評判だし、ビスケット（性的な意味もある）もかなりうまいんだ」わたしの指からディスクがすべり落ちた。テーブルの端へと転がっていくのをつかまえようと慌てる。つかんだと思ったとたん、ニックの手が重なってきた。「ただの食事だよ」手をゆっくり離すとき、彼の視線がわたしの唇へと下がった。

ただの食事。それならなんとかなる。放火事件捜査の最新情報をもらえるなら。

「わかった」わたしは言った。

わたしがディスクをグリッドにすべり落とすと、ニックが眉を両方ともつり上げた。「じゃ、イエスなのか?」

「ええ。でも、チリはやめておいてレストランにしたほうがよさそう」ニックのビスケットにそそられるなんてことは、ぜったいにあってはならない。

「それならデート……じゃなくて……非デートってことで」彼は最後のディスクをグリッドに落とし入れて四目並べを完成させ、むじゃきなふりで両手を高く上げた。立ち上がりながらコーヒーの残りを飲み干し、キッチンからの出がけにマグをシンクに置いた。「コーヒーをごちそうさま、ヴェロ!」玄関ホールから叫んだ。

「どういたしまして、刑事さん」ヴェロが歌うように返す。

「助かりましたよ」ジョーイが上着を取ろうと手を伸ばしながら、わたしの耳もとにささやいた。「彼には迷惑してたんです。あなたがイエスと言わなければ、私が彼を撃ってましたよ」楊枝《ようじ》を口にくわえ、ウインクを寄こしてドアを開けた。

「帰っちゃうの?」ニックがジャケットを着ていると、デリアが大声で言って階段を駆け下りてきた。

「もう行かないとだめなんだよ、ディー。ゲーム、楽しかったよ」デリアはタコみたいに彼の両脚にしがみついた。「練習を続けるようにな。何日かしたらまた対決だ」ニックはデリアを抱き上げて頭にキスをした。彼が娘をそっと下ろしたとき、わたしの胸のなかで紙吹雪《ふぶき》が舞った気がした。「六時に迎えにくるよ」出ていくときにニックが言った。

「待って」急いで追いかけて玄関ポーチでつかまえる。「なにを着ていけばいい？」

彼がちょっとばかり邪《よこしま》な笑顔になる。「びっくりさせてくれ」

肺から空気がどっと漏れるわたしを置き去りにして、ニックは身をかがめてジョーイの車に乗りこんだ。

わたしには、びっくりするようなことがありすぎる。でも、そのどれひとつをとっても、ニックが願っているものではないだろうという確信があった。


あいかわらずぼうっとゲームを見つめていたとき、ヴェロがキッチンに入ってきた。

「ホットなデートの空想にふけってるの？」

「デートじゃありません」

「もちろんだよね」そうからかい、ニックの使ったマグをすすいで食洗機に入れた。「ブリーの件はどうなった？」

椅子の上でぐったりとなり、その日の早朝にカウンターに置いた飲み残しのコーヒーを慎重にすすった。「彼女はFedUpじゃないとかなり自信がある。ブリーはいまもスティーヴンを愛しているわ」ヴェロは指を口に突っこんでえずく声を出した。「でも、妙なことも言ってたの。スティーヴンがセキュリティ・システムを導入したのは、フェリクスがらみの件がはじまる前だったって。どうやらどこかの女性がスティーヴンの携帯に電話をしてきて、あれこれ要求して困らせてたらしいのよ」

「ブリーはその女性がだれなのか、見当をつけてた？」

「ううん。でも、とにかくしょっちゅうかかってきてたらしい。夏ごろにはじまって、秋にはどんどんひどくなったって。スティーヴンはセキュリティ・システムを十月の上旬に導入したそうよ。彼の携帯電話を手に入れて受信履歴を見られたら、どの番号がその謎の女性のものかを突き止められるんじゃないかな」

「どうやってそれを実行するつもり？」

ポップタルトのくずのあいだを指でたどりながら考える。「子どもたちから物をこっそり取り上げるのと同じやり方で——気をそらすのよ」

18

一時間後、ヴェロとわたしは自分たちが散らかしたキッチンの床を凝視《ぎょうし》していた。シンク下のキャビネットの扉は開け放たれ、洗浄剤、洗剤、掃除用品のすべてが取り出されてカウンターに置かれている。キャビネットの下部から水たまりが広がって床へと垂れ、その水を吸い取るために巧みに配置されたバスタオルの景観があった。

ヴェロがしゃがみこみ、わたしがゆるめた管の継手《つぎて》を調べた。「配管用レンチがこんなに便利なものだったなんてびっくりよね」

外でピックアップ・トラックのドアが閉まる音がした。わたしはヴェロの両手にレンチを押しこんだ。「スティーヴンが来たみたい。それをどこかに隠して。こっちは彼をキッチンに足止めしとく。あなたは彼の携帯電話を見つけてなにか探り出せないかやってみて」

わざとゆっくりと玄関の錠を開けた。スティーヴンは工具類の入った革のトートバッグを持って入ってきた。「長居はできない。一時間後にミーティングがあるんだ」言いながら泥だらけのワークブーツをつま先を使って脱いだ。

「たぶんただの水漏れだと思う。来てくれてありがとう」上着を脱いでいるスティーヴンのジーンズをちらりと盗み見た。ポケットにあからさまな膨《ふく》らみはない。携帯電話は上着の内側だろう。「工具を持ってこなくてもよかったのに。うちにもいくつかあるから、ガレージを見てみる?」

顔を上げると、スティーヴンが薄ら笑いを浮かべていた。まるで、ジーンズを見てるところをつかまえたかのように。「必要な工具があるなら、フィン、ぼくを呼んだはずがない」彼は袖をまくり上げ、トートバッグを持ってキッチンへ行った。そこではヴェロが待っていて、ヒップを調理台に当て、腕を組んで喧嘩腰に顎を突き出していた。

「どうも、スティーヴン」

「ヴェロ」スティーヴンは彼女を冷ややかに見て、開け放たれたキャビネットそばの濡れていない床に工具類を置いた。懐中電灯をつけ、かがみこんでなかを見る。わたしは彼の頭上で背後のコート掛けを指さしてヴェロに合図した。彼女がうなずく。スティーヴンの声がシンク下からした。「もう問題がわかったよ、フィン。継手がいくつかゆるんでいるだけだ」

「なおすのにどれくらいかかりそう?」ヴェロが彼の携帯電話から電話番号をコピーするには、最低でも十分は必要だろう。

スティーヴンがキャビネットから顔を出した。全部お見通しだとばかりの彼のその気取ったにやにや笑いが大嫌いだ。スティーヴンは懐中電灯をてのひらに打ちつけながら、興味がなくもない表情でじろじろと見てきた。「ネジ部分がかなり汚れている。分解してきれいにしようか。それから新しいシールテープを巻く。全部終えたら新品同様になってるだろう」

彼の背後でヴェロが目玉をぐるりとまわした。

「すごいわ」わたしは言った。

スティーヴンは配管用レンチを取ろうとトートバッグに手を入れた。「なあ、ヴェロ」工具をかきまわしながら肩越しに声をかける。「少しは手伝ってシンク下の水たまりを拭いたらどうかな。服を濡らしたくないんでね」

ヴェロが顔を傾げる凶悪なようすを見て、わたしはたじろいだ。

「わかったわ、スティーヴン」彼女が怒りに燃えた目でわたしと目を合わせ、しゃがみこんで水たまりを拭いた。「もっとタオルを持ってきてもらえないかしら、フィンレイ。ぜったいに必要になると思うの」

スティーヴンが床にしゃがむと、ヴェロがなめらかな動きで濡れたタオルを脇に放った。彼の頭がシンクの下に消えると、ヴェロは声を出さずに〝行って！〟と言い、わたしをキッチンから追い出した。

くそっ！　こんな計画じゃなかったのに。

コート掛けへと急ぎ、スティーヴンの上着のポケットに手を突っこんで携帯電話をつかむと、二階の自室へと階段を駆け上がった。バスルームで携帯電話をオンにしながら残っていたバスタオルをつかみ、階段下で待ち受けるヴェロの腕のなかに放り投げた。彼女は意地悪そうな笑みを浮かべてバスタオルをキッチンへと持っていった。

わたしはスティーヴンの携帯電話を持って自室へこっそり戻り、階下で彼とヴェロが口喧嘩するのを聞きながらロック画面ではたと動きを止めた。元夫は習慣の生き物だと思い出し、まずは昔共同で使っていたATMの暗証番号を試した。うまくいかなかったので、ガレージの四桁コードを入力してみた。ホーム画面になってメニューが表示された。

階下のキッチンで工具が配管に当たる音がして、ふたりの口論がヒートアップした。ダディが来てくれてるわよ、とヴェロがデリアとザックに大声で叫んだ。歓声が家中を切り裂いた。子どもたちがどすどすと階段を下りていく。

スティーヴンの通話履歴をがむしゃらにスクロールしてなじみのある名前を飛ばし、女性からかかってきた電話があったときだけスクロールを止めた。感謝祭の夜遅くにブリーの家へかけた記録が一件あった。ここ数週間では目立つものはなにもなかった。

さらにスクロールしていき、迷惑電話がしょっちゅうあったとブリーが言っていた十月上旬まで遡《さかのぼ》ったけど、通話履歴の大半の相手はブリーで——スティーヴンはブリーの携帯電話にかけ、ブリーは携帯電話や固定電話からかけており、昼夜を問わずかけたりかかってきたりしていて、その合間にスティーヴンの仕事仲間、テレサ、それにわたしといったお決まりの電話があった——これといって変わったパターンは見つからなかった。少なくとも、いやな予感のするようなものや、疑わしそうなものはなにもなかった。

階下の不協和音が大きくなり、子どもたちの笑い声が半狂乱とも呼べるほどにまで高まった。急いで階段を下り、キッチンへ行く途中でスティーヴンの携帯電話を彼の上着のポケットにすべりこませた。

角を曲がると、シンクの下から悲鳴が聞こえた。がばっと体を起こした拍子にスティーヴンは配水管に頭をぶつけ、股間を手でおおって守った。ヴェロがスティーヴンの股間にばらまいたチェリオスにザックが喜びの声をあげながら、父親の太腿《ふともも》のあいだをよじ上っていたのだ。スティーヴンは息子を下ろしてキャビネットから体を出した。その顔は青ざめ、びしょ濡れだ。ヴェロは水漏れするシンクそばのカウンターに腰かけ、無慈悲なにたにた笑いを浮かべていた。配水管の隙間から水が流れ、床にできた新たな水たまりを子どもたちが嬉々として踏みつけるなか、ヴェロはチェリオスをひとつかみして口へ放りこんだ。

キッチンのタオルはどれもぐしょ濡れだった。コンロの取っ手にかけてあった布巾を取っていて、卒中を起こさんばかりにまっ赤な顔の彼が体をふたつ折りにした。こめかみで血管が浮き出ていて、卒中を起こさんばかりにまっ赤な顔の彼が体をふたつ折りにした。

「ヴェロ、子どもたちを二階に連れていって乾かしてやってくれない？」わたしは声をかけた。「わたしはスティーヴンの手伝いをするから」あと一分でもヴェロとスティーヴンが同じ部屋にいたら、わが家で殺人事件が起きるのはまちがいなかった。スティーヴンににらまれたヴェロはカウンターからぴょんと下り、子どもたちをキッチンから連れ出した。

「ごめんなさいね」わたしは急いで水道の蛇口《じやぐち》を閉めた。

スティーヴンがうめきながら体を起こし、握っていたものをわたしの手に押しつけた。「これがトラップ部分に詰まってた。携帯電話のＳＩＭカードみたいだな」傷だらけのＳＩＭカードを凝視する。先月、ヴェロとわたしでディスポーザーに捨てたものだ。

「すっごく不思議」スティーヴンが濡れたタオルの山を足でどけてまたキャビネットに潜りこ

むと、わたしは不安げに笑いながらＳＩＭカードを隠した。「なんで配水管に入ったりしたのかな」

「いまいましいシッターの仕業じゃないか。そういうものを流してたら、そのうちディスポーザーを壊されるぞ。そうなっても、もう修理に来てやらないからな」スティーヴンがはずれた配管を紫色のテープで巻くあいだ、わたしは懐中電灯で照らした。「あの女は厄介者だ。無責任なんだよ」

「彼女は無責任なんかじゃないわ。わたしはすごく助けてもらってるし、子どもたちの扱いがびっくりするほどうまいんだから」

「一例を挙げてやろうか」頭上のカウンターを示す。「掃除用品をこんな風に全部一箇所にまとめてしまっちゃだめなんだ」

「キャビネットの扉には全部チャイルドロックをつけてます」つけたのはスティーヴンなのだから、わかっているはずだ。

「最低でも、キャビネットのなかにちゃんとした消火器を入れておくべきだ。あのオーブン・クリーナーはこわいぞ。気をつけてないと火事になるからな」

彼がシンク下からのそのそと出てきたので、懐中電灯を消した。「あなたがわたしに火事に注意しろってまじめに説教するわけ？」

彼はトートバッグに工具を落とし入れ、わたしの姉の名前を悪態みたいにぼそぼそと口にした。「ジョージアから聞いたんだな？」わたしは彼をにらんだ。「きっと実際以上にひどい状態だって言ってたんだろうな。ただの不良どもが、ひとけのない農園にこそこそ入りこんで火遊びでもしたんだろう。警察が捜査をしてるのは、ぼくが保険金の請求をするまで保険会社は手続きを開始できないからだ」

「あ、そ。でも、あの火事があなたを狙ったものではないとはっきりするまで、子どもたちはうちにいるほうが安全だってことは納得してくれるわよね」

「ぼくの家だって完璧に安全だ！」

「そうかしら？　自信あるの？　だってね、だれかがあなたのトレーラーに燃焼促進剤をぶちまけて、カウチを狙って窓から火炎瓶《モロトフ・カクテル》を投げこんだのよ！」はっと口を閉じる。階上で子ども部屋のドアが静かに閉まり、階段のいちばん上の床がきしんだ。ヴェロがそこで聞き耳を立てているのだろう。

スティーヴンが目を険しくした。「燃焼促進剤のことなんて聞いてないぞ。ジョージアから聞いたのか？」

「姉は今朝いちばんで電話をくれたわ。あなたとはちがってね」スティーヴンとジョージアはたがいを嫌い合っている。だから、たしかめたりしないはずだ。

「きみの気が楽になるかどうかわからないが、今日セキュリティ会社と会う約束をしてる。あと何時間かしたら、あの火事を出したのがだれなのかがわかって、すべて片がつくだろう。きみのお姉さんが首を突っこむのはお門《かど》ちがいだ」

「姉は子どもたちのおばなのよ、スティーヴン。その姉が、子どもたちをあなたの家に泊めることをひどく懸念しているの」

「ジョージアには子どもがいないじゃないか！」

「ええ、でも警察官よ！この件に関しては姉の判断を信じるわ！　ということで、あなたとわたしのふたりで解決するか、弁護士を巻きこむかのどっちかね」

スティーヴンは辛辣《しんらつ》に笑った。「どの弁護士だ？　ジープに乗ってる坊やか？」

「ちがうわよ。これから雇うの。あなたを狙った殺人未遂事件があったから、この件が解決するまで面会交流はすべて延期にするようにという内容の裁判所命令を、その弁護士からガイに届けてもらうわ」

「わかったよ！」スティーヴンはトートバッグを引っつかんで荒々しくキッチンを出た。「好きにすればいいだろう。でも、きみは大騒ぎしすぎだからな」上着に乱暴に袖を通して玄関ドアを思いきり開ける。「だれもぼくを殺そうとなんかしてないさ、フィン。殺したいくらいぼくを憎んでいる人間はきみひとりだけだ」

反論しようと口を開いたけど、彼は出ていってドアを叩きつけるように閉めた。

錠をかけてドア枠に額《ひたい》をつけていると、ヴェロが階段を静かに下りてきた。「彼の携帯電話でなにか見つけた？」彼女が訊いた。

「なにも」彼女についてキッチンに入る。箒《ほうき》を渡された。疲れたため息をつき、水浸しになったチェリオスを掃く。「ブリーとの電話のやりとりがたくさんあったけど、クビにした週に途絶えてた。あと、先週彼女の家に彼から一度かけてた。酔っ払って、あわよくばって思いだったんだと思う」感謝祭の夜に途方に暮れてさみしそうにうちの私道に立っていた姿を思い出す。

「謎の女性からの着信記録は消したんでしょうね」

「ふりだしに戻ったわけか」ヴェロがびしょ濡れのタオルを拾い上げ、洗濯籠《かご》に落とした。

わたしはチェリオスをごみ箱に捨て、ヴェロはひざをついて洗浄剤などのボトルをキャビネット下のもとの場所に戻しにかかった。「トレーラーで見落としたものがあるはずよ。スティーヴンの帳簿に手がかりになりそうなものはあった？」

「ぱっと見て目に飛びこんでくるものはなにも。わかるかぎりでは、スティーヴンは請求書の支払いをきっちりしていた」最後のボトルをしまいながら、考えこむように目を細めた。「でも、思い返してみたら、ひとつだけ妙な取引内容があったかも」

「妙ってどんな風に？」

ヴェロがキャビネットの扉を閉め、手の汚れを払ってゆっくりと立ち上がった。「八月から五×八フィートの倉庫を借りてるの」

「八月には彼はテレサの家で暮らしてたのに。なんで貸倉庫なんて必要だったの？」

「だよね」

「テレサからなにか隠してたんだと思う？」

ヴェロは片方の眉をくいっと上げた。「だとしても驚かないな。彼って嘘つきの下司野郎《げす》だもの。でも、ケチでもあるわよね。だったらなんで貸倉庫にお金を払ったんだろう。農園にトラクター用の大きな格納庫があるんだから、そこにいやらしいがらくたをしまっておけばいいじゃない？　一時間も離れた場所に貸倉庫を借りてるのはどうして？　ウ、エ、ス、ト、ヴァ、ー、ジ、ニ、ア、なんかに？」

「ウェストヴァージニアですって？」

「後ろ暗い秘密を隠すのは州境の向こう側がいちばんなのよ、フィン。その倉庫にスティーヴンがなにを隠しているにしろ、重要なものにちがいないわ」

ヴェロの言うとおりだ。明らかに怪しげだ。「その貸倉庫の場所はわかる？」

「請求書の写真を撮ってある。倉庫番号も全部そこに写ってる」

警察は火事の捜査におそらく何日もかかりきりになるだろう。EasyClean だってほとぼりが冷めるまで行動を起こすようなばかじゃないはず。「土曜日に遠出をする気はある？」

「子どもたちはあなたのお母さんが見てくれるの？」

「その必要はないわ」エイミーとの会話を思い出す。「シッターならもういるから」

19

土曜日の朝、姉のジョージアは玄関ホールで上着を脱ぎ、わたしにふたつめの頭が生えてきたかのように凝視してきた。

「確認させて。シッター
のお守りをわたしにしろっていうの？」

「ううん。でも、そうかな」エイミーのSUVが通り過ぎるのを脇窓から目にした。彼女がここへ来たことをミセス・ハガティのノートに書き留められないように、隣りのブロックに車を停めてもらうことで話がついていた。わたしの人生を困難なものにするためだけに、スティーヴンか彼の弁護士がなにひとつ見逃さない近隣自警団のミセス・ハガティを利用しないともかぎらないからだ。

ヴェロは通りの先にある公園でチャージャーに乗って待っている。エイミーとヴェロは一カ月前に会っている。見当ちがいの囮《おとり》捜査でエイミーの職場であるメイシーズを訪れ、わたしが服のラックの陰に隠れているあいだにヴェロが警察官のふりをしてあれこれ聞き出したのだ。エイミーが無実だったことを考えたら、わたしの家でヴェロを見た彼女が感じよくふるまうとは思えなかった。「エイミーはテレサの古くからの友だちなの」わたしは説明した。「テレサとスティーヴンが婚約していたとき、エイミーはうちの子どもたちといっぱい過ごしてくれたし、デリアにエイミーおばちゃんに来てもらうって約束したの。ただ、わたしはどうしても行かなきゃならないところがあって」

「で、あんたは彼女と子どもたちだけにするほど彼女を信用していない」

着心地のよさそうなスウェットパンツと履き慣れたスニーカー姿のエイミーが、庭を横切ってきた。片手にDVDを、もう一方の手には買い物袋を持っている。テレサを彷彿《ほうふつ》させるものはひとつもなく、姉に来てほしいと頼んだのはおおげさだっただろうかと訝《いぶか》る。カーテンを閉めて姉に向きなおる。「彼女がなにか悪いことをすると思ってるわけじゃないの。ただ――」

「彼女はテレサの友だちだから、でしょ。わかってるって」ジョージアは腰に両手を当て、警察官然としたポーズになった。「どんな感じにやってほしい？　道路脇からの監視風か、ぴったり密着風か？」

呼び鈴が鳴った。「密着風がいいわ。エイミーは映画のDVDとスナックを持ってくることになってるの。お姉ちゃんはくつろいでくれればいい。ただ……子どもたちの前でテレサの名前だとか裁判のことは口にしないで」

ドアを開けた瞬間、デリアが目も眩《くら》むようなピンクのかすみとなって玄関ホールに突入してきた。ザックの目がまん丸になる。「ミーミー！」歓声をあげてエイミーの腕に飛びこんだ。子どもたちは大興奮で、甲高《かんだか》い声をあげ、彼女の脚にしがみつき、買い物袋を覗き、DVDに手を伸ばした。大騒ぎのなかでささっと紹介をすませると、ジョージアが買い物袋を預かり、デリアとザックはエイミーを遊び部屋へと引っ張っていった。

わたしは唇を噛み、隣りの部屋でエイミーが子どもたちをかわいがっているようすに耳を澄ました。「家にいてと頼むなんて、ちょっとばかみたいだったかも」姉に言った。「ほかにしたいことがあったなら――」

やめて、というような音をジョージアが発した。「本気じゃないよね？　ライス・クリスピー・トリーツ（ライス・クリスピーを使ったお菓子）を作って……」DVDにちらりと目をやる。「……《トロールズ　ミュージック★パワー》（ミュージカル・アドベンチャー・アニメ映画「トロールズ」のシリーズ第二弾）を観るチャンスを逃したい人なんている？」そう言いながら顔をしかめた。

「お姉ちゃんは最高よ」姉をぎゅっと抱きしめる。「先週はひどいことを山ほど言ってごめんなさい」

ジョージアがわたしの背中をぽんぽんとやった。「ありがと。でいいのよね？」

バッグと上着をつかむと、ヴェロと合流するために急いで外へ出てドアに錠をかけた。

車を走らせながら、ヴェロが携帯電話を渡してきた。わたしは彼女が撮ったスティーヴンの帳簿の写真をスクロールしていった。

「どの請求書にも貸倉庫の暗証番号は写ってない」

「貸倉庫に電話して訊いた。南京錠を使ってるんだって」

「金物店に寄ったほうがいいかも。ボルト・カッターかなにかを手に入れられるでしょ。弓鋸《ゆみのこ》でもいいけど」

ヴェロが頭をふる。「そんなことをしたら、不法侵入したのがバレバレになる。目立たないようにしないと」

「じゃあ、どうやって入るつもり？　カウンターにいる男の人におっぱいをちらっと見せて、鍵をもらうの？」

ヴェロがわたしに向かって目玉をまわした。「今日フィリスと短い電話で話した感触だと、彼女はそんな手には乗りそうにないわね。でも、心配はいらない。別の方法がある」

一時間後、ヴェロがチャージャーのスピードを落として田舎道の崩れかけた路肩へ寄せ、砂利の駐車場に入った。金網フェンスが敷地を囲い、その内側には窓に〈営業中〉のネオン・サインを掲げた小さな煉瓦造りの建物と、数列のぼろい倉庫があった。ヴェロがフェンスそばにチャージャーを停める。

「なにを待ってるの？」彼女がシートにだらりともたれて携帯電話をチェックしたので、わたしは訊いた。

ヴェロは手早くテキスト・メールを送った。通知音が鳴り、彼女がバックミラーを見た。

「あれよ」

白の小型バンが隣りに停まった。ウインドウが下がる。助手席側の人間がミラーサングラスを少し下げ、薄ら笑いを浮かべた黒っぽい目をきらめかせた。「でっかい貸しだからな、V」

「あんたはあの賭けに負けたんでしょ。あれはフェアな賭けで、わたしは勝っただけ」

「バンジョーが聞こえはじめたら（危険の前兆の意味。映画《脱出》にちなんだ表現）、ずらかるからな」彼の目がわたしに向けられる。それから、背後の貸倉庫の列に。どことなく見おぼえのある男性だったけど、なぜだかわからなかった。「ユニットの番号は？」

「七十三」

「調べてみるから一分くれ」助手席の男性はミラーサングラスをもとに戻し、運転手が小型バンを出してチャージャーの前に停めた。

「いまのはだれ？」ふたりの男性が車から出てくると、わたしはヴェロに訊いた。ふたりともヴェロより少しだけ歳上のようだ。

ヴェロは頭を下げ、彼らがゲートの隙間から入りこむのを見つめた。「いとこと、いとこの友だち」

「彼がラモンなの？」彼がテレサの車を牽引《けんいん》したときに一度見かけていたけれど、あのときは反対側へと必死で逃げているところだったので、しっかり目にしていなかった。おぼえているのは短く刈った黒っぽい髪と、だぶだぶの青いつなぎの作業着だけだ。「どうしてこれまで会えなかったの？」わたしのミニバンを修理してもらうときは、ヴェロがラモンの修理工場に持っていった。修理が終わったことは、ラモンからのメールで知った。でも、引き取りに行ったとき、ラモンのオフィスは空っぽで、フェリクスと用心棒のアンドレイがわたしを待ちかまえていたのだった。その晩のできごとについてラモンはひどく申し訳ながり、修理代をまけてくれたうえにバンをうちまで持ってきてくれた。でも、わたしは留守だったので、ヴェロが修理代を払ってくれた。

ヴェロが肩をすくめた。「お近づきになるために来たわけじゃないのよ。スティーヴンの倉庫に入れるようにしてくれたら帰ってもらう」彼女はきっぱりと言い、携帯電話をたしかめた。「彼からよ。行きましょう」

フェンスそばに停めたチャージャーから離れ、ヴェロのあとからゲートを抜けて奥のほうのユニットへと向かう。潰れた缶や空になったオイル容器がフェンスに沿って捨てられていた。〈猛犬に注意〉の標識が、錆びついた金網に結束バンドで留められていた。

「ごみ捨て場みたい」スニーカーが割れたガラスを踏んだ。「温調設備の整った倉庫だって言ってなかった？」

ヴェロは蠅《はえ》がたかった犬の糞《ふん》の山をひょいとよけた。「スティーヴンは電気代を別に払ってた。だから温調設備のある倉庫だと思ったんだけど、ここは超一流の場所ってわけでもなかったわね」最後の倉庫列を曲がると、ラモンの友人がへこみのあるスチールドアの前にひざをつき、南京錠とピックを手にしており、ラモンがそれを見ていた。

「ラッキーだったな」ラモンの友人が顔も上げずに言った。「ちゃんとした貸倉庫だったら防犯カメラがあったはずだ」

倉庫の軒を見上げ、それから列の端の柱に設置されたひとつだけの防犯灯に視線を移した。彼の言うとおりだ。防犯カメラはなかった。貸倉庫には電気すら通じていなかった。スティーヴンの借りているユニットのドアの下からオレンジ色の太い延長コードがくねくねと出ている。それがさらに別の延長コードと接続されていて、貸倉庫のオフィス下にあるコンセントにぎりぎり届くというありさまだった。

ラモンの友人は眼鏡を頭に押し上げて、南京錠にかがみこんでいる。黒っぽい髪をうなじのあたりでゴムバンドで留めているせいで濃いブロンズ色の肌があらわになっていて、黒いTシャツの襟《えり》もとからタトゥーの黒っぽい端が見えていた。

「今朝きみのお袋さんがうちに電話してきたぞ」南京錠をピックで解錠しようとする小さな音がするなか、ラモンが言った。「きみを探してお袋さんちを訪ねてきた男がいたそうだ」

ヴェロは長いあいだ無言で、ボディ・ランゲージの変化があまりにかすかだったので、ぴりぴりしていなかったら気づかないところだった。「だれだったの?」

「そいつは名乗らなかったらしい」

「母はその男になんて言ったの?」

「きみとお袋さんの使い走りはもううんざりだよ、V。お袋さんは、感謝祭の食事にきみが来なかったことでまだ怒ってる。きみがお袋さんと最後に話してから一カ月も経つ。自分で電話して訊けばいいだろう」

「一カ月ですって?」わたしは口をはさんだ。「なんでそんなにお母さんとしゃべってないの? それに、あなたから聞いた話だと――」

「いとこのことは無視して」ヴェロが歯を食いしばりながら言った。「彼は赤ん坊のころ、母親に頭から落とされたのよ。記憶力があてにならないし、基礎数学で落第してるの」それからスペイン語でまくし立ててラモンの腕をぴしゃりと叩いた。ラモンも言い返し、彼の友人は肩を震わせて声を出さずに笑った。「お黙り、ハビ！」ヴェロは彼に嚙みついたあと、「あとどれくらいかかりそう？」と話題を変えた。南京錠が小さくカチリといった。ハビはさっと手首を返して錠を開けた。後ろポケットにピックをすべりこませて立ち上がり、ゆっくりとヴェロに近づいた。彼女は顎を上げ、半歩下がった。

「会えてうれしかったよ、V」ハビが小首を傾げて無頓着に彼女をじろじろと見た。「どこに隠れてたのかな？」

「あなたを招待したおぼえはないけど」

ハビの顔にゆっくりとにやつき笑いが浮かんだ。「特定のスキルを持った人間が必要なんじゃないかと思ったんでね」

「ラモンだって対処できたわ」

「南京錠のことを言ったんじゃないけどな」

ヴェロは顔を赤くした。胸のところで腕を組む。「スキルのある人が必要になったとしても、あなたにはぜったいに電話しない」

ラモンは頭をふりながら、わたしに手を差し出した。「ふたりは無視してください。ヴェロとハビエルは子どものころからこうなんですよ。あなたがかの有名なフィンレイ・ドノヴァンですね」甘皮部分が油でかすかに汚れていて、指の腹にはたこができていた。すぐそばにいるので、彼とヴェロが似ているのがわかる。きれいな肌、ふっくらした唇、鋭くとがった顎。「あなたにしてもらったあれこれは数えきれないほどだわ。バンを修理してくれてありがとう。

それと、先月テレサの家で助けてくれたことも。修理代をおまけしてくれる必要なんてほんとうになかったのに」

「あったわよ」ヴェロが割りこみ、ハビを肩で押しのけて開いた錠に近づいた。「あの晩、ジロフとあんなこ

ラモンの笑みがちょっとばかりばつの悪そうなものになった。あなたが無事でほっとしました」

とになってすみませんでした。あなたが無事でほっとしました」

「その人は大丈夫よ」ヴェロはドアから南京錠をはずした。「修理と言えば、ふたりとも行く

場所があるんじゃなかったの？」

ラモンが彼女にたっぷりの非難の横目をくれた。「お会いできてうれしかったですよ、フィ

ンレイ。こいつには気をつけてくださいね」そう言ってヴェロに向けて頭をくいっとやった。

「人に悪影響をおよぼすやつだから」

「じゃあね、ラモン」ヴェロの口調はつっけんどんだった。

ハビが彼女にウインクする。「しばらくバンで待つとするよ。おれが必要になるかもしれな

いからね」

バンへと向かう彼をヴェロは目の隅で見ていたけど、その視線が臀部《でんぶ》へと下りてからそらさ

れた。

「ふたりにはどんな過去があるの？」わたしはたずねた。

「過去なんてありません」

「信じられないんだけど」

「彼はわたしのいとこの親友なの。ずっと昔の話」

「じゃあ、やっぱり過去があるんじゃない」スチールドアの取っ手をつかむヴェロに向かって言った。「わけがわからない。どうしていとこや彼の友だちとわたしが親しくなるのをいやがるの？　彼らだけじゃなくて、あなたの家族のだれとも、だけど」

「親しくなったってしょうがないでしょ」ヴェロがドアの隙間に肩を入れる。「手伝ってくれないかな、お願い？」

錆《さ》びついているせいで動かないドアを、ふたりしてうめきながら開けにかかる。「あなたを探して訪ねてきた人がいたとかって、どういうこと？」わたしは言った。

「なんでもない」ヴェロが歯を食いしばってドアを押しながら返した。「いとこはおおげさなだけ」必死で開けると、ドアがおそろしい叫び声をあげた。

両手を払ったヴェロが凍りつく。

「フィンレイ？」わたしは彼女の視線を追って倉庫のなかを見つめ、同じく凍りついた。「ハリス・ミックラーを掘り返しにいった夜のことをおぼえてる？　そのときわたし言ったよね。ガレージに大型冷凍庫を置くなんてヤバいって」

「うん」

「言っておくべきだと思うんだけど……その件についての考えは変わってないから」

空っぽの倉庫にひとつだけ置かれているものがあった。

オレンジ色の延長コードを目でたどって倉庫奥の暗がりを見ると、隅で小さく低い音を発している大型冷凍庫があった。

「ばかなことを言わないで」息が少し詰まり気味になる。「ハンティングの季節だもの。スティーヴンはおおぜいのクライアントと狩猟に行くの……ほら……ゴルフに行くのと同じで。クラブの代わりに銃を持ってだけど。あそこには、家の冷凍庫に入りきらなかった鹿肉がたっぷり入ってるんじゃないかな」

「ウェストヴァージニアの辺鄙《へんぴ》な町の貸倉庫に?」

「ありえなくはないでしょ」ごくりと唾を飲む。

「だったら、あなたがたしかめて」ヴェロは冷凍庫のほうへわたしを押した。

わたしは気を引き締め、埃っぽいコンクリートの床を足早に奥へ向かった。大型冷凍庫は完璧にふつうに見えた。片側に長い引っかき傷とへこみがあるものの白くてぴかぴかで、中古品販売店のオレンジ色のど派手なセール品のシールが貼られたままだ。

蓋《ふた》を上げると、ヴェロが背後から覗きこんだ。

「ほらね?」肉屋で使うような包装紙の包みを見て、わたしは純然たる安堵の息を吐いた。

「鹿肉よ」包みを持ち上げてヴェロに見せた。霜がついた茶色の包装紙からテープがはがれ、どすんという音をたてて中身が冷凍庫に落ちた。

ヴェロとわたしはふらついた。胸が激しく上下する。

「鹿肉じゃないじゃない、フィンレイ!」ヴェロは自分が包みを手にしたかのように、両手をジーンズの脚にこすりつけて拭いた。「頭よ。しかも、鹿の頭じゃない!」

「見たらわかるわよ！」いまにも吐きそうだった。

「だれの頭？」

霜と死後変化のせいで青く変色していた。それでも、以前に見たことのある顔だというおぞましい感じがした。かがみこみ、顔を背《そむ》けたまま目の隅で渋々ちらっと見た。凍りついたごま塩の前髪が分かれてもの見えぬ目が覗き、霜のついた頰からほくろが見つめてきた。

「彼を知ってる」手の甲で口を押さえながら言う。死んだ男性に向かって吐くのはまずいと思ったのだ。「ブリーのデスクから取ってきた写真に写ってた人よ」

「その彼がなんでばらばらになってあなたの元夫の貸倉庫にいるわけ？」

「知らないわよ！」

「まさか……」ヴェロがわたしと目を見合わせる。ブリーに写真を返した日のことをわたしは思い出した。ブリーはまともに写真を見もせずに、すぐに伏せて置いた。この貸倉庫はスティーヴンが借りたのか、あるいはブリーが自分のために借りて農園に請求が行くようにしたのか？「なにしてるの？」わたしが携帯電話を出すと、ヴェロが首を絞められたような声で訊いた。

「スティーヴンに電話するのよ」

「だめだってば！　だれにも話せない！　どうしてここにそれがあるのを知ってたのかって訊かれるでしょ！」

「このまま放ってはおけないわよ！」パニックの波に襲われる。スティーヴンの番号の上で指がためらった。ヴェロの言うとおりだ。この男性の身元をたしかめる方法があるはずだ。それ以上に重要なのが、この男性をここに置いた人間を突き止める方法だ。

携帯電話をポケットに戻すと、ヴェロが肩の力を抜いた。代わりに、手をはたかれながらも彼女の携帯電話を取った。「ここにいて」ヴェロの携帯電話を持って貸倉庫を出る。

「フィンレイ！　どこに行くのよ？」ヴェロの引きつった声を聞きながら、案内板に従って貸倉庫のオフィスへ向かう。ドアの前で立ち止まり、ズボンの脚で両手をこすった。死んだ男性の頭部に触れた手に、いまも冷たさが感じられる気がしたのだ。大きく息を吸いこみ、ドアを押し開けた。

カウンター背後のテレビに昼メロが映っていた。オフィスは煙草と煮詰まったコーヒーみたいなにおいがした。女性——おそらくフィリス——がホットピンクのマニキュアをした指に煙草をはさんでいて、長く伸びた灰が炭酸飲料の缶の開いた口にいまにも落ちそうになっていた。眼鏡のフレームの上からわたしとテレビを交互に見る。

「なにか？」彼女が言った。

「ええ」ヴェロが携帯電話で撮った請求書の写真を画面に出す。「わたしは会計士で……」頭を必死で回転させ、唯一思いついた名前に飛びついた。「〈ミックラー&アソシエイツ〉で働いています」そのことばが口から出た直後、取り消したくなった。フィリスは昼メロから顔を上げなかった。うまくすれば、彼女はいまのをすぐ忘れてくれるかもしれない。「〈緑の芝と木の農園〉の会計監査中なんです。貸倉庫ユニットの請求書のコピーがあるんですが、雇い主はだれが支払いを許可したのかを知りたがっています。手続きをした人物の名前を教えていただけないかと思いまして」

フィリスは長々と煙草を吸い、煙を吐き出した。「請求書のコピーがあるなら、うちが持ってる情報と同じだね。うちで保管してるのは、請求書の送付先とクレジットカードだけだから」

「手続きをした人物と話したのをおぼえてませんか？　七十三番の倉庫なんですけど」

「あたしがグーグルに見える？　ここには百ものユニットがあるんだよ」そう言って煙草で窓のほうを指す。「お客さんがしょっちゅう来て、倉庫を借りたり契約を終了したりしてるんだ。それに、プライバシー・ポリシーがあるしね。あたしは穿鑿《せんさく》しないし――」

わたしはカウンターに二十ドル札を一枚すべらせた。フィリスは床に煙草の灰を落とし、急に興味が湧いてきたみたいな目で見てきた。「延長コードのあるユニットです」彼女の前で札から手を離す。

「七十三番って言った？」回転椅子をカウンターに向け、ピンクの爪で札をつまんだ。「彼女のこと、なんかおぼえてるかもね。でも、だいぶ前の話だから」

「じゃあ、女性だったんですね？」どっと安堵した。少なくとも、スティーヴンじゃなかった。

「その女性の名前はおぼえてます？」

「訊かなかったね」

「外見はどうですか？」

フィリスは肩をすくめ、まぶたのぼってりした目をわたしのバッグに向けた。「記憶がちょっと定かじゃないかな」

財布からもう一枚札を出してカウンターに叩きつける。彼女が手を伸ばしてくると、届かないところへすべらせた。

フィリスが唇をとがらす。「ブロンド。若くてきれいだった」

片手でしっかり札を押さえながら、もう一方の手を使ってヴェロの携帯電話でブリーの名前をググった。「この人でした？」ソーシャル・メディアのプロフィール写真を拡大してフィリスに見せる。

フィリスは顎を下げて眼鏡の縁《ふち》越しにブリーの写真を凝視した。頭をふると顎の肉が揺れた。

「いや、ちがうね」札の端を引っ張る。

わたしはなおさら強く札を押さえた。「ほんとうに？」

フィリスは壁に貼られた注意書きを指さした。〈倉庫のレンタルは、十八歳以上で有効な運転免許証をお持ちの方にかぎります〉「その写真の子はビールを買える年齢にも達してないみたいに見える。その子が借りにきたんだったら、身分証明書《ID》を見せるよう言っただろうね。七十三番のユニットをレンタルしたのはその子より歳上だった」

「どれくらい？」

フィリスがわたしをじろじろと見た。「あんたくらいの年齢かな」

「それでなんの確認もせずにその女性に倉庫を貸したんですか？」

「その人は格好いいBMWで乗りつけて、会社のクレジットカードを見せたんだよ。おまけに延長コードを使わせてくれたら倍払うって言ってくれた。だから、大丈夫だと思ったってわけ」

フィリスはこちらの手の下から札を引き抜き、わたしはいまのちょっとした情報に息もできずに立ち尽くした。テレサはブロンドで、わたしと同年代で、BMWを運転していた。それに、彼女はスティーヴンの会社のクレジットカードを入手できたはず。ヴェロの携帯電話にテレサの写真を出す。「この人でした？」

フィリスは写真をしげしげと見つめ、一か八かで期待のこもったまなざしを再度わたしのバッグに向けた。わたしはバッグを背中に隠した。

むかついたうめき声とともにフィリスが言う。「そう、彼女だった」

では、貸倉庫と、そのなかにあったばらばら死体はテレサのものなのだ。でも、あの男性も大型冷凍庫も彼女ひとりで倉庫に運ぶのは無理だ。スティーヴンと一緒にやったのだろうか？　だからスティーヴンはいまもレンタル料を払ってるの？　「彼女と一緒にいた人がだれだかわかります？」

「だれも見なかった。彼女は金を払って立ち去った。次の日、そのユニットで電力を使いはじめたから、一度戻ってきてなにかのプラグをコンセントに差しこんだんだろうね。でも、あたしは彼女の姿を見てないよ」フィリスは名簿横の古いパソコンのほうを向いた。眼鏡を下げ、目を細めてモニターを見ながらネイルチップをつけた指でキーボードを叩いた。モニターをわたしのほうに向け、請求の記録を指した。「ファイルに記録したクレジットカードは一週間前に有効期限が切れてる。彼女と話すことがあったら、クレジットカードの更新に来てもらう必要があるって伝えて。でなきゃ、プラグを抜いてユニットの中身を出さなきゃならなくなる」

「支払いは自動的にクレジットカードから引き落とされるんですか？」スティーヴンのように大きな事業をしていたら、少額の請求は見落とされがちになる。彼は自分が支払いをしていることにも気づいていないのかもしれない。

「毎月ね」フィリスが答えた。「次の支払い期日は十五日だよ。あんたが代わりに払ってくれるんなら話は別だけど」

バッグのなかには二十ドル札が一枚残っているだけだった。フィリスにクレジットカードを渡す気はさらさらなかった。

スティーヴンは一カ月前に自分の口座にテレサがアクセスできないようにした。彼女はきっと、クレジットカードの有効期限が切れているなんて思ってもいないのだろう。彼女の裁判はあと何週間か後にはじまる予定で、その結果刑務所に入ることになったら、だれが貸倉庫の支払いをするのだろう？　大型冷凍庫の件をスティーヴンに話すことはできない。彼の選択肢は、フィリスにレンタル料を払うか、死体を移すかしかないけれど、そうなると彼は共犯者になってしまう。もしほんとうは共犯者でないとしても。でも、フィリスがプラグを抜いてユニットの中身を出したら、警察がまっ先に探すのがスティーヴンになってしまう。そして、警察が捜査に来たら、フィリスはぜったいにわたしのことを思い出す。警察にこの貸倉庫を見つけられてスティーヴンとわたしの両方が刑務所にぶちこまれずにすむただひとつの方法は、発見される死体が存在しないことだ。

「ごみ袋はありますか？」

フィリスが棚の下から特大ごみ袋の箱を出してカウンターにぴしゃりと置いた。受け取ろうと手を伸ばすと、彼女が箱を下げた。不承不承〝ありがとう〟と言ってバッグから最後の二十ドル札を出して渡し、箱ごと引っつかんで小脇にはさんでオフィスを出た。七十三番のユニットまで戻り、オフィスの窓のブラインドが動いていないかどうかを肩越しにふり返ってたしかめた。ヴェロは倉庫のなかで両手を揉みしだきながらうろうろして待っていた。

「で？」彼女が言った。

わたしがごみ袋を箱から引っ張り出して大型冷凍庫の蓋を勢いよく開けると、ヴェロが飛び上がった。「ラモンに電話して。大型冷凍庫をごみ捨て場へ運ぶ料金を訊いて」

20

サウスライディングへの帰り道、ヴェロは関節が白くなるほど強くハンドルを握り、何度もバックミラーを見た。ハビのバンはとっくに見えなくなっていた。大型冷凍庫の中身を特大ごみ袋に移してからヴェロがいとこのラモンに電話をし、しばらく小声で激しく言い合ったあと、修理工場の裏にある廃車プレス機へ冷凍庫を運ぶ仕事を引き受けてもらえたのだ。

あとで感謝祭をどこで過ごしたのかヴェロに訊いてみよう。それと、彼女とラモンの関係がすごくぎくしゃくしているみたいに見える理由も。でもいまは、黒いごみ袋に入ってヴェロの車のトランクに転がっている、死んだ男性の解凍されつつある頭部の痕跡を漂白剤ですっかり消し去ってしまいたいだけだった。

携帯電話が振動した。キャムの番号が画面に出る。スピーカー・モードにしてヴェロと自分のあいだに持っていく。

「なにがわかった?」キャムに訊いた。

「役立ちそうなものはなにも」背後でおしゃべりの声が聞こえた。ロッカーの扉が強く閉められる音もしたと思う。

「役立ちそうなものはなにもってどういう意味? 彼女を突き止められるって言ったじゃない

の」

「調べてみるって言ったんだ。で、おれは調べた」

「それで？」今日という日の緊張のせいで、癇癪《かんしゃく》が爆発しそうになっていた。「彼女を突き止めるのに使えそうななにかは見つけてないとおかしいわ」

「五十ドルの価値のあるなにかであることを祈るわ」ヴェロがぼそりと言う。

「あんたたちが探してるFedUpってやつはゴーストだ」キャムが言った。「フォーラム以外であのEメール・アドレスが使われてる記録はまったくなかった。必死で調べたんだ。メール・アドレスのバリエーションまで試した。どの個人向けアカウントにも、ソーシャル・メディアのアカウントにも、ビジネス向けアカウントにも結びつけられていない……なにもないんだ。あんたから聞いた例のフォーラムにしか登場しない」

「あなたはこういうことに優秀なんだと思ってたけどね」ヴェロが噛みついた。

送話口を手でおおったみたいにキャムの声が低くくぐもった。「あのさ、おれはハッカーなんだ。警察じゃない。これでもできるだけ深く掘り下げたんだ。でも、このFedUpってやつは用心深い。見つからないように手を尽くしてる」背後でベルが鳴った。「行かないと。これで終わりでいいよな？」

「ええ。あ、待って！」キャムに電話を切られる前に慌てて言った。「別のEメールも調べてもらえない？」

「追加で五十ドルになるけど」

「わかってる」ヴェロからいらだちの目を向けられた。

ごそごそと音がして、ロッカーの扉が閉められ、スピーカーからの単調な声が電話の向こうから聞こえた。「アドレスをメールで送っといて」キャムは電話を切った。

わたしはEasyCleanのプロフィールに出ているアドレスを彼に送った。

「なんでEasyCleanのほうが簡単に見つかると思うわけ？」ヴェロは前方に視線を据えたまま言った。「もしわたしがオンラインで暗殺仕事を請け負ってたなら、自分のＩＰアドレスをふりまわしながらインターネット中を駆けまわったりしないけど」

「試してみる価値はあるでしょ」

「あなたはそう言うけどね、わたしは自分の取り分の四十パーセントがくそったれの窓から飛んでったほうに賭けるわ」

「ほかにどうすればよかったっていうの？　彼がなんて言ってたか聞いたでしょ？　FedUpはゴーストだって！　彼女は追跡されるような痕跡をいっさい残してないのよ」

ヴェロがブレーキを踏みこんで州間高速自動車道を下りた。トランクからどすっという音が響いてきて、わたしもヴェロもたじろいだ。

「スピードを落として」わたしは言った。「パトカーに止められたくないでしょ」

「あなたに言いくるめられてこんなことをしてるなんて信じられない。彼を冷凍庫に戻して南京錠をかけるべきだったのに。修理工場のトラックはだれも止めない。でも、スポーツカーは警察に止められる。おまけにトランクでは溶けかけの冷凍死体が死人ジュースを滴《したた》らせてる」

チャージャーはテレサの家の前でゆっくりと停まった。

「彼女、ほんとにいるの？」ヴェロがサングラスの縁越しに三階建てのタウンハウスを見た。

テレサの青いBMWは私道に停まっていたけど、窓はすべてブラインドが閉められている。

「フェリクスの裁判まで、テレサは自宅軟禁されてるってジョージアが言ってたの。だから、家にいるしかないでしょ？」

ヴェロが車を降りてトランクを開けた。わたしは顔をゆがめていちばん小さなごみ袋を出し、小脇に抱えた。ごみ袋の中身が九十分前よりもやわらかくなっているように感じるという事実を考えないようにする。

近づいていくと、階上の窓でカーテンが開いた。テレサの長いブロンドの髪がちらっと見えたと思ったら、カーテンがさっと閉じた。ヴェロが呼び鈴を鳴らす。何秒か経ったけど家のなかで動くものはなにもなかった。テレサには玄関に出てくるつもりがないのかもしれない。

ドアが勢いよく開いて、ヴェロが飛びすさった。すえたむっとする空気がどっと流れ出す。

「なんの用よ？」テレサはドア枠に片手をついた。血色の悪い顔はすっぴんで、大きすぎるTシャツに髪がだらりと垂れ下がり、だぶだぶのスウェットパンツは堅木の床にすれていた。その下から素足が覗いていて、はがれかけのペディキュアが爪のまんなかあたりに残っている。

彼女は腕を組んで指輪をしていない左手薬指を隠し、わたしを冷ややかににらみつけてきた。

「話をする必要があるの」わたしはドアに近づいたけど、テレサは一歩も譲らなかった。

「話すことなどなにもないわ」

わたしは小脇に抱えたごみ袋の紐をゆるめ、少し開けてなかの頭部が見えるようにした。

「あら、あると思うけど」

テレサが目を見開く。「どこでそれを？」

「わかってるでしょ」

彼女がドアを閉めようとした。わたしは隙間に足を突っこんだ。

「言ったでしょう」歯を食いしばり、ドアに全体重をかけながら彼女が言う。「あなたに話すことなんてないって」

「けっこう！」隙間から足を引き抜いた。「なら、全部ここに置いていくわね」玄関ポーチのどまんなかにごみ袋の中身を出した。死体の毛髪は解凍され、もつれた海藻みたいに額《ひたい》にへばりついていた。生気のない目と力なく開いた口がテレサに向けられる。「そうそう、貸倉庫のレンタル契約は切れたわよ。あなたには更新する気がないってフィリスに言っといたから。勝手にユニットをきれいにさせてもらったわ」

ヴェロがトランクから別のごみ袋をつかんだ。死の重みでごみ袋が伸び、玄関ポーチまで来るころにはおぞましい輪郭を形作っていた。

テレサが体をこわばらせる。「なにをしてるの？」

ヴェロがごみ袋を逆さにしてふり、これみよがしに中身を出した。気持ちの悪くなるようなどさりという音をたててコンクリートのポーチに中身が落ちると、テレサの顔から血の気が引いた。あんぐりと口を開けて肉屋で使うような包装紙の山や、濡れた茶色の包装紙の黒っぽいしみを凝視する。わたしとヴェロが車へ引き返しはじめると、募りつつあるパニックのせいでテレサの喉が激しく動いた。「待って！　どこへ行くの？　こんなものを置いていかないでよ！」

「どうして？」わたしはトランクをバタンと閉めた。「フィリスの話だと、それはあなたのものってことだったけど」

「これをどうすればいいのよ？」激しく身ぶりをする。

ヴェロは肩をすくめた。「さあね。どうすればいいか考えつくまで、彼を冷蔵庫に入れておいたほうがいいわよ」

「そんなの無理！　入りきらない！」

ヴェロがくすくすと笑った。「お宅のキッチンにぴかぴかの〈サブゼロ〉冷蔵庫があるのを見たわよ。あれなら〈コストコ〉のお肉売り場ごと入るんじゃないの」

テレサが細い線になるまで目を狭めた。「いつうちのキッチンに入ったの？」

「気にしないで！」わたしは助手席のドアを開けた。「わたしたち、あなたのものを片づけませんから。冷蔵庫に入らないなら、ごみ捨て場にでも持っていけば」

ヴェロが運転席に乗りこみ、キーをイグニッションに挿しこんだ。

「待って！　お願い！」テレサはスウェットパンツの裾をぐいっと上げ、ドアから右足を突き出した。足首に分厚くて黒い監視装置がつけられていた。「ごみ捨て場には行けない。自宅を出ることすらできないのよ！」

わたしの顎が落ちた。ヴェロの陰鬱《いんうつ》な忍び笑いが無遠慮な高笑いになる。「物置はどうかな。スティーヴンがシャベルを置いていってくれてるかも。裏庭に埋めればいいじゃない」ヴェロはキーをまわしてエンジンをふかした。

「わかったわよ！」テレサが叫んだ。「入ってもいいけど、それをそこに置いたままにしないでちょうだい！」そう言って玄関ポーチで溶けつつある荷物を指さした。

ヴェロは片方の眉をつり上げ、判断をわたしに委ねた。わたしは車のドアを閉めて芝生を横切り、頭部を拾ってごみ袋に戻し、テレサを肩で押しのけてなかに入った。背後でエンジンが止まった。ヴェロはさらにいくつかのごみ袋を取り出してからなかに入ってきた。テレサは顔をしかめ、ポーチのごみ袋を家のなかに入れてキッチンの床に乱暴に落とした。

彼女は茶色の包装紙の山を呆然と見つめた。シンク下のキャビネットから除菌ウェットティッシュをつかみ、わたしたちそれぞれに渡した。小さなキッチンにある大理石のテーブルのそばに立ち、ふたり揃って嫌悪の表情を浮かべながら必死で手を拭った。使い終わったウェットティッシュはテレサが二本指で受け取り、ごみ箱に投げ捨てた。

「知ってることを話したら、これを全部持っていくって約束してくれる？」テレサは顎をくいっとやって床を示した。

「場合によるわね」わたしは返した。「スティーヴンはどう関係してるの？」

大きすぎるTシャツ姿のテレサは断固たる態度で腕を組み、緑色の目で穴が開くほど見つめてきた。「彼は関係していない。貸倉庫は彼に内緒で借りたの」

「あなたがあそこになにを置いてるか、スティーヴンはまったく知らないってこと？」

「月次計算書はブリーのところに行く。スティーヴンは見もしてないいんじゃないかしら」

「スティーヴンは先月彼女をクビにしたわ」

テレサが驚いて薄い唇を開いた。「彼は貸倉庫のことを知ってるの？」

「それを突き止めようとしてるのよ。この人はだれ？」ごみ袋を指して訊いた。

テレサはためらい、口を開けたり閉じたりした。「農園のサイレント・パートナーのひとりだった人」

わたしは目を瞬《しばたた》いた。「共同経営者がいるなんてスティーヴンから聞いたことないけど」

「だからサイレントって呼ばれてるのよ。彼があれだけの土地をどうやって買ったと思ってるの？　山のような現金で？　それとも、輝かしい信用履歴で？」せせら笑う。「彼だってばかじゃないんだから、離婚するつもりのときに銀行から融資してもらうはずがないでしょ？　あなたに法的請求権をあたえてしまうことになるんだから」

「待って……」わたしは片手を上げた。聞きまちがえたにちがいない。「彼が農園を買ったのは離婚の前だったって言ってるの？」

「だれかこの女性にご褒美をあげて」テレサが猫なで声で言った。「フィンレイがやっと理解したわ」

傲慢《ごうまん》な薄ら笑いを浮かべたテレサの顔をひっぱたきたかったけど、彼女はひとつだけ正しかった。やっと理解した。スティーヴンと彼女がわたしのうちでよろしくやってるのを、ミセス・ハガティが見つけようと見つけまいと関係なかった。彼はどのみち出ていく計画をしていて、テレサはそれを知っていたのだ。

テレサは冷ややかな表情で肩をすくめた。「スティーヴンはサイレント・パートナーを探すためにわたしを雇った。農園にお金を出してくれて、離婚が成立したら権利書の名義を彼にしてくれる人間をね。で、ふたり見つけてあげた」

「あなたが彼のパートナーだと思ってた。農園を購入できたのはあ、な、た、が資金を出したからだと」テレサが唇をとがらせた。小首を傾げたわたしの頭のなかですべての手がかりが結びついた。「彼はあなたをパートナーにしたくなかったんでしょ、ちがう？」テレサが目をそらし、わたしが正しかったのだと確信した。「だから彼は結婚するのをずるずると先延ばしにしたのね。だからあなたはうちの子たちを預かることに同意したんだわ。それしか彼に結婚を決めさせる方法がなかったから。結婚しなければ、農園の権利を主張できないから」

「スティーヴンを愛してたのよ！」テレサが言い返した。

「車の後部座席でフェリクス・ジロフを骨抜きにして、スティーヴンへの愛をすっごくはっきり示したわよね」

「おおーっとぉ」ヴェロが小声で言った。

テレサがぴたりと口を閉じた。

「彼の名前は？」わたしは死んだ男性を示した。

テレサが歯ぎしりする。「カール・ウェストーヴァー。カールと彼のいとこのテッドが農園の土地代を支払った。ふたりはスティーヴンとの随意契約を交わし、彼が土地を買い上げるだけのお金を稼いだら譲渡することに合意した。その合意のおかげでスティーヴンは、契約どおりにパートナーたちに利益を分配するかぎり、自分の望むとおりに土地を耕作し事業を営む権利を得た」

「読めたわ」ヴェロが言った。「スティーヴンはふたりを怒らせることをして、取引がだめになったんでしょ」

「おあいにくさま」テレサはヴェロを陰険ににらんだ。「すべてすばらしく順調だったわ。農園は利益を生んでいた。わたしたちの予想以上に。スティーヴンの事業計画とわたしの不動産関係のコネのおかげで、地域最大手の開発業者をクライアントにできたの。スティーヴンは五年以内に農園を買い取れる見こみだったわ」

「なにがあったの?」わたしはたずねた。

テレサがまっ青になる。床のごみ袋を見つめ、頭をふった。「だれかに話したとわかったら、彼に殺される」

ヴェロがごみ袋を足でつついた。「この人は口が堅いわよ」

「彼じゃないわよ、ばかなの? フェリクス・ジロフのことよ!」

その名前を聞いてわたしはぎくりとした。「フェリクスがこれをやったの?」

テレサがうなずく。

「でも、あなたは、フェリクスはスティーヴンの事業にはいっさい関係ないって警察に話したんでしょ。フェリクスが農園を使ってるのをスティーヴンは知らなかったって」

「それはほんとうよ」テレサの声が震えた。「スティーヴンに持分権があることをフェリクスに話さなかったから。彼を巻きこみたくなかったのよ。だから、スティーヴンの名前を出すのではなく、パートナーたちの名前をフェリクスに話した。フェリクスに農園を使わせることをふたりのどちらかが承諾したら、それで充分だと考えたのよ。だって、取引外でお金を儲けられるんだから断るはずもないでしょ？」テレサは震える息を吸いこんだ。「フェリクスをカールのところへ連れていったわ。彼はスティーヴンとそれほど親しくなかった。ほとんどことばも交わさない仲だった。カールは奥さんと別れたばかりで、多額の医療費の支払いを抱えてた。お金に困ってるのをわたしは知っていた。テッドよりフェリクスのお金の魅力に弱くて、ほかの人たちにもしゃべったりしにくいと思った。でも……」

「カールは断ったのね」わたしは推測した。

テレサがうなずく。「カールは、フェリクスをニュースで見たことがあると言った。犯罪者と取引なんかして自分の名前を汚《けが》したくないと……正確にはもうちょっとちがう言い方をしたんだけど」

「それでフェリクスが彼を殺したわけね」

テレサが涙を乱暴に拭った。「アンドレイがカールの喉を掻き切ったの。フェリクスの命令で」

当然だろう。フェリクスはけっして自分の手を汚さないのだから。でも、アンドレイは亡くなり、フェリクスは拘置所に入り、テレサは文字どおり全責任を負わされて《ホールディング・ザ・バッグ》いる。「じゃあ、あなたは農園を使わせるという取引をフェリクスとしたわけね。その件をスティーヴンにも、もうひとりのパートナーにも話してない？」

テレサがうなずく。「さらなる死人を出したくなかったから。フェリクスには、わたしは農園の所有者とかなり親しい間柄だと話した。フェリクスや部下がいつでも必要なときに出入りできるようにする、ほかのだれかと話をする必要はないって言ったわ。フェリクスは承諾した」

「そしてあなたは大喜びでお金を受け取った」ヴェロが舌打ちをする。

「あなたとフェリクスが同意に達したのなら」わたしはテレサに言った。「どうしてカールをほかの死体と一緒に農園に埋めなかったの？」

「警察に話したのはほんとうのことよ。フェリクスが死体を埋める場所として農園を使っていたなんて知らなかったわ」陰鬱な笑いを絞り出す。「言っておくけど、もし知っていたらわたしの人生はうんと楽になったでしょうね。こんな状況に陥《おちい》ることもなかったはずなんだから！」

しゃべりすぎたかのように、テレサが震える手で口を押さえた。でも、合点のいかないことがあった。フェリクスとアンドレイがカールを殺したのであれば、どうしてテレサが死体を押しつけられるはめになったのだろう？　自分たちの犯罪の証拠をどうして素人《しろうと》に片づけさせるようなリスクを冒したのだろう？　ただし……。

「彼らはカールを殺して立ち去ったのね」自分の本の一章であるかのようにその場面を頭に描いていた。「フェリクスはあなたを犯罪者にするために、死体を処理するよう仕向けたんだわ。共犯者なら通報するようなばかなまねはしないだろうから、あと片づけをさせた。でも、あなたは農園を使おうとはせず、カールを州外へ運んだ」

「そして、支払いにスティーヴンの会社のクレジットカードを使った」ヴェロがつけ足す。「警察がカールの死体を発見した場合、婚約者に殺人の罪を着せられるように」

テレサは顔を背けた。

ヴェロが正しい。スティーヴンに農園の持分権があるという状況は、カール殺害の動機と見なされる可能性がある。格好のカモだ。

「うわあ」自分が嫌悪を感じているのか感銘を受けているのかわからなかった。「それこそあなたへの真の愛と献身になるわよね」

「こわかったのよ！　あの人たちはわたしの目の前で人ひとりを殺したの。どうしたらいいかわからなかった！」

「だからフェリクス・ジロフの財布のなかに答えを見つけたわけ？」

「っていうより、彼のパンツのなかに、じゃないの」ヴェロがぶつぶつと言った。

「いまだにわからないことがあるんだけど」わたしは言った。「アンドレイがカールの喉を掻き切って、彼とフェリクスが死体の処分をあなたに押しつけて去ったんだったら、どうしてカールはばらばらになったの？」テレサがたじろいだ。「うっそ。まさかあなたが……」

ヴェロがまっ青になる。「ランチを抜いてよかったわ」

「どうすればよかったっていうのよ、フィンレイ！　あいつらはわたしを死体とふたりきりにしたのよ！　死人を持ち上げようとしたことがある？」

「テーブルクロスとスケートボードを使えばよかったのよ」ヴェロが小声で言った。わたしは彼女をきっとにらんだ。

「死体を置き去りにするわけにはいかなかったの！　だれかに発見されて通報されただろうから。でも、彼はすっごく重くて！」テレサはダムが決壊したみたいに自白した。「車に彼を運ぶことすらできなかった。そのままでは」

「フェリクスが逮捕されたときに、どうしてそれを警察に話さなかったの？」わたしは訊いた。

「供述したときに、アンドレイとフェリクスがカールを殺したんだと話せばよかったじゃない。フェリクスは拘置所よ。もう脅威じゃなくなったでしょう」それに、目撃証人のいる殺人事件がもう一件追加されれば、検察がフェリクスを有罪にできる確率も上がったはずだ。

テレサが笑う。「冗談を言ってるのよね？　わたしたちが話題にしてるのはフェリクス・ジロフなのよ。一日だって刑期を務めるものですか。弁護士が些細なテクニカル問題にかこつけて不起訴に持ちこめなかったとしても、フェリクスは自分で打開策を見つけるだろうし、そうなったら逮捕に手を貸した人間に個人的に報復するのは確実でしょうね。わたしは農園に死体が埋められてるなんてまったく知らなかったと警察に話したし、それはほんとうのことよ。フェリクスが殺人を犯したとはひとことも言わなかったし、いまからそうするつもりもないわ。

そんなことをしたら、フェリクスがわたしたちを追ってくることになるだけだもの」テレサがやましそうに頬を赤くした。

「わたしたち？」テレサはこれまで一度もわたしが幸福かどうかなど気にかけたためしがない。あと、彼女にはヴェロの幸福を気にかける理由がまったくない。どうしていまさら？ ただし、彼女が気にかけてる〝わたしたち〟が〝わたしたち〟とはちがう人間の場合は話が別だ。

「どうやって大型冷凍庫をウェストヴァージニアまで運んだの？」そうたずねてみた。テレサのスポーティなＢＭＷのトランクにあんなに大きな冷凍庫は入らない。

彼女が反抗的に顎を上げた。「スティーヴンの農園のトラックを使ったのよ」

「農園のトラックは制限つきナンバー・プレートよ。ハイウェイは走行できない。走行したら、止められて捜索されてたかもしれない」トラックの荷台にばらばら死体を載せてそんなリスクを冒すとしたら、テレサは愚《おろ》かだ。あの大型冷凍庫は長さが四フィートほどあった。なかになにも入っていなくても百ポンド以上の重さがあるはずだ。「だれに手伝ってもらったの？」わたしは強い口調で問い詰めた。

テレサの潤《うる》んだ緑色の目がヴェロとわたしのあいだを行き来した。「あなたたちだっておたがいのために同じことをしたはずでしょ？」

テレサの意味することがはっきりして、息が詰まった。彼女はわたしとヴェロのことを言っているのだ。わたしたちの友情のことを。たがいのためならいかれたことだってすることを。

テレサはどれほど核心を突いているかわかっていない。

「エイミーなの？」ささやき声になった。

「彼女を警察に突き出さないで」テレサが懇願した。「助けようとしてくれただけなの！　わたしがカールの家から電話したのよ。ほかにどうすればいいかわからなかったから。大型冷凍庫に彼を入れるというのはエイミーのアイデアだった。カールをどこへ移せばいいかを知ってると言ってくれた。彼を消す方法を」

胸がずきりとした。ヴェロの爪がわたしの腕に食いこんだ。

わたしはドアに向かって駆け出し、テレサはそれを止めようとしてごみ袋につまずいた。

「どこへ行くのよ？」彼女が叫ぶ。「だめよ！　彼を置いていかないで！」

ヴェロと一緒に車へ走るわたしは、死体のことなど考えていなかった。

21

ヴェロがギアをパーキングに入れる前に、わたしはチャージャーを降りていた。頭が混乱してまともに考えられないまま、玄関の錠を開ける。姉が小さな断片にまで切り刻まれてたら？子どもたちがいなくなってたら？　みんなが光沢のある黒いごみ袋に突っこまれてエイミーの車のトランクに入れられてたら？

勢いよくドアを開けると、暖かな空気と焦げたポップコーンのにおいがした。居間は薄暗く、つけっ放しのテレビでは映画の最後に出るクレジットが流れていた。

キッチンに飛びこむ。電子レンジの扉が開いている。焦げて冷たくなったポップコーンの袋がシンクに捨てられている。

「ジョージア！」大声で呼ばわった。だれも返事をしなかった。

「フィンレイ？」ヴェロの声は小さくて喉を締められてるみたいだった。彼女はパントリーの前にいて、床に滴《したた》った赤い跡を指さしていた。

その赤い滴《しずく》の跡をパントリーから階段へとたどり、壁の鮮やかな赤色のしみ汚れを見て息を呑んだ。そのしみ汚れは小さな手の形と大きさで、デリアやザックがべたつくものを食べたか、公園で泥遊びをしたあとみたいに階段を上へと続いていた。「いや！」急いで階段を駆け上がると、ヴェロがすぐ後ろをついてきた。姉の声が廊下の突き当たりから聞こえてきたので、その声をたどってわたしの寝室へ向かった。

ヴェロがわたしの腕をつかんで止めた。「聞いて」彼女の声は落とされていた。「こんなことをする必要はないわ」バスルームのドア越しに聞こえるジョージアの声はくぐもっていた。「彼らを人質にするなんて、自分を傷つけるだけよ」

バスルームから苦悩の叫びが聞こえた。ノブをつかみ、ドアが施錠されているのがわかると押し殺した恐怖の声が漏れた。

ドア枠上部に隠してある鍵に手を伸ばす。ヴェロがわたしを後ろに引っ張って唇《くちびる》に指を当てた。「あなたのお姉さんがなかにいるわ」ささやき声だった。

「わたしの子どもたちもよ！」ささやき返す。

「ジョージアは訓練を受けたプロよ。バスルームでなにが起きているにせよ、彼女ならうまくやってくれるはず」

ザックが怒りのわめき声をあげた。息子に声をかける前に、ヴェロの手で口をふさがれた。

「要求は聞いたわ」慎重に考え抜かれた姉の声がした。「こっちは穏当に対処する用意がある。でも、そっちからも歩み寄ってもらわないと。信頼の証を見せて。それだけでいい」

わたしの喉が締めつけられた。息ができない。ヴェロの手を口から引き剝《は》がし、震える息を吸いこんだ。エイミーが子どもたちと一緒にバスルームに立てこもっている。子どもたちを人質にしている。わたしたちがテレサの家をあとにしてすぐ、彼女はエイミーに電話をして、カールのことを知られたと話したにちがいない。これはわたしのへまだ。

ドア越しにザックがべそをかくのが聞こえ、胸が張り裂けた。「なかに入らないと」声を落として言った。

「エイミーがパニックを起こしたらどうするの？　子どもたちを傷つけるかもしれないでしょ」

「もう傷つけられてるわよ！」ふたりとも、キッチンで彼女に抵抗したにちがいない。そしてバスルームに逃げこんで、エイミーに閉じこめられたのだろう。

「落ち着いて」姉が懇願した。「ここから出たいのはわかってる。この状況の主導権を失うのをこわがってるのもわかってる。ほんとうよ。でも、彼らを行かせてあげないと。ひとりずつよ。最初はひとりでいい。ひとりを解放してくれたら、あなたの望みを叶えてあげる」

「血が止まらない」デリアの泣き声がした。

ヴェロがわたしの手をぎゅっと握ってきた。彼女の唇が震えている。

「すぐに止まるわ、デリア。ぜったいだから」姉の声には緊張がにじんでいた。まるで、ぎりぎりのところで踏ん張っているかのような。「平気になるって。でもいまは、あなたの弟をなんとかしなくちゃならないの」

ザックがわめいた。もうがまんできない。ヴェロの腕から飛び出す。震える両手でドア枠上部の鍵を取り、鍵穴に突っこみ、息も荒くドアをがばっと開けた。

わたしがいきなり立ち止まったので、ヴェロが背中にぶつかってきた。ザックの泣き声が唐突にやみ、三つの顔がふり向いてわたしを見た。

「あら」ジョージアは明らかにほっとしたようすだ。「帰ってきたのが聞こえなかったわ」姉は便器の前の床にあぐらをかいて座っていて、片手には封の開いたフルーツ味のお菓子の袋を持ち、もう一方の手はオレンジグミひとつを高く掲げている。その前には、デリアがトイレ・トレーニングに使った補助便座にちょこんと座り、怒りで顔をまっ赤にしたザックがいた。

「なにがどうなってるの？」荒い息で訊いた。

「トイレ・トレーニングをしてるのよ」ジョージアが誇らしげに答えた。届かない場所に掲げられているフルーツ味のお菓子に手を伸ばしたザックが、哀れっぽい声を出した。いまにも癇《かん》癪《しゃく》を起こしそうだ。「だめ。言ったでしょ、相棒。これは交渉なの。ウンチをする《ドロップ・ミー・ア・デュース》までなにも要求できないのよ」

「デューシュってなに？」デリアだ。

床の赤い跡は浴槽まで続いていた。デリアの顔がピンクに染まった泡の山から覗いている。

「見て、マミー！」娘が口を大きく開いて笑った。前歯のあったはずの場所が血まみれで、その隙間から舌が覗いている。「歯が抜けたよ！」

力が抜けてカウンターで体を支える。ヴェロはわたしの背後で体をふたつ折りにして笑っていた。

「なんなの？」姉がこわい顔でわたしたちを見た。「なにがそんなにおかしいのよ？　トイレ・トレーニングのブログを読み漁ったんだから。こういう風にやるものなんだってば」

ヴェロは胸をつかんで涙を拭《ぬぐ》い、鼻を鳴らした。わたしの肩をぽんとやるあいだだけ、なんとか笑いをこらえた。「カーペット用洗剤とマジック・イレーサー（メラミンスポンジ）を持ってくる」

「エイミーはどこ?」ヴェロが掃除道具を取りにいき、わたしはザックを補助便座から抱き下ろした。ザックは立腹した豚みたいにキーキーわめき、もがいてわたしの腕から逃れるとヴェロを追ってバスルームをよたよたと出ていった。その臀部《でんぶ》には、まっ赤な丸い跡がついていた。

「ちょうど入れちがいだったわね」ジョージアが言った。「何分か前に彼女に電話があってね。髪が燃えてるみたいに飛び出していったわ。非常事態だったんじゃないの」ぎこちなく立ち上がり、空の便器を覗きこむ。がっかりして頭をふった彼女は、フルーツ味のお菓子を口にぽんと放りこんだ。

へろへろでほうっとなったわたしは浴槽のそばにがくりとひざをつき、デリアの泡だらけの頭にキスをした。「デリアは歯をどうしたの?」ジョージアにたずねた。

「揺らすのに飽き飽きして、自然に抜けるのを待つなんてやだって決めたわけ。エイミーはポップコーンを作るのに忙しかった。わたしはザックとここにいた。わたしたち、デリアが歯とパントリーの扉を結びつけて蹴《け》り閉めたのを目にしなかった。悲鳴と血でエイミーは心臓発作を起こすところだった。わたしがいたのは幸いだったわね。エイミーには血をうまく扱えなかったと思う」

不安げな笑いがわたしの口から漏れた。デリアを浴槽から出してタオルで包む。「その歯はまだ抜ける準備ができてなかったのよ、スウィーティ。なんでそんなことをしたの? すっごく痛かったでしょう」

髪を乾かしてやるわたしを、デリアが目をぱちくりして見上げてきた。歯が抜けたあとの隙間から舌が覗き、サ行の音がうまく発音できなくなっていた。「ヴェロがね、なにかをのじょむだけじゃ足りないって言ったの。自分で運をよくしなきゃだめだって。これで歯の妖精しゃんが来て、二百ドルくれるよ」

「二百ドルですって?」わたしは笑った。「歯の妖精さんはそんな大金を持ち歩いてないと思うわよ」

「でも、ヴェロをたしゅけるのにいるんだもん」

「どうしてヴェロを助けてあげないといけないの?」

「電話で話してるのを聞いたの。二百手に入れられなかったら、しゅっごく困ったことになるって言ってた」

不安に襲われる。「困ったことって、どんな?」

「ヴェロがマーカーをなくしたから、男の人がしゅっごく怒ったの。むらしゃきのマーカーはしゅきじゃないから、しょれをあげるって言ったんだけど、しょれじゃ役に立たないってヴェロに言われた。もっともっと大きいのが必要なんだって」

タオルごとふらふらとバスルームを出ていくデリアをわたしは凝視《ぎょうし》した。

「いまのはなんだったの?」ジョージアが言った。

「わかんない」浴槽の栓をはずす。「ザックが人質を床に解放する前にオムツを穿《は》かせてくる」

姉が笑った。「わたしは、犯行現場の片づけをしてるヴェロに手伝いがいるか見てくる」

「ほんとにお姉ちゃんに助けてもらえたらよかったのに」ジョージアが出ていくと、わたしはそうひとりごちた。

ザックは彼の部屋に隠れているのを見つけた。片手を壁につけて独特の体勢を取っていた。

「やだ、だめよ！」息子を抱き上げて無理やりオムツを穿かせる。

ザックを連れて階下に行くと、ジョージアがすでに床の血をモップで拭いていた。キッチンに入ると、鼻にしわを寄せられた。「誤解しないでほしいんだけど、フィン、さっとシャワーを浴びたければ、あと少しなら子どもたちを見ててあげられるわよ」

「ヴェロはどこ？」下ろしてやると、ザックは居間のほうへよたよたと向かった。

「ガレージでカーペット用洗剤を探してる」

そのヴェロがキッチンに駆けこんできたので、わたしたちはふり向いた。彼女は布製品クリーナーのボトルを置いてジョージアに片腕をまわし、玄関へと追い立て、コート掛けから上着をつかんで姉の腕に押しこんだ。「子守りをしてくれてありがとう、ジョージア。あとはわたしがやるわ」カウンターから車のキーを取ってジョージアの手に押しつける。

わたしはさっとヴェロに向いた。「ジョージアはもう少しいて片づけを手伝うって言ってくれたんだけど」

ヴェロがわたしの肘《ひじ》をきつくつねった。「キッチンでちょっと話せる？」彼女はジョージアに指一本を立て、わたしを隣室へと追い立てた。

「どういうこと?」ヴェロの手をふり払った。

「ジョージアには帰ってもらわないと」

「どうして?」

ヴェロが食いしばった歯のあいだからささやいた。「カール・ウェストーヴァーの胴体がわたしの車のトランクに入ったままだからよ」

つかの間、わたしは息の仕方を忘れた。「やだ」

ふたたび玄関ホールに戻り、咳払いをした。「いろいろ助けてくれてありがとう、ジョージア。でも、もう帰ってもらって大丈夫」

「ほんとうに?」ヴェロが玄関ドアを大きく開けると、ジョージアが額《ひたい》にしわを寄せた。

「もっちろん。平気。わたしたちで大丈夫」

「わかった。でも、早いとこシャワーを浴びたほうがいいわよ。ニックが六時に迎えにくるんじゃなかった?」

「へ?」顔から血の気が引くのがわかった。

「ほら、デートでしょ?」

ヴェロとわたしは同時に時計をふり返った。どうしよう。ニックのことをすっかり忘れていた。「デートじゃないわよ」あっという間に息苦しくなってきた。

「ううん、完全なるデートよ」ヴェロはわたしの姉をドアの外へと押し出した。「帰ってくれなきゃフィンレイは準備ができないでしょ」

「やっぱりね！」そう言う姉に向かってヴェロがドアを閉めた。

「どうしよう」わたしは胸をつかんだ。これって心臓発作？　そうにちがいない。カールをどうするかを考える時間が三十分もない。

「あなたはシャワーを浴びて準備をして。わたしはあなたが出かける前にテレサの家まで行って戻ってくる。ほら」ヴェロがわたしを階段のほうへと押す。「カールはわたしがなんとかする」彼女はキーをつかんでキッチンから急いで出ていった。

　子どもたちはおもちゃで遊ぶのに夢中になっていて平和なものだったけど、早いところ夕食を用意しなければ大騒ぎになるのは必至だ。少なくとも五回は手を洗い、オーブンを余熱し、冷凍庫からチキン・ナゲットとテイター・トッツ（オレアイダのハッシュドポテト）の袋をつかみ、袋の中身をオーブントレイに出した。冷凍品がそこに落ちる音を聞いて胃がむかついた。オーブントレイをオーブンに戻してタイマーをセットしてから、シャワーを浴びに二階へ駆け上がった。

　火傷しそうなほど熱いお湯で体の隅々までごしごし洗ってからバスルームを出ると、クロゼットの扉にヴェロのドレスがかかっていた。ドレスに合うハイヒールがその下に無造作に置かれている。

　手早くタオルで体を拭いて身をよじりながらドレスを着た。わたしが持っているどのドレスよりも遥かにセクシー――深い襟ぐり《プランジング・ネックライン》とラップウエストの濃いサファイアブルーのドレスで、やわらかな布地なのでわたしにも合う――だけど、クロゼットを覗いてたしかめるまでもなく、それを着るしかないのは痛いほど明らかだった。

体の線に合うようにドレスを調整し、ウェーブヘア用ムースをつけ、葬儀場の遺体みたいなにおいがしないようにフローラルな香りのボディ・スプレーを軽く吹きかけた。マスカラとリップ・グロスをさっとつけ、ヴェロのハイヒールに足を入れて携帯電話を探した。

もうっ。携帯電話はどこ？

バッグのなかに入れっ放しにちがいない。で、そのバッグはヴェロの車のなかだ。

ハンドバッグを腕にかけて急いで階段を下りる。

最後の段で足が動かなくなった。ニックのコロンの香りがしたのだ。その香りがテイター・トッツの油のにおいと混ざった。どうやって歯が抜けたかを語るデリアの高い声がキッチンから聞こえ、そのあとからニックの低い笑い声がした。

壁に背中を押しつけた。わたしならできる。食事のあいだ落ち着きを保っていればいいだけ。大きく息を吸い、ドレスの前面をなでつけ、実際以上に自信ありげにヒールをカツカツと鳴らしてキッチンに入った。全員がふり向いた。ヴェロ以外の全員が。

ヴェロはオーブンの前にいて、肩に力を入れてテイター・トッツをメラミン樹脂の皿に盛っていた。

「わお」ニックは椅子の背にもたれてじっくりとわたしを見た。

甲高《かんだか》くて少しばかりパニック状態の笑いが出た。「びっくりさせてくれって言ってたでしょ」

ヴェロは子どもたちの皿をテーブルに置いた。彼女の黒っぽい目がニックの頭越しにわたしを貫くように見た。「わたしのメッセージを読んだ？　ずっとメールを送ってたんだけど」

「ううん、携帯電話はあなたの車のなかに置き忘れたみたい」

「じゃあ、取ってきたほうがいいんじゃないかな」キーを渡してきて、鋭いまなざしで見つめてくる。「忘れずにトランクをチェックしてね」

わたしは咳払いをした。「いいアイデアね」ごみ袋を引っ張り出しているときに携帯電話が落ちたにちがいない。キッチンからガレージへするりと入るとき、ニックの熱いまなざしが追ってくるのを感じた。スマートキーを押すとチャージャーのトランクが開いた。

カール——というか、少なくともカールのとても大きな一部——はそこに入ったままだった。

「どうしてくれるのよ、テレサ」ごみ袋の下に手を入れて携帯電話を探す。カールを殺したあとに死体を引き取るのをフェリクスが拒否したのと同じ理由で、テレサは玄関ドアを開けるのを拒否したのだろう。ヴェロとわたしにカールの一部を押しつけたままでいれば、彼のことをだれかに話される危険が小さいはずだと考えて。

トランクを力任せに閉め、大股で助手席側へ行ってどさりと座り、シートの下からバッグを引きずり出した。バッグのなかを探したけど、携帯電話は見つからなかった。部屋にもない。ヴェロの車にもない。ほかに考えられる唯一の場所は……。

くそっ！

ダッシュボードにがくりと頭をつける。いまテレサの家に戻るわけにはいかない。そんなことをしたらニックに怪しまれてしまう。

車から出てロックする。ニックをここから離すのが早ければ早いほどいい。すべて問題なしというふりをしよう。食事に出かけ、帰宅してからヴェロとふたりでカールとテレサの問題に対処しよう。

キッチンに戻ると、ヴェロがドアのそばで待っていた。「携帯電話はあった？」

ニックはこちらに背を向けていた。自分の皿から彼にテイター・トッツを取られて娘はくすくす笑った。たとえ聞いていないように見えても、ニックの警察官脳はすべてのことばをこっそり頭に入れているはずだ、とわたしは思った。

ヴェロにキーを返す。「あなたの車にはなかったわ。午後に立ち寄ったご近所さんの家に忘れてきたとしか思えない」

「それはないと思うけど」ヴェロがわたしの目をがっちりとらえる。「ちょっと前にご近所さんの家に行ったけど、だれもいなかったもの」

だれもいなかった？　ありえなくない？　テレサは自宅軟禁中だ。その彼女がどこへ行けるというの？　「どういう意味？」声を落とす。

「言ったとおりの意味」ヴェロが歯を食いしばって言った。「玄関をノックしたけど応答がなかったから、勝手になかに入ったの。錠はかかってなかったから。ご近所さんは家にいなかった。お客さんの姿もなかった」

「お客さん？」困惑顔のわたしに対し、ヴェロは切り刻むパントマイムで答えた。

カール？　まさか！

ヴェロがうなずいた。

でも、いくら死体を処分するためだとしても、テレサは自宅から離れるリスクを冒すほどばかじゃないはず。「裏庭にいたんじゃないのはたしか？　ほら……花壇に根覆いをしてたとか？」

ヴェロは首を横にふり、ニックを気にしてちらりと目をやったけど、彼はテイター・トッツをもうひとつもらおうとデリアと交渉するのに余念がないようすだった。「ふたりともぜったいにいなかったわよ。どこもかしこも見てまわったんだから。ふたりを探して」そう言って冷蔵庫を指さした。「お客さんは明らかにいなくなってた。それに、あなたの携帯電話もぜったいに目にしなかった。でも、ご近所さんはキッチンのカウンターにかなり大きなアクセサリーを置いていってた」ヴェロは自分の足首を指した。「だれかほかの人も勝手に入ってそれを見つけたら困ると思って片づけといた」クロロックス（清掃用品メーカー）の除菌クリーナーのチューブを掲げる。「それに、出てくるときに錠をかけてきた」

ああ、まずい。

わたしたちが帰宅を急いでいたとき、エイミーはSUVを停めてあった隣りのブロックから別の道を通ってまっすぐテレサの家に向かっていたのだろう。彼女とテレサはおそらくパニックに陥《おちい》った。足首の監視装置をはずし、なんとか死体を処分しようと逃げ出した。わたしとヴェロのもとに死体のいちばん大きな部分を残したまま。警察がテレサの家を訪問し、彼女が姿を消したことに気づくのも時間の問題だ。

テレサの家のキッチンから、ヴェロがわたしたちの痕跡を拭い取ってくれたのがせめてもの救いだ。

ニックの椅子がテーブルから後ろに下げられた。「そろそろ行こうか」時計をチェックしながら彼が言った。「予約は七時だが、途中でちょっとだけ寄らなければならないところがあるんだ。あまり遅くならないうちに彼女を帰すと約束するよ」

ヴェロの笑い声は、少しだけ正気を失ったみたいだった。「わたしのことは気にしないで、刑事さん。することがたっぷりあるから」

子どもたちにキスをしていると、ニックが腕をまわしてきた。彼はわたしの背中にしっかりと手を置いて車へとエスコートした。

22

うちの私道に停められていた時間が短かったので、ニックの車は冷えきっていなかったけれど、ニックは吹き出し口をわたしに向けてヒーターをつけてくれた。震えていたからだろう。テレサの家の前を通るとき、ちらりと盗み見た。窓は、キッチンに明かりがついている以外すべて暗かった。彼女のBMWは私道に停められたままだ。テレサとエイミーがどこへ行ったにせよ、乗っていったのはエイミーのSUVにちがいない。

「大丈夫？」ニックがたずねた。

わたしはテレサのキッチンの薄暗い明かりから意識を引き剝がした。「ええ。ピーターと話した？」

「少しだけ。彼はファイルを受け取ったばかりだったから、話せることはたいしてなかった。テレビン油を燃焼促進剤にした粗雑な発火装置が使われていた。彼から聞けたのはほぼそれだけだった」

「テレビン油？　それって塗料用シンナーみたいなもの？」ニックがうなずいた。「最高。犯人はだれでもありうるってことじゃない」

「かもな」うちの通りから別の道に曲がった。「だが、いちばん見こみのありそうな証拠はラボから得たものじゃなかった」

「どういうこと?」

「火事の直前の電話の記録がセキュリティ会社に残されていたんだ。だれかが警報装置に引っかかった。セキュリティ会社には録音記録があるんだが、スティーヴンが難色を示している。警察に録音記録を提出する許可を出していないんだ」

「どうして?」

ニックは肩をすくめた。「その人物を知っていて守ろうとしているのかもしれない。録音記録が必要なら、捜査令状を取ればいいだけだ」

「ほかになにか見つかったの?」

「現場周辺部の雑草からクレジットカードの断片が回収されたくらいだな。不法侵入するために使われたものかもしれない。あと、トレーラー裏手で高性能タイヤの跡が発見された。スティーヴンの従業員でスポーツカーを運転してる人間はいないから、放火犯の車がつけたタイヤ跡の可能性がある」

完璧。警察が見つけた注目に値する三つの証拠は、わたしとヴェロが残したものだ。

「ほんとうに大丈夫かい?」ニックはわたしをざっと見たあと、道路に視線を戻した。「なんだか顔色が悪いが」

「空腹のせいかも。朝食をとったきりだから」

「よかった」ニックは胡散《うさん》臭い笑みを浮かべた。「これから行くレストランはかなりすばらしいらしい。その前に一箇所だけ寄る場所があるが。秘密情報提供者《CI》に会う必要があってね。きみは一緒に来るのを気にしないと思ったんだ」

ニックは前方に集中していたので、わたしは何分か前に迎えにきてもらったときにはストレスのせいで見えていなかったものに注意を払った。彼の革のジャケットはセンターコンソールをおおうように置かれていて、いつもはヘンリーネックのＴシャツにジーンズというでたちなのに、今日はぱりっとアイロンのかかったフレンチブルーのドレスシャツを着てネクタイをつけている。髪は散髪したてのようだし、ひげはきれいに剃《そ》ってあり、スパイシーなコロンの香りが重く温かい。そのすべてがニックはデート用の装いをしていると告げていたけれど、彼はショルダー・ホルスターに銃を入れてもいた。

わたしは片方の眉をつり上げた。「ＣＩの正体は秘密なんじゃないの？」

彼が考えこむようにうなずいた。「そうだよ」

「あなたはわたしを信頼してないと思ってたわ」前回、内密の捜査に同行させてもらった結果、本を書くために彼と事件を利用した、とニックに非難されたのだ。

前方の信号が黄色に変わってニックの顔を薄い琥珀色に染めると、彼は車をなめらかに停めた。頭をふってため息をつく。「あの日、おれはいろんなことを言って、その大半を言わなければよかったと思ってる。きみに腹を立てていたわけじゃないんだ、フィンレイ。自分自身にむかついていたんだよ。きみの言うとおりだった。あの事件にきみを引きこむと決めたのはおれだから、責めは全部おれにある」

「それで一からやりなおしたいの？」彼をからかう。「過ちから教訓を学んだだろうと思っていたのに」

「後悔してるとは一度も言ってないぞ」彼が横目で長々と見つめてくるあいだに信号が変わった。わたしは咳払いをし、信号が青になったことと前に車がいないことを顎《あご》で示し、ニックがようやく前方に注意を戻してくれたときにはほっとした。

「あなたのＣＩってだれなの？」暗い住宅街に入ると、好奇心からたずねた。道の両側に並ぶ家は木々が邪魔してはっきり見えず、前庭は枯れ葉や安っぽい飾りでおおわれ、私道はさまざまな破損段階の車でいっぱいだった。

「おれのＣＩじゃないんだ。ジョーイが使ってるガキンチョの情報提供者なんだが、彼は今週末はお袋さんのところへ行ってるから、わずらわせることもないかと思ってね」

わたしは驚いてニックの顔を見た。「ガキンチョ？　その子はなにをしたの？」

「一年くらい前に、個人情報窃盗の罪でジョーイが逮捕した。そいつは雑魚《ざこ》だが、かなり濁《にご》った池を泳いでた――ドラッグや武器のオンライン売買、性的人身売買、インターネット詐欺……ジョーイはそいつと取引をした。保護観察と地域社会への奉仕活動ですませてやるお返しに、そいつはトラブルを起こさないようにして、大物に関する手がかりをつかんだらおれたちに知らせると。そのガキンチョが二、三時間前におれに連絡してきた。オンラインでヤバいものを見つけたらしい。ジロフの組織とつながる可能性があると言ってる。おれはジョーイが戻ってくるまで待ちたくなかった」

「フェリクス・ジロフ？　でも、彼は拘置所にいるじゃない」

「それでストップをかけられたためしがない。あいつはあらゆることに手を突っこんでいて、かなり広範囲まで広げている。検事にひとつでも多く証拠を渡せたら、ついに裁判がはじまったときにジロフが自由の身になる可能性が低くなる。おれたちは可能性のあるすべての手がかりを追っている。あのくそったれに関してはなにひとつ運任せにはしたくない」

わたしは身震いをこらえた。フェリクスはありとあらゆるところに目と耳を持っているとパトリシア・ミックラーから聞いたことがある。ニックも以前同じようなことを言っていたけど、おおげさに話しているだけだと思っていた。でも、カールのばらばら死体についてテレサと話をしたあとは自信がなくなった。フェリクスはがっつり鉄格子のなかだとわかっているのに、それでもテレサは彼に逆らうことをおそれていた。

フェリクスはあの日ラモンの修理工場で、わたしを見張っていると警告した。いま、車の周囲の影が深まるのを目にして、見張りは続いているのだろうかと訝《いぶか》った。

ニックの車はスキップフロアのある、いまにも崩壊しそうな家の私道に停まった。薄く透けるカーテン越しにテレビがちらついていて、だれかがそのカーテンをめくってこっちを見た。

「ここで待ってて」ニックはエンジンをかけたままにした。

ジャケットを着て車を降り、彼は長い脚でゆっくりのんびりとひび割れた私道を踏みしめて家に向かう。ドアが開き、明かりが玄関の階段にこぼれた。黒っぽいパーカーを着た細身の人物が出てきて、通りの左右をたしかめたあと車と玄関の中間あたりでニックと会った。

わたしはここにいるべきではないと強く意識しながらシートのなかに身を沈めたけど、ニックの車はスモークガラスになっていたので、ジョーイのCIはわたしに気づいたようすがなかった。エンジンは静かな音をたて、彼らの挨拶を聞こえなくした。ニックは両手を腰に当て、CIはポケットに深く手を突っこみ、顔を寄せ合って話していた。ふたりの会話を少しでも聞きたくてウインドウのボタンに手を伸ばす。けれど、直前で手を引っこめた。ニックがここへわたしを連れてきたという事実が、和解の印として差し出されるオリーブの枝のように感じられたからだ——信頼の気持ちを示してくれたのだと。その信頼に値する人間でありたかった。

でも、そこでCIがフードを下ろした。

キャムのブリーチしたブロンドの頭頂部に、背後の窓から漏れるどぎつい黄色の明かりが当たった。頭がめまぐるしく回転する。キャムの濁った池についてニックが言ったことば。キャムがジョーイに知らせた手がかりがどういうものだったか。

〝……オンラインでヤバいものを見つけたらしい〟

まずい。

ウインドウのボタンを押し、ブーンという音に息を殺しながら、会話が聞こえるだけの隙間を一インチ作った。

「……母親たちのグループかなんかだよ」キャムの落とした声が聞こえた。

「母親たちのグループ?」

「びっくりだろ?」

これはヤバい。キャムがどこで女性たちのフォーラムを見つけられるかを話したら、ニックは骨を見つけるまで掘り続けるだろう。

「おれを担《かつ》いでるなら――」

「ほんとうだって。表向きはふつうに見えるけど、裏で怪しげな取引が行なわれてるんだ。十ドルで売られてるマリファナ袋なんかじゃないぜ。アサルト・ライフルを大量に売りさばこうとしているやつ……高級娼婦……暗殺請負……あのサイトはぜったいにただの見せかけだ……」

やめて。だめ、だめ、だめ！　キャムからニックにどんな名前も明かさせるわけにはいかない。FedUp も。EasyClean も。

わたしの名前は言わずもがな。

バッグを取ろうとして、携帯電話がないことを思い出した。キャムにテキスト・メールを送れない。おしゃべりな口を閉じておきなさいと警告する術《すべ》がない。エンジンのアイドリング音でニックに聞こえませんようにと祈りながら、ウインドウをあと二、三インチ下げる。

「運営者はだれだ？」ニックがたずねた。

キャムはニックのジャケットのポケットに向けて顎をしゃくった。

ニックは小声でなにやらぶつぶつ言いながら、財布をつかんで札を二、三枚出した。キャムは通りの左右に目をやってから札を受け取ってポケットに突っこんだ。

「あれこれ調べてみた。全部ロシアの名前だった。先月あんたらが逮捕した男のニュースは観てた。だから、この情報があんたらに役立つんじゃないかと思った」

「それで、ジョーイが町を出るまで待ってから、おれにポケットマネーをせがもうと考えたわけか」

キャムはお手上げの仕草をした。「わかったよ。おれの情報が欲しくないなら、話はこれで終わりだな」

ドアのほうを向いた彼の肘をニックがつかむ。「情報の質による」

キャムは肩をすくめた。「レンタルサーバー、サイト管理人、ドメイン登録者、会員プロフィール、ユーザーログ……この全部の情報と、バックドアからの侵入」

「いくらだ？」

「知ってる情報を全部渡したら、ジョーイとの関係は終わりだ。取り決めどおり、おれはトラブルを起こさずにいた――ハッキングせず、サボらず、詐欺もせず。保護観察処分を取り消してほしい。それに、サツにちょろちょろ……」キャムがわたしのほうをちらりと見た。ウインドウの隙間から見えるわたしに気づいて彼の目が翳《かげ》る。キャムがジョーイと結んだ生ぬるい取り決めを吹き飛ばし、少年院での長くすばらしい日々へと送り戻すだけのネタをわたしは持っていて、キャムはそれをわかっている。

わたしは指で首を掻き切る仕草をした。

キャムの喉仏が大きく上下した。彼は咳払いをし、握り拳をポケットにさらに深く突っこみ、わたしはすばやくウインドウを上げた。

ニックが車をふり向いて眉《まゆ》をひそめた。わたしはシートの上でまた身を縮めてスモークガラスのなかに隠れた。彼はふたたび財布から二、三枚の紙幣を出し、キャムの手が届かないようにして身をかがめて目を見つめた。あの表情ならわたしも知っている。説教だ。警告だ。キャムはわたしのほうをすばやく見ながら札をたたんでポケットに入れ、家のなかへと消えた。

ニックが車をまわってきて運転席にどさりと乗りこんだ。

「なにがわかったの?」ジョーイに手早くテキスト・メールを打つニックの携帯電話の画面を覗き見る。彼は携帯電話をポケットにするっと入れ、キャムの私道からバックで車を出した。

「なんでもないかもしれない。おそらくおれをだましてるんだろう」

「だったらどうしてお金を払ったの?」

「あいつが万一ほんとうのことを話してる場合に備えてだ。ああいった手がかりが金鉱を掘り当てることもあるから」行きよりも道に注意を払い、車がキャムの家の地域を出る際に通りの名前やどこで曲がるかを頭に叩きこんだ。「あいつは、組織犯罪の隠れ蓑《みの》かもしれないオンラインのチャット・グループを見つけたと言っていた」

「どうやって見つけたかは聞いた?」

ニックの唇がひくつき、片方の口角が上がった。「たまたまらしい」

「信じてないの?」

「十七歳のハッカーが女性たちのチャットルームをたまたま見つけるわけがない。なにも知らない女性の携帯電話を盗みでもして、アカウントを探ってて見つけたんだろう」

「少しでも信じられる話はあった?」

ニックは肩をすくめ、車をハイウェイに乗せた。「あいつはおれがジロフの事件を捜査してるのを知っていた。向精神薬のザナックスをオンラインで売ってる子持ち女性を何人か見つけ、ジョーイが町にいないあいだにおれから手っ取り早く金を巻き上げようとしたんだろう。明日彼がすべてを送ってくることになった。サイバー犯罪捜査班なら二、三日でチェックを終えるだろう。きっとなんでもないと思う」

州間高速自動車道まで来たとき、わたしはウインドウに頭をもたせかけた。手がかりの数々がニックに送られてしまう前に、キャムに連絡しなければ。けれど、彼の電話番号は携帯電話のなかで、その携帯電話はテレサのところにある。

というよりも、浅い墓にカールとともに埋まっているほうがありそうだ。

23

ニックがアーリントンの小規模ショッピングセンターの駐車場に車を入れたときも、わたしの頭はまだぐるぐるとまわっていた。レストランの赤い日よけに書かれた名前は〈クワス〉で、入り口の両側に置かれた常緑植物の鉢から白い明かりがきらめいている。わたしのためにニックが店のドアを開けてくれると、食欲をそそるリッチなにおいが漂ってきた。ネクタイをつけたスーツ姿の接客主任がブース席に案内してくれたとき、お腹が鳴った。

ニックの向かい側にするりと座る。強い訛《なまり》でレストランへ歓迎する接客主任のことばは右から左に流れた。

「ご婦人にお飲み物をお持ちいたしましょうか？」接客主任が革装のドリンク・メニューをわたしに見せた。「ワインをボトルでというのはいかがですか？」

わたしはドリンク・メニューを開いて目を走らせたけど、暗めの照明とシルクの長いテーブルクロスで隠れたひざが不安で上下に揺れていた。「もう少し強めのもののほうがよさそうだわ」

「ウォトカの飲みくらべをなさいますか？　すばらしい銘柄の数々が――」

「完璧」メニューを閉じてニックに渡す。

ニックの唇がねじれた笑みになった。接客主任の名札にちらりと目をやる。「おれはビールを頼む、セルゲイ。あと、一緒にピロシキを注文しようかと思うんだが？」

接客主任はうなずき、テーブル中央に一本だけある小さなろうそくを灯した。「イワンがお客さまを担当します。すぐにテーブルに来て今日のお勧め料理をお伝えいたします」気が散ってアントレの説明書きに集中できなかったので、わたしはディナーのメニューをテーブルに置いた。やわらかな音楽が鳴っていた。静かに会話をする声や、厨房と客席を仕切るドアから漏れるくぐもったカチャカチャいう音や調理中のジュージューいう音が聞こえる。高級な青と白の皿に銀器の当たる音も。

わたしはだれをごまかそうとしていたのだろう？　これはどう見てもデートだ。

「たいへんな一日だったのかな？」ニックが顔を下げてわたしの目を覗きこんだ。

「そんな感じかしら」

「新作が捗《はかど》ってないのかい？」

「そういうわけでもないんだけど」ウェイターがきらめくショットグラスの載ったトレイをわたしの前に持ってきた。「プロットごと脱線したんだと思う」ウェイターが離れるとすぐ、最初のグラスを空けた。目が潤み、立て続けに別のグラスを空ける。

「おれが助けになれるかも」ニックはビールをゆっくりと飲んだ。ピロシキに手を伸ばしたわたしの口から、少しばかりヒステリックな笑いが漏れた。「まじめに言ってるんだ」高級な輸入ビールのボトルをもの憂《う》げにもてあそぶ。「なんでも訊いてくれ」

「なんでも?」

ニックはテーブルに両肘をつき、下唇を嚙みながらわたしが食べるのを見つめた。「なんでもだ」

誘導尋問みたいに感じられた。でも、せっかくだ。「わかったわ」咳払いをひとつ。「じゃあ、CIがあなたに話したウェブサイトについて教えて。サイバー犯罪捜査班でなにか見つかったらどうなるの?」

ニックは椅子の背もたれに体を預けて頭をふった。ビールを置いて、頭の後ろで手を組む。

「ほんとうにその話をしたいかい?」

「どうして? 本のリサーチを手伝うって言ったのはあなたでしょ」

「おれが読んだかぎりじゃ、あなたは犯罪の側面に関してはすべて答えを見つけている。それ以外の側面で手伝えないかと思ったんだが」

「それ以外の側面って?」

「ほら、ロマンスの側面とかさ」

わたしは嚙むのをやめた。「ロマンスの側面でわたしの本のどこがまずいっていうの?」

「どこも」ゆっくり長々とビールを飲みながら、わたしのドレスの深い襟ぐりに視線を落とした。「認めるよ。ピーターが貸してくれた本はかなりホットだった。特に張りこみ中の場面が。彼女が警察官の車のなかでいちゃついて、彼のひざの上に乗って――」

「ただの食事でしょ」顔が熱くなり、またウォトカをあおった。

ニックはビールを見つめながらにやついた。「そうだよ。ただの食事だ」彼がレストラン内をさっと見渡した。「おれはたしかになんでも訊いていいと言ったな」わたしのピロシキは口へ運ぶ途中で止まった。彼が肘をついたまま前のめりになって声を落とした。「あのガキンチョが正しくて、フォーラムが隠れ蓑として使われているなら、捜査官を送りこむことになるだろう。囮《おとり》作戦を決行し、何人か逮捕し、密告者を見つける。取引を目の前にぶら下げて密告者がさえずってくれるのを願う」料理を持ったウェイターが近づいてくると、ニックは椅子に背を戻して唇をぎゅっと結んだ。イワンがたっぷり盛られたストロガノフの皿をわたしの前に置くと、思わず彼にキスをしたくなったけどこらえた。

ニックはイワンが立ち去るのを待ってから続けた。「ジョーイは月曜日に戻ってくる。そのころまでには、おれたちがなにを相手にしてるのかがわかっていればいいと思ってる」キーウ風チキンカツレツにフォークを刺し、食べながらレストラン内を見まわす。「それはともかく、新作はどんな話なんだい？」咀嚼《そしやく》しながらたずねた。

「シリーズの続きなの。同じキャラクター。ほら……女性の殺し屋が……はめられて……犯罪を解決する」

「やり手の警察官は次作にも登場するのかな？」

わたしはおずおずとうなずいた。「登場するわ。とりあえずのところは」

「とりあえずのところ？」

「まだ下書きの段階なの」

「弁護士は？」

テーブル越しに彼とわたしの目が合った。わたしがブリーのところにいたあいだ、うちのキッチンにいた彼にヴェロはどれだけ話したのだろう？「行方不明よ」

「彼女は弁護士を捜すのかい？」

「わからない。物語はまだ序盤だから。彼女の取り越し苦労に終わるかもしれない」

「そうはならないかもしれない。彼女は頭がいいんだから、直感を信じるべきだ」

「そしてどうするの？」

ニックは肩をすくめた。「警察官に助けを求めるとか」

わたしは笑った。保っていた壁をウォトカが溶かしたのだ。「いいアイデアだとは思わないわ。彼女と警察官にはいわくつきの過去があるんだから。警察官は彼女に近すぎる。利益相反は避けられなくなる」

「まあ、警察官はたしかに自分に利することを望んでるな」目を上げると、ニックから見つめられていた。彼の声がしわがれたのがビールのせいだとは思えなかった。それに、彼の目が翳ったのがろうそくの明かりのせいだとも思えなかった。明らかに、もうわたしの次作について話しているのではなかった。

しばらく間を取ったあと、フォークを置いた。ジュリアンを見つけるのにニックの手を借りたいとは思わない。でも、ほかの人間を見つける手伝いならしてもらえるかも。「仮にわたしのキャラクターが自力で行方不明者を捜したがってるとして……でも、相手は見つけられたがっていない場合、警察官なら彼女にどんなアドバイスをするかしら？」

ニックが眉根を寄せた。「それって大丈夫なんだろうか？　彼女は見つけたものを気に入らないかもしれないよ」

「なんでも訊いていいって言ったじゃない」

ニックの口から諦めのため息が漏れた。フォークを置いてナプキンで口を拭う。「彼女は見つけたい相手の携帯電話の位置情報はチェックしたのかな？」

「収穫なし」

「ソーシャル・メディアのアカウントは？」

「行き止まり」エイミーは身を潜める術を知っている。以前、ヴェロとわたしでソーシャル・メディアから見つけようとしたけど、エイミーはオンライン上の幽霊《ゴースト》だった。そしてテレサは、自分の逮捕が全国ニュースになったあとですべてのアカウントを停止していた。

ニックの眉間のしわが深くなった。「ヒロインがその行方不明者とほんとうに親しくて、口座情報にアクセスできるなら、支出を追跡するのもありだな。クレジットカードの請求、ガソリンカード、ATMでの引き出し……」

わたしはテレサの口座情報にアクセスできない。彼女とスティーヴンがいまも共同口座を持っているとは思えない。首を横にふると、ニックの眉間のしわが和《やわ》らいだ。

「あのさ」しばらく考えこんだあと、彼が言った。「ヒロインはどんな助けも欲しがらないとあなたが言ったのはわかってるけど、その行方不明者と親しかった人がわかるなら、ヒロインは警察官の友人と張りこみをしてもいいんじゃないかな」

わたしは笑い、最後のウォトカのショットグラスに手を伸ばしながら、テレサがエイミーのSUVを猛スピードで飛ばして逃げていく場面を思い描いた。「ふたり一緒に逃げたと思ってるの」

グラスを持ち上げたわたしの手首をニックがつかんだ。「言わせてもらえるなら、フィン、彼とは別れたほうがいい」

ニックはなかなか手首を放してくれなかった。テーブル越しに見つめ合う。ニックはあいかわらずジュリアンの話をしているのだと思っている。それを正そうと口を開いたとき、わたしの背後にあるレストランの入り口にニックの視線がちらっと向いた。頰の筋肉をこわばらせ、彼がわたしの手首を放す。ニックの注意が完全にそれた原因はなにかとふり向いた。

ブランドもののコートを着ておそろしいほど高いヒールを履いた、彫像のように均整の取れたブルネットの女性が気取ったようすでレストランに入ってきた。その歩みに合わせて長い髪が跳ねる。お金と権力がぷんぷんにおうような洗練さと、イリーナ・ボロフコフと同じ自信たっぷりの歩き方を持ち合わせた、目の覚めるような美人だった。見上げたことに、ニックの視線は女性の顔から下へは行かなかった。女性は乙に澄ました笑みを浮かべ、接客主任を呼んだ。彼女に耳打ちされた接客主任は、わたしたちのテーブルにちらりと目を向けた。

「なかなかおもしろいことになってきたぞ」接客主任が持ち場へ下がって受話器を取り上げると、ニックがぼそりと言った。

「どうやら、あなたはあの人と知り合いのようね」最後のショットグラスを下ろしてニックのほうへ押し出した。

彼はそれを断り、急に食欲が失せたみたいに皿を押しのけた。「そうとも言えるかな」

女性はわたしたちのテーブルのそばで足を止め、ジャガーのキーをハンドバッグにぽんと入れた。彼女がぴんと伸ばした中指で鼈甲縁《べっこうぶち》の眼鏡を押し上げると、ニックは大笑いした。

「キャット」ニックはビールのボトルの首を絞めながら挨拶した。

「刑事さん。お食事を楽しんでらっしゃることと思いますわ」深みのある声は、彼女の見た目にぴったりだった。洗練されてきびきびしていて、かすかに訛がある。

「あんたが来るまではね」

「お友だちを紹介してくださらないの？」

ニックは歯に舌を這わせた。「キャット。フィン。フィン。キャット」

キャットという女性が左手を伸ばしてきたので、わたしは握手をするために左手に切り替えるしかなかった。彼女の大ぶりの印章つき指輪が少しばかり強くわたしの手に食いこむ。「お会いできてうれしいわ」彼女が愛想よく言った。「お噂はかねがね」

ニックが体をこわばらせる。

「そうなんですか？」わたしはふたりを交互に見た。「おふたりはどういうお知り合い？」

「仕事上の」ふたりは異口同音に答えた。

ニックの目が燃えるようになり、頬の筋肉はいまもひくついている。なにか言おうと彼が口を開いたとき、ジャケットのポケットでバイブ音がした。携帯電話を取り出し、耳に当てるときに彼はわたしの顔を見た。「やあ、ヴェロ。すべて問題なしかい？……ああ、彼女ならここにいるよ」ニックが携帯電話をわたしに寄こした。「トイレの近くに廊下がある。コーヒーとデザートを注文しておくよ。急がなくていいから」そう言ってキャットを横目で見た。

女性用トイレへ向かうとき、何人かからじっと見られているのを感じた。

「どうしたの？」ヴェロが電話してきた理由をあれこれ思い浮かべて、心臓が早鐘を打っていた。「子どもたちは大丈夫？」

「ふたりなら問題ない。一時間前にベッドに入った。でも、問題が起きて」

「問題って？」

「どっちを先に聞きたい？」

「ひとつじゃないの？」

「忙しくしてたのよ」ヴェロの声はつっけんどんだった。

「最初の問題はなに？」

「EasyClean からEメールがあった」

「Eメール？」

「あなたがアカウントを作るときに使ったアドレスに」

「内容は？」

「〝自分のほうが先に名乗りを上げたのだから、あなたは降りたほうが身のためだ〟って。だから、わたしは言ってやったわけよ——」

「返信したの？」

「——〝お金が欲しいなら、必死でやらないとだめだ〟ってね。〝なぜなら、Anonymous2は相手がだれであっても引き下がったりしないから〟——」

「嘘でしょ」

「手短に話すために短縮バージョンにしてるのよ……。で、〝勝負開始だね、ビッチ〟って彼女が言った。だから、わたしは——」

「なんてこと」

「あっちが脅《おど》してきたのよ、フィン！　わたしはどうすればよかったっていうの？」

「事態を悪化させずにおくとか？」もっとウォトカが必要だ。「ふたつめは？」

「あなたの携帯電話をまだ見つけられてない」

わたしが問題をつなぎ合わせて理解するのを、ヴェロは静かに待った。ヴェロとEasyCleanがやりとりしたすべてのメールは、わたしの携帯電話に通知が出ていたはず。「わたしの携帯電話を見つけないと、ヴェロ」

「電話してみたけど、テレサは出ないのよ。あなたの位置情報は切られてるし」

わたしは壁に力なくもたれた。死体を掘り返そうと芝土《しばつち》農園へ忍びこんだ夜にGPSをオフにして、そのままになってしまっていた。

「明るい面を見ようよ。テレサが監視装置をはずしたときに、アラームが送られなかったのはせめてもの救いだもの」

「どうやって彼女にそんなことができたの？」

「わたしもそう思ったからググってみた。なにが出てきたと思う？」

「YouTubeの解説動画とか？」

「あの動画は目から鱗《うろこ》だったわ、フィン。バターナイフがあんなに役に立つものだったなんてね。うちのガレージにも一本置いておくべきかも」

「はいはい」ウォトカを飲んだせいで目の奥がずきずきしはじめていた。

「監視装置はテレサんちのキッチンの充電器につないでおいた。これでカールをどうするか考える時間が少し稼げるはず。においはじめる前にトランクからお引き取り願いたい」

「彼は何カ月もがっちがちに凍ってたのよ、ヴェロ。ミイラ化してるって言っても言いすぎじゃないと思う。においなんてしないって」彼女に請け合う。「まだ」

「最高。わたしの車は呪われてるのかも」

「わたしが帰ってから、彼をどうするか考えましょう。もうEasyCleanにはEメールを送らないでよ。ニックが探しにくる前にテーブルへ戻らないと」

「現金を忘れないで」電話を切る前にヴェロが言った。「デリアが歯の妖精さんを待ってるから」

洗面台に向かい、鏡のなかの自分に顔をしかめた。今日という日がこれ以上悪くなるはずはないと思っていた。現金は残っていなかった。バッグのなかにあるのは割れたクレジットカードとリップ・グロスだけ。そのリップ・グロスをさっと塗り、髪をふんわりさせたけど、キャットを見たあとだと気が抜けて精彩を欠いた感じがした。彼女がニックと一緒に働いた経験があるなら、ジョージアとも働いたはずで、わたしのことをいろいろ聞いているという説明がつく。彼女とニックには明らかに不快な過去があり、なぜか気になったけど、それについて考えたくはなかった。

バッグにリップ・グロスを放りこみ、ダイニング・エリアに戻った。空気が張り詰めていて、鈍い音がするようだった。わけがわからなかった。ホールスタッフのようすがなぜかぎこちない。彼らの目は店の奥に釘《くぎ》づけになっているようだ。

接客主任が険しい表情でわたしたちのテーブルそばに立っているのに気づき、歩みがゆっくりになった。異様に体格のいい給仕係がふたり、接客主任の背後に陣取っている。わたしが近づいていくと、ニックがブースの背にだらしなく腕をかけ、薄ら笑いを浮かべてそのふたりを見上げた。「なんだ？　デザートはなしか？」

接客主任はニックの前にふたつ折りの革のホルダーを置いた。「今夜のお食事はオーナーの厚意で店のおごりです。二度と来店されないと約束してくださるなら」

ニックは立ち上がり、ポケットから財布をわざとらしく出した。ひとつかみの新札をテーブルに落とす。食事代に太っ腹なチップをくわえてもお釣りがくる額だ。「いや、まちがいなくまた来るよ」うなり声だ。「食事は記憶に残るものだったとオーナーに伝えてくれ」

彼はブースからわたしのコートを取って着せかけてくれた。わたしの手をつかんで出口に向かい、キャットのテーブルのそばを通るときに彼女をにらんだ。

「さっきのはなんだったの？」店を出るとニックに携帯電話を返した。

「メッセージだ」

「デートだと思ってたけど」

ニックは駐車場のまんなかで足を止め、わたしを引っ張ってそっと止まらせた。勝ち誇った笑みが唇の細い線に浮かんでいた。「そうなのかい？ あなたはただの食事だって言い張ってたようにおぼえているんだが」

わたしが答えずにいると、ニックはこれみよがしに車に向かって歩き出した。

「あの女性はだれだったの？」

「どうして？ 妬いてるのかな？」

わたしはいやな顔をした。「どうして妬くの？ 妬くなんてありえない」わかった、認める。妬いていたかもしれない。でも、ほんのちょっぴりだけだ。

ありがたくも、彼はやり過ごしてくれた。「彼女はジロフの花形弁護士だ」ニックが助手席側のドアを開け、わたしが反応する前に頭を突っこんだ。シートの下を探って使い捨て手袋の箱を取り出し、二セットを引き抜いてそのうちの一セットを渡してきた。「おれに天敵がいるとすれば、キャットがそうだと言ってもいいかもな。このレストランは二週間前にオープンしたばかりなんだ。ジロフの隠れ蓑のひとつじゃないかと思ってる。で、おれが新しい隠れ蓑を探ってると耳にして、警告して追い払うために番犬を送りこんだにちがいない。行くぞ」わたしの手を取ってきびきびと歩き、小規模ショッピングセンターの裏手へと引っ張っていった。

地面のくぼみに足を取られながら、必死でついていく。「このレストランはフェリクスのものなの?」

「そのようだ」

「だからわたしをここへ連れてきたの? フェリクスをいらだたせるためだけに?」

「あいつがからんでいることをたしかめる方法がそれしかなかったんだ」ニックは手袋をはめ、レストラン裏の大型ごみ容器《ダンプスター》の蓋《ふた》を押し開けた。

「なにをしてるの?」彼がダンプスターの上に体を引き上げたのだ。

いたずらっ子のような笑みを浮かべて彼がこちらに手を伸ばしてきた。「ちょっと漁ってみようと思ってさ。あなたもどう?」

「とんでもない!」

「お好きにどうぞ」ニックがダンプスターのなかに消え、踏まれた袋や缶がグシャッという音をたてた。

「なにを探しているの?」ダンプスターに向かって声をかける。

「食べ物と無関係のものならなんでも」

「違法じゃないの?」

ニックが笑った。「家宅侵入に失敗して、窮地を脱するためにレッカー車を呼ぶはめになったあなたが言うかな?」

「わたしは警察官じゃないもの」あえて言った。「それに、あの家はフェリクス・ジロフのものじゃありませんでした」背後で錠が開けられる音がして、くるりとふり向く。「だれかが来るわ！」押し殺した声で言った。

「手を！」伸ばした手をニックがつかみ、ダンプスターへと引き上げた。わたしはごみの山にお尻から着地した。彼がわたしの横に身を縮め、唇に指を当てた。

ドアが勢いよく開いた。舗装面を足がこする音。ふたつの巨大なごみ袋が投げこまれ、頭をかばうふたりのすぐそばに落ちてきた。ニックはレストランの裏口ドアがカチリと閉まるのを待ってから、体勢を変えてひざ立ちになり、ごみ袋に手を伸ばした。そのうちのひとつの口を開け、中身を漁る。「完璧なタイミングだ」ぼそぼそと言う。「木を揺さぶったら腐った果実が全部落ちてきた」

「それはなんなの？」彼の肩越しに覗きこむ。

「納品受領証だ。ジロフは自分の所有する運送・供給会社を使っている。やつの会社はすべて、たがいに供給とロンダリングをしている。この受領証の大半が、やつが別名義で所有する事業からのものだと断言できる。どこを見ればいいかわかったいま、この受領証をたどってジロフに行き着くのは簡単だろう。おれがレストランを捜索する令状を手に戻ってきた場合に備えて、いまごろキャットはパンくずをすっかり処分するよう店内で鞭《むち》をふるっているにちがいない」

ニックはふたつのごみ袋の口を結びなおし、ダンプスターの縁《ふち》から通りに放った。

立ち上がると、わたしのヒールがごみのなかに沈んだ。コートについたものがコーヒーかすでありますようにと願いながら払う。ニックは指を組んだ手でわたしを支え上げてダンプスターから出してくれた。彼がすぐそばにそっと降り立ち、手袋をはずし、後ろ向きにダンプスターに投げ捨てた。

「ごみ漁りをするためにわたしを連れてきたなんて信じられない」

「おいおい」ニックがごみ袋ふたつを持ち上げる。「楽しんでないなんて言わせないぞ」

わたしは目玉をぐるりと動かし、車へと向かった。ニックが追いつく。彼はごみ袋を放してわたしの腕をつかんだ。やさしくわたしをふり向かせ、レストランの外壁と彼の体のあいだに閉じこめた。

「あなたを連れてきたのは」声が低くなる。「おれの家でごちそうさせてくれないからだ。デートにはしないとおれに約束させたのはあなただ」

彼が髪からごみをつまみ取ってくれ、わたしは笑った。思ってもいなかったやさしい仕草で彼がわたしと指をからめ合わせた。ふたりの笑い声が小さくなり、彼が眉根を寄せて考えこんだ。

「あなたを連れてきたのは、それだけが理由じゃない」ふたりのあいだが狭まりつつあった。

「先月、一緒に科捜研や芝土農園へ行き、張りこみをしたとき……テレサの家から出てくるあなたをつかまえたとき……」その場面を思い出し、いまだに驚いてしまうとばかりに彼が頭をふった。「久しぶりにだれが相手のときよりも楽しかった。誤解しないでほしい。ジョーイはすばらしいパートナーだ。でも、今夜はあなたに一緒に来てほしかった。ジロフの弁護士に喧嘩を売ったりダンプスターに飛びこんだりするとき、一緒にいてほしかったのはあなただ。ただの食事と呼んでもいい。デートと呼んでもいい。執筆のためのリサーチだっていい。あなたの好きなように呼べばいい、フィン。おれたちのあいだにあったものがなんにせよ、それがなくなってさみしかった」ニックがこんなにそばにいたら、息をするのもむずかしかった。服に残飯のにおいがしみついているのに、彼の息に温かなホップの香りがするほど近い。「デートがこんなに早く切り上げになって残念だ」わたしの指に彼の親指がもの憂《う》げなパターンを描いた。「埋め合わせができたらうれしい。おれの家でデザートを食べるというのはどうかな？」

お腹はいい具合にいっぱいだったし、ウォトカのおかげで体が温かくほぐれていた。帰宅してカールに対処したい気持ちはまったくなかった。どれだけ認めたくなくても、今夜は楽しかった。後悔するようなことを承諾してしまう前に、つながれた手を引き抜いた。

「家に帰ったほうがいいと思う。お食事をごちそうさまでした」コートを体に巻きつけるようにした。「それともフェリクスにお礼を言うべきかしら」

ニックは笑ったけど、その笑顔は失望でかすかに曇っていた。「わかった、約束だったからね。今回は食事だけだ」彼がそばで身をかがめてバッグを拾い上げてくれた。温かな息が耳にかかって身震いが出た。「でも、次の機会には、フィン、なんの約束もしないから」

24

ニックがわが家の前でわたしを降ろしてくれたとき、居間にひとつだけ照明がついていた。玄関へ向かい、ハンドバッグのなかの鍵をごそごそ探しているあいだ、彼は私道でアイドリングして待っていてくれた。鍵を挿しこんでノブをまわすと、ガソリンスタンドのレシートがドア枠からすべり落ちた。風に飛ばされてしまう前にとかがんで拾い上げ、裏面の筆跡に気づいて足もとがふらついた。

ニックに別れの手をふって家に入り、静かに靴を脱いでハンドバッグを玄関ホールのテーブルに置いたとき、ヴェロがカウチで眠っているのに気づいた。体を丸めて図書館の本を抱えこむようにしており、その横で読書ランプがついたままだ。キッチンへ行き、コンロ上部の常夜灯の下にレシートを持っていく。

〈戻ったよ。電話したんだ。郵便受けもいっぱいだった。明日話せる？——J〉

もう一度読む。〝一週間も留守にしてごめん〟はなし？ 〝楽しかったけど、あなたが一緒だったらよかったのに〟と思わずにいられなかった〟もなし？ 〝明日話せる？〟ってどういう意味？ キスとか炎の絵文字があったら、そこにこめられた意味がなんとなくわかったかもしれない。でも、一週間も出かけたままで、アカウントに鍵をかけてわたしを閉め出したとなると、

〝明日話せる？〟はがっかりするほど……軽く感じられた。

固定電話の受話器を取り、ダイヤル・ボタンを押そうとしてためらった。これまで家の電話から彼にかけたことはなかった。電話番号を教えてもいなかった。携帯電話は安全で私的で、自分だけのものに感じられた。固定電話からかけるのは、家に招じ入れるのと同じ気がした。受話器を戻しかけたとき、メッセージ・ランプが点滅しているのに気づいた。受話器を耳に当てると、コートの袖からひどいにおいがしてたじろいだ。

〝フィンレイ、シルヴィアよ。二万語をまだ受け取ってないんだけど。期限は月曜日までで、最高傑作を期待しているから。あと、ホットな警察官を忘れないで〟

「それは見こみ薄ね」小声で言った。月曜日まで二日もない。ぐだぐだの一万語で手を打ってもらうしかない。いま考えたいふたりの男性はホットからはほど遠く、名前はベンとジェリーだ。引き出しからスプーンを出して冷凍庫を開け、なかを覗いて小首を傾げた。

ワッフル、ミックスベジタブル、ナゲットなどの冷凍食品がどういうわけか消えていた。それ以上にショックだったのは、わたしのチェリー・ガルシア（〈ベン＆ジェリーズ〉のアイス。ロック・バンド、グレイトフル・デッドのギタリスト、ジェリー・ガルシアにちなむ）がどこにも見当たらないことだった。ヴェロはすべての食品をどうしたのだろう？　そう思ったけど、やっぱり知りたくないと考えなおした。

冷凍庫の扉を閉め、コーヒーメーカーへとぼとぼと向かった。

ポットに粘着付箋紙が貼りつけられていた。そこにヴェロがドル記号と歯の絵を描いていた。わたしは小さく悪態をつき、コーヒーメーカーのスイッチを入れ、洗濯室で悪臭のする服を脱ごうと忍び足で二階へ上がった。

ドアを引き開けると、過剰なほど甘い香りが漂ってきた。強力エアフレッシュナー――ザックのオムツバケツのにおいを消すのに使っているタイプのもの――ふたつが洗濯機上の棚に載っている。その隣りには、キッチンの水漏れを吸い取るのに使ったタオルが洗わないまま山積み状態だ。ヴェロに借りたドレスを脱いで洗濯機の蓋を上げる。冷凍のブロッコリーと豆、製氷機から出された溶けかけの角氷、チェリー・ガルシア一パイントが見返してきた。テイター・トッツの下から黒いごみ袋の端が覗いていた。

ぶるっと震えて蓋を閉じる。ベッドにベンとジェリーを連れていくという夢想は、犯罪現場と化した洗濯機のせいで完全に損なわれてしまった。

ありがたいことに、乾燥機にはカールのどんな一部も入っていなかった。手を突っこんでしわだらけのTシャツを引っ張り出して頭からかぶり、くず取りネットからくしゃくしゃの紙幣何枚かをかき集めた。そのとき、小さなプラスチックの円盤状のものも出てきた。デリアのゲームで使われるものよりも薄くてなめらかだ。ひっくり返し、乾燥機の薄ぼんやりした明かりのなかで目を狭めてロゴを見る――〈ザ・ロイヤルフラッシュ・カジノ・ホテル〉

手にしたポーカーのチップに眉をひそめる。ヴェロは、感謝祭の週末にホテルのビジネス・センターからフォーラムをチェックしたと言っていた。それに、週末をラモンと一緒に過ごさなかった。ここに行っていたのだろうか？　だとしても、どうしてわたしに話してくれなかったの？

こそこそとデリアの部屋へ行き、ごわつく紙幣を枕の下に押しこんだ。娘が期待していた二百ドルではなかったけど、割れたクレジットカードのキャッシングの明細書よりましだ。ベッド脇でためらい、黒いチップをもてあそびながら眠っているデリアを見つめ、ヴェロがマーカーをなくしてだれかを怒らせた、と聞いたことを思い出す。その話には、だれかがヴェロを探して彼女の母親の家に来たと、ラモンが声を落としてヴェロに話したのと同じ不吉な雰囲気があった。

これはいったいどういうことだろうと訝るわたしのなかで、心配の種がまかれた。デリアの髪をかき上げて頭にキスをすると、足音を忍ばせて廊下に出た。

ドアが少し開いたヴェロの部屋の前で立ち止まり、家のなかの物音に耳を澄ます。

〝知り合って一年にもならないよく知らない人間をこの家に住まわせ……彼女のことをほんとうにわかっているのか？〟

ドアをそっと押し開けた。錠がかかってなかったもの、と自分に言い訳する。それに、ここはわたしの家なんだから。ヴェロだって、一度ならずわたしのノートパソコンやサイド・テーブルを嗅ぎまわったと認めてたし。ヴェロが見逃しようのないデスクにカジノのチップを置くだけだ。

デスク上の小さなランプをつける。デスクには会計学の教科書が積み上げられていて、サイド・テーブルは図書館で借りた、ＳＭＡＲＴ（具体的な、測定可能な、達成可能な、関連した、期限のある、といった五つのポイントを頭文字で表わしたもの）ゴールの設定と野望を抱くことについて書かれた自己啓発マニュアルが山積みになっている。

ベッド脇の壁は、ザックとデリアが描いた絵で埋められている。

プラスチックのチップをデスクに置いた。その手が引き出しへとすべり下りて開ける。ペン、鉛筆、ノート、電卓がきちんと整頓されているのを見て、静かに閉めた。サイド・テーブルに目を向け、その引き出しも開けて片目で覗いた。

フレームに入った写真があった。

取り出して明かりに向ける。笑顔の若いヴェロとラモンと一緒にふたりの女性が写っていた。顔が似ていることから、ふたりの母親たちだと思われた。フレームのガラスはきれいで、スタンドも壊れておらず、木の部分にできた小さなひびは丁寧に接着されていた。明らかにヴェロにとってたいせつな写真なのに、どうして引き出しにしまっているのだろうと思わずにはいられなかった。

写真を引き出しに戻し、きちんと整えられたベッド脇で体をぐるりと回転させた。彼女についてもっと知りたい気持ちに駆られていた。わたしについてなにもかもを知っているヴェロが、なぜ自分のことについては隠しているのかを理解したかった。クロゼットは開いており、きちんと並べた明るい色合いの靴の上に渡したハンガーパイプには、これでもかという数のトレンディなブランドの服がきれいにびっしりかかっていた。高い棚には本の山が載っている。確率と統計、見こみ率と利益率、勝つためのアルゴリズム、勝算の数学……それにアルバム。山を動かさないようにしてアルバムを引っ張り下ろす。

ヴェロのベッドの端にちょこんと腰を下ろし、赤ん坊のころの写真をざっと見て、後ろのほうの最近の写真へと急いだ。ヴェロと母親、おば、いとこの写真がたくさんあった。親戚の写真も数枚。高校時代の友人たちの写真も何枚かあった。学園祭、プロム（アメリカの高校で学年末に行なわれるダンス・パーティ）、卒業式の写真をぱらぱらとめくっていき、ヴェロの卒業式のガウンに優等生協会《オナー・ソサエティ》の装飾がついているのに目を留めた。ページをめくる。透明のプラスチック・フィルムに紙片が貼りついていた。

〈おめでとうございます！　貴殿はメリーランド大学ロバート・H・スミス・スクール・オブ・ビジネスに合格しました〉

四年間の学費全額免除の育英会奨学金も認められていた。

書簡に記載されているのは、わたしの知らない名字だった。

ヴェロニカ・R・ラミレス。

ヴェロニカ・ルイスではなく。

メリーランド州の一流大学へ学費を払わずに行けることになっていたのなら、なぜヴェロはここヴァージニアでコミュニティ・カレッジの授業を取っているの？　学生ローンで首がまわらないからと、分け前を要求したうえで死体の処分を手伝ってくれたのはどうして？

〝後ろ暗い秘密を隠すのは州境の向こう側がいちばんなのよ〟

でも、ヴェロはどんな後ろ暗い秘密を隠しているのだろう？

コーヒーの香りがキッチンから二階へ上がってきた。アルバムをもとの場所に戻す。ヴェロがなくしたとデリアが言っていた謎めいたマーカーについてはなにもわからないままなのに、知る権利のないことまで知ってしまった気分だった。

階下に行くと、ヴェロはまだカウチでぐっすり眠っていた。彼女を起こさないように気をつけながらブランケットをそっとかけ、ランプを消した。コーヒー・テーブルに置かれたヴェロのノートパソコンがスリープから復帰し、ポップアップ通知が表示されて薄青い明かりが眠っている彼女の顔に投げかけられた。ノートパソコンを自分のほうに向ける。フォーラムのアカウントを作成するときに使ったメールソフトの画面になっていて、わたしがニックと出かけているあいだにヴェロがFedUpに送ったと思われるメールが開いていた。

親愛なるFedUpさま、どうしてもあなたと話がしたいのです。コーヒーを飲みながらでもいかがですか？　秘密は守ると約束します――Anonymous2

それに対する返信が下に出ていた。

親愛なるAnonymous2さま、ごめんなさい。いまはほんとうに時間がありません。チャットはクリスマスが終わってからにしたいとはっきり書いたと思いますが。そのときになったらご連絡ください。FedUp

ヴェロのために弁解すると、わたしはFedUpにEメールするなとはっきり言ったわけではなかった。それに、このメールの内容自体にこちらの正体がバレるようなことは書かれていない。FedUp は明らかに仕事が終わるまでは話したがっていないけど、少なくともヴェロは努力した。

キッチンへ行く足で玄関の錠がかかっていることを確認した。それから、死人でも目覚めさせるほど強いコーヒーを注いだ。朝まで八時間だ。小説のサンプルを書きはじめるのに八時間。フォーラムから自分の投稿を消すやり方とカールの処分方法を考えるのに八時間。運に恵まれたら、貴重な睡眠が二、三時間取れるかも。

仕事部屋に下がり、ノートパソコンを開いて入力をはじめた。痕跡を残さずに消えた被告人の弁護士について。ターゲットを横取りされ、逮捕されたものの脱獄した殺し屋について。殺し屋が助けてもらえるとあてにできる世界でたったひとりの友人で、秘密をたっぷり抱えた女性について。なぜか行方がわからなくなった殺人の重要な目撃者——ヒロインの殺し屋を終身刑にできる女性——と、過去にその女性とかかわりがあり、彼女を見つけると固く決意している警察官について。

25

イリーナ・ボロフコフは簡単につかまえられる人じゃなかった。前に彼女に会った場所は二箇所だけ。〈パネラ〉と、彼女の通うフィットネス・クラブだ。イリーナは来ているかとフィットネス・クラブの受付にたずねたところ、日曜日はたいてい来ないと言われた。また、彼女は混み合ったレストランに入り浸るタイプの女性にも思われなかった。少なくとも、殺人依頼をするなどの差し迫った理由がなければ。

そこで、ほかに思いつく唯一の場所に電話した。イリーナが夫殺しを依頼したときに渡してきた紙片に書かれていた、豪奢《ごうしゃ》な高層コンドミニアムのフロント・デスクだ。電話に出たベルボーイは不安になるほど長くわたしを待たせた挙げ句、ある住所へ行くよう伝えた。

国際色豊かな駐車場へとミニバンを進めると、何人かがふり向くのがショールームのぴかぴかのガラス越しに見えた。短い移動のあいだにごろごろというエンジン音が大きくなっていて、見下げ果てたまなざしを向けられる原因がその音なのか、薄汚れたミニバンの見た目なのかわからなかった。二台のスポーツカーのあいだにミニバンをゆっくり入れたけど、中古車だとしても二台ともわたしの元夫の首に懸けられた懸賞金よりも高そうだった。ドアをぶつけないように気をつけながらぎこちなく降りると、ショールームへ向かった。

歩道まで来ると、誂《あつら》えのスーツを着た男性が目の前に立ちはだかった。きつく結んだ唇が、わたしのトレーニングウェアをゆっくりと見まわすうちにますます不機嫌そうになっていく。

「なにかご用でしょうか？」そんなものはないだろうという笑顔だった。

「ここで人と会う予定なんです。なかで待たせてもらいますね」男性の横をすり抜けようとする。

「お車のなかでお待ちいただいたほうがよろしいかと」明らかになかへ入れまいと腕をつかもうとしてきたので、わたしはさっと手を引いた。「ショールームはお客さまのみとなっておりますので」

「彼女は客よ、アラン。わたしの連れなの」女性の声がして、男性もわたしもふり向いた。赤紫色のスパイク・ヒールを履いたイリーナ・ボロフコフが男性の目の前にいた。毛皮のコートの襟がそよ風に揺れた。完璧なマニキュアを施《ほどこ》した指で深紅色の唇の端から一本の黒っぽい髪をはずす。アランの喉仏が上下して襟に当たり、首がネクタイと同じ赤色になりつつあった。

「かしこまりました、ミセス・ボロフコフ。たいへん失礼いたしました」彼はしどろもどろだった。

「スパイダー（アルファロメオ社の車）のキーを持ってきてくれるかしら。お友だちとふたりで試乗するから」

「承知いたしました。ちょうどワックスをかけたばかりのシルバーのスパイダーをこちらにおまわしてきます」

「黒にして」イリーナは手袋をはずして毛皮のコートのポケットにすべりこませた。

「かしこまりました」お辞儀をしながら彼がショールームのなかへと消えた。

「会ってくれてありがとうございます」アランがいなくなるとわたしは言った。「どうしてもお話ししなくてはならなくて――」

イリーナが片手を上げ、二、三フィート後ろにいる黒のカーゴ・パンツに黒の革ジャケット姿の大柄な男性をこっそり示した。男性の右耳に小さな装置がついており、ジャケットは何箇所かに怪しげな膨《ふく》らみがあった。

「ここではだめ」イリーナが声を落として言ったとき、スパイダーの黒い流線型のボンネットがショールームの脇から顔を出し、縁石《えんせき》のところで停まった。営業マンのアランが、ジェームズ・ボンドにぴったりの車から降りてきた。「ありがとう、アラン」自分のためにドアを開けて待つ彼にイリーナが満足げな声で言った。

「とんでもございません、ミセス・ボロフコフ。お好きなだけ試乗なさってください」

それだけ？　〝指名手配リストに載っていないことを確認するため、運転免許証と保険証明書のご提示をお願いいたします〟はなし？　〝盗難を避けるために営業スタッフが同乗しなくてはならない決まりになっておりまして〟もなし？　ただ〝この非常に高価な車のキーがこちらです、ミセス・ボロフコフ。お望みでしたらカリフォルニアまでドライブなさってください。うちとしてはなんの問題もございません〟だけだなんて。

イリーナは運転席にすべりこむときにわたしにウインクを寄こした。そして、わたしに乗りこむよう顎で示した。革ジャケットの男性がわたしの腕をきつくつかんで自分が先に助手席のドアまで行った。イリーナがコンソール越しに体を乗り出した。「ここで待ってて、サーシャ。すぐに戻ってくるから」

サーシャはわたしを横目でじろりと見たけど、イリーナにロシア語で話しかけられてゆっくりとわたしから手を離した。彼は助手席側から下がり、わたしのためにドアを開けたまま待った。わたしが乗りこんでドアを力いっぱい閉めると、彼は驚いて両の眉を上げた。「どうして彼はあんな顔でわたしを見てるんですか？」

「彼はわたしの安全を気にかけているのよ」イリーナはエンジンをふかし、駐車場からスパイダーを急発進させてタイヤの上げる白煙の雲のなかにサーシャを置き去りにした。「いつもはボディガードなしにどこへも行かないの」

「彼になんて話したんですか？」

「あなたはとても腕のいい暗殺者だと説明したの。ショールームで待つか、サーシャも一緒に乗れるもっと大きな車をアランに持ってきてもらうかだと話した。ただ、彼の後ろに座るよう言われたら、あなたは気に入らないかもしれないと言っておいたのよ」イリーナの微笑《ほほえ》みは邪《よこしま》だった。

赤信号で停まると、隣りの車線にいたBMWの魅力的な男性が、あからさまにイリーナをじろじろと見た。男性がエンジンをふかすと、イリーナは冷ややかなまなざしをくれた。そして、男性よりも大きな音でエンジンをふかした。信号が変わり、イリーナがスパイク・ヒールでアクセルを思いきり踏みこんでBMWの前に出ると、わたしはドアハンドルにしがみついた。男性の車が衝突を避けて尻をふるのを、イリーナは短剣の切っ先みたいな漆黒《しっこく》の前髪の隙間からバックミラー越しに見て、勝ち誇った笑みを浮かべた。

「サーシャの失礼を謝るわ」スパイダーを加速させてイリーナが言った。「フェリクスの部下たちは、あたえられた仕事をとても真剣にとらえるのよ」

「あなたのボディガードはフェリクスに雇われているんですか?」

「アンドレイの死体が発見されたあと、フェリクスがボディガードをつけると言って譲らなかったの」

変わりかけの信号にスパイダーが突っこみ、トレーラートラックのバンパーをぎりぎりでかわし、アウディにぶつかりかけた。わたしはあえぎ、ぎゅっと目をつぶった。目の前で自分の死がくり広げられているのを見ずにすめば、吐かずにいられるかもしれない。横目でちらりとイリーナを見る。「わからないんですけど。アンドレイが亡くなったあと、あなたは警察に協力したんですよね? どうしてフェリクスがあなたを守りたがるんですか?」

イリーナが道路からわたしへと注意を移した。「彼がわたしのためにそうしているなんて勘ちがいしないように。警察を相手にわたしがかなり危うい綱渡りをせざるをえなかったのをフェリクスはわかっている。アンドレイの捜査を妨《さまた》げはしなかったけど、フェリクスに対する捜査を進ませるようなこともしなかった。警察に訊かれたことに答えただけ。その状況が維持されることがフェリクスの最大の関心なわけ」

「じゃあ、彼はボディガードにあなたを監視させているんですか?」

彼女の黒い目が道路へと戻された。「この会話はあなたとわたしのふたりだけでするほうがいい、とだけ言っておくわ。疑いを抱かせずにフェリクスの部下たちを長時間退《しりぞ》けておくことはできない。だからさっさと要点に入りましょう。あなたが会いにきてくれるなんて、どういう風の吹きまわし?」

「あるウェブサイトについて知りたいんです。あなたのお友だちが……」スパイダーが州間高速自動車道の合流ランプへ急に入り、唾を飲んだ。「ご主人の問題を解決してくれる人を探していたときに利用したウェブサイトです」

「遠慮なく話してくれて大丈夫よ、ミズ・ドノヴァン。そのためにここで会おうと伝えたんだもの。車も自分で選んだ。アランにはわたしの来訪に備える時間がなかったから、盗聴器が仕掛けられている心配はないわ」

スパイダーが三車線を横切り、わたしはシートベルトを握りしめた。「あなたに女性のためのフォーラムを運営している人と話してもらいたいんです」

「どうしてわたしがその人を知っていると思うの?」

「警察がすでにそのウェブサイトを嗅ぎまわっているからです。情報源によると、警察はそのサイトがフェリクス・ジロフのものだと考えているらしいんです」

イリーナの表情からはなにもうかがい知れなかったけど、気《け》怠《だる》げなポーズがとまどうほど動かなくなった。アクセルを踏む彼女の足から力が抜け、時速八十マイルまでスピードが落ちると、わたしは体をまっすぐに起こした。「情報源って、あなたのお友だちのアンソニー刑事さんかしら」

「ほかにも何人も」そんな嘘を信じるにはイリーナは頭がよすぎる。それでも、せめて疑念を植えつけることはできるし、いずれその話がフェリクスに伝わったときにニックひとりだけが怒りのターゲットにならないようにできるかもしれない。

「それがわたしになんの関係があるわけ?」

「警察が深く掘り下げたら、そのフォーラムでわたしのプロフィールを見つけることになるからです。その事態を避けるには、サイト全体を閉鎖するしかないんです」言外の意味がふたりのあいだで重くのしかかった。イリーナはおそろしい夫を始末してもらうためにわたしに法外なお金を払った。そして、フェリクスの裁判はまだはじまっていない。

「フェリクスと話すことでどうしてそれを変えられるの?」

「やっぱりフェリクスがそのサイトを運営してるんですね?」

「そんなことを言ったおぼえはないけれど」

「でも、否定しませんでした」

イリーナは気詰まりになるほど長く無言でいたまま、車のあいだをジグザグにスパイダーを走らせた。彼女がスピードを落とさずに出口にハンドルを切ると、わたしは目を閉じ、ドアに肩をぶつけた。

「もしい」イリーナがついに口を開いた。「フェリクスがそのフォーラムを運営しているとして

——そうだと言っているわけじゃないわよ——どうして彼がばかみたいにそんな頼みを聞かなくちゃならないわけ？　そういうサイトは彼のビジネスにとってかなり価値のあるものでしょう。それを閉鎖するとなると、あなたの想像以上の損害を被ることになるけれど」

「そうかもしれません。でも、あのサイトが捜査対象になったら、損害は遙かに甚大になるでしょうね。フェリクスはぜったいにあのサイトを捜査されたくないはず。そしてあなたとわたしは、わたしがあなたのご主人を埋めて、あなたがその罪をフェリクスに着せたことをぜったいに知られてはならない。警察があのフォーラムを捜査しようとしているとあなたからこっそり教えたら、フェリクスはすばやく証拠を隠さなくてはならなくなる。うまくすれば、彼は自分がなにを消そうとしているのかをしっかり理解する前にサイト全体を閉鎖してくれるかもしれません」

「フェリクスはばかじゃないわ」イリーナが釘を刺した。「わたしがどうやってその情報を得たのかを知りたがるに決まっている」ためらいがちに頭をふる。「だめね。その情報をわたしから話すわけにはいかない」

スパイダーがタイヤをきしらせて急停車したので、ダッシュボードをつかんでこらえた。そして、そこが販売代理店の前であることに気づいた。

「家にお帰りなさい、ミズ・ドノヴァン」イリーナが言うのと同時に、サーシャとアランがショールームから駆け出てきた。

「それだけ？　一カ月前にフィットネス・クラブであなたが言ったことはどうなるんですか？

女性同士団結して助け合うっていう――」

「家にお帰りなさいって言ったでしょう」イリーナの口調は断固としていた。サーシャが近づいてきてドアを開けると、彼女は声を落とした。「連絡するわ」イリーナはサーシャに向かって微笑み、彼の腕に手を添えて優雅な仕草で車を降り、アランのてのひらにキーを落とした。

サーシャもアランもわたしが車を降りるのに手を貸してはくれなかった。

26

販売代理店の駐車場に停めたミニバンのなかでハンドルに頭をつけ、イリーナと試乗したときの車酔いの名残と闘った。

明るい面は、女性のためのフォーラムがフェリクスのものだと確信できたこと。

悲観的な面は、イリーナに助力を断られたせいで、わたしの状況が少しもよくなっていないこと。

冬のぼんやりとした陽光がフロントガラスから射しこんでいた。顔を上げてダッシュボードの時計で時刻を確認すると、もうお昼になっていて驚いた。選択肢を考えてため息が出る。家に帰って箱入りオレオをヴェロと一緒にがっつくか、ジュリアンがいるかどうかアパートメントへ行ってみるか。今日話をしようと言ってきたのは彼のほうだし、こっちは携帯電話を見つけられてないから彼に電話もできない。

キーをイグニッションに入れてまわすと臨終間際の喘鳴《ぜいめい》が車内を満たした。気が変わる前にと、ジュリアンのアパートメントへ向かった。駐車場に彼のジープが停まっているのを見て、鼓動が速まった。上着で体をしっかり包むようにして、彼の部屋のドアをノックする。テレビが大きな音でついていて、壁越しにスポーツ実況アナウンサーの声が漏れていた。さっきより大きくノックする。ドアがぱっと開くと、わたしの息が白い雲となって出た。

ぶかぶかのスウェットシャツとレギンスに、もこもこの靴下姿の若い女性が戸口にいた。フットボールの試合の音が女性の背後からどっと轟《とどろ》いてきた。さらに複数の声が大波となってうねった。ピザとガーリック・ブレッドのにおい。缶ビールがプシュッと開けられる音。アナウンサーがタッチダウンを叫ぶと喝采が湧き起こった。

「なにかご用ですか?」女性の鼻にはそばかすが散って皮がむけていて、赤褐色の髪は無造作なポニーテールに結われている。緑色の目は見開かれ、わたしがなにか言うのを待っている。室内の家具やポスターに見おぼえはあったけど、念のためにドア横の部屋番号を確認した。

「ジュリアンはいます?」

わたしがだれだか思い出そうとするように、若い女性の日に焼けた額《ひたい》にしわが寄った。ドアを大きく開けて脇にどく。「どうぞ。彼は部屋にいます」

わたしは彼女に礼を言ってなかに入った。開いたピザの箱がキッチンのカウンターをおおい、床のリサイクル用ごみ箱からは潰した缶があふれていた。玄関のドアが閉まると、薄型テレビから何人かがふり向いた。ジュリアンの部屋へ向かう背中に若い女性の興味深げな視線をひしひしと感じる。彼の部屋がどこかを女性が教えなかったことがテストみたいに感じられたけど、ここに来るのははじめてだというふりをするには手遅れだった。

彼の部屋のドアは少し開いていた。手を上げたけど、どうしてもノックできなかった。彼がアカウントに鍵をかけたことが忘れられなかった。彼の人生にはわたしに知られたくないことがあるのだということを。きびすを返してそっとアパートメントを出ようと思ったとき、ドアが開いた。

「やあ!」くるりとふり返ると、ジュリアンがTシャツを頭からかぶるところだった。巻き毛はくしゃくしゃで、素足が色褪《いろあ》せたジーンズのずたずたになった裾から覗いている。たったいま起きたばかりみたいに彼が目をこすった。「来てくれるとは思ってなかった。ここでなにをしてるの?」わたしを引き寄せてぎこちないハグをする。Tシャツはほのかにサン・ローションの香りがして、髪が日光にさらされて色が薄くなった分、彼の目はウイスキーと海泡石が混ざり合ったような色合いに見えた。

ジュリアンの胸のくぼみに抱き寄せられたわたしは、彼の友人たちから興味深げなまなざしを向けられた。頬が赤くなり、彼を押しのけた。「ごめんなさい」テレビの大音量に負けじと言う。「電話したかったけど、携帯電話をなくしてしまって。ひょっとしたらあなたが電話をくれてるかもしれないと思ったの」わたしは頭をふった。なんてばかみたいなことばだろう?

ジュリアンがわたしの手を取って部屋へ引っ張っていった。ドアは閉めきらなかった。彼の乱雑な部屋を見まわす。シーツはくしゃくしゃで、ドレッサーの上に法律書がいくつもの山に積み上げられている。ベッドの足もとには口の開いたダッフル・バッグが置かれており、砂まみれの荷物が床にこぼれていた。

「たしかに電話してた」わたしを引き寄せてウエストに腕をまわす。「ゆうべ町に戻ったとき、あなたの家に寄ったんだ。メモを残したんだけど」

「見たわ」

「ノックしてもよかったんだけど、起こしてしまうんじゃないかと思ってやめたんだ。それに、長居はできなかったし。バーの人手が足りなくて、シフトに入ってほしいってボスに言われてたから。あなたの家からまっすぐ〈ザ・ラッシュ〉に向かったんだ」眉間《みけん》のしわが深くなる。わたしの顔にかかった髪をかき上げてくれる。「すべて順調？」

「問題なしよ」もっともらしい笑みを浮かべ続けられなかった。洗濯機のなかに死人がいる（というか、死人の一部があって、そっちのほうが実際ひどいかも）。だれかが元夫を殺そうとしていて、ジュリアンのキッチンには日焼けした若い女性がいて、彼のソーシャル・メディアのアカウントは鍵がかけられ、その彼は話をしたがっている。

突然居間から歓声が上がった。だれかが壁をドンドンと叩いて叫んだ。「出てこいよ、ベイカー！　試合の後半を観逃してるぞ！」ジュリアンが目玉をぐるりとやった。音量を落としたコマーシャルにかぶせてかすかな声がしたあと、笑い声が起こった。「あの歳上《クーガー》の女はだれだ？」ひとりが言う。

「ホットだよな」別の人間の声。

「だれでもないわ」女性の声が割りこんだ。「ジュリアンがバーで出会った人ってだけ。真剣なつき合いじゃない」

わたしはジュリアンの腕のなかから出た。顔がまっ赤になっていた。「パーティ中だとは知らなくて。もう行くわ」

彼はわたしの手をしっかり握り、目が合うようにした。「彼らのことは気にしないで。ルームメイトが友だちを呼んで観戦してるんだ。ぼくを怒らせたがってるだけだよ」つま先でドアを閉めきると、隣りの居間からまた笑い声が起きた。きっとジュリアンが一緒にビーチに行ったのと同じメンバーなのだろう。玄関に応対に出たかわいらしい赤毛の女性と一週間過ごした彼を思い浮かべ、名づけたくもない負の感情で落ち着かない気分になった。

「お友だちがいないときに出なおしましょうか」

ジュリアンは頭をふり、わたしを壁ぎわへと追い詰めた。唇《くちびる》を重ね、目を閉じていく。「彼らはすぐに飽きるよ。あと二分もすれば、あなたがここにいることも忘れる」

力を抜いてジュリアンにもたれようとしたけど、そうすべきではないという感覚をふり払えなかった。閉じられたドア。彼らのまなざしや笑い声。だれひとりとしてわたしの名前もどういう人間なのかも知らないという事実。そのすべてが、わたしはここにいてはいけないと示していた。同じ理由から、わたしは彼をわが家に呼んで子どもたちと会わせようとしなかった――ふたりともこの部分を切り分けていたからだ。わたしたちを。同じ箱におさまらないおたがいの人生の断片。

「来週末、パーカーが町を留守にするんだ」ジュリアンがわたしの耳もとでささやいた。「アパートメントはぼくが独り占めできるから、よければ泊まってもらえる」

彼の温かな息を感じて鳥肌が立った。週末を一緒に過ごせると思ったら、興奮の震えが走った。パーカーの名前は前に聞いたことがあったけど、ジュリアンがわたしをここへ連れてきたのは、ふたりきりになれるときだけだった。それに、わたしはここに泊まったことがなかった。「ルームメイトはそれで平気なの？」

「うん」ジュリアンがわたしの首筋をキスでたどっていく。「彼女はクールなんだ」

彼女？　顔から血の気が引くのを感じた。口を開いたけど、ことばが出てこない。玄関に応対に出てきた赤毛の女性……あの人がジュリアンのルームメイトのパーカー？

「どうしてインスタのアカウントに鍵をかけたの？」思わず言っていた。

ジュリアンは顔を離して、眉《まゆ》をひそめてわたしを見た。「それはあなたとはなんの関係もないよ、フィン」親指でわたしの頬をなでる。「一緒にキャンプに行った仲間が考えなしの投稿をしたんだ。ぼくはロー・スクールの最終学年だ。あと何カ月かしたら卒業して就職することになるから、ばかな酔っ払いとケッグ・スタンド（ビア樽に逆立ちしてビールを一気飲みするゲーム）をしてるだれかのインスタの写真にタグづけされてるぼくを、法律事務所の人にぜったいに見られたくなかったんだ」

わたしは床に視線を落とした。もしもビーチ旅行で羽目をはずしたことが将来の雇い主となるかもしれない事務所に知られる心配の種なら、洗濯機に遺体を隠している離婚歴のあるシングル・マザーと寝ていることはどう思われるだろう？　ジュリアンがわたしの顎《あご》を上げさせた。「あなたから隠さなきゃならないことなんてなにもないし、あなたを隠そうともしていないよ。パーカーはただのルームメイトだ。あなたが考えているようなことはない。去年彼女が卒業する前にほんの短いデートをしたけど、その間《かん》ずっとおたがいに爪を立てて相手の目玉をくり抜くんじゃないかと思ったよ」

「じゃあ、あなたは前から歳上の女性が好きだったのね？」ばかみたいに感じながら冗談を口にした。

「ちがう。ぼくは頭のいい女性が好きなんだ」ジュリアンはわたしをベッドへと連れていき、腰を下ろしてひざの上にわたしを乗せた。「成熟した女性は自分がなにを望んでいるか、なにをおそれていないか、自分に正直だからね」彼がキスをしようと顔を近づけてきたとき、詐欺師みたいな気分だった。彼の部屋に隠れているのだから、正直にもおそれ知らずにも感じられなかった。

「行かなくちゃ」きっぱりと言う。

「行かないで」ジュリアンが小さく言った。

「今夜はヴェロに休みをあげたから、家に帰って子どもたちの世話をしなくちゃならないの」ウエストをつかんでいたジュリアンの手がゆるむ。いまのことばがふたりのあいだの距離を広げたみたいだった。わたしは彼のひざから下りた。ふたりの手がするりと離れると、ジュリアンの口がへの字に曲がった。

彼は立ち上がり、ドアに向かうわたしについてきた。「外まで送るよ」

「大丈夫」

「どうやって連絡すればいい？」

「この週末中に新しい携帯電話を手に入れるわ」

ジュリアンはなにか言いたそうに唇を噛んだ。「あとで電話してくれる？」わたしがうなずくと、彼がかがんできてまたキスをした。彼の唇は温かくてからかうようで、ビールと砂浜と陽光が感じられ、部屋を出る前にその短くもほろ苦い味を引き延ばさずにはいられなかった。

わたしはひとりで玄関に向かった。値踏みしてくる視線を無視し、だれかの脱ぎ捨てた靴を踏み、床に置かれた脂ぎった紙皿をごみ箱に捨てたい気持ちをこらえて。パーカーがちらりと見てきたので、無理やり笑みを浮かべたけど、理由もわからない罪悪感を抱いていた。まるで、自分のものであってはならないなにかをこのアパートメントに探しにきたみたいに。

27

ジュリアンのアパートメントから帰宅すると、家の前に母のビュイックが停まっていた。ミニバンのがたつくエンジン音を聞きつけたのか、私道に入るとミセス・ハガティのカーテンがめくられたので、愛想よく手をふった。彼女だってそう悪い人ではない、と自分に思い出させる。ミセス・ハガティはただ、さみしくて退屈しているだけ。あと三十年か四十年したら、わたしだって彼女みたいになるかもしれない――大きな家にたったひとりで住んで、人生をおもしろくするだけのために近隣自警団にくわわる老女。洗濯機のなかにもう死体がないことを願った。

キッチンのドアを開けようとしたとき、ごみ箱の蓋《ふた》がずれているのに気づいた。蓋を持ち上げると、なかは空の五ガロン袋――パーティ用の角氷が入っていたような袋――でいっぱいだった。中身が滴《したた》っている〈ベン&ジェリーズ〉の容器、びしょびしょの冷凍野菜の袋、溶けたテイター・トッツがごみ箱の底を埋めていた。うちの洗濯機はビール用冷蔵庫みたいになっているのだろうけど、カールが冷やされているのはせめてもの救いだ。

蓋を戻してキッチンのドアを開ける。母がカウンターのところにいて食料品を袋から出していた。ヴェロの香りつきキャンドルがキッチン・テーブルで燃えている。おそらくはカールの気配をごまかすためだろう。

「あら、ママ」母の頬にキスをする。「びっくりしたわ。これ、どうしたの？」

「食事を作るのよ」

「どうして？」

「孫たちのために料理をするのに理由がいるの？」

「わたしも食べられるなら、理由なんていらない。なにを作ってくれるの？」

「ポットロースト（豚や牛の肉を鍋でじっくりと調理するアメリカの家庭料理）よ」母が人参の袋を開け、キャビネットからまな板を出す。唾が湧いてきた。母のポットローストはほぼまちがいなくセックスよりいい。オーブンでゆっくり低温で調理しているときのにおいは、タントラ教（ヒンドゥー教の一派）で体験したものにいちばん近い。

ヴェロがキッチンのテーブルについてクッキーをちびちびとかじっている。彼女のひざに抱かれて顔を食べかすまみれにしているザックは、スニッカードゥードル（シナモン入りソフト・クッキー）が山と積まれた皿に意地汚く両手を伸ばしている。子どもたちひとりずつにキスをして、わたしもクッキーを一枚取った。

「お座りなさい」母が赤ワインのボトルを開けた。レシピに必要なのは三分の一カップだけだ。母は残りをふたつのグラスに注ぎ、わたしとヴェロの前に置いた。

「最高」ヴェロはザックのお尻を片手でしっかり支え、もう一方の手でワインを流しこんだ。

椅子に深く腰を下ろしたわたしは、ワインのおかげで体が温もって気怠《けだる》くなり、さんざんな一日のせいでささくれ立った神経が和《やわ》らいだ。

コンロで油がジュージューいい、肉が焼かれるとニンニクと玉葱《たまねぎ》の芳《かぐわ》しいにおいでキッチンが満たされた。母は一定のリズムで皮をむいたり刻んだりした。数分が経つと、母がテーブルからクッキーの皿を下げ、子どもたちの手を拭き、遊んでらっしゃいと追い払った。

「それで」オーブントレイに肉と野菜を敷き詰めながら母が言った。「ニコラスとのデートはどうだったの？」

やっぱりだ。

母がいきなりやってきて食事を作ってくれるなんて、理由があるに決まっている。ニコラス、と母は言った。彼のことをだれもニコラスとは呼ばない。母がすでに家族に迎え入れたペットの名前みたいな感じがした。

「デートじゃなかったのよ、ママ」

「いいえ、デートでした」ヴェロがクッキーを頬張りながら言う。「ほら、フィンレイ。わたしたちに全部話して。あなたが彼のビスケットを試食したのかどうか知りたくてうずうずしてるんだから」

鼻からワインが吹き出した。ナプキンに手を伸ばしながら母をちらりと見たけど、母は料理に集中していて、オーブントレイに注ぎ入れたワインの蒸気に包まれていた。

「ヴェロから聞いたんだけど、彼に食事に連れていってもらったんでしょ。ちゃんとドレスを着ていったんでしょうね」どうせ着ていかなかったんでしょう、という表情だ。

「しゃべりすぎだわ」ナプキンを丸めてヴェロに投げつけたけど、ひょいとかわされた。

「わたしのドレスを着ていってもらったんです」ヴェロが言う。「百万ドルの価値があるくらいすてきでしたよ。最低でも十万ドルの価値はあったかな」顔を上げた母は困惑気味の表情だった。ヴェロがこの調子で続けるつもりなら、わたしが止めなくては。

母が木製のスパチュラをわたしに向けた。「すてきな服を借りたりしてはだめでしょう。電話をくれれば、わたしが買い物に連れていってあげたのに。ほらね、だから予備のお金を取っておかなくちゃだめなのよ。本の前払い金《アドバンス》（印税を一定額保証するための契約の手付金）ってすごく不安定でしょ。本をだれも買ってくれなかったら？　出版社があなたにはもう書いてもらいたくないと決めたら？」

「それはどうも、ママ。そういうことを考えてひと晩中天井を見つめた経験は一度もありません」

「ヴェロが手伝ってくれるようになったから、公務員の仕事に応募する時間ができたんじゃないかって言ってるだけよ」

ヴェロが薄笑いを浮かべた。「個人的には請負仕事のほうが実入りがいいんじゃないかって前から感じてるんですけど」

ナイフがあったら、それをヴェロに向けて投げたかった。

「それもすごく不安定だと思うわね」母がオープントレイをオーブンに入れる。「いつ引退するの？　八十になっても本を書いていることになるわよ」

「わたしなら大丈夫。ちゃんとした口座があるの。ヴェロが投資の管理をしてくれてる。彼女に任せておけば、無一文の年寄りとして死を迎えることはないから」

ワイン・グラスの陰でヴェロの笑みが小さくなった。どうしたのか訊こうとしたとき、固定電話が鳴った。ヴェロが受話器を取ってわたしに渡してきた。ナンバー・ディスプレイに表示されているのはスティーヴンの番号だった。留守番電話に切り替わるぎりぎりまで待ってから、なんとか出た。「どうも、スティーヴン」母の耳がピンと立ったのを感じた。聞き耳を立てているのがわかったのは、皿を拭いて片づける動作がゆっくりと静かだったからだ。

「どこにいたんだ？　一日中きみに電話してたんだぞ」

「携帯電話は昨日なくしたの」

「ゆうべのうちにそれを電話で知らせてくれたってよかっただろう」

「忙しかったのよ」

「なにで？」

「あなたには関係ない」母がキャビネットをバタンと閉めたので、わたしは飛び上がった。

「なにで忙しかったんだ？」いらいらした口調で言い募る。「ホットなデートでか？　きみのボーイフレンドは町の外に出かけてるんだと思ってたが」

このやりとりですでに疲れ果て、目をこすった。「なんの用、スティーヴン？」

「来週末は子どもたちと過ごしたい」

「その件はもう話し合ったでしょう。子どもたちをあなたの家に行かせたくないの」

「だったら、ぼくがそっちに行く。予備の寝室で寝るから」

「そこはヴェロの部屋になってる」

「それならカウチで寝る」

もしそうなったら、ヴェロはおそらく火炎瓶《モロトフ・カクテル》の作り方をYouTubeで学んで、その手でカウチに火をつけるだろう。「子どもたちはここにいない予定なの。週末をわたしの実家で過ごすことになってるから」

「またか?」

わたしは口の動きで母に謝った。母の都合を訊いてすらいなかった。

「そんな嘘にだまされないぞ。きみの手の内はお見通しだ。子どもたちをぼくに近づけないために適当な口実をでっち上げてるんだろう」

「口実なんかじゃ——」

母がわたしの手から受話器を引ったくった。「スティーヴン」甘ったるい笑みを浮かべて言った。「あなたの声を聞けるなんてすてきだこと」受話器を耳と肩ではさみ、必要以上の力をこめてカウンターを拭く。「あなたが子どもたちと過ごしたがってるってフィンレイから聞いたわ。いい、すばらしい考えね。フィンレイが最近できたボーイフレンドと過ごせるよう、来週末デリアとザックはポールとわたしのところに泊まることになってるの」母がわたしに呼びかける。「どっちだったかしら、スウィートハート? 警察官? それとも法律を勉強している学生だった? ふたりともすごくハンサムだからごっちゃになっちゃって」

「残忍」ヴェロが小声で言った。

「うちには部屋はたっぷりあるわ、スティーヴン。それに、あなたにもすごく長く会ってないし。着替えを持って泊まりにくれば？　そうすれば、あなたとわたしで積もる話ができるじゃない。とっくにそうしているべきだった話をね」わたしはたじろいだ。「なぁに？　フィンレイと話したいですって？　ちょっと待ってね」受話器を突き出す母の笑みは苦々しげだった。

「もしもし？」くすくす笑っているヴェロの声がスティーヴンに聞こえないよう、わたしは送話口を手でおおった。

「これで終わりじゃないからな、フィン」

疲れたため息をつく。「よくわかってますとも」

電話は切れた。受話器を戻して椅子にへたりこみ、ボトルに残っていたわずかなワインをグラスに注ぐ。ヴェロが立ち上がって伸びをした。「子どもたちをお風呂に入れてくる。わたし抜きで楽しみすぎないでよ」

ふたりきりになると母は布巾をたたみ、ヴェロがさっきまで座っていた椅子に身を落ち着けた。「あなたはスティーヴンの扱い方を完全にまちがってるわよ、スウィートハート。雄牛と角を突き合わせるなんてだめ。抗《あらが》えば、彼が望んでいるものをあたえることになるの」

「彼が望んでいるものって？」

「あなたの注意を自分に向けること」同情の笑みがわたしに向けられた。「彼は小さな子どもと同じなのよ、フィンレイ。自分のおもちゃで遊ぶのに飽きたけど、ほかの人に渡したくもないの。そして、自分の思いどおりになるまで癇癪《かんしゃく》を起こす」ため息をつき、わたしの髪を耳にかけてくれた。「彼はあなたにふさわしくない。ふさわしかったことなんて一度もない。ほかの人を見つけなさい。あなたを幸せにしてくれる人を。あなたと子どもたちにふさわしい人を」

わたしはグラスのワインを揺らした。ニックもジュリアンも、ふたりともわたしを幸せにしてくれる、と思う。でも、自分が彼らにふさわしい人間かどうか自信がなかった。母を見る。

「パパこそ求めていた人だってどうしてわかったの?」

母は笑った。「わかったなんて言ったことがあった? たいていは、どうしてだろうと思ってるわよ」

「でもそれは、パパをあんまりよく知らなかったからじゃないでしょ」わたしは確認した。

「ほら、パパはママに対してずっと誠実だったのよね?」

母がそっとわたしの手に手を重ねた。「どんなカップルにも秘密があるのよ、フィンレイ。相手の心を知るために、おたがいにすべてを話さなきゃならないなんてことはないの。でも、スティーヴンが秘密にしていたことは……それは同じじゃない」

「じゃあ、パパは一度も浮気をしたことがないの?」

「ジェニファー・アニストン(アメリカの人気女優)のときを数に入れなければね」わたしの疑わしげな表情を見て、母は苦笑いになった。「お父さんはよくあるインターネット詐欺に引っかかったのよ。ジェニファー・アニストンの胸が見られるというEメールのリンクを踏んだわけ。お父さんは高くつく教訓を得たの」母は頭をふった。「パソコンが質《たち》の悪いウイルスにやられて、オタク——ほら、ちっちゃな車を乗りまわしてるような人——にお金を払って取りのぞいてもらうしかなかった。その女オタクさんは口が堅くてすごくいい人でね。でも、けっこうな金額を請求された。お父さんに払わせてやったわ」

わたしはにやにやしながらワインを飲み干した。両親の関係を知りたい以上に知ってしまった。母の言うとおりなのかもしれない。ときには知らないほうがいいこともあるのかも。

おいしそうなにおいが漂いはじめた。テーブルはハイチェアをふくめ四人用にセットされていた。調理に使った食器はすべて洗ってしまわれ、食洗機が心を落ち着かせるリズムで稼働していた。

「ありがとう、ママ」今日という一日の重荷が少し軽くなったみたいだ。

母が立ち上がり、コートに袖を通した。

「一緒に食べていかないの？」

「帰って残り物を温めてお父さんに出さないとならないから。わたしがクリスマスの買い物に出かけてると思っているのよ。ポットローストをお父さん以外の人に作ったとわかったら、ずっとグチグチ言われてしまうわ。金曜日に幼稚園が終わったころ子どもたちを迎えにくるわね」

「無理しなくていいのよ」

「そうしたいの。子どもたちがわたしのところにいたら、スティーヴンはあなたを困らせないでしょう」身をかがめてわたしの頬にキスをする。「ニコラスに電話しなさいな。出かけて楽しむの。でも、彼のビスケットを試食するつもりなら避妊具を忘れないようにね」

二階のバスルームでヴェロが大笑いした。

わたしは天井を仰いだ。「またね、ママ」

母を玄関まで見送ったあと、鍵をかけてドアに頭をもたせかけた。

28

離婚する際にだれもしてくれないアドバイスのひとつが、すべてのタオルを洗濯中にシャワーを浴びるな、というものだ。パンツを下げる前にトイレットペーパーがあるのを確認しろというものと、フリーWi-Fiを使っているときにはぜったいに元夫の殺害依頼を受けるなというものと同等だと思っている。

ふた晩続けて執筆を長時間がんばったので、ヴェロがゆっくり寝かせてくれたのだった。午前四時には、冒頭数章分のぐだぐだな原稿をかろうじて書き終え、推敲《すいこう》の手間もかけずにシルヴィアにEメールで送り、短く途切れがちな眠りに落ちた。九時にベッドを出たときには、ヴェロはザックを連れてデリアを幼稚園へ送っていったあとだった。目が覚めたら静かでだれもいないことにほっとしてシャワーを浴び、お湯を止めてタオルを手探りしたらタオル掛けに一枚もかかっていないのがわかり、自分の状況の無残さが冷たく鋭い歯となって頭に食いこんできた。

腕を体にまわし、こそこそと寝室を出る。濡れた裸に鳥肌が立つ。廊下の突き当たりにある洗濯室のドアを開けたとき、シナモンアップルのエアフレッシュナーと、〝ゆっくり解凍されつつある男性の死体香水〟のにおいにぶわっと襲われた。乾燥機に手を突っこんだけど、空っぽだったので悪態をついた。

母なら、これはなんらかの天罰だと言うだろう。自宅に死体を隠しているわたしへの神の罰だと。正直なところ、ロザリオの祈りを捧げたい。どこか暖かなところで。服を着て。

廊下を横切り、子どもたちのバスルームのタオル掛けからかろうじてきれいなディズニー・プリンセスのタオルを引っつかんだ。震えながら小さなピンクの布きれを体に巻き、胸のところで端を結ぶ。

階下の廊下で床板がきしんだ。じっとして、暖房器がカチリとつく音がしたほうに耳を傾ける。頭上の調風装置から暖かい空気が吹き出し、ドアが開けっ放しになってでもいるみたいに二階に突然這い上がってきた冷たい空気の流れと競い合った。階段のいちばん上のけこみ板でいつものきしみ音がすると、体をこわばらせた。

バスルームで武器を探そうとして、すべてのキャビネットにチャイルドロックをつけた自分を罵《ののし》った。ゆっくりとした足音が近づいてきて、唯一見つけられた先のややとがったものをつかんだ。トイレの詰まりを取るラバーカップをかまえてバスルームの壁に背中をぴたりとつける。息を殺して耳を澄ますと、寝室のドアが順繰りにゆっくりと開けられていく音がした。すぐそばのカーペットに影が落ちる。獣じみた叫び声をあげてラバーカップをふりかぶり、廊下に飛び出した。銃口を目にし、叫び声が引っこむ。

「くそっ、フィン!」ニックが銃を下げ、体をふたつに折った。「縮み上がったじゃないか!」

わたしはタオルを胸のところで握った。「わたしの家でなにをしているの?」

目を上げて水の滴るわたしの脚を見ると、ニックの頬がまっ赤になった。わたしはタオルの裾を引っ張り下げ、脚のむだ毛を剃《そ》っておいてよかったと思った。ニックが視線をそらす。

「これには理由があるんだ」こわばった声だ。「テレサの家の前にいたら、10－66の無線が入った。あなたの家の住所だと気づいたから、調べるために急行した」

「10－66？」

「そうか、すまない」ニックはあいかわらず狼狽《ろうばい》していた。「ミセス・ハガティから緊急通報があったんだ。あなたの家の外に怪しげな人間がいるのを見たらしい。庭をざっと確認したが、だれもいなかった。それでも――」

階下でドアが勢いよく開いて壁にぶつかった。ニックがさっとふり返り、玄関ホールに銃を向けた。

彼の肩越しに覗きこむ。ジョーイが階段の下にいた。目を丸くしてニックからわたしへと視線を飛ばし、にやつきながら銃を下ろした。「出なおしたほうがいいかな？」

「そういうんじゃないんだ」ニックが答え、ジョーイの後ろからわたしの姉が飛びこんでくると両手を上げた。ニックの背後にデリアのタオルしか身につけていないわたしがいるのに気づいて、ジョージアの眉が両方とも跳ね上がった。

「ずいぶん早い展開じゃない」

ザックを腰に抱えたヴェロが駆けこんできた。「なんでパトカーが何台も停まってるの？フィンレイはどこ？　問題は……嘘！」慌ててザックの目をおおう。「フィン、どうして家のなかに武装した警察官が三人もいるの？　どうしてあなたは裸なの？」ニック、ジョージア、ジョーイの三人は揃って武器をホルスターにしまった。

「裸じゃありません！　シャワーを浴びたら、おとな用のタオルは全部洗濯中だったのよ」ヴェロをにらむ。「警察がここにいるのは、ミセス・ハガティが出しゃばったせい。うちの周囲を怪しげな人間がうろついてると思ったらしいわ」ヴェロはザックをきつく抱き寄せて、開け放たれた玄関ドアから外を見た。わたしはタオルを引っ張って体を隠した。「見てのとおり、誤報だったの。10－99なんかじゃなかったのよ」

「10－66ね」姉が正した。

「なんでもいいわ。ミセス・ハガティは明らかに誤解したの。ここでは怪しげなことはなにも起こっていないから、みんなここへ来る前にしていた仕事に戻ってちょうだい」

「どうかな」ジョーイがニックと目を見交わした。「家の周囲をざっと見まわったところ、玄関ポーチでこれを見つけました。名前しか書かれていません」ニックは分厚い茶色の封筒を確認しようと階段を下りた。ヴェロがジョーイの背後から覗きこむ。階段の上からでも、肉太のインクで書かれた自分の名前がはっきりと見えた。その筆跡には見おぼえがあった。ヴェロがショックを受けた表情をしているところからすると、彼女もその筆跡に気づいたようだ。

わたしが階段を駆け下りると同時に、ヴェロがジョーイの手から封筒を引ったくった。「きっとフィンレイが買ったおとなのオモチャだわ。同じ通りに住むステイシーが、ホームパーティ方式の販売をやってるの。ほら、タッパーなんかと同じ方式よ。ただし、扱っているのは電池を使うものだけど」封筒の前面をしっかり見せる。「ね？　プライバシーを守るために中身がわからないように発送してくれるのよ」

三組の目がぱっとわたしに向けられた。ニックは咳払いをして封筒に手を伸ばした。「おれがまず確認すべきじゃないかな」

「おとなのオモチャなんかじゃありません！」さっと横取りする。「これはたぶんただの……ほら……校正紙じゃないかな。編集者が宅配便で送ってくれたのかもしれない」

ニックが目をきらめかせ、視線を下げるにつれて笑みが邪《よこしま》なものになっていった。わたしはタオルをぐいっと引き上げた。それから下げた。濡れて冷えた体をなんとか隠そうとじたばたする。

ささやかながら威厳を取り戻すために顎を上げた。「服を着てくるわ。戻ってきたときには全員いなくなっててちょうだい」

封筒を体に押しつけて二階へ駆け上がる。

「フィン、待って」わたしの部屋の目の前でニックが追いついた。わたしを脇にどけてなかをさっと検めたあと、二階全部の部屋をすばやく確認していく。洗濯室まで来ると鼻にしわを寄せた。

「なにかにおわないか？」

彼の腕をつかんでわたしのほうへ引っ張った。「濡れたタオルよ！　すっかり忘れていたせいでカビが生えはじめちゃったみたい」髪から冷たい水滴が落ちて鎖骨をたどった。ニックの黒っぽい目がそれを追う。それからさらに視線が下がり、彼の腕をゆるくつかんだままのわたしの手を見る。わたしは手を離したけど、ふたりのあいだで不意に高まった緊張感を和らげる役には立たなかった。「洗濯室に隠れてる犯罪者はいないわ。ミセス・ハガティは宅配便の人を見ておおげさに反応しただけじゃないかしら。家中を見てまわる必要はないわ」

わたしの背後は壁だ。寝室のドアがすぐそばで開いている。ニックとは充分離れているから、するっと部屋に入って彼を閉め出せる。そうしたければ。

「あなたに謝らないと」ニックの声は少ししゃがれている。「誓って言うけど、あんな風に突入するつもりはなかったんだ。あなたの車が私道にあった。ノックをしたけど返事がなかったから、おれは……」朝から伸びたひげをこする。「今朝スティーヴンの家でガス漏れがあったから、あなたの家のまわりをこそこそしてる人間がいると無線で聞いたとき、最悪を想定してしまった」

「ガス漏れ?」胃がどすんと落ちた。「ガス漏れってどういうこと?」

ニックが小さく悪態をついた。「すまない、フィン。ジョージアからもう聞いてると思っていた」

「聞いてるってなにを?」

「スティーヴンは無事だ」ニックが安心させる。「だが、フォーキア郡警察が今朝彼の家に急行した。ガス漏れがあったんだ。幸いスティーヴンが気づいて、被害がおよぶ前に元栓を閉めたんだが、ガス会社はガス管が損傷していたと考えている。トレーラーでの火事もあったから、作為的なものだった可能性を捜査中だ」

　わたしは封筒を胸に押しつけた。「スティーヴンはいまどこに？」

「自宅にいる。救急救命士《EMT》が救急外来《ER》で診てもらったほうがいいと伝えたんだが、ガス会社が調べにくるときに家にいたいと譲らなかった。非番の制服警官二名にスティーヴンの家に向かうよう頼んでおいた。なにがあったのかがはっきりするまで、彼らが警護してくれる」

　わたしは力なく壁にもたれた。EasyClean の仕業にちがいない。スティーヴン殺害を成功させるまでに、彼女は何度失敗するだろう？

　階下でザックの幼児語が聞こえた。キッチンの引き出しが開け閉めされる。電子レンジがチンと鳴り、残ったポットローストのハーブの強い香りが家中を満たした。昼食にはまだ少し早い時刻だったので、ヴェロは洗濯機からかすかに漂いはじめたにおいをごまかすためにやっているのだろうかと訝《いぶか》る。

「もう行かないと」ニックが階段のほうへ向けて親指をくいっとやった。「ジョーイがテレサの家で待ってるんだ」

「どうして？　なにが起きてるの？」

「テレサが消えた」ヴェロが聞き耳を立てているかのようにキッチンの物音が止まった。「彼女の自宅で足首につける監視装置を見つけた。どうやら何日か前に家を出たらしい。どれくらい前なのかははっきりしない。近所の人に話を聞いているが、これまでのところ、彼女が出ていったのをおぼえている人はいない。テレサの居場所とジョーイのＣＩがどうなってるのかを突き止めるまで、あなたには気をつけておいてほしい。このすべてがつながっているといういやな予感がするんだ」

わたしはタオルの結び目をきつく握った。「ジョーイのCIになにがあったの？」

「約束した情報を送ってこなかったんだ。ジョーイが今朝その件で自宅に行ったんだが、彼はいなかった。学校の出欠管理事務室に問い合わせたら、登校してないと言われた。二、三時間前に彼の祖母に話を聞こうと警官を行かせた。土曜日におれが会ったあと、だれも彼から連絡をもらってない」わたしのことはひとこともしゃべるなと指で首を掻き切る仕草をした日だ。

キャムは、保護観察の取り消し程度ではフォーラムについて知っている情報を提出するリスクに見合わないと判断したのだろう。ニックが頭をふった。「ジョーイのCIはなにか知ってたんじゃないかと思いはじめてる。例のフォーラムについてCIが正しかったなら、テレサ、スティーヴン、それにCIの全員がジロフとつながりがあることになる。気に入らないな」

「スティーヴンに起こったことにフェリクス・ジロフが関与してると考えてるの？」

「その可能性を除外はできない。それまで、あなたにはいつも以上に気をつけてほしい。玄関を施錠しないなんてやめるべきだ」

「どういう意味？　いつだって……」階段をちらりと見る。昨日母が帰っていったあと、玄関の錠をかけたのをはっきりとおぼえている。それに今朝ヴェロは、ガレージから出たはずだ。

ニックの指先がかすめるのを感じ、わたしははっと現実に引き戻された。彼はわたしが持っている封筒が濡れる前にと、水の滴る髪を背中へと払ってくれた。「さっきはあなたを驚かせてすまなかったね」

「わたしなら大丈夫」震えながら答える。

「もう行くけど、この謎めいた包みをおれが開けてみなくてほんとうにいいのかい？　懸念するようなものが入ってないかどうかをたしかめておかなくて？」ニックは危険なほど興味深そうに目をきらめかせた。

わたしは頬を染めながら封筒を背後に隠した。「ただの校正紙よ。この件はすべて忘れてちょうだい」

「なにひとつ忘れられないよ。あとで電話する」彼は小さく笑みを浮かべた。玄関ホールからヴェロに別れのことばをかけ、忘れず施錠するようにと念押しした。

わたしは自室に入ってドアを閉め、封筒をベッドに放ってデリアのタオルで両手を拭《ぬぐ》った。タオルのほうが、イリーナ・ボロフコフの筆跡でわたしの名前が書かれた封筒よりも清潔に感じられたのだ。

キッチンでザックのハイチェアのバックルがカチリと締まり、プラスチックのトレイにチェリオスが出される乾いた音が聞こえた。急ぎ足で階段を上ってくる音がしたと思ったら、ヴェロがわたしの部屋のドアをがばっと開けた。

「みんな帰った？」わたしはたずねた。

ヴェロがうなずく。「封筒の中身はなんだった？」

ふたりしてベッドへと近づき、茶色の封筒を見つめた。わたしは封を開けて逆さまにした。

長いブルネットのウイッグが出てきて掛け布団に広がった。ウイッグのウェーブに一枚の名刺がからまっていた。ヴェロが名刺を拾い上げる。「エカタリーナ・ルイバコフってだれ？」

名前の下には小さな文字で〝弁護士〟と書かれていた。封筒をふってみる。手書きのメモがひらひらと出てきた。

弁護士の面会時間は毎日午前七時～午後十時
ボウリング・リーグの練習は毎週火曜日の午後八時～十時

「どういう意味だと思う？」ヴェロが訊いた。

わたしはウイッグを拾い上げた。髪が落ち着き、わたしの手の周囲で見慣れた形を取った。奇妙な中身のピースがぴたりとはまり、イリーナの意図が驚くほど明瞭にわかった。

「嘘でしょ」小さな声が出た。土曜の夜に〈クワス〉でニックが口論した女性――彼女の名前はキャットだった。「エカタリーナ・ルイバコフはフェリクス・ジロフの弁護士だと思う」

恐怖の指が背中を下へとたどる。イリーナにはフェリクスにメッセージを伝えるつもりがない。わたしにそれをさせるつもりなのだ。

29

火曜日の夜、ヴェロはバスルームでわたしの前に立ち、携帯電話に出した写真と見くらべながらわたしのウイッグをいじった。目の前に掲げているのは、エカタリーナ・ルイバコフの写真だ。

「あなたがこれまでにしてきたなかでも最悪にばかなふるまいか、最悪に質《たち》の悪いふるまいか、決められない」

「最悪にばかなふるまいだわよ」ヴェロに深紅色の口紅を塗ってもらっているところだったので、できるだけ口を動かさないようにした。

「つかまったらどうするつもり？」

ほんとうのことを言うと、拘置所に入ることばかり心配していて、うまくなかに入れたらどうするかを考えてもいなかった。でも、失敗は許されない。キャムもテレサも行方をくらましたいま、ニックはフェリクスと例のフォーラムのつながりを見つけようとインターネットの隅々まで探すだろう。ニックに知られる前にフォーラムを閉鎖する力を持っているのはひとりだけだ。「つかまるつもりはないわ」

「そんな風にそわそわしてばっかりだとウイッグがずれて、変装がバレてつかまるに決まってる。じっとして」ヴェロはわたしをトイレの蓋に座るよう押し戻し、メイク道具の袋をごそごそやった。「ヘアピンがあるはずなんだけど」

「ヘアピンはだめ」姉と一緒に拘置所に行ったことがあった。ある晩、スティーヴンがバーで前後不覚になるまで酔っ払って喧嘩をしてぶちこまれたときに、姉が付き添ってくれたのだ。姉がサインしてわたしを入れてくれ、スティーヴンが釈放されるまで一緒にいてくれた。そのとき、徹底的にボディチェックされたのをはっきりとおぼえている。「ヘアピンをつけてたら金属探知機に引っかかるかもしれないから」

「だったら、ウイッグをごそごそ触るのはやめて」ウイッグの下に指を突っこんで頭を掻こうとしたら、ヴェロに手をぴしゃりとはたかれた。「見た目はばっちりね。訛《なまり》のほうはどう？」

「しまった。考えてなかった」咳払いをして低く息が漏れるような話し方をした。「ハロー」イリーナの話し方を精一杯まねる。「エカタリーナ・ルイバコフです」

ヴェロが顔をしかめた。「アンジェリーナ・ジョリーとウラジーミル・プーチンの赤ちゃんみたいに聞こえる。いいから喉頭炎のふりをして。名前を記入してセキュリティを通り、おしゃべりはしないこと」

「わかった」

「はい、名刺」

「IDは？　免許証とかを見せろって言われたら？」

「わがもの顔で颯爽《さっそう》と入っていけばいいの。自分を訴えてこてんぱんにできる気むずかし屋の女と言い争いをしたい人なんていないから。眼鏡をかけたままにして、だれの目もまっすぐ見ないように」エカタリーナ・〝キャット〟・ルイバコフとわたしは明らかに同年代だけど、共通点はそれだけだ。オンラインで見つけたキャットの写真によると、彼女はブルネットのくるくるの巻き毛とマッチする、どきっとするような黒っぽい目をしている。ウイッグはキャットの髪そっくりだったけど、わたしの目は色が明るすぎてじっくり見られたらバレてしまうだろう。「どうかな?」ヴェロが貸してくれた灰色のペンシル・スカートは不安になるほどきついし、同じく彼女のクロゼットから拝借したピンヒールは保険つきであるべきだ。きっと足首を痛めるだろう。でも、キャットは五フィート八インチ近い身長があるから、わたしは背を高く見せる必要がある、とヴェロが譲らなかったのだ。

ヴェロはわたしのブラウスのボタンを余分にはずした。ブラの黒いレースがかすかに覗き、ネックラインの肌がかっと赤らんだ。「なにをしてるの?」

「あなたの顔に気づかれないように、これで看守の気をそらすのよ」ヴェロがわたしの手を払いのけ、鎖骨にかかる真珠のネックレスをまっすぐにした。「隠そうとするのはやめて。ホットに見えてるって」

「ホットになんて見えたくない。キャットみたいに見えればいいの」

「キャットはホットでしょ。フェリクスにははっきりとした好みがあるみたいね。頭がよくて、美人で、自信たっぷりの女が好きなのよ。テレサみたいにふるまえばいい」

「そのせいでこんな状況に陥《おちい》ったんじゃない。それに、テレサはつかまった」

「髪をいじるのをやめなさいってば！　ほら、これをつけて」一ドル・ショップの眼鏡をわたしの鼻に載せる。写真のキャットがつけている眼鏡に充分近かった。

鏡の前でゆっくりと回転し、ウイッグがまっすぐついているか、ストッキングが伝線していないかをチェックした。

「失敗したら……」

「リラックスして。拘置所でフェリクスに殺されはしない。監視カメラがこれでもかってくらいあるんだから」

「弁護士になりすました罪で逮捕されたら？」

ヴェロが安心させるようにわたしを軽く叩いた。「子どもたちはわたしが面倒を見る。それに、ジョージアが助け出してくれる。ほら、新しい携帯電話を買って緊急用の番号を入れておいたわ。向こうに着いたら電話して」通学に使っているブランド品のコピーのメッセンジャー・バッグに携帯電話をぽんと放りこみ、わたしの肩にかける。「あなたはイケズ女のワルなんだってことを忘れないで。だれにもごちゃごちゃ言わせないのよ。相手がフェリクス・ジロフであろうと」

「わかった」ヒールがカーペットに深く埋もれ、その下のフロアパッドにまで食いこんでいるみたいだった。ヴェロがドアに向かってわたしの背中を押した。

郡拘置所の駐車場に車を入れたときには、九時近くになっていた。弁護士の訪問がまだ許容される時間帯で、なおかつ本物のエカタリーナ・ルイバコフがボウリングの練習まっさいちゅうという完璧なタイミングだ。

サンバイザーの鏡を見ながら口紅を塗りなおしたとき、おそろしい考えにとらえられた。フエリクスの弁護士ならすべての手順を熟知しているはずだと。なかに入ったあとどこへ行けばいいか、書類にどう記入すればいいか、それになにか訊かれた場合にどう答えればいいかを。ヴェロのメッセンジャー・バッグから新しい携帯電話を取り出し、暗記しているジュリアンの番号にかけたけど、教えてほしいことがあるからなのか、単に彼の声を聞いて安心したいだけなのかわからなかった。

「もしもし?」背後で彼のお気に入りの曲が小さくかかっていて、その声は低くリラックスしていた。ベッドのヘッドボードにもたれ、部屋の四隅に沿って這わせたクリスマス用ライトの白い光のなかで勉強している姿を思い浮かべられた。

「もしもし、わたし」サンバイザーの鏡をもとに戻す。あまりにも嘘っぽく感じられたからだ。

「やっと新しい携帯電話を手に入れたの」

「電話くれるといいなって思ってたんだ」教科書を閉じたのか、パタンという音がした。「昨日はあなたと連絡が取れなくていやだった。日曜日にうちに来てくれたときのことを謝りたかったんだ。友人たちに……悪気はなかったんだ。ただぼくを困らせようとしただけで。今週末に会いたいっていまも思ってるんだけど、いいかな?」

わたしは答えられなかった。この数日でいろんなことがありすぎて、金曜日までにどうやってすべてを解決できるか想像すらできない。「実は電話したのにはもうひとつ理由があるの。法律関係の質問ができないかと思って。本のために」

「もちろん」背景の音楽が静かになり、沈黙が狭まって彼と同じ部屋にいるかのような感じになった。「どんな質問？」

口のなかがからからになった。ジュリアンがいとも簡単に受け入れたのがいやだった。こんな風に彼に嘘をついたことはなかった――すべてを打ち明けた夜以降は。とんでもなくおそろしい秘密のすべてを知っているのは、ヴェロ以外にはジュリアンだけだ。でも、インスタグラム上の何枚かの写真くらいで将来が台なしになるかもしれないと心配したなら、わたしがこれからしようとしていることを知ったら彼はどう思うだろう？「ある場面で困ってて。弁護士のキャラクターなんだけど、拘置所にいるクライアントに面会に行くのね。そのときの過程――拘置所に入ってから出るまでのあいだになにが起きるか――を正確に描写できるように知りたいの」

「そうだな」マットレスのスプリングがきしんだ。片手を頭の下に敷いてベッドにあおむけになっている彼の姿が浮かんだ。「ふつうは面会窓口があって、そこで記帳するよう求められる。持って入れない私物――キー、携帯電話、鋭利なもの、ハードカバーの本なんかの道具や武器になりそうなもの――を預ける。免許証などの身分証明書を提示するよう求められる」

「名刺でも大丈夫？」

「いや、政府の発行したものにかぎるよ。写真つきのＩＤ」

ミニバンのエンジンをかけて家へ帰りたい衝動をこらえて両手をふった。まさにそれをおそれていたのだ。「そのあとは？」

「そこから、セキュリティを通る──金属探知機と、ボディチェックもあるかも。そのあとは刑務官に面会室へと連れていかれ、クライアントとふたりだけで話せる一定の時間をあたえられる」

「看守は同席しないの？」

「うん。でも、外で待機している可能性がある」

ぞっとするイメージが頭をよぎる。「クライアントは拘束されてる？」

「そのクライアントが危険人物の場合は、おそらく。あるいは、弁護士が安全面に不安があるという理由で拘束を要求することもできる」フェリクスは自分の弁護士に危害をおよぼしはしない。それに、弁護士との会話をだれにも聞かれたくないはずだ。それはつまり、わたしは面会室でフェリクスとふたりきりになるということだ。足枷《あしかせ》なし。手錠もなし。

「フィン、大丈夫？　なんだか気が張り詰めてるみたいだけど」

顔を上げ、バックミラーで自分の顔を見た。「大丈夫！　ただ……ほら、いまいましい本がね。シルヴィアがすごくうるさく言ってくるの。締切やらなんやら……。仕事に戻ったほうがよさそう」

「わかった」そのことばにはあいかわらず心配の気持ちがにじんでいた。「しゃべりたいことがあったらどんなことでもいいから、あとでまた電話して」

「そうする。あ、ジュリアン？　ありがとう。いろいろと」彼が電話を切る前に慌てて言った。二度と彼にそう言うチャンスがなかった場合に備えて。

30

拘置所のタイル貼りの入り口に、自信ありげなヒールの音が鳴った。顔を隠したい気持ちをこらえて顎を上げ、目にかかったウイッグの黒っぽく長い髪を払いのける。わたしならできる。わたしの名前はエカタリーナ・ルイバコフ。裁判所文書をクライアントと調べるために来たフエリクス・ジロフの顧問弁護士。わたしはメッセンジャー・バッグにしがみついた。なかに入っている文書は、先日ヴェロが受けた会計学の試験用紙だ。そこにデリアが水性マーカーでニコちゃんマークをいくつも描いていたし、緑色のしみはきっとザックの鼻くそだろう。看守はわたしのブラウスを覗きこむのに必死で気づかないことを願おう。

面会窓口のカウンターにいる担当者は、薄くなりつつある白髪と赤い縁《ふち》の眼鏡をかけた年配女性だった。彼女は顔を上げもせずに籠《かご》を渡してきた。名札にはロイス・パイル刑務官とある。

「キー、携帯電話、その他ポケットにあるもの全部」退屈そうに言い、カウンターの上でクリップボードを押してきた。私物をすべて籠に入れ、キャットの名前で記帳した。「ＩＤ？」パチンと音が鳴るようにキャットの名刺をパイル刑務官の前に置いた。刑務官はちらりとそれを見て、モニターに目を戻した。

「身分証明書を提示してください」

パイル刑務官がキャットと会ったことがないらしい事実は、ちょっとした勝利に思われた。わたしは爪を見つめ、テレサの内なる泰然さにチャネリングした。ヴェロがネイルチップを貼りつけ、レストランで会ったときのキャットと同じ濃い血の色にしてくれた爪だ。「免許証は別のスーツのポケットに入れたままにしてしまったの。そのスーツはいま現在、クリーニング屋さんで高温タンブルを楽しんでいるところ。わたしとはちがってね。それなのに、仕事が入ってここにいるというわけ。さっさと進めてもらえないかしら」

「ＩＤがなければ通せません」

「ちゃんと提示したいと心から思ってる。でも、再発行するなら、明日は一日車両管理局《DMV》で過ごすはめになる」名刺を刑務官のほうへと押し、キャットの名前を軽く叩く。「このクライアントのためにほとんど毎日ここへ来てる。調べてくれればいいわ。昨日も来てたから」賭けだったけど、フェリクス帝国ほど大きな存在なら、最低でも毎日のブリーフィングが必要なことに喜んで賭ける。

パイル刑務官は名刺をにらみつけた。ふんと息を吐くと、コンピューターになにかをタイプした。その指がキーボードの上でためらうのを見て、心臓が止まった。彼女が片方の眉を上げる。

「通ってけっこうです」むっつりした声だ。「ただし、次回はかならずＩＤを持参してください」

危うく安堵の水たまりへと溶けかけた。短くうなずき、メッセンジャー・バッグを預け、くるりと向きを変えると、ファイルを手にスパイク・ヒールをカツカツと鳴らしながら金属探知機へと進んだ。

ファイルを調べられたときは不安でもぞもぞしてしまったけど、刑務官はそこに書かれている内容よりも小さなホチキスの針をはずすほうに気を取られていた。案内されるまで待つよう言われる。ブザーが鳴って、すでに疲弊《ひへい》していたわたしの神経をびくりとさせる。大きな音とともに扉が開けられ、わたしは拘置所内へと案内された。通路で刑務官たちが大声で雑談をしており、彼らと会ったことがありませんようにと祈りながら視線をそらした。彼らを通り過ぎると、話し声が小さくなった。ヴェロが正しくて、刑務官たちはわたしの臀部《でんぶ》を眺めるのに忙しくてそれ以外のことに気づかずにいてくれるかもしれない。

つま先もかかともすでに水膨れができていて、硬い革靴のせいで指のつけ根まで痛くなっていたけど、案内してくれた刑務官に無人の面会室に置いていかれたあとも神経が高ぶりすぎて座れなかった。面会室の長い辺を行ったり来たりし、ドアが開いたときには凍りついた。

「面会にしてはちょっと遅いんじゃないか、カーチャ」フェリクス・ジロフは面会室に入ったところで立ち止まった。炭のように黒い目が乱れた髪のあいだからわたしを見つめ、唇がきつく結ばれていく。記憶にあるより背が高くて細身で、整った冷酷な顔は鋭く削られていた。オレンジ色の囚人服はぶかぶかで、ひげをあたってもジェルで髪を整えてもおらず、高級なテイラード・スーツもカフスボタンもなしのフェリクスは、なぜか遙かに危険に見えた……暗殺を命じた男というよりも、その手で人を殺した男のように。

「弁護士の面会は十時までです」刑務官は面会室に漂う緊迫感に気づいていなかった。「終わったらノックしてください。付き添いの者が来ます」

フェリクスがわたしの分も肯首する。刑務官が面会室を出てドアが閉まると、わたしは息が詰まった。フェリクスの手首は拘束されており、余裕のあるチェーンで囚人服につながっている。わたしが立っているそばのテーブルにぶらぶらと近づいてくる。その動きは捕食者のようで、腰を下ろす彼の黒い目はなにひとつ見逃さない。「どういった風の吹きまわしであなたに同席いただけたのかな、ミズ・ドノヴァン?」その声はシルクのようになめらかで危険だった。顔を上げて天井の監視カメラに目をやると、フェリクスも同じようにして小さな笑みを浮かべた。「会話の内容は録音されない。動きだけだ」彼の突き刺すようなまなざしがこちらの喉に向けられると、わたしはごくりと唾を飲んだ。

「共通の問題があるの」向かい側の椅子に座ったわたしは、テーブル下の彼の手が見えないことを強く意識した。フェリクスの動きをすべて録画しているカメラがあっても関係ない。こちらがフェリクスに理由をあたえたら、テーブル越しに手を伸ばされて首を絞められるだろうと確信していた。

「共通の問題とは、アンソニー刑事さんのことなのだろうな」わたしが驚いたのを見て、彼の唇がひくついた。「教えてほしいのだが、食事は楽しめただろうか? ウォトカ、ピロシキ、ストロガノフ……すべてがすばらしかったことと思う。刑事さんはデザートまでごちそうするつもりだったようだね。あなたをよほど気に入っているらしい。彼との関係について前にたずねたとき、あなたの返事を信用しなかった私が正しかったようだ」

「あの日なぜ彼と一緒にいたかと訊かれ、わたしは答えた。嘘は言ってません」完全には。

「善良な刑事さんは、あなたのベッドを温めているロー・スクールの学生のことを知っているのかな？」

殴られたかのように息が漏れた。フェリクスは情報網を広く張りめぐらせているとニックは言っていたけど、ジュリアンとの関係を彼が知りうるのは、手下にわたしを見張らせていた場合しかない。玄関ドアに錠がかかっていなかったとニックに言われたのを思い出し、震えが走った。

フェリクスから流し目を向けられ、間近で熱い息を吹きかけられた感じがした。「認めなければならないだろうな……あなたにある種の関心があると。こんなに大胆な面会を仕組むほどの共通の問題とはなにかな？」

「警察はあなたのウェブサイトのことを知っているわ」

フェリクスは無造作に肩をすくめた。「ウェブサイトならいくつも持っている」

「女性のためのフォーラムよ」フェリクスの目が凶暴な色を帯びた。彼を驚かせられたことにおそろしさを感じればいいのか、勝利を感じればいいのかわからなかった。

「警察はどうやってその情報を得たんだ？」

「秘密情報提供者が見つけたの」

「そいつの名前は？」

「知らない」キャムは犯罪者かもしれないけど、まだ子どもだ。モンスターに捧げて切り刻ませるつもりはない。「知ってるのは、秘密情報提供者がそのサイトからあなたのペーパー・カンパニーのひとつにたどり着いたってことだけ。サイバー犯罪捜査班がもう捜査にかかっている」

「アンソニー刑事と親しいのに、なぜ私にそれを伝えてくれるのかな？」

「あなたと同じく、わたしにも警察にそのフォーラムを突き止められたくないしかるべき理由がある、とだけ言っておくわ」

フェリクスが片方の眉をくいっと上げた。「その理由とやらを聞こうか」

「言いたくありません」

フェリクスのかすかな笑みは気取っていた。「あなたについての好奇心を満たすためだけに、アンソニー刑事に見つけてもらえるようにフォーラムをそのままにしておいてもいいかもしれないな」

「あなたはそんなことをしません」

「自信ありげなんだな。どうしてそう確信できる？」

「カール・ウェストーヴァーがどんな風に亡くなったかを知っているから。彼の死体がだれのところにあるかも」

フェリクスがぴくりとも動かなくなり、わたしは寒気を感じた。彼のにやつきがきついものになる。看守の注意を引かないようにフェリクスがゆっくりと両手をテーブルに乗せると、チエーンがカチャカチャと鳴った。指を組み合わせてわたしのほうに身を寄せ、小声で言った。

「あなたは非常に危険なゲームをしている、ミズ・ドノヴァン」

「ウェストヴァージニアで冷凍庫のなかにいるカール・ウェストーヴァーを見つけました」低い声で説明する。「カールと……というか、カールのほとんどを連れてテレサが姿を消す前にすべてを聞いたわ。こっちには身元がはっきりわかるカールの一部がある。だれにも見つけられないところに隠してあります。わたしや家族になにかが起きた場合に備え、洗いざらいぶちまけた手紙を残してます。取引をしましょう。あなたがフォーラム——すべて——を削除してくれたら、カールの胴体をテレサのBMWに入れ、あなたのレストランの前に停め、パパラッチに電話するようなことはしません」それ以外のことは言外にほのめかすに留めた。カール・ウェストーヴァーの死体が見つかれば、裁判でフェリクスの棺《ひつぎ》に釘《くぎ》を打ちこむことになる。マフィアに農園を使わせることを拒否したカールをフェリクスが殺したと警察が証明できれば、いまでも危ういキャットの弁護が粉々に吹き飛ばされる。それがいやなら、フェリクスはフォーラム全体を閉鎖するしかない。

フェリクスは肩を揺らし声を出さずに笑った。顎の下を掻く。「ほかには?」

「あなたと手下には、わたしの家にも家族にも近づかないでいただきます」

「あなたの家にも家族にも近づく必要がない。あなたのせいでそうせざるをえなくなってはいない」〝いまのところは〟という口にされなかったことばが宙に浮いた。不思議なことに、わたしは彼を信じた。フェリクスは嘘をつくには傲慢《ごうまん》すぎるし、彼の真実は武器よりも遥かに効果がある。フェリクスが小首を傾げた。「それだけかな?」

わたしはファイルを開いてヴェロの会計学の試験用紙をテーブルの向こうへ押し、赤いクレヨンの汚れの横に書いた小さな文字を指さした。

「これは、あなたのフォーラムであるユーザーが使っている名前よ。この人物の本名と居場所の突き止め方を知りたい」

フェリクスはふたりのあいだの用紙を見た。EasyClean の名前に見おぼえがあったとしても、なんの反応も見せなかった。

「あなたの要求は矛盾するが、ミズ・ドノヴァン。こういうことを調べるには時間がかかる。サイトを閉鎖すれば、そこを利用しているユーザーの情報も消える。どちらかを選んでもらわないとだめなようだ。サイトを閉鎖するか、この EasyClean という人物をあなたのために見つける努力をするか。どちらにするかな?」風変わりな節まわしで質問を強調する。まるで、追い詰められたわたしがのたくるのを見たがっているみたいだ。答えを考える時間が長くなるほど、フェリクスの関心が鋭くなっていくようだ。取り繕《つくろ》ったうわべをメスのように切られる感覚が気に入らなかった。

「サイトを閉鎖して」用紙をテーブルからすべり落とす。「EasyClean はわたしが自分で見つけます」

わたしの返事に驚いたみたいにフェリクスが微笑《ほほえ》んだ。「あなたならきっとそうできるだろう。取り決めを守ってくれることも信じている」フェリクスが立ち上がると、囚人服の前面でチェーンが小さくカチャカチャ鳴った。「あなたはおもしろい人だ、ミズ・ドノヴァン。あなたのこのちょっとしたゲームがどうなるか、楽しみだよ」長々とわたしを見たあと、フェリクスはドアをノックした。

31

フェリクスは刑務官に連れられて房へ戻った。ドアのところで待っていた別の刑務官にわたしがついていくと、ヒールの音で話し声が小さくなった。背後で卑猥《ひわい》なことばがつぶやかれ、何人かが笑った。キャットはこの場所では敵なのだ……あまりに何度もシステムの隙間をするりと抜けてきた男の弁護の余地のない行為を、義務感からか同族意識からか献身的に弁護する女性だから。頭がかゆくなり、一刻も早くウイッグを取りたかった。

ロビーに入ると、制服姿の刑務官たちがいっせいにふり向いた。眼鏡を押し上げて顔がはっきり見られないようにしながら大まわりして、退出の記帳をするためカウンターに向かう。

駐車場に面したドアを出ると、冷たい雨に出迎えられた。防犯灯がぎらつき、濡れた舗装面に反射している。頭を下げてミニバンへと急ぐ。ミニバンは、照明の当たる場所からできるだけ遠い、整備トラックの陰に隠してあった。前方のどこかで車のドアがバタンと閉まった。テールランプが一瞬光り、ドアがロックされる音がして、二台の車のあいだから長身の人物が出てきた。その人物は雨に濡れまいと背を丸めていた。すれちがうとき、わたしは頭を低くしたままでいた。

「なにしてるんだ、ルイバコフ?」ニックの声がして、わたしはよろついた。「どうした?

今夜は侮辱はなしか？　心配すればいいのか、がっかりすればいいのか、わからないじゃないか」

体がこわばる。彼との距離がどれほど近いかを痛いくらい意識していた。顔を背《そむ》け、拘置所へと向かう彼の足が水たまりをパシャリとやる音を聞きながら、彼から少しでも離れたくて歩みを速める。

不意にニックの足音が止まった。こちらをふり向いたのか、靴が舗装面をこする音がした。「面会にはちょっとばかり遅い時刻なんじゃないか、弁護士さん？」わたしはぎくりと立ち止まった。何歩か近づいてくる足音を耳にして、心臓が耳もとでどくどくと脈打った。「おれの捜査が完全無欠だと自信がなかったら、あんたとジロフがなにか企んでるんじゃないかと思うところだな」

わたしは必死で頭を回転させた。キャットならどうする？

ニックに背中を向けたまま、中指を立てた右手を高く掲げて彼に挨拶した。ニックが大笑いするなか、わたしは整備トラックへ向かってきびきびと歩き出した。

「あんたはいつだって弁が立つよな、ルイバコフ」ニックがわたしの背中に向かって叫んだ。

「裁判所で会おう、弁護士さん」

拘置所の扉がカチリと閉まったとき、ミニバンの背後にさっと隠れ、ニックがいなくなったことをウインドウ越しに確認した。キーを取ろうとバッグに入れた手が震えている。なんとかロックを解除して運転席に崩れるように乗りこんだ。

危なかった。ほんとうに危ないところだった。

エンジンがかかると安堵の吐息をついた。吹き出し口から冷たい空気がどっと出てきたので、ヒーターの温度を上げてお椀《わん》の形に丸めた両手を吹き出し口の前に持っていった。口の開いたバッグからかすかな明かりが漏れていたので、手を突っこんで携帯電話を取り出した。

「首尾は？」ヴェロが小声で言った。子どもたちはとっくに眠っている時刻だ。背後でパントリーの扉がきしむ音と、袋がカサカサいう音がした。

「こわかった」

「フェリクスには会えた？」

「ええ。でも、拘置所から出るときにニックと鉢合わせした」

ヴェロがはっと息を呑んだ。「彼、あなたに気づいた？」

「ありがたいことに、気づかなかったわ」

「フェリクスはなんて？」

「取引は成立した。カールについてなにかわかった？」

「役に立ちそうなことはなにも。わかるかぎりでは、四カ月前に亡くなってから、彼がいなくなったと通報した人はひとりもいないってこと。おかしいと思わない？」

「カールは奥さんと別れたんだってテレサは言ってたわよね。だから奥さんはおかしなことに気づいていないのかも」

「でも、どうしてスティーヴンが彼を捜そうとしないわけ？」

「カールとスティーヴンはそれほど親しかったわけじゃないとも言ってたじゃないの。もうひとりのサイレント・パートナーは突き止められた?」

「確証はないけど、見当はついてる。もうひとりのパートナーの名前はテッドだとテレサが言ってたでしょ。で、テッドっていうのはエドワードによくあるニックネームよね。カールの件をググってたとき、別の名前も一緒に出てきてね。カールはいとこのエドワード・フラーと共同で農園を何箇所か所有してるとわかった」

「フラー。ブリーと同じ名字ってこと?」これまでそのつながりに気づかなかったなんて信じられなかった。あの写真で、ブリーは三人の男性にはさまれて写っていた。それに、芝土《しばつち》農園での仕事は父親が見つけてくれたと彼女は言っていた。でも、テッド・フラーとカール・ウェストーヴァーがいとこ同士ならば、なぜテッドはカールが行方不明だと通報しなかったのだろう?

携帯電話が振動した。耳から離して画面を見ると、スティーヴンの名前が表示されていたので悪態をついた。

「この電話には出なきゃ」ヴェロに言う。

「帰りにチップスとアイスクリームを買ってきて。こっちは調べを続けて、カールの奥さんについてなにかわからないかやってみる」

わたしはスティーヴンからの電話に出た。「きみはなにをやらかそうとしてるんだ?」彼がどなった。

わたしは目をきつく閉じ、癇癪《かんしゃく》を起こすまいと苦心した。「なにを言ってるのかわからないんだけど」

「放火魔がぼくの家を吹き飛ばそうとしてるとかっていう騒ぎのことだ……全部きみの妄想が作り上げたプロットだろう。おかげでだれかがぼくを殺そうとしてると思いこんだ警察が、家やら農園やらにうじゃうじゃいるんだぞ」

「だれかがあなたを殺そうとしてるって、落ち着いて考えたことはある？」

「そんなばかなことがあるはずないだろう！　セキュリティ会社の録音を聞いたんだ。あの火事を起こしたのがだれなのか、きみもぼくもわかっている」

わたしはハンドルをぎゅっと握りしめた。「あのね、あの晩農園にいたことは認めるけど、わたしは火をつけたりしてないって誓うわ、スティーヴン。信じて」

「ぼくはなにも信じる必要はない——いまきみが言ったことも、あのいまいましい録音の声も！　でもな、あのときみたいなおかしなまねをまたしたら、トレーラーにいたのはきみだって警察に話すからな！」

フロントガラスに雨が打ちつける。「待って……警察は知らないの？」

「当たり前だろう！　放火の罪で刑務所に入る母親をぼくが子どもたちに見せたがると思うのか？　録音された女性の声はだれのものかわからないと話したよ。でも、ぼくから子どもたちを遠ざける口実として、どこかのサイコがぼくを殺そうとしてるというとんでもない陰謀論を警察に信じこませるつもりなら、ガイに話してきみのお姉さんに電話するからな」

「そんなこと、しないでしょ」

「決めつけないほうがいい」鉄槌《てっつい》のような沈黙が落ち、ワイパーが怒ったように行ったり来たりした。「まじめに言ってるんだ、フィンレイ。手を引いて、ぼくの家や農園に近づくな。この件が落ち着いたら、ザックとデリアと過ごす週末を取り戻したい」

「でも、スティーヴン――」

ブツッ。

携帯電話をドリンクホルダーに投げ入れる。ミニバンのなかがいやに暑くなっていたので、ウイッグをはずした。濡れたスパイク・ヒールが水膨《みずぶく》れにぴたりとくっついていた。雨は服のなかまでしみこんでいて、ひたすら家に帰りたいだけだった。

ギアを入れて整備トラックの隠れ場所から鼻先を出すと、ミニバンは抗《あらが》うようにがたついた。通りへの唯一の出口に向かうと、ヘッドライトが濃い霧を照らした。建物をまわりこみ、ブレーキを踏みこむ。一定のリズムで動くワイパーを通して、青いライトがちらついた。目の前の出口を二台のパトカーがふさいでいて、ドアが大きく開け放たれ、警察官らがドアを盾にして武器をかまえている。

その背後にニックがいて、まぶしそうにこちらのフロントガラスを見つめ、口もとに無線機のマイクをかまえている。険しい表情がヘッドライトに照らされる。

「エンジンを切って、両手を上げて車を降りろ」

32

署へはニックがじきじきに付き添った。わたしの腕をしっかりつかみ、横手のドアから入って取調室に入れられた。

「おれからジョージアに連絡しようか?」手錠をはずしながら彼が言った。

「やめて。お願い」わたしは手首をさすり、ニックはジャケットのポケットに手錠をしまった。

彼は椅子を引き出して座るよう指示し、ぐしょ濡れのオーバーとスパイク・ヒールをじろじろと見た。壁の暗い鏡に映ったわたしの濡れ髪は額《ひたい》に貼りつき、マスカラが流れて長い筋になっていて、ひどいありさまだった。「ジョージアには連絡しないで」

「だれか電話できる相手はいるかい?」ニックの顎《あご》の筋肉がひくつく。「弁護士とか?」

「弁護士が必要?」

ニックは唇《くちびる》をきつく結んで自分の携帯電話を渡してきて、背を向けた。腕組みをしてマジックミラーにもたれる。わたしのいない朝を迎える子どもたちを思って、胸が締めつけられた。

ジュリアンの番号にかける。わたしの一部は彼が出ないことを願った。別の一部は、彼が電話に出たときに安堵の声をあげそうになった。背後で大きな雑音みたいな話し声がして、グラスが鳴る音が聞こえた。

「もしもし?」番号に気づいたかのようにジュリアンが注意深い声で電話に出た。ミックラー事件の捜査で〈ザ・ラッシュ〉での目撃者をニックが調べていたときに彼とジュリアンはことばを交わしている。

「ヘイ、フィンレイよ」安定した声を出すよう努めた。長い沈黙が続く。ジュリアンが外に出たのか、背後で聞こえていたバーの喧噪が小さくなり、やがて消えた。

「大丈夫なの?」

「大丈夫」

「どこにいるの?」

わたしの視線がニックへと上がった。彼は壁から身を起こし、こわばった動きで取調室を出てドアを閉めた。

「お願いがあるの」喉の詰まりを押して言う。「いま警察署にいて、弁護士が必要なの。ほかにだれに電話すればいいかわからなくて」姉と顔を合わすのは無理だった。いまは。

「いまひとり?」

「ええ」

「なにがあったの?」ジュリアンの声は張り詰めていた。

「いまは話せないの」

「フィンレイ、ぼくはまだロー・スクールを卒業すらしていないんだ。あなたの弁護はできない」

「わかってる。あなたにそんなことを頼むなんてぜったいにない。でも、被告人の代理人を務められる弁護士を知ってるんじゃないかと思って。今夜わたしを助けてくれる人を」

ジュリアンが小さく毒づいた。「心当たりに電話してみる。あなたは大丈夫？　ぼくが迎えにいこうか？」言外にほかの問いが漂っていた。あなたは釈放されるのか？　それともそこから出してもらえないのか？

「大丈夫。だれかに送ってもらう」ドアが開いたので顔を上げると、ニックが入ってきた。「ありがとう」小声で言って電話を切り、気をまわして通話記録を消してから携帯電話をテーブルに置いてニックのほうへ押しやった。唇をきつく閉じていたけど、やがて沈黙に耐えられなくなった。「どうしてわたしだってわかったの？」

ニックがテーブルに両手をついた。蛍光灯の明かりはどぎつく、顎の濃いひげや目の下の隈を際立たせていた。「あなたはおれに右手の中指を立てた。キャットは左利きだ。それに、かならず印章つき指輪をしている。ジロフの印章だ」ニックは唇を噛んだ。「あれがあなただと知っていれば、バックアップを呼んだりしなかった。なにを考えていたんだ、フィン？」

それに対する正しい答えはなかった。なので、こう訊いた。「姉は知ってるの？」

ニックは気が重そうに頭をふった。「この先も知ることはない」

「どういう意味？」

「だれも彼女には話さない」

「どうしてわかるの？」わたしが駐車場を出ようとしたとき、四人の警察官がニックと一緒にいた。警察は政治家たちのように冷水器のあたりでうわさ話をする。いずれだれかが姉に話す。話を聞いた姉は、あのドアを蹴破《けやぶ》ってわたしの首を絞める。それから母に話す。そっちのほうが避けたい事態だった。

「この話はだれもしない」ニックが言った。「あなたも。おれも。あそこでおれと一緒だった警察官たちも」

「どうして？」

「口外しないと言い交わしたからだ」ニックは背筋を伸ばした。「ロイス・パイルは三十年勤めてきた。来月には退職記念パーティがある。IDをたしかめもせずにあなたを通したと知れたら、ロイスは仕事を失う。それはだれも望んでいない。だれかに訊かれたら、あなたはここで本のリサーチをしていたと話す。おれも前もって知っていた。雰囲気をちゃんと味わってもらうためにちょっとした芝居をした。それだけだ」

「どうしてそこまでするの？　すごく厄介なことになるかもしれないのに」

「うん、まあ、そうなったほうがいいのかもな」顔をごしごしとこする。「全部おれのせいだ。昨日ジロフがからんでるんじゃないかという疑念を話していなければ、あなたはこんなとんでもないことをしでかしはしなかっただろう。おれが解決すると約束する、フィン。すでに容疑者のひとりを除外し――」

「容疑者ってなんのこと？」

ニックが顎をこわばらせた。どこまで話すかを迷っているかのようだ。「今朝、フォーキア郡警察がブリー・フラーを聴取した。セキュリティ会社によると、火事が起きる直前にトレーラーのセキュリティ・システムを作動させた女性がいたとのことだった。セキュリティ会社が電話をすると、女性はブリーと名乗った。捜査官は単純明快な事件だと考えたが、本物のブリーにはアリバイがあった。娘は家にいて一緒にテレビを観ていたと両親が証言した。アリバイは写真によって裏づけられた。事件当夜、母親が居間にいるブリーと父親の写真を撮り、ブリーがそれをソーシャル・メディアに投稿した。オリジナルの写真はブリーの携帯電話で撮られたんだが、そのメタデータによると、セキュリティ会社が警察に火事の通報をしたのと同じころに撮影されたものと判明した」

「じゃあ、まだ犯人はわかっていないの？」

「だから今夜おれが拘置所に行ったんだ。ロイス・パイルはフォーキア郡警察で働いている人間を知っている。おれに代わって何本か電話してもらうよう頼んだ。ロイスによると、ブリーは一時間ほど前に解放されたらしい。おれは、気をつけておくとあなたに約束したとおりにしているんだ。警察は、容疑者が女性だとわかっている。その容疑者がスティーヴンの事業と私生活をよく知っているのもわかっている。テレサが足首の監視装置をはずし、彼女の親友の失踪届が夫から出されている事実から、テレサ・ホールとエイミー・レイノルズの共犯だと賭けてもいい」

「エイミー・レイノルズ？」

「彼女の夫の話では、土曜日の夜以来帰宅しておらず、預金口座から全額を引き出したそうだ。

彼女とテレサはこの件に一緒に関与していると思う」

エイミー・レイノルズ。

テレサのためならなんだって、死体の処分だってするエイミー。オンラインで身を潜める方法を知っているエイミー。問題を消す方法を知っているエイミー。子どもたちのことでスティーヴンを恨んでいたエイミー。預金口座を空にしたエイミー。そのお金はおそらくEasyCleanに仕事を完遂してもらうためのものだろう。

椅子から勢いよく立ち上がったわたしの肩をニックがつかんだ。「あなたがなにを考えているかわかるが、パニックを起こす必要はないよ。覆面パトカーにスティーヴンの居場所を見張らせているし、彼がどこへ行こうとも尾行するよう言ってある。二十四時間態勢で動けるチームを手配するまで、いまはジョーイが張りこみをしている。テレサとエイミーを見つけ、火事を起こした犯人を突き止めるまで、スティーヴンの安全を確保するためにできることすべてをする」ニックはやさしくわたしを椅子に戻し、いらだたしげなため息をついた。「今夜あなたは殺されていたかもしれないんだぞ。あなたがこわい思いをしているのはわかっている。家族を守るためにあんなことをしたのも。だが、テロリストと交渉はできないんだ、フィン。ジロフはテロリストそのものだ。あいつがなにを言おうと、あいつの約束なんて信じてはだめだ」

ニックは向かい側の椅子をつかんでわたしの目の前に持ってきた。どすんと腰を下ろすとひざに肘《ひじ》をつき、間近でわたしを見た。「スティーヴンの殺人未遂についてあなたがたずねたとき、ジロフはなんと言った？」

わたしは口を開け、そして閉じた。わたしがスティーヴンを救ってもらうために交渉に行ったとニックは思っているのだ。「な、なにも」口ごもる。

「背後にいる人間の可能性について、あいつはなにか言ってなかったか？」

「いいえ」

彼の肩から力みが抜けた。「よかった」

「よかった？　どうしてよかったの？」

「裁判で自分が不利になるようなことをあいつが口にしなかったのなら、キャットはあなたを訴えずにいてくれるかもしれないからだ」そのことばがわたしの頭にしみこむ時間をくれる。そしてわたしの顎を包み、目が合うよう顔を下げた。「これからあなたを解放するよ、フィン。そして、この件についてはだれもなにも口外しない。キャットとジロフもそうしてくれると願おう。だが、またこわくなったらおれのところへ来ると誓ってほしい。あなたがスティーヴンを心配しているのはわかるけど、プロに任せると約束してくれ」

ニックに顎を包まれたままうなずいたとき、ドアをノックする音がして飛び上がりそうになった。ニックが手を離すと同時に、一時間前にわたしをミニバンから無理やり降ろした警官が顔を覗かせた。「弁護士が来ました」

ニックは無言で椅子を立って廊下に出た。ドアの隙間から見ていると、彼が肩の力を抜くのが見えた。重荷を下ろしたかのように。別の人間が来ると思っていたかのように。わたしを助けるためにジュリアンが急いで手配した公選弁護人は、ニックの体が邪魔で見えなかった。ニックの脚のあいだから見えたのは、ぱりっとした黒のズボンとシンプルなフラット・シューズだけだった。

「来てくれてありがとう」握手をしながら彼が言う。「夜遅く来てもらったのに、むだ足を踏ませて申し訳ない。ただのとんでもない誤解だった」

「そうですか？」女性の声は疑念に満ちていた。

「その、ミズ・ドノヴァンは作家でね。リサーチをしていたんだ。おれはあらかじめ聞いていたんだが、制服警官が連絡を受け損ない、状況を見誤ったらしい」

「ほんとうに？　彼女の身柄を確保したのはあなただと聞いていますけど？」ニックの肩越しに赤褐色の髪と見おぼえのある大きな緑色の目が見えた。胃がすとんと落ちた。

ニックが咳払いをする。「できるかぎり本物らしい経験をしたいとミズ・ドノヴァンから頼まれたのでね」

「そのために手錠をかけ、車を押収し、弁護士に電話させたと？」パーカーがニックをまわりこんでドアを押し開け、わたしと目が合うとはっと動きを止めた。火が導火線をゆっくりと伝うように理解が広がる。

「これがどう見えるかはわかっている」彼女のあとからニックが入ってきた。「だが、すべてとんでもない誤解だったんだ。ミズ・ドノヴァンはなんの嫌疑もかけられていない」

「それならどうして彼女は取調室にいるんですか？」

ニックは両手を上げた。「おっしゃるとおりだ。おれが判断を誤ってとことんやってしまったんだが、さっきも言ったようにミズ・ドノヴァンはどんな厄介な目にも陥っていない」そばに立ち、わたしの肩に手を置く。「もう遅い時刻だ。彼女は家に帰りたいだろう」

パーカーは目を狭めてわたしとニックを交互に見た。「差し支えなければクライアントと話したいんですが」

ニックは渋々といったようすでこちらを見た。わたしがうなずくと、取調室を出てドアを閉め、パーカーとふたりきりにした。

寒気を和《やわ》らげたくて自分の体に腕をまわす。「来てくれてありがとう」静かに言った。

わたしは気まずい笑みを浮かべたけど、ジュリアンのルームメイトは微笑《ほほえ》み返さなかった。どちらも、彼女がわたしのために来たのではないとわかっていた。パーカーがメッセンジャー・バッグをテーブルに置いた。どちらも腰を下ろさなかった。「なにがどうなっているのか話してもらえます？」

「アンソニー刑事さんがもう話したでしょう。わたしは本のリサーチをしていて、みんな熱が入りすぎたの。それだけ」

「弁護士になりすました？　拘置所に忍びこんだ？　熱が入りすぎた？　そうでしょうとも。あの刑事さんがかばってくれなかったら、あなたは今夜拘置所で過ごすことになっていたでしょうね」小首を傾げてわたしを観察する。「わたしが知っておくべきなにかがふたりのあいだで進行中かしら？」

「悪いけど、あなたには関係ないことでしょう」

「わたしの見解はちがう。ジュリアンは友だちなの。彼は善良な人で、ちょっと人を信じすぎるきらいがある。利用されたり嘘をつかれたりしていい人じゃない」

「じゃあ、どちらもしていなくてよかったわ」

パーカーの笑い声は鋭く、おもしろみの欠片もないものだった。「ジュリアンの言うとおりだった。あなたはホットでめちゃくちゃだわ。おたがいのためにお願いがあるの。次に厄介なことになったときは、ジュリアンに電話しないで。彼の将来は光り輝いてるの。あなたとかかわらないほうがいい」テーブルから乱暴にメッセンジャー・バッグをつかむ。反論せずにいると、彼女はドアを力いっぱい開けて大股《おおまた》で出ていった。

ニックがジャケットを手に取調室に入ってきた。

「行こう」わたしのためにドアを押さえて言う。「送っていくよ」暖かい革のジャケットでわたしをくるみ、横手のドアから出してくれた。雨のなかでパーカーが歩道に立ち、携帯電話を耳に当てながら傘を開こうと苦心している。彼女と目が合ったとき、ニックが腕をまわしてきてわたしを彼の車へといざなった。

33

家まで送ってくれるあいだ、ニックはいやになるほど静かだった。私道に車を入れるころには午前一時近くになっており、エンジンがかかったままのなか、ふたりとも麻痺したようにフロントガラスの外を見つめた。ミセス・ハガティの家は暗かったけど、サイド・ミラーを覗いたわたしは、二階の窓のカーテンがちらっとめくられたのを見た気がした。

「朝になったらあなたのミニバンを返す」長い沈黙のあと、ニックが言った。「ジョーイとふたりで運んでくる。あなたは署に来ないほうがいいから。だれにもあれこれ訊かれたくない」

心配はいらない。わたしだってあそこへは二度と戻りたくないと思っているのだから。うなずいてシートベルトをはずす。「送ってくれてありがとう」

「うん、まあ、だれもあなたを迎えにこなかったからな」刺々《とげとげ》しくてうんざりしたような口調だったけど、刺は刺だ。

「わたしに怒っているのはわかってる。今夜、あなたにはわたしを助ける義理もなかったのに」

ニックがわたしをふり向く。目は驚きで大きく見開かれ、キッチンの窓からの明かりを受けてきらめいていた。「ただあなたに腹を立ててたんじゃないんだ、フィン。こわかったんだ！

あなたはフェリクス・ジロフのレーダーに自ら引っかかりに行った。あの場所であなたをひと晩過ごさせるなんてできなかった。家まであなたに運転させることも」

「わたしなら大丈夫」

「ああ、そうだな」ニックがバックミラーへと視線を上げる。覆面パトカーがうちの私道を通り過ぎて停まったのだ。ニックの声が和らぐ。「ジロフが問題を起こさないと確信できるまで、ロディ巡査があなたの家を見守る」

「そこまでしてもらわなくてもいいのに」

「おれは、糞《くそ》みたいな状況がもっとひどくなったからといって立ち去らない。行方不明の弁護士は、今夜あなたのために来るべきだった」

わたしはたじろいだ。頭のなかではパーカーの捨て台詞がいまも跳ねまわっていた。「いろいろこみ入ってるのよ」

ニックが体ごとこっちを向いた。「いや、フィン、かなりシンプルなことだ。あなたにはずっとそばにいてくれる人間がふさわしい」

「あなたがその人間になりたいって？」わたしは言い返した。

彼は歯を食いしばって顔を背けた。

わたしは彼のジャケットを脱いでドアに手を伸ばした。「もう遅いわ。行かなきゃ」

「フィン、待って――」

「ありがとう。いろいろと」ニックが返事をする前に車を降りた。濡れた服に冷たい風が突き刺さり、暗がりで鍵を挿しこもうとする手が震える。鍵を入れる前にドアが勢いよく開いた。

ヴェロががばっと抱きついてくる。「拘置所に入らずにすんだのね！」

「いまのところは」ヴェロの髪に向かって言い、首がきつく絞められている状況で必死に息をしようとした。

「帰ってこないからすっごく心配してたのよ。そしたらニックから電話があって、あなたの身柄を確保してるって言うから、動転してオレオをひと袋全部食べちゃった」ヴェロがさらにきつくわたしを抱きしめてささやいた。「教えて、あなたの本に書かれてるのと同じだった？追い出される前に刑務所でワイルドでホットなセックスをした？」

身を引いて彼女をぽかんと見つめる。マスカラが黒い筋となって流れ、笑みを浮かべた口の両端にクッキーの欠片がついていた。「わたしのコンピューターを勝手に覗いたの？」

「勝手に覗いたわけじゃない。会計士の立場から、本が成功するかどうかに関心があるのよ。ところで、気に入ったわ」

ニックの車が私道からバックで出るとき、ヘッドライトがわたしたちを照らした。そちらに目をやると、彼がロディ巡査の車の横でアイドリングした。どちらもウインドウを下ろしている。

「どうしてロディ巡査が外にいるの？」ヴェロがたずねた。

「知らないほうがいい」子どもたちを起こしてしまわないように、できるだけ静かにドアを閉める。

雨に濡れたコートを脱ぐのをヴェロが手伝ってくれた。「凍えてるじゃない。体を乾かして温まってきて。そのあとここへ戻ってきて手錠について全部話して」

頭をふりながら自室に下がり、濡れた服をはがすように脱いで暖かなフランネルのパジャマに着替えた。ベッドの端に腰を下ろして両手に顔を埋める。横で携帯電話が点滅した。仕方なく手に取って、ジュリアンからのテキスト・メールを読んだ。

〈バーが閉まる時刻だ。もうすぐ家に帰る。都合のいいときに電話して。あなたのことが心配でたまらない〉

そのメールは、パーカーが署に来る前に送信されていた。

携帯電話を置く。ふたたび手に取って彼のメールを凝視《ぎょうし》したあと電話をかけた。

彼は最初の呼び出し音で出た。「大丈夫？」ずっと起きていたみたいな声だった。疲れ果てたみたいな。

「ええ。家に帰ったわ」

「聞いたよ」回線は長いあいだ無音だった。

「ほかになにを聞いた？」

「全部じゃないってわかる程度には。こっちに来てほんとうはなにがあったのか話したい？」

窓辺へ行ってブラインドの端を引っ張り、ロディ巡査の車の暗い輪郭を見ようと首を伸ばす。

ベッドに戻って枕に頭を休ませ、片腕を額に乗せて天井を見つめる。「できないの」

「だったら、ぼくがそっちに行くよ」

「お願いだからやめて」

「どうして？」

「覆面パトカーがうちに目を光らせてるから」

「アンソニー刑事さんの？」その口調はかすかに硬かった。これまで感じたこともなかったいらだちのようなもの。

「いいえ。彼のお友だちの」

「フィンレイ、いったいなにが起きてるの？」

「なんでもないわ」

「拘置所に潜入したところをつかまったのに、なんでもないなんてありえないよ。あなたの家を警察が見張っているのだって。今夜だれに会いに拘置所に行ったの？　ジロフ？」わたしは唇をきつく結んだ。だれにも話さないとニックと約束したのだ。あまりにおおぜいの仕事が危険にさらされているし、事情を把握したうえだろうとなかろうとジュリアンがわたしを助けたことが知られたら、彼の将来も危ぶまれるのは言うまでもない。「ぼくにくれたあの電話……いろんな質問をしたよね。あなたは本のリサーチで拘置所に行ったんじゃない。彼と話をするためだった。でも、どうして？」

「話せない」

「おたがいに正直でいることにしたんだと思ってたけど」

「まことしやかな否認のためよ。知っていることが少ないほど、隠さなければならないことも少なくなる」

「言ったはずだよ、ぼくはなにも隠してないって。あなただってぼくに隠す必要はないんだ。頼むから、フィンレイ、嘘はつかないで」

そのことばに腹部を思いきり殴られた思いだった。「嘘はついてない。あなたにすべてを話すわけにはいかないだけ。それに、信じて、あなたは聞きたくないはず」

「ぼくの気持ちを勝手に決めないで」

彼のきつい口調にむっとした。「わたしの人生は、編集ずみのすてきなインスタのページなんかじゃないのよ、ジュリアン！　そうよ、あなたが正しい。いやになるほどめちゃくちゃな状況よ！　ベビーゲートやらチャイルドロックが漏れなくついてくるの。チャイルド・シートやオムツや支配欲の強い元夫や、お節介焼きで出しゃばりで頑固な母親と警察官の姉までいるのよ！　わたしがこれまでしてきた、あなたが知りたがらないだろうことも。いまあなたにその部分が見えないのは幸いかもしれない。だって、あなたがほんとうに自分自身に正直になるなら、こわがってそんなものと一緒のフレームにおさまりたくないって認めるはずよ」

回線がしんとなった。「ぼくがあなたになにを望んでいると思ってるの？」

「それをずっと自問してるわ」震える息を吐き、腕で顔をおおった。「わたしは三十代のシングル・マザーなのよ、ジュリアン。子どもがふたりいて、怪しげな仕事をしてる。あなたはゴージャスで若くて、将来有望な仕事と輝かしい人生が待っている。わたしなんて充分な医療保険にすら入ってないのに」目の奥が熱くなってきて、ぎゅっと閉じた。

「そういうこと?」静かに言った彼の声はしわがれていた。「あなたは自分がぼくにふさわしくないと思ってて、だからふたりの関係を終わりにしようとしてるの?」喉に塊《かたまり》があって、わたしはしゃべれなかった。「あなたの言うとおりだ。あなたには整理しなきゃならないことが山ほどあるけど、フィンレイ、それがほんとうにあなたが心配していることなの? 自分自身に正直じゃないのはぼくだけじゃないのかもしれないね」

長い沈黙のあと、電話が切れた。わたしは携帯電話を耳に当てたまま、いろんなことを取り消せたらと思っていた。

小さくノックがあって、ヴェロがドアを少し開けた。顔を覗かせると、ポニーテールにした髪が入ってきた。「話し相手が欲しい?」

わたしの返事を待たずに、ふわふわのスリッパとフランネルのパジャマ・ローブという姿でそっと入ってきて、わたしの手にココアのマグを持たせた。縁《ふち》までびっしりマシュマロが入っている。ヴェロはベッドに這い上がって、隣りでヘッドレストにもたれた。ココアをすったわたしは流れ落ちる液体に喉を焼かれて咳きこんだ。

ヴェロは自分のマグを見つめて笑った。「きっと必要だと思って。話したい?」

「たったいま別れたんだと思う。でも、どっちから別れたのかよくわからない」拘置所を出ようとしてニックにつかまってから、パーカーがわたしの代理人を務めるためにやってきたところまですべてを話した。

「そっか」唇のマシュマロを拭《ぬぐ》ってヴェロが言った。「それでジュリアンはあんなに動転してたんだ」

「違法なことをする情報を得るために彼を利用したから？」

「ちがうって。嫉妬したからでしょ」

「ジュリアンは嫉妬なんてしてない。腹を立ててるの」

「彼は、自分じゃなくニックがあなたを救ったからいらだったのよ、フィン。あなたのヒーローになるつもりでパーカーを送りこんだのに、きっと彼女からニックがあなたを守ったって聞いたんだと思う。で、ほんとうはなにがあったのかあなたが話そうとしてくれないから、彼としてはなにもできないもどかしさを感じてるってわけ」

「助けを求めたからって、救ってもらいたいとはかぎらない」

ヴェロは肩をすくめた。「わたしになんて言ってほしいの？　男って弱いのよ。彼に少し時間をあげなさいな。そのうち機嫌がなおるって」ローブのポケットから半パイント入りのバーボンを出してわたしのココアにワンフィンガー分足し、自分のココアにはたっぷり入れた。

「フェリクスは取り決めを守ると思う？」

「そうするしかないようにしたわ」

「彼がウェブサイトを閉鎖したとして、わたしたちは次にどうするの？」

「警察より先にテレサとエイミーを見つけないと」

「本気でエイミーがFedUpだと思ってる?」

「まちがいないと思う。EasyCleanみたいな人を雇う手段があって、スティーヴンを憎んでるし、求人のタイミングも筋が通る——スティーヴンがテレサを捨てた直後だったし。エイミーの親友であるテレサは拘置所にいたし、スティーヴンが死んで抗弁できなければカール殺人の罪を簡単にかぶせられるでしょ」エイミーがFedUpなら、わたしたちの問題のすべてを解決するには、彼女を見つけることが鍵となる。なくしたわたしの携帯電話を取り戻し、こちらにあるカールの死体の一部を処分し、エイミーがカール殺害に関与したのをわたしたちが知っていることを利用して、EasyCleanに暗殺依頼を取り消す旨《むね》を連絡してもらうよう説得できるかもしれない。どこからはじめればいいかさえわかっていれば、この計画も完璧だったのだけど。

34

翌早朝に目が覚めると、ミニバンが私道に停められていて、キーはフロアマットの下に入れておいたと伝えるニックからのメッセージが携帯電話に届いていた。パジャマにスリッパという格好でキーを取りに外に出て、ロディ巡査と交代した警官に手をふり、ミニバンをガレージに入れてドアを閉めた。

一杯めのコーヒーとともにテーブルについたとき、玄関を激しくノックする音がした。キッチンのカーテンから覗くと、姉の車が見えた。目を閉じて悪態をつく。ゴシップが姉に届くまで二十四時間もかからなかった。ため息をつき、ドアを開けた。

「ヘイ、フィン！」ジョージアがわたしの肩をぽんと叩いて入ってきた。「子どもたちに出かける準備をさせて」

「もう準備はできてる。ヴェロがデリアを幼稚園に送っていくから」

「幼稚園はなし。二日間休みを取ったの。子どもたちはわたしの家に連れていく」

「お姉ちゃんの家に？」すぐさま姉のハイテンションな声に疑念を抱く。「どうして？　いや……文句を言ってるわけじゃないけど、オムツ替えもしなきゃいけないのはわかってるわよね」あとをついてキッチンへ行くと、姉は勝手にコーヒーを入れ、パントリーからシリアルを少量出した。

「今朝ニックから電話があってね。あなたの元夫を殺そうとしている人間がいるって話だった。候補者のリストは長そうだとわたしは思ったけど、ニックはフェリクス・ジロフがすべてに関与していると推測してる。オンラインである投稿を見つけたらしくて」

求人広告だ。ニックは昨夜フォーラムを見つけたにちがいない。ジョージアは肩をすくめ、ひと握りのチェリオスを口に放りこんで食べながらしゃべった。

「ニックは直感にすぐれてるの。あなたの家に見張りの警官を配備するくらい心配してるなら、しばらく子どもたちをほかの場所に移したほうがいいと思う。ニックはスティーヴンの家をパートナーに見張らせてて、ママとパパの家にまわせる人がいないから、すべてが解決するまでのしばらくのあいだ、わたしに子どもたちを預かってほしいと言ってきたのよ」

「彼が話したのはそれだけ?」注意深くたずねた。

「今朝、あるウェブサイトがインターネットから消えたという文句も言ってたわね。その件でかなりいらいらしてるみたいだった」

フォーラム。フェリクスがひと晩のうちに手下に閉鎖させたのだろう。間に合った。わたしたちはやり遂げたのだ。あとは、ニックに先んじてテレサとエイミーを見つけ出すだけだ。「いまニックがどこにいるか知ってる?」睡眠を取るために帰宅したのであれば、わたしたちのほうが断然有利になる。

「ずっと捜してる行方不明のCIの手がかりを追ってる」

わたしはコーヒーのマグを下ろした。「手がかりを得られたの？」

ジョージアが肩をすくめる。「そうみたい。それについて訊く前に電話を切られた。彼がどんな人かあなたも知ってるでしょ」

そう、わたしは知っていた。ニックは家で寝てなんかいないと確信が持てるくらいには。

「子どもたちを連れてくるわね」キッチンを出て階段を駆け上がり、廊下で盗み聞きしていたヴェロを突き飛ばしそうになった。「いまの聞いた？」彼女を寝室へ引きずりこみながら言う。「キャムはきっと、あの女性のためのフォーラムで見つけた情報のコピーを全部持ったままじゃないかと思う。ニックが彼を見つけてそのファイルを手に入れたら、ゆうべわたしたちがリスクを冒したすべてが水の泡になる」

「ニックより先にキャムを見つけないと」ヴェロが小声で言った。

「でも、ニックの話ではキャムは家にも学校にも姿を見せてないって」

ヴェロは頭をふった。「ドツボにはまったとき、人はいつもの居場所には隠れない。自宅や家族のもとへは行かない。友だちのところで身を潜める。それか、共犯者――見つかったら、自分も失うものが大きい人――のところか」

エイミーとテレサのように。あるいは、ヴェロとわたしのように。ヴェロは、ふたりで死体を埋めた直後にうちに移ってきた。「キャムみたいな子はだれのところに隠れるかしら？」

「子どもたちの荷物をまとめて」ヴェロがタンスの引き出しからパーカーをつかんでわたしに放り投げた。「チャージャーに乗って公園で待ってる。お姉さんを追い払って裏庭から出るのよ。どこへ行けば行方不明のハッカーが見つかるか、たぶんわかったと思う」

一時間後、ヴェロはパソコン修理店のカウンターを拳で叩いた。デレクはレジのところに座っていて携帯電話を見つめている。

「キャムを捜してるの」ヴェロの口調はつっけんどんだ。

「だれっすか、それ」顔も上げずにデレクが答える。

「この前ここに来たとき、あなたは彼の名刺をくれたでしょう。彼ならネットワークの問題を解決できるかもしれないって言ったじゃない」

「すんません。なんのことやら」

ヴェロはデレクに顔を突きつけて声を張りあげた。「記憶を刺激してあげるわ、デ、レ、ク。キャムはあなたと同年代。ブロンド。細身。生意気。それと、あなたの話だと、みっともないおちんちんの写真を消す才能があるってことだったわね」

アクセサリーの通路にいたふたりの少女が、つま先立ちになって仕切り越しにこっちを覗いていた。スツールに座っているデレクは縮こまった。「なんの話っすか」

「あんなチンケなやつをなんでかばうのかわからない。だって、あなたのヌード写真を買わないかって言ってきたのよ」

デレクがはっと顔を上げた。携帯電話をカウンターに落とし、立ち上がった拍子にスツールを倒し、背後の《従業員以外立ち入り禁止》と書かれたドアへどすどすと向かった。ヴェロとわたしが急いで追いかけると、デレクがドアを開け、簡易キッチンとぼろぼろのソファがある休憩室が現われた。プラスチックのテーブルについたキャムがいて、ラージ・サイズのスラッシー（フローズン・ドリンク）を頬に当てていた。

「どういうつもりなんだよ?」デレクが叫んだ。

キャムが弾かれるように立ち上がった。頬に深い切り傷ができていて、左目は腫れて開いていなかった。わたしを見た彼の右目が大きく見開かれた。デレクに隅へと追い詰められたキャムは、スラッシーを守るように抱きかかえた。

「簡単だったわね」ヴェロが言った。

「あの写真を消してもらうために金を払ったのに!」デレクがキャムの手からスラッシーを払いのけたので、オレンジ色のフローズン・ドリンクが壁に飛び散った。

「おい、飲んでたんだぞ!」

デレクはキャムの胸ぐらをつかみ、つま先がかろうじて床についている状態まで持ち上げた。店内のどこかでチャイムが鳴った。デレクは悪態をつき、キャムを突き飛ばすように放した。

「客が来てラッキーだったな、くそ野郎。だが、まだ話は終わってないからな」デレクはどすどすと出ていった。入れ替わりにヴェロがするりと休憩室に入り、ドアを叩きつけるように閉めて錠をかけた。キャムはこわばらせた体を隅に押しつけ、デレクはまちがいに気づいてドアをがんがん叩きはじめた。

「あの子はガレージのなかでいちばん鋭い道具じゃない（切れ者ではないの意）わね」ヴェロは両手を払

った。

　わたしは冷蔵庫の冷凍室からリーンクイジーン（用冷凍食品《ダイエット》）の箱を抜き出し、キャムの顔のあざに当てた。彼はたじろいで顔を背けた。「だれにやられたの？」

　キャムは冷凍食品をわたしの手から引ったくり、おずおずと頰に当てた。

「あんたになんか話すもんか。あんたのせいでとんでもない目に遭ってるんだ」

「フェリクスなの？　彼の手下にやられたの？」

「なあ」どすんと椅子に座る。「あのフォーラムは危険だ。おれとしては見つけたことを忘れるつもりだ。あんたも自分の身がかわいいなら忘れたほうがいい」

　わたしはキャムの世話を焼こうと前に座り、冷凍食品の箱を彼の頰の傷に当てた。キャムの名前をフェリクスに明かさないよう細心の注意を払い、ＣＩからの情報としか言わなかった。キャムが情報提供者――で、フォーラムの記録を持っている――とフェリクスに知られたら、命があるだけで幸運だろう。「あなたがアンソニー刑事さんに渡そうとしていた情報が必要なの」

「悪いけど、それは無理だ」

「わたしたちに五十ドルの借りがあるでしょう」ヴェロが指摘する。

　キャムは自分の顔を指さした。「おれはその五十ドルに値するものを受け取ったよ！」わたしがあざをじろじろ見るものだから、キャムは顔を背けた。

「EasyClean についてなにか見つけたんじゃない？」その疑念が正しかったのが、彼の渋面《じゅうめん》でわかった。「彼女の正体を知っているなら教えて。生死にかかわる問題なのよ、キャム。わたしたちと取引したでしょう！」

「あんたたちに教えなきゃならない義理はないね」そのとき、ドアの向こうからデレクに名前を叫ばれて、キャムはたじろいだ。

「話したくないの？　お好きにどうぞ。あなたとお友だちのデレクが積もる話をできるように、わたしたちは失礼するわね」ヴェロはドアに向き、錠を開けるかまえを見せた。

「わかった、話すよ！」キャムはリーンクイジーンを下ろし、反対側の非常口に目をやった。

「でも、ここでは話せない。あんたらと一緒に行くけど、安全に隠れられる場所が欲しい。だれにも見つからない場所が。それを叶えてくれなきゃ、ファイルは渡さない」

「いいでしょう」わたしは言った。「ヴェロのいとこのところに泊まらせてもらえばいいわ」

ヴェロがくるりとわたしをふり返った。「だめ！」

「じゃあ、どうすればいいの？」わたしは突っかかった。「彼を姉のところへ連れていくの？」

「ホテルがいい」キャムが要求した。「高い部屋にして。朝食無料のサービスがあって、ネットを使い放題の。あと、スラッシーをもう一杯」

「決まり」うちのソファに寝てもらうよりはいい案だ。「行きましょう」

わたしたちは、キャムに続いて非常口から午後の明るい陽光を浴びた駐車場へ出た。非常口のドアが閉まると、デレクの叫び声が小さくなった。ヴェロはつかの間スマートキーを押して車を探した。チャージャーのライトが何列か向こうで光る。ジャケット姿のキャムは背を丸め、駐車場をこそこそと見まわしながら乗りこんだ。後部座席で彼が身を縮め、ヴェロがエンジンをかける。わたしはシートで身をよじった。「さあ、話して。彼女はだれなの?」

キャムはなにも言わず、目を狭めてひざの携帯電話を凝視するのみ。スラッシーを手に快適なホテルの部屋に安全に落ち着くまで、約束を果たすつもりがないのは明らかだったので、わたしはヴェロにセブンイレブンに寄るよう伝え、特大サイズのけばけばしいオレンジ色の飲み物を買ってやった。キャムはごくごくと飲んだあと、冷たい容器を頬に当てた。

「お次はどこへ?」ヴェロだ。

「リッツカールトンだよな」キャムが後部座席でぼそりと言う。

「通りの向こうにホリデイ・イン・エクスプレスがあるわ」わたしは言った。

「おれの健康と安全はどうでもいいのかよ」

ヴェロは頭をふった。「モーテルじゃないとだめ。現金払いができて、彼のことをだれもおぼえていないようなところ」

「これはどう? ここからそう遠くないし」携帯電話を掲げ、二、三十部屋のドアが駐車場に面している小さな平屋の建物の写真を見せる。隣りに酒屋があり、反対隣りにはおとなのオモチャの店がある。

「完璧」ヴェロが言う。「行きましょ」

キャムは携帯電話で動画を観るのに夢中で、わたしがモーテルへの道順をナビゲートしていると、こちらの癇に障るほど大きな音をたててストローでスラッシーをすすった。ヴェロは道路から簡単には見えない裏手にチャージャーを停めた。「わたしが切れ者男子の部屋を取ってくる」そう言って手を差し出す。前夜彼女から借りたメッセンジャー・バッグのなかを漁り、ブルネットのウイッグを脇にどけて財布を掘り出す。二十ドル札を何枚か叩きつけるようにして渡すと、ヴェロはエンジンをかけたまま降りた。

「いいところに泊めてくれるって話だったじゃないか」キャムが言う。「ここはシケてる」

「自分の顔を見た？」バックミラーを動かして彼を見る。「あと、最後にお風呂に入ったのはいつ？　まさに逃亡者って感じだけど。高級な場所にあなたを連れていったりしたら、フロントの人に通報されるのがオチよ。そうそう、警察はあなたを捜してるわ」

これはキャムを黙らせる効果があった。彼はシートでさらに身を縮こめてウインドウ越しに外をにらんだ。「訊いてもいい？」

「内容によるわね」

「あんたはずっと〝彼女〟って言ってるよね。なんでEasyCleanが女だって決めつけてるわけ？」

「あそこが女性のフォーラムだから。女性のための」

「でも、インターネットじゃん。だれだって好きな人間になれる。だいたい、デレクにアソコの写真を送る気にさせたのはだれだと思ってんの？」

「ちょっと待って」シートの上で体をよじる。「自分の友だちをだましてヌード写真を送らせて、写真を消去すると言ってお金を払わせたの？」

「な?」こともあろうにキャムは得意げな顔だった。「オンラインではだれを相手にしてるのかを決めつけちゃだめなんだよ」

「わたしはなにも決めつける必要がないわ。数分もしたらモーテルの部屋が取れるから、すべてを話してもらう」

「出ないの?」わたしのひざに置いた携帯電話が鳴っていたのだ。画面にはニックの名前が出ている。

わたしはエンジンを切ってキーフォブをポケットに入れた。「ここにいて」キャムに言う。「すぐに戻ってくる」建物の脇へまわってから電話に出る。「ニック?」

「ヘイ。スティーヴンから連絡はあったかい?」背後でパトカーのサイレンの音が二度し、ニックがクラクションを鳴らした。

腕の毛が逆立つ。「どうして? なにがあったの?」

「スティーヴンは無事だ。だが、事故があった」

「事故って?」

「ピックアップ・トラックのタイヤがパンクしたんだ。彼はなんとか側溝へよけた。木に衝突したが、ダメージは大きくない。ジョーイとおれは現場から戻ってきたところなんだ。パンクしたタイヤに関してはたいしてわからなかったが、残りのタイヤの一本は切られてるみたいだった」

くそっ!「彼はどこ?」

「あなたと一緒だといいと思ってたんだが」

「警官に彼を見張らせてるって言ってなかった?」

「ああ。だが、彼が腹を立てた。家や農園で警官に張りつかれたくないと言った。ジョーイが家に極力近い場所で張りこんでたんだが、スティーヴンは裏から出たにちがいない。警官がピックアップ・トラックを見つけたときには、彼の姿はすでになかった。レッカー車の運転手は、バンに乗りこむ彼を見た」

喉が締めつけられる。「どんなバン?」

「わからない。レッカー車の運転手はピックアップ・トラックを側溝から出すのに集中していて、バンということしかおぼえてないらしい。おれは、スティーヴンがあなたに電話して迎えにきてもらったのかと思ってたんだが」

「ちがう」わたしはうろうろと歩きまわった。「彼から連絡はもらってない」

ニックが小さく悪態をついた。「配車サービスを頼んだのかもしれない。タクシーやウーバーの多くがバンを使っているから。子どもたちはジョージアの家に行ったかい?」

「今朝姉が迎えにきたわ」

「よかった」ニックの声から張り詰めたものが少し消えた。「万一スティーヴンがあなたの家に向かった場合に備え、見張りを配置してある。だれかがスティーヴンを見かけたら、ロディがすぐにおれかジョーイに連絡をくれることになっている。あなたのところにスティーヴンから連絡があったら、おれに電話してほしい。状況が把握できるまで、あなたは家にいてドアに錠をかけてほしい。スティーヴンが自宅に向かった可能性もあるから、そっちにはジョーイが向かっている。おれは署に戻って広域捜索指令《BOLO》を出す。もっと情報が入ったらあなたの家に行く。それと、フィン？」

「なに？」

「彼をぜったいに見つける。約束する」ニックは電話を切った。

なににも増してそれを信じたかった。

スティーヴンに電話をかける手が震えた。すぐに留守番電話になった。「スティーヴン、フィンよ。これを聞いたらすぐに電話をちょうだい」

電話を切り、モーテル裏の路地を行ったり来たりする。もしEasyCleanがスティーヴンを拉致《らち》したのなら、わたしが捜したほうが見つけられる確率が高い。ヴェロが部屋代を払ったらすぐに、キャムから洗いざらい聞き出そう。

チャージャーのエンジンがかかる轟音《ごうおん》がした。ヴェロと合流すべく建物をまわりこむ。チャージャーがわたしのひざから数インチで急停車した。ハンドルを握っているキャムが目をまん丸にした。彼がバックミラーへとさっと視線を上げて、ロビーから飛び出してきたヴェロをとらえる。キャムは急ハンドルを切ってアクセルを踏みこみ、タイヤをきしらせながら駐車場を猛スピードで出た。

「あいつに車を盗まれた！」ヴェロが金切り声を出す。「キーをつけたままあいつをひとりにしたの⁉」

「してないわよ！」鋭く言い返してキーフォブを彼女の目の前でふった。「キーはちゃんと抜いた。キャムはスラッシーと携帯電話しか持ってなかったって」

「YouTubeだわ」ヴェロがわたしの手からキーを引ったくった。「携帯電話でYouTubeが観られるでしょ。あのガキは点火装置をショートさせてエンジンをかける方法をYouTubeで観たんだわ！　そうに決まってる」ポケットから携帯電話を取り出す。「警察に通報する」

わたしは彼女の携帯電話を取り上げた。「だめ！　警察になんて話すのよ？　警察から身を隠している若い男の子のためにモーテルの部屋を取ったところだとでも？　キャムはわたしたちのことを知りすぎてる。通報はできない。心配すべきもっと重要なことがあるし」

「わたしの車より重要なことってなによ！」

「ニックから電話があったの。スティーヴンが失踪したって。EasyCleanにつかまったんだと思う」

35

ヴェロとわたしはウーバーで車を呼んでモーテルから帰宅した。キャムを捜すには車が必要で、わたしたちに使えるのはミニバンしか残っていなかった。ウーバーの運転手にうちの通りの端にある公園で降ろしてもらい、近隣の家々の裏庭を通り抜け、ロディ巡査とミセス・ハガティに見とがめられないように家の裏手からガレージの横のドアへ向かった。

ヴェロが錠に鍵を挿した。「おかしいわね」小声だ。

「どうしたの？」

「錠がかかってない」ヴェロがドアを少しずつ開けた。ミニバンの大きな陰から金属のぶつかる音が連続して聞こえてきた。「だれかいる」ささやき声でヴェロが言う。「どうする？」

「わたしはこっちから行く。あなたはキッチンからまわってきて」わたしのことばにヴェロがうなずき、家の裏手の引き戸へ足音を忍ばせて向かった。

わたしはガレージにこっそり入ってミニバンの背後にうずくまり、車体の向こうを覗いた。こちら側を背にして作業台に向かい、頭上の裸電球の薄暗い明かりの下で新しい道具を調べている人物がいた。そっと近づいていくとその人物の横顔が見えた。スティーヴンがわたしの配管用レンチをしげしげと見たあと、怒りの吐息とともに放り投げた。わたしのまっさらな万能ナイフを手に取ると、体をかがめて刃をためつすがめつした。彼が生きているのがわかって安堵したのかむかついたのか、よくわからなかった。

立ち上がって大声を出した。「ここでなにをしているの？」

スティーヴンが毒づいた。ナイフがベンチに落ちて大きな音をたて、彼は胸をつかんでくるっとふり向いた。道具類を指さしながら、どすどすとわたしに向かってくる。「これについて話し合おうじゃないか。きみがなにをしようとしているかわかってるが、これはやりすぎだ、フィンレイ。きみのせいでだれかがぼくを殺そうとしてると警察全体が考えてるんだぞ！」

「ほんとうにだれかがあなたを殺そうとしているんだってば！　ずっとそう言ってるでしょう！」

「こんなことはやめにするんだ。いますぐに。だれかが怪我をする前に」

「なにをするつもり？」スティーヴンが手を伸ばしてきたので、ミニバンの側面へとあとずさった。

「きみを警察に突き出す」

「やめてよ！」彼の手を払いのける。

「とても心配性なきみの刑事のお友だちとひざを交え、火事の晩にセキュリティ会社で録音されたのはきみの声だと話してもらうぞ。彼にすべてを話すんだ。きみとあの子守が強盗のふりをしてツリー農園でぼくを殴り倒して、警察に被害届を出させようとしたことも」

「は？　強盗のふりをしてあなたを襲ったりなんてしていません！」わたしはさらに彼からあ

とずさり、ふたりしてガレージのなかをぐるぐるとまわった。

「そうそう、きみがぼくの携帯電話にインストールしたスパイ・アプリを見つけたよ。やるじゃないか。デリアのバックパックにベビー・モニターを忍ばせたころより格段に腕を上げたな」

「スパイ・アプリってなんのこと？」

「だが、ガス管に細工したりタイヤを切ったりまでするとはね。それも、だれかがぼくを狙っているように見せかけるためだけに。子どもたちはぼくと一緒にいたら安全じゃないと思わせるために。一線を越えたな。ニックがインターネットで見つけたばかげた投稿は、ぼくとの共同親権を望んでいないきみがでっち上げた、とんでもない筋書きだったと彼に説明してもらおう」

背中がミニバンのボンネットにぶつかった。スティーヴンが迫ってきて、わたしは手探りをしながらガレージのドアへ向かってじりじりと進んだ。「録音されたのはわたしの声だと喜んで認めるけど、火事は起こしてないわ！　そのほかのあれこれだってやってない。だれかがあなたに死んでほしがってるの、ほんとうよ！　信じられないかもしれないけど、そのだれかは今回にかぎってはわたしじゃないの！　ニックが見つけた投稿は本物なのよ、スティーヴン！」

彼がわたしの腕をつかんだ。「きみのほかの話と同じくらい本物なんだろうよ」抵抗するわたしのスニーカーがコンクリートをこすって鳴った。「心配はいらない」体重をかけて抵抗すると、スティーヴンは歯を食いしばった。「きみの刑事の友だちに告訴は考えてないと話す。

三人で……きみとぼくの弁護士とで解決に向けて動いているとも話そう。ガイはいますぐにでも署で合流できる。きみが警察の誤解を解いてくれれば、ぼくたちですべて解決しよう」わたしが突くと、彼は腕をつかんでいる手に力をこめた。空いているほうの手でポケットから携帯電話を取り出す。

「そんなことをしたらどうなるか、ちっともわかってないのね！」スティーヴンが連絡先をスクロールしているあいだ、わたしは彼の指をはがしにかかった。

「どうなるか、ちゃんとわかっているとも。刑事の友だちはきみを逮捕しない。ぼくだってばかじゃないんだ。彼がきみを見るようすをこの目で見てるんだから。それに、ジョージアが颯《さっ》爽《そう》と登場してきみを守るんだ。いつものようにね」スティーヴンが電話をかけはじめる。その背後でキッチンのドアが少し開いて光が漏れてきた。「さっさと片をつけようじゃないか、フィン。そろそろ現実を見つめる――」

ガレージにゴツンという音が響いた。わたしのお気に入りであるオールクラッド社のフライパンが、スティーヴンの後頭部に当たったのだ。横ざまに倒れる彼の手から携帯電話がすべり落ちた。

ヴェロが息を荒くして体をふたつ折りにした。「どれだけこうしたいと思ってたか、想像もつかないでしょうね」靴のつま先でスティーヴンをつつく。わたしがかがみこんで脈をチェックすると、彼の温かい息が頬にかかった。「死んだ？」ヴェロがたずねる。

「大丈夫、生きてる」

「もう一回殴ろうか？」

ヴェロをにらみつけてスティーヴンの携帯電話を拾い、弁護士に電話をかける時間がなかったのを確認してから作業台に置いた。引き出しはすべて開けられ、わたしの新しい道具類が作業台の上に散らばっていた。金槌《かなづち》やドライバー類はきちんと整頓してあったのに。カッターナイフは刃が取りのぞかれていた。「信じられない。彼はすべてわたしのでっち上げだという証拠を探していたんだわ」ミセス・ハガティが見たという不審者はフェリクスの手下ではなかった。スティーヴンだったのだ。ニックは、スティーヴンの家でガス漏れがあった直後にうちの玄関の錠がかかっていないのを見つけた。きっとスティーヴンが来てこそこそ嗅ぎまわっていて、警察の登場にびくついて逃げたのだろう。「スティーヴンはわたしがフォーラムのあの投稿をしたと思っているの。EasyClean はいまもその辺をうろついているっていうのに。そして、彼を殺したがっているのがだれかを突き止める唯一の手がかりは、ついさっきあなたの車で逃げていった」

ヴェロがフライパンを掲げた。「誤解しないでほしいんだけど、わたしに考えがある」

その口調なら知っていた。まさにこのガレージの床にふたりで座って、ハリス・ミックラーの死体を処分することにしたときと同じ口調だ。あの直前もヴェロは同じフライパンを手にしていて、悪巧みを考えている目をしていた。そして、ろくな結果にならなかった。「それを下ろして」

「最後まで聞いてよ」ヴェロはフライパンを置いた。「EasyClean は殺人請負人よね。彼女

──あるいは彼──は、お金のためにスティーヴンを狙っている。そして、FedUp はあなたたちふたりのどちらかにしかお金を払わない──スティーヴンを殺した人にしか。だから、依頼は完了したと FedUp に思いこませればいいだけ。そして、わたしたちがお金をいただく。支払いがされたら、EasyClean は消える」

「スティーヴンは生きていると FedUp が気づいたらどうなるの？」

「すでに手遅れよ。そのころにはお金はわたしたちのものになってる。FedUp になにができるっていうの？　警察に通報する？　できるはずない。だって、なんて言うの？　〝ある男性の殺害を十万ドルで依頼して、お金をだまし取られました。わたしのお金を取り返してもらえませんか？〟って？　ありえない！　殺害の証拠となる写真を何枚か撮って、あなたの元夫を安全な場所に数日閉じこめ、そのあいだにわたしたちは FedUp と連絡を取ってお金を受け取る算段をすればいいだけ。彼女が支払いに姿を見せたら正体がわかるから、それをネタに二度と彼の殺害依頼をできないようにするの。彼女がだまされたと知るころには EasyClean は退場ずみで、スティーヴンは生きていて、わ、わたしはぴかぴかの新車を手に入れている。ところで、最後の部分はぜったいに譲れないから」そう言って欠けた爪を突きつけてきた。

スティーヴンの表情は、気絶しているせいで口がだらしなく開いている。わたしは唇を噛んだ。ヴェロのアイデアはそれほど悪くない。「わたしたちがつかまったら？　ニックはフォーラムの投稿について知っている。だれかがお金のためにスティーヴンを殺そうとしているのを知っている」

「そこがミソなんじゃないの。わかんない？　スティーヴンは死んでいない」ヴェロがわざわざ口にした。「死体がなければ殺人事件はない。殺人事件がなければ犯罪はない。最悪の場合でも、元夫の命を救うために状況をごまかしたことを咎《とが》められるくらい」

ヴェロのことばにも一理ある。それに、EasyClean に仕事を完遂させるよりはましだ。「どうやってスティーヴンを隠しておくの？　彼が同意するなんて考えられないけど」

ヴェロが作業台のダクト・テープをつかんでわたしに投げた。

「頭がどうかしたの？」もつれる舌で言う。「ここには隠せない！　ニックもジョージアもなにかあるたびに勝手に押しかけてくるんだもの。カールをまだ見つけられてなくてラッキーなんだから！　それに、ダクト・テープを巻かれた父親が地下室にいる理由をデリアとザックにどう説明しろっていうの？」

「彼をここに隠すなんてだれが言った？」ヴェロがモーテルの鍵をポケットから出してわたしの目の前で揺らした。「部屋代はもう支払いずみ。キャムはそこに泊まらない。むだにするのはもったいない」

36

わたしはガレージの床に座ってスティーヴンの携帯電話におおいかぶさり、ヴェロは彼をあおむけにして上着のファスナーを開けた。顔をしかめ、力ない腕を彼の頭上へ持っていき、片方の脚を妙な角度に曲げる。「なにしてるの？」

「犯行現場を演出してるのよ」ヴェロはラズベリー・シロップのボトルを開け、スティーヴンのスウェットシャツ中央にどばっと出した。次に長いドライバーの先端をシロップに浸け、握り手にべたつく指紋をつけて彼の周囲の床にシロップで点々を描いた。凶器をスティーヴンのそばに落とす。「できた！」満足そうな笑みを浮かべて親指をなめ、被害者の写真を撮りまくった。「ダクト・テープをお願い。彼、意識が戻りかけてると思う」

わたしはスティーヴンの携帯電話を作業台に置き、ダクト・テープを長く出して切り取った。スティーヴンがもぞもぞしはじめたので、ヴェロと協力して手早く背中側で彼の手首にダクト・テープを巻き、足首にもしっかり巻いた。最後に口にもダクト・テープをばしっと貼ると、後ろめたくなるほどいい気分になった。ふたりでスティーヴンをミニバンの後部に乱暴に入れてドアを閉める。

ドアにもたれて額《ひたい》の汗を拭《ぬぐ》った。スティーヴンが完全に目覚め、彼の怒りを受けてミニバンが揺れた。くぐもった叫び声がドアの向こうから聞こえてきた。「これが終わったら、彼に殺されるわ」

「それはないと思うな」わたしの隣りでヴェロが息をあえがせる。「ブリーの言うとおりな気がする。彼はあなたに夢中なのよ」

「なんでそうなるのよ?」

「考えてもみてよ、フィン。スティーヴンはあなたに頭を殴られ、オフィスを燃やされ、ガス漏れを起こされ、タイヤを切られたと思ってるのに、それでも警察に行かなかった。ブリーは放火なんてしてないってわかってたのに、彼女が丸一日勾留されるのを放っておいた。手錠をかけられる人間をあなたにしたくなかったっていうだけで」

「でも、ついさっきの彼を見たでしょう。蹴《け》ったり叫んだりするわたしを無理やり警察へ連れていこうとしたのよ」

「A、彼はあなたをどこへも連れていけるはずがなかった。わたしがそんなことをさせなかったから。そしてB、彼があなたを警察へ行かせようとしたただひとつの理由は、自分で通報してあなたを密告したくなかったから。彼は自首してほしかったのよ。それに、あなたをまっすぐニックとジョージアのところへ連れていこうとしてたでしょ。それって、自分が告訴しなければ、彼らはあなたを逮捕しないとわかっていたからよ」

ミニバンは静かになっていた。スティーヴンはわたしたちの会話を聞けるのだろうか。

「さてと」ヴェロがもたれていたドアから体を起こす。「いま撮った写真をFedUpに送って、彼を捜す人間が出てくる前に眠れる森の美女をモーテルへ連れていきましょ」何度もどすんという音がしてミニバンが揺れた。「スティーヴンの携帯電話に入ってたアプリはなんとかなった？」

作業台のところへ行く。「ううん。親がティーンエイジの子どもの動向を探るのに使う追跡アプリのひとつだった。アンインストールするにはパスワードが必要になる。EasyClean がスティーヴンの携帯電話を盗んでインストールしたにちがいないわ」

「電源が入ってなければ携帯電話から信号は送られない。電源を落として。どうしたらいいかはあとで考えましょう」

スティーヴンの携帯電話を手に取ったとき、メッセージが来て画面が明るくなった。

「変ね」ヴェロが近づいてきて、通知をタップするわたしの肩越しに覗いた。「ミーティング予定の通知だわ。スティーヴンはいまから二時間後に第四半期損益ミーティングに出ることになってる」

「ほかの出席者は？」

「テッド・フラーとカール」携帯電話をあいだにしてふたりの目ががっつり合う。わたしは声をひそめた。「サイレント・パートナーのひとりが死んでるのに、スティーヴンが彼らとミーティングなんてできるわけないじゃない？」

「カールが殺される前に予定を入れてたのかも」

「ちがう。ミーティングの招待メールは今朝送信されてるもの」

「予定を立てたのはテッドにちがいない。それしか説明がつかない。テッドはカールの身に起きたことを知らないのかも」

「それはないと思う」わたしが見ているものが彼女にも見えるようにする。「テッドは主催者にすらなってない。しかも、出欠の確認もしていない。招待メールはカールのアシスタントから送信されてる」

「カールのアシスタント？」ヴェロは自分の目でたしかめようとわたしから携帯電話を取り上げた。「カールにアシスタントがいるなら、その人はどうしてボスが行方不明だとみんなに話さないの？　何カ月も姿を見せてなくて、給料小切手だって切ってないっていうのに？」ヴェロが目を狭めて画面を見た。「それに、どうしてミーティングをカールの家でやるの？　あなたもわたしと同じことを考えてる？」

「この招待メールを送った人物がだれにしろ、カールがすでに亡くなっているのを知ってるってことでしょ」あまりにも罠くさい。わたしたちをのぞくと、カールの身になにがあったのかを知っている人間は三人だけだ――テレサ、エイミー、そしてフェリクス。「エイミーがダミーのアカウントを作ってカールのアシスタントを装ってるんだとしたら？　ひょっとしたら彼女は EasyClean に協力してるのかも。彼女がスティーヴンを呼び出し、EasyClean が彼を殺す」

「それか、エイミーは自分で手を下したほうが早いし安上がりだって考えたのかも。考えてみて……エイミーは、テレサが勾留されているあいだにフォーラムに求人を出し、テレサが足首に監視装置をつけられて自宅軟禁のあいだにふたりの申し出に返信した。でも、いまは操縦士であるテレサを取り戻した。もうEasyClean なんていらなくなった。エイミー自身、血に弱いってわけでもない。おまけにEasyClean はすでに三回失敗している」ヴェロは頭をふった。「わたしたちがカールの死体とともに姿を現わしたせいで焦って、スティーヴンをすばやく始末しなくてはならなくなった。テレサと一緒に彼を殺せば、お金を支払う必要もない」

「だったらどうしてミーティングにテッドも入れるの？　スティーヴンを殺すつもりなら、どうして目撃者になる人間を招待するわけ？」

「テッドは出席するという返事をしていない。彼にはほんとうは招待メールが送られてないのかも？　全部演出なのかもしれない。ほら、計略の一部で。エイミーはパートナー間のミーティングだと思わせるためにEバイト（Eメールで招待状を送るシステム）を設定して、ふだんどおりでないことをスティーヴンに疑わせないようにしたのかも」

考えれば考えるほど、ヴェロの言うとおりだと感じた。

「支払いをごまかして逃げる前に、FedUp にいま撮った写真を送るわ」

「待って」携帯電話に手を伸ばすヴェロにわたしは言った。「ミーティングまで二時間もない。スティーヴンは出席しないけど、招待メールを送った人物はそれを知らない」スティーヴンの携帯電話の電源を落とし、それを顎《あご》にコンコンと当てる。「まだ写真を送らないで。いいことを思いついたの」

ダクト・テープを巻かれたスティーヴンを後部座席に、ごみ袋に入ったカールを床に乗せたミニバンがモーテルに到着するころには、夕暮れが迫っていた。わたしは後部座席にうずくまり、ミニバンはヴェロが運転した。ガレージを出るときにヴェロがロディ巡査に手をふり、わたしは家のなかにいると彼に思わせた。

ヴェロはモーテルの鍵の番号をたしかめ、ミニバンをできるだけ部屋の近くまでバックさせた。駐車場をざっと見まわし、隣接する部屋のカーテンが閉じていて目撃者がいないことを確認すると、スティーヴンをミニバンから降ろして部屋へ押しこんだ。足首にダクト・テープを巻かれた彼はよろめき、どさりとカーペットに倒れこんだ。

「彼をベッドへ持ち上げないとだめ？」ヴェロは体をふたつ折りにしてあえいだ。拘束されているスティーヴンは身をのたくらせてわたしをねめつけた。そのわたしは〈起こさないでください〉のプレートをドアにかけて厚地のカーテンを閉じた。シケた部屋だった。壁紙はめくれ、表面がでこぼこの天井《ポップコーン・シーリング》には黄色いしみがある。かび臭い一九七〇年代のカーペットの模様にどんなホラーが隠れているのか、想像もしたくなかったけど、ヴェロと力を合わせてもスティーヴンをベッドへ持ち上げられるとも思えなかった。

「せめてドアのそばから動かすべきだと思う」ヴェロと一緒にスティーヴンの腋《わき》の下に手を入れて二台のベッドのあいだに引っ張っていった。頭の下に枕を置いてやり、テレビをつけて音量を上げ、チャンネルをＥＳＰＮに変える。「いい？」ヴェロに向かって言い、両手を払ってキーをつかんだ。スティーヴンの目がまん丸くなる。ふたりがドアへ向かうと、彼がパニックを起こして呼吸が荒くなった。「ごめんね、スティーヴン。でも、もうひとつの選択肢よりもぜったいにこっちのほうがいいの。信じて。二、三時間後にようすを見にくるわね」

ヴェロとわたしが部屋を出てドアを閉めると、スティーヴンのもがきのたうつ音はテレビにかき消された。運転席に乗り、ひと呼吸置いてからキーをイグニッションに挿しこんだ。

「悪いと思ってるんでしょ」ヴェロはシートベルトを締めた。「やめることね。あなたの家のガレージで彼に手荒く扱われたでしょ。でもあなたは、惨《みじ》めったらしくてお粗末な彼の命を救おうとしてる。悪く思うことなんてなにもない。さあ、気を取りなおして。死体を処分しなきゃならないんだから」

諦《あきら》めのため息をつき、キーをまわす。エンジンがなじみのカチカチという音をたててわたしを嘲笑った。

「やめて！　だめ、だめ、だめ！」ヴェロが小さく言った。

もう一度キーをまわす。なにも起こらなかった。

「どうする？」ヴェロが訊く。

「わからないわよ！」

「自動車協会《AAA》を呼ぶわけにはいかないのよ。カールがいるんだから！」

「ミニバンはここに置いて、レンタカーを使おう。この辺のどこかにレンタカー会社があるはず」後部座席に手を伸ばし、前夜拘置所へ持っていったメッセンジャー・バッグをつかむ。逆さまにするとファイルとウイッグが出てきた。「財布がない。コートに入れっ放しかも」

「慌てないで。ラモンに電話して代車を持ってきてもらう」ヴェロはいとこと手早く何度かメッセージをやりとりした。それから悪態をついて携帯電話をドリンクホルダーに投げ入れた。

「リーズバーグの事故現場に向かう途中で渋滞に巻きこまれて動けないって。ここへ来られるのは早くて二時間後」

「カールの家でのミーティングはあと一時間ちょっとよ！　そんなに待ってられない！」

「《バーニーズ　あぶない!?ウィークエンド》（死んだ社長に生きているふりをさせるコメディ映画）じゃないのよ、フィン！　ウーバーの後部座席でふたりのあいだにカールを乗せるわけにはいかないの！」ヴェロは腕を組み、ふんと息を吐いてシートにもたれた。「キャムを見つけたら、この手で殺してやる。わたしたちには車が必要。できればスピードの出るやつ」鼻にしわを寄せる。「うちのミイラが溶けはじめてるみたい」

　メッセンジャー・バッグから出したものを戻すとき、ウイッグで手を止めた。黒っぽい長髪で、カットもスタイルもキャットの髪型そのものだった。でも、イリーナの髪の色や長さとも近くて、暗い場所ならごまかせそうだ。十二月の灰色の空はすでに日没に向かって暗くなりつつあった。

「ウーバーに電話して」あるアイデアが根づいた。「ラモンにはモーテルの住所を伝えて。キーはミニバンのなかに残しておくから、修理工場に牽引《けんいん》してほしいと言って」

「カールはどうするの？」

「ラモンが来る前に余裕でカールを取りに戻ってこられるわ。運がよければ例のミーティングにも間に合うかも」

「どこへ行くの？」

ヴェロにウイッグを渡す。「すっごくスピードの出る車を手に入れるわよ」

37

ウーバーの運転手は、暗くなる少し前に国際色豊かな駐車場から一ブロックのところでわたしたちを降ろした。そそり立つ高い街灯柱が駐車場の車に光の輪を投げかけていて、ショールームのまぶしい照明がなめらかなボンネットに反射していた。ヴェロの口が開いてやわらかな「うわ」という声が漏れた。

わたしは彼女の目の前に立って呪縛を解き、ウイッグをかぶせて毛先を整えた。「ショールームからいちばん遠いところにいて。スピードが出て、なおかつ実用的なものを選んで。SUVとかそういうのを。選んだら、色と型式を携帯にメールしてちょうだい。なにがあっても販売員が近づいてこないようにして、だれにも話しかけないように。重要な電話に出ているふりをするのよ。あとはわたしに任せてくれればいいから」

「あなたはどうするの?」

「キーを手に入れる」わたしは販売代理店へ向かった。ヴェロが小走りで追いかけてくる。

「IDを見せろとも言われないでキーを渡してもらえると思ってるわけ?」

「ううん、販売員がキーを渡す相手はイリーナ・ボロフコフよ。行って」わたしはヴェロを駐車場のほうへ押し、ショールームに向かった。

ガラスのドアに手を伸ばすと、わたしのために開けてくれた人がいた。アランがためらいがちな微笑《ほほえ》みを浮かべて脇にどいた。「こんばんは、ミス……」気まずさで彼の顔がまっ赤になる。「申し訳ありません。お名前を思い出せなくて」

「わたしが重要人物ではないせいじゃないかしら」軽蔑の目でアランを見ていると、ポケットに入れた携帯電話が振動した。「イリーナ・ボロフコフと一緒なんです。彼女は……」携帯電話をこっそり見る。「……モダンミニマリスト色のスーパーレッジェーラ・ヴォランテ（アストンマーティン社のスーパースポーツカー）を……」携帯電話を確認する。マジでそんな名前の色があるの？「……試乗したいと言ってます」

「スーパーレッジェーラをですか？」アランの眉《まゆ》が両方ともぐいっと上がったのを見て、パニックのうねりが湧き起こった。スーパーレッジェーラがどんな車なのかはわからなかったけど、〝ミニマリスト〟ってついてるんだからそれほどひどくはないはずよね？「まちがいありませんか？」

わたしはキーを受け取るべく手を突き出した。

「かしこまりました。こちらに車をまわします」アランは硬い笑みを浮かべて受付の電話を使おうと向きを変えた。

「だめ！」彼が受話器を持ち上げる前に慌てて止める。「その……ミセス・ボロフコフはその車のところでもう待ってるの。キーを持ってきてほしいと頼まれたんです。彼女はいまとってもだいじな電話に出ているところだから邪魔できないの」

アランは巨大な正面の窓の外を見た。おそらくは話題の車がそちらにあるのだろう。ヴェロは女王もかくやというポーズをしていた。ショールームに背を向けているその姿はシルエットになっていて、黒っぽい髪のウイッグをそよ風に吹かれながら携帯電話を耳に当てている。

「ミセス・ボロフコフは急いでるのだけど?」

アランは咳払いをしてネクタイを整えた。「わかりました」低い声だ。「ここでお待ちください」彼はオフィスに消えた。いくらもしないうちに戻ってきて、わたしと握手をしながらキーフォブを目立たないようにすべりこませてきた。「試乗をお楽しみくださいとミセス・ボロフコフにお伝えください」

わたしは「ありがとう」とつぶやいてショールームを飛び出し、ライトが点滅してエンジンが轟音《ごうおん》とともにかかるまで必死でキーフォブのボタンを押した。つや消しの黒い流線型のスポーツカーのテールランプが、明るい赤色に燃え立った。運転席にするりと乗りこんだヴェロは官能的とすらいえそうな声を出した。わたしは心臓をどきどきさせながら助手席にすばやく乗ってドアをロックした。ことばが出てこないままダッシュボードを見つめる。車の外観は巨大な男根で、内部はダース・ベイダーのバスルームみたいだ。

「実用的な車を選ぶようにって言ったでしょ!」

「スピードの出る車を選ぶようにとも言ったじゃない。このベイビーの馬力は七百超えなんだから」

「七百馬力も必要ありません! 必要なのはカールを乗せるスペースよ!」

エンジンをふかしたヴェロの目がうっとりと閉じる。「しーっ、いま宗教的な体験をしてる気分なんだから」

「車にはあとで祈って。これ以上注目を浴びる前にここを出ないと」体をひねって、アランが歩道からこちらを見つめているのをたしかめる。

「心配しないで。すごくおとなしい色を選んだんだから。ね？ ミニマリストだもの」グローブ・ボックスから仕様書を出して渡してきた。「夜陰にしっかり紛《まぎ》れられるって」

仕様書のいちばん下に書かれた価格を見て、息が詰まりそうになった。「ヴェロ！ この車は三十万ドルもするじゃない！」

ヴェロは勢いよくギアを入れた。「内なるイリーナにチャネリングしろって言ったじゃない。イリーナ・ボロフコフはそんなことを気にしない」アクセルを踏みこみ、アストンマーティンを動かした。アランはぎらつくヘッドライトを浴びて手びさしを作り、駐車場を飛び出す車のタイヤが巻き上げる白煙のなかに取り残された。

38

ヴェロとわたしは急いでモーテルへ戻り、カールの入ったごみ袋をミニバンからアストンマーティンのトランクに移した。ミニバンのキーはスティーヴンの携帯電話と一緒にシートの下に残し、部屋を覗いてスティーヴンのようすを確認したい気持ちをこらえてモーテルの鍵をポケットに入れた。これからまだ長い夜が待っていて、アランが不安になってイリーナに電話するまでどれくらいの猶予があるのかわからない。

おそれていたとおり、アストンマーティンはかなりの衆目を集めたけど、町から数マイル離れると州間高速自動車道の十二車線が六車線まで減り、暗さも濃くなってわたしたちを隠してくれた。わたしが五エーカーあるカールの土地の衛星写真を携帯電話で調べ、ヴェロがその住所に向かって車を走らせた。木々の生い茂った場所のようだった。土地の西側は田舎道と雑貨店に接していた。

「あの小さな店の裏に車を停められる。一エーカーくらいの空き地があって、そこから家の裏手がはっきり見えるはず」

カールの地所に沿って走る田舎道を通り、店の裏手に車を寄せてヘッドライトを落とした。カールをトランクに入れたままドアをロックし、自分たちの携帯電話のライトで前を照らして木々のなかを通った。枯れ葉と霜の降りた地面が踏まれてバリバリと音をたてる。

「あと少しだと思う」だいぶ歩いたあと、立ち止まってGPSを確認してから画面を消した。暗がりのなか、木々のあいだを通る。前方の空き地は小さく、地面はでこぼこに盛り上がっていた。空き地の奥では木々がまばらになっており、明かりのついた窓を透かし見ることができた。「あそこよ」低い丘を下ったところにある不規則に広がった平屋の建物を指さす。

「痛っ！」ヴェロがいきなり立ち止まり、片足をつかんで一本足でぴょんぴょん跳ねた。「いまのはなに？」わたしは彼女の周囲を見まわしたけど、分厚い雲が浮かんでいて月光はほとんど届いていなかった。地面どころか、すぐそばにいるヴェロの顔すらわからないくらいだ。

光が下を向くよう気をつけて携帯電話のライトをつける。光沢のある表面にライトが反射して目が潰れそうになった。つやつやした分厚い大理石の石板を見て目をぱちくりする。

「ここは空き地じゃないわ。個人墓地よ」ライトを左へ、それから右へ動かすと、墓標が四つあった。「カールの家族のお墓にちがいない」ヴェロとふたりで刻まれた名前を照らしながら墓石のあいだを歩いた。

「嘘みたい。完璧だわ！」ヴェロが言う。

「どういう意味？」

「あなたの書いた本のなかで、ヒロインが別人の墓に死体を隠した場面があるって言ったのをおぼえてる？　カールを家族と一緒になれるここに埋めればいいのよ。ここならだれにも見つからずにすむでしょ」

片足がやわらかな土に沈んでよろめいた。枯れ葉の吹きだまりを蹴り飛ばし、地面に手を這わせた。「このお墓は新しいみたい」でも、奥さんと別れたカールがここにひとりで住んでいたのなら、だれがごく最近ここへ来てだれを埋めたのだろう？　ひざをつき、墓標から枯れ葉を払った。

カール・R・ウェストーヴァー
最愛の夫であり継父
気品と勇気を持って癌《がん》と闘った

「えっと、フィンレイ？　どうしてカールの墓石がもうあるの？」

それに、墓碑銘の下に刻まれている死亡年月日が四カ月前——カールが実際に殺害された日付に近い——なのはどうして？　「わからない」

「彼はほんとうにここに埋葬されてると思う？」

「そうじゃないかな」考えれば考えるほど、胸の悪くなるような筋が通った。テレサとエイミーは、カールの死体を明々白々な場所に隠したのだ。家族の眠る墓地に。死因を取り繕《つくろ》うための墓碑銘までつけて。「テレサとエイミーは何カ月も前からこれを計画していたのね」わたしは言った。「カールが殺害された直後から」

「どういうこと？」

「墓碑銘を刻むには注文してから何週間も――ことによると何カ月も――かかる。この墓石は、わたしたちが貸倉庫でカールを見つけるずっと前に購入されてる。貸倉庫はおそらく一時的な解決策だったのよ。墓石ができあがったら死体を回収してここへ移す計画だったのに、テレサは自宅軟禁の身になってしまったから待つしかなかったにちがいないわ。わたしたちがカールをテレサのキッチンに置いていったせいでふたりはパニックを起こし、まっすぐここへ来たとしか思えない。カールの家にはだれもいないから、警察から身を隠すには完璧な場所だったのよ」

「それに、彼を埋葬するお墓はもう準備されていたし」

「つまり、テレサとエイミーはここにいるってこと。ミーティングにスティーヴンを招待したのは彼女たちに決まっている」携帯電話で時刻を確認した。「そろそろ時間よ。もっと近づいてみましょう」

わたしたちはライトを消して木々の端までこっそり進み、カールの家の裏手に出た。草地にうつぶせになる。家にはいくつか明かりがついていた。だれかが電気代の支払いを忘れないようにしていたのだ。大きな張り出し窓のところで人影が動いた。ヴェロが上着のポケットから双眼鏡を取り出してわたしに差し出した。

「どこで手に入れたの？」

「家を出る前にガレージから持ってきたのよ。きっと役に立つと思って」

わたしは双眼鏡を目に当て、霜の降りた地面に肘《ひじ》をついてピントを合わせた。ピントリングはツリー農園で食べたドーナツの砂糖でいまもべたついていた。

「なにが見える?」ヴェロがささやいた。

「だれかがキッチンにいる。女の人。コンロの前にいる。料理をしてるみたい」家の脇に沿って二台の車が停まっていた――小型のセダンと、エイミーのものだと思われるSUVだ。

双眼鏡をさっと張り出し窓へ向けなおす。コンロの前にいる女性は、もうひとりの女性がキッチンに入ってくるとそちらをふり向いた。「あれはぜったいにエイミーだわ。で、テレサが一緒にいる。キャビネットからお皿を下ろしてる。ワイン・グラスも。引き出しからは調理道具を。エイミーはテーブルに料理を運んでる。テレサはワインをふたつの……ううん、三つのグラスに注いでる。三人分の席がセットされてる」ちょっとした舞台設定にずいぶん手間をかけたものだ。

「スティーヴンはもういつ来てもおかしくないと思われてるわよ。どうする?」ヴェロが言った。

「あの写真をFedUpに送って」

「いま? でも、そんなことをしたら、スティーヴンが来ないって彼女たちにバレるじゃない」

「エイミーがメールを受信した瞬間がわかるでしょ。彼女がFedUpだって確証を得られる」そうしたら、ドアをノックして彼女と対峙する。

ヴェロがポケットから携帯電話を引っ張り出した。メッセージを打つ彼女の顔が画面に照らされる。「なかなかそれらしく撮れたのよね。ラズベリー・シロップが効果ばっちりだったみたい」Eメールが送信されると同時にシューッという音がした。

そして、銃がカチリという血も凍るような音が背後でした。

ヴェロが凍りつく。わたしはあえて動こうともしなかった。

双眼鏡をまっすぐキッチンに向けたままにしたけど、そこでエイミーとテレサがなにをしているかなんて急にどうでもよくなった。

「ここは私有地よ。あなたたちは不法侵入してる」背後の女性の声には聞きおぼえがなかったけど、境界線がどこかを、そしてわたしたちがどこでその境界線を越えたかを正確にわかっている自信に満ちた声だった。まるでその場所を自分が所有しているかのような。

「ミセス・ウェストーヴァーですか?」まちがっていないことを願いながらおそるおそる訊いた。「説明させてください」

「説明はしてもらう。立ち上がって。ゆっくりね。両手はわたしから見えるところに」

最後にもう一度キッチンの窓をこっそり見てから双眼鏡を下ろした。エイミーは携帯電話をそばに置いていて、その画面は暗いままだ。彼女は携帯電話をちらりと見ることもせず、テレサとともに料理をそれぞれの皿に取って食べはじめた。

ヴェロが両手両脚をついて立ち上がりにかかる。

「ほら」女性は散弾銃の銃身でわたしの背中をつついた。ヴェロに横目で見られながらふたりして立ち上がると、家のほうへと女性に押された。三つめのワイン・グラスがだれのためのものなのか、ヴェロもわたしもわかっていたと思う。奥さんはカールと絶縁状態だったかもしれないけど、だれもいない彼の家を知らないわけではないのだ。

わたしたちは無言のまま霜の降りた草のなかを歩いた。家の近くまで来ると、ミセス・ウェストーヴァーが大声で叫んだ。テレサとエイミーは揃ってはっと顔を上げて窓を見た。テレサが弾かれたように立ち上がり、玄関に出てきた。

「ここでなにをしているの？」幽霊を見たみたいにテレサが青ざめる。エイミーのフォークがガチャンと音をたてて皿に落ちた。

「丘の上に明かりが見えたのよ」女性が散弾銃の出っ張り部分でわたしたちをキッチンへと押した。「座って」大声で言い、わたしたちをテーブルに向かわせた。

ヴェロとわたしがエイミーの向かい側に座ると、ぽかんと見つめられた。彼女の携帯電話はいまもそばに置かれていて画面は暗いままだ。彼女の目が潤《うる》んできて、いまにも泣き出しそうだ。「フィンレイ、ここでなにをしているの？」そうたずねるエイミーの声はかすかに震えていた。

「同じことをあなたに訊こうと思ってたんだけど」

「わたしたちがここでなにをしているか、ちゃんとわかってるくせに」テレサが語気も荒く言い、エイミーを飛び上がらせた。「身を潜める場所が必要だったのよ。ここならだれも捜しにこない。どうやら、あなた以外はってことだったみたいだけど。あなたってあいかわらずわたしのいまいましい身の破滅のもとなんだから！」

「これが彼女？　この人がスティーヴンの元奥さんなの？」ミセス・ウェストーヴァーがたずねた。

テレサが芝居がかった仕草で両手を上げた。「ママ、やめて！　いまはそのことは考えられない」

ママ？

「ちょっとタイム」ヴェロがテレサとミセス・ウェストーヴァーを交互に見る。「カールの奥さんがあなたの母親なんだったら、カールはあなたの――嘘でしょ、テレサ。自分の父親を切り刻んだの？」

「継父《けいふ》です！」テレサが言い返す。「彼はわたしの継父だった。ちなみに、彼と一緒に暮らしたことすらない。わたしが家を出て大学に入ったあと、母が彼と結婚したから。どうしてか、さっぱり理解できないけど」呆れ顔になる。「だから、カールとわたしが親しかったことはないの。それと、訊かれる前に言っておくけど、フェリクスはカールを殺したとき、彼がわたしと縁《えん》続きなのを知らなかったし、あんなことをした彼にこっちからその情報を提供するつもりもなかった。未処理事項が嫌いなフェリクスが母を追うようなことにぜったいになってほしくなかったから」

「気にしなくていいのに」ミセス・ウェストーヴァーがきっぱりと言い、テーブルの上座から椅子を引っ張り出してどすんと座った。「言ったでしょう、そのフェリクスとやらなら自分で対処できるって。それに、警察も。すべて対処ずみよ、テレサ。あんな男のためにあなたが刑務所に行くことはない。すべて終わったの。カールは埋葬された」ミセス・ウェストーヴァーは一本の指でテーブルを突いた。「この部屋の外にいる全員にとって、テレサの継父は八月に癌《がん》で亡くなった。それを証明する死亡証明書もあるわ」

ヴェロが陰鬱《いんうつ》な笑いを漏らした。「その証明書に署名した医者は、すっごく大きな情報を見落としたようね。それはトランクに——きゃっ！」テーブルの下でわたしが彼女を蹴ったのだ。

「どうやって死亡証明書を手に入れられたんですか？」わたしはたずねた。警察に疑われることなくテレサと母親が死体を埋められたのなら、差し迫ったわたしたちの問題のひとつは解決するわけだ。

「だれを知っているかが鍵なのよ」テレサが取り澄まして言う。

「だれを知っているかなのか、だれと寝ているかなのか？」ヴェロがぼそりと言った。テレサが彼女に飛びかかり、ワインがテーブルにぶちまけられた。

「やめなさい！」ミセス・ウェストーヴァーがどなった。全員がはっと固まった。突然母親然とした声を出されて、びっくりして黙りこんだのだ。倒れたワイン・ボトルをだれも起こそうとしなかったので、中身がゆっくりと流れ出した。「座りなさい！」口答えは許さない口調で、彼女が娘に向かって言った。テレサは、エイミーの隣りの椅子にぷりぷりして座った。

ミセス・ウェストーヴァーが立ち上がり、キャビネットから新しい赤ワインのボトルを持ってきた。それから追加のグラスも二脚。ボトルを開けて二脚のグラスに少し注いでから、自分のグラスになみなみと注ぐ。「カールは癌で余命が長くなかったの」そう説明する。「かかりつけ医の見立てでは、あと何カ月かの命だった。それがあったから、テレサは最初に継父をフェリクスに会わせたのよ。治療費は高く、保険ではカバーしきれなかった。テレサはフェリクスのお金を治療費に充てられると考えた。カールが断るなんて娘にはわからなかった。フェリクスがカールを傷つけるのも。テレサは悪くない。娘は巻きこまれただけ。夫の身に起きたことで娘を責めてはいないし、あのろくでなしがカールにしたことのせいで娘が刑務所送りになるのも許さない。カールのかかりつけ医は古い友人なの」ミセス・ウェストーヴァーは続けた。「カールは自宅で安らかに逝《い》ったと話し、頼みごとをした。かかりつけ医から死亡証明書をもらい、墓石を注文した」散弾銃をひざに置く。「カールはもともといるべきだった場所にいるんだし、いま重要なのはそれだけ。彼についてたずねられたら、家族に見守られて静かに息を引き取った、派手なお葬式は望んでいなかった、と説明するつもり。だれかが彼を捜す理由などない」

「そうかもしれませんけど、彼らはあなたの娘さんを捜すでしょうね」わたしは言った。「テレサは自宅軟禁を破った。警察は盛大に彼女を捜しているし、エイミーが一緒にいることも知っている。ふたりは永遠にここに隠れているわけにはいきません」

「そうね。わたしたち、そのことについてはすでに話し合ってきたの。テレサは明日出頭する予定。逃げた理由を訊かれたら、フェリクスに脅《おど》されて命の危険を感じたという簡単な説明をすることになっている。自分から出頭して、予定どおりに司法取引をすれば、検察は罪状を追加しないでしょう。検察にとって娘の証言はなにものにも代えがたいほど重要だから」

テレサが青ざめる。ミセス・ウェストーヴァーは娘の手を包んだ。エイミーは吐きそうな顔だ。「戻りたくない」テレサは下唇《したくちびる》を震わせながら母親に言った。「エイミーとわたしで町を出るのはどう？ エイミーは口座のお金を全部引き出したの。しばらくふたりで暮らせるくらいの額を」

「十万ドルあれば長持ちするわよね」ヴェロだ。「だれかに払わずにすむんだったら特に」

テレサが顔をしかめた。「なんの話？」

エイミーは顔を背《そむ》けた。

「テレサは知らないのね？」わたしは言った。

エイミーは目を丸くしてヴェロとわたしを交互に見た。彼女の声は震えていた。「どういう意味？」

「わたしたち、あなたがFedUpだって知ってるのよ」ヴェロが言う。「スティーヴンを殺す人間を雇おうとしたでしょ」

エイミーの顎が落ちた。テレサは眉根を寄せて親友を見た。「エイミー、彼女はなんの話をしているの？」

「知らない」エイミーは口ごもった。「たしかにスティーヴンにはうんざりしてるわ《フェッド・アップ》。彼はとことんくそ野郎だし、デリアとザックに会わせてくれないけど、彼を傷つけてほしいなんてだれにも頼んでないわ！」

「彼女の携帯電話をチェックしてみて」ヴェロが食い下がる。「そうすればわかるわ。犯罪現場の写真がAnonymous2からEメールで来てるから。あ、そうそう」ヴェロはエイミーをふり向いて言う。「まだ気づいてないかもしれないから言っとくけど、スティーヴンはあなたのささやかな待ち伏せの場には来ないから、EasyClean に取引は中止だってメールを送ってちょうだい」

テレサがあえぐ。あっという間にその目に涙がこみ上げてきた。「スティーヴンは死んだの？　EasyClean ってだれ？　エイミー、この人たちはなんの話をしてるの？」

「見当もつかないわよ！」エイミーが叫ぶ。

テレサがエイミーの携帯電話に飛びついた。スクロールして画面を見る目がきらめく。「なにもないわよ。エイミーが彼女の夫とやりとりしたメールしかない」テレサはむかついた表情でエイミーを見た。「夫にメールを送ってたの？　わたしたちがここにいることはだれも知らないって言ってたじゃないの！」

「ごめんなさい！　夫から何度もメールが来たのよ！　わたしがいなくなってさみしい、心配してるって！」

「あなたの夫はくそ野郎の王よ、エイミー！　彼が心配してるのは、あなたがわたしを助けるために共同口座から引き出したお金だけだってば！　まさか彼にお金を返そうだなんてマジで考えてるわけじゃないわよね？」

エイミーがたじろいだ。

ヴェロはテレサから携帯電話を引ったくった。「メールはあるはずなのよ。わたしが自分で送ったんだから。写真とか全部」エイミーの携帯電話をスクロールするヴェロを、エイミーとテレサが仰天の表情で見つめる。ヴェロは携帯電話をテーブルのもとの場所に戻した。「どういうこと。あなたがFedUpじゃないなら、だれがスティーヴンの殺害を依頼したの?」

「それに、だれがミーティングをセッティングしたの?」わたしは言った。

「ミーティングって?」テレサ、エイミー、ミセス・ウェストーヴァーが異口同音に訊いた。

木々の隙間からヘッドライトが光り、わたしたち全員が正面の窓をふり向いた。ピックアップ・トラックが砂利敷きの長い私道を家に向かってきて、スピードを落として停まるとフロントポーチの人感センサーつき照明が点灯した。エンジンが切られ、ヘッドライトが消える。運転席の人間が手短にメールを打つと、携帯電話画面のほの暗くやわらかな青い明かりが彼を照らした。画面が暗くなると、男が家に目を向けた。

ヴェロの携帯電話が振動する。FedUpからのEメールで画面が明るくなった。彼女はそれをわたしに見せた。


Anonymous2、どうしてこんなおそろしい写真をわたしに送ってくるの? 冗談のつもり? わたしにはお金なんてないし、もしまた連絡してきたら警察に通報しますよ。

「たったいまお払い箱にされたようね」ヴェロは言った。目を上げ、ピックアップ・トラックから男が降りてくるのを見た。

ミセス・ウェストーヴァーが椅子を立ち、ゆっくりと家に向かってくる男をカーテンの隙間から覗き見た。娘をふり向いた彼女は青ざめていた。「テッド・フラーはなにしに来たの?」

39

「彼の目的はなんだと思う？」ブリーの父親がフロントポーチの階段を上ってくると、テレサが母親にたずねた。

「わからないわ」ミセス・ウェストーヴァーの声は小さかった。「六月の最後のミーティング以来、テッドとは話していないもの。彼とカールは芝土《しばつち》農園のことで衝突したの」

「衝突の原因は？」わたしは大急ぎで訊いた。

「テッドは利益の分配方法が気に入らなかったの。自分のほうが農園の運営でカールよりも積極的な役割を担っている――スティーヴンとよく一緒に働いている――という理由で、分け前の割合を多くしたがった。でも、カールとわたしは取り決めを変更するつもりはないと告げた。契約は契約だし、カールは病気をどうしようもなかったし。彼は自分の取り分を手放せる立場になかったけど、テッドの見方はちがった。ふたりは和解しなかったと思う。テッドとスティーヴンが事業を運営し、カールの口座には毎月振りこみがされた。もともとの契約どおりに」

「だったらどうして彼がここに来るの？」テレサが口をはさむ。

テッドの足音がゆっくりとドアに向かってきた。わたしは腹部に恐怖が居座るいやな感じを味わった。テッドが来た理由なら見当がついた。それは、謎めいたミーティングに招待されたという理由ではないはずだ。「だれかがカールのアシスタントになりすまして、スティーヴンとテッドをここで開かれるミーティングに招待するEバイトを送ったのよ」全員がわたしをふり返る。「だからヴェロとわたしがここへ来たの。エイミーがスティーヴンをここへ呼び出して殺そうとしてるんだと思ったから」エイミーが顔をしかめた。「話せば長くなるわ」申し訳なく思いながら言う。「悪く思わないで」

「大丈夫」エイミーは具合が悪そうに見えた。

「でも、エイミーじゃなかったのなら、だれがスティーヴンとテッドを呼ぶミーティングを設定したの？」ミセス・ウェストーヴァーが言った。

呼び鈴が鳴った。だれも応対に出ようとしなかった。

ミセス・ウェストーヴァーが散弾銃を手に取る。「こっちは五人であっちは彼ひとりだわ。テッドをなかに入れて白黒はっきりさせましょう」錠をはずし、散弾銃を見られないようにドアの陰に隠して少しだけ開けた。残る四人はこっそり近づいて聞き耳を立てた。

「バーバラ！」彼女の姿を見たせいで息が切れたみたいな声だ。「ここできみに会うとは思わなかったよ」

「こっちもよ。ずいぶん前からここであなたに会ってないわよね。訪問にはひどく遅い時刻じゃない？」苦々しい口調だ。

「申し訳ない。前もって電話すべきだったのはわかってる。スティーヴンも遅れる。メールをもらったところなんだ。車のトラブルで身動きが取れなかったらしいが、いまはこっちに向かっているところだ」

ヴェロがわたしの腕をつかんで小声で言った。「身動きが取れなかった？　車のトラブル？」

偶然の一致であるわけがない。スティーヴンの携帯電話と、ラモンに牽引してもらうためのキーをミニバンのなかに置いてきた。それを見つけるなんてスティーヴンらしい。「彼は自力でモーテルの部屋を出たにちがいないわ」

テッドが不審そうな声になった。「ほかにだれかいるのかい？」

ミセス・ウェストーヴァーが散弾銃をさっとかまえ、足でドアを開けた。

テッドはゆっくりと両手を上げ、困惑に眉根を寄せながら慎重にあとずさった。「バーバラ、最後のミーティングでカールがひどく腹を立てたのはわかってるが、スティーヴンが来たらすぐに問題を解決できると思う」

「カールは夏に亡くなったわ、テッド。でも、すでにわかってたんでしょう」ミセス・ウェストーヴァーは散弾銃で彼の胸を狙い、ポーチに出た。「この謎めいたミーティングの目的はそれ？　農園を独り占めするために最後のビジネス・パートナーを取りのぞく計画なの？　そのアイデアをまずはスティーヴンの元奥さんに話したほうがいいんじゃないの」彼女がわたしのいるほうへ頭をぐいっとやった。ミセス・ウェストーヴァーの背後にいるわたしに気づき、テッドが目を丸くした。「入って、テッド。はっきりさせなきゃならないことがいくつかあるみたいじゃない」

ミセス・ウェストーヴァーは脇へずれて、テッドを先に入れた。彼の背中に散弾銃を向けたまま、キッチンのテーブルへ向かうよう指示した。残りのわたしたちは供述を待つ陪審のように、座った彼を取り囲んだ。

「残念だ、バーバラ」感情で喉が詰まっているような声でテッドが話しはじめた。「カールが亡くなってたなんて全然知らなかった。もっと早く電話をするか立ち寄るべきだった。彼との仲をあのままにするべきじゃなかった。病気がそこまで進んでいるなんて思ってもいなかったんだ」

「カールはだれからも同情されたがってなかったわ。彼は善良な人だった。あなたもそうだとは言えないけど」

「私だって自分をどう言えばいいかわからない」テッドが静かに認めた。

「FedUp の正体を話すところからはじめてはどうかしら?」わたしは言ってみた。フォーラムに求人を投稿したのは自分だとテッドの口から聞きたかった。スティーヴンの殺人未遂はすべて彼の責任だと。スティーヴンをここへおびき寄せて EasyClean に仕事を完遂させるために、このミーティングを設定したのだと。「まずは農園の火事のことを話して」

テッドがはっと顔を上げた。「知っているのか?」

ヴェロが胸のところで腕を組み、いらだたしそうに指先で叩いた。「わたしたち、いろんなことを知ってるのよ」

テッドはごくりと唾を飲んだ。「わかってほしいんだが、火をつけたとき、妻のメリッサはだれかを傷つけようだなんてこれっぽっちも思っていなかったんだ。彼女は私に腹を立てていただけで。だいぶ前からスティーヴンと縁を切るよう妻からうるさく言われていたんだが、取り決めを結んでいたから、それを反故《ほご》にするわけにはいかなかった」

わたしは困惑して頭をふった。「あなたの奥さんがスティーヴンのトレーラーに火をつけたの？　どうして？」

テッドは顔をまっ赤にしてうつむいた。「取り決めの一部として、娘を週に何日かオフィスで働かせてほしいと春にスティーヴンに頼んだんだ。ただ、ブリーがスティーヴンにちょっとばかりのぼせ上がってしまって……まあ、彼がどんな男か、あなたはよくご存じでしょう」テッドが申し訳なさそうな目をわたしに向けてきた。

「もしもし！　わたしはここにいるんですけど」テレサがわたしとテッドに手をふった。「そのとき彼はわたしと婚約してたんですけど、だれも気にしてくれないの？」

ヴェロは栓の開いたワイン・ボトルをつかんでテレサの手に突っこんだ。「そうよ。でも、残念賞をどうぞ」次いでテッドに向かって言う。「あなたは話を続けて」

テッドは息を吸い、続けた。「スティーヴンとブリーが深い仲だと知ったとき、メリッサは激怒した。ブリーが彼のところで働くのをやめさせるべきだと妻は譲らなかったが、成人した娘に両親が人づき合いを指図するのはおかしいと私は思った」

ヴェロが嫌悪の声を出した。「っていうよりも、農園が利益を出してたから、火遊び好きの変態が娘さんをもてあそんでる事実に目をつぶろうと決めたってことでしょ」

テッドがぎこちなくうなずいて罪を認めた。「メリッサはスティーヴンにひっきりなしに電話した。夏ごろから彼にしつこくつきまとい、ブリーを解雇しろと迫った。ふたりの関係がどんなものだったにせよ、それを終わらせたがった。十月に例のトラブルがあって、スティーヴンがブリーをクビにする口実を得て、メリッサはついに思いを達成した。

ブリーは何日もベッドで泣きどおしだったし、農園はあっという間に金を失いつつあったが、メリッサはやっと満足した。だが、それも一カ月ほどしか続かなかった。ある晩——感謝祭の晩だったと思う——何杯か引っかけたスティーヴンが非常識な時刻にわが家の固定電話にかけてきて、ブリーを出してほしいと言った」

スティーヴンの携帯電話を覗いたときに、通話記録に残っていた電話だろう。ブリーの携帯電話ではなく、家の固定電話にかけたもの。

「ブリーはすでにベッドに入っていた」テッドが続ける。「メリッサはスティーヴンの番号がナンバー・ディスプレイに表示されているのを見て、出もしなかった。そこでスティーヴンは、ブリーが恋しい、自分はまちがいを犯した、と留守番電話にメッセージを残した。新しい家を手に入れた、ブリーに会いたい、と」

ヴェロは片方の眉をつり上げてわたしを見た。スティーヴンがうちの前に現われて、わたしとジュリアンがいちゃついているところを目撃した夜のことだ。あのとき彼は、わたしも子どもたちもいない新しい家《ハウス》は家《ホーム》に感じられない、と言ったのだ。

「続けて」わたしはテッドに言った。

「メリッサは激怒した。私にスティーヴンとのパートナー契約を解除しろと要求した。農園はどのみちスキャンダルのあと利益を上げられていないのだし、ブリーも農園で働かなくなったのだから、ビジネス面でもそのほかの面でもスティーヴンとの関係を保つ理由はないと。私が断ると、メリッサは私に腹を立てた。妻は、あんな男に娘の人生を台なしにされるくらいなら、その前に農園を──そして、私たちのビジネスを──めちゃくちゃにしてやると示すために、トレーラーに火をつけた。利益より家族、というわけだ。あんなのはただのトレーラーでしょ、とメリッサは言った。娘の将来のほうが投資に失敗するよりも遙かに重要だと」

「あの放火でだれかが死んでたかもしれないんですよ」わたしは言った。トレーラーのソファを炎が呑みこむおそろしい速さを思い出していた。

「それはない」テッドは激しく首を横にふった。「妻はトレーラーにだれもいないとわかっていた。スティーヴンのピックアップ・トラックすら停まっていなかった。彼が別の場所で暮らしているのを知っていた。だれかが怪我をしたり死んだりすると思ったら、妻はぜったいに火を放ちはしなかった。断固とした態度で私になにがいちばんたいせつなのかを思い出させるやり方にすぎない」

「じゃあ奥さんは、汚れ仕事をさせるために人を雇ったわけだ」ヴェロの口調は疑わしげだった。

テッドが困惑顔になる。「よくわからないんだが」説明を求めてわたしを見てきた。

「わたしたちは、あなたの奥さんがスティーヴンを殺すために殺し屋を雇ったと考えています」彼を見ていると、その顔が困惑から信じられない思いへと変わった。

「メリッサが?」はじめは驚きの小さな笑いだったものが、ヒステリックともいえる大笑いへと移ろった。「ありえない! きみたちは私の妻を知らないだろう。彼女にはぜったいにそんなことはできない」

「こんなことを言いたくはないけど」ミセス・ウェストーヴァーが散弾銃を脇に下ろす。「彼が正しいわ。わたしはメリッサ・フラーをずっと前から知っている。破廉恥《はれんち》な男に教訓をあたえ、娘を守るために、男の所有物を破壊する彼女なら想像できるけど、人の命を奪う彼女なんて想像できない。まるで彼女らしくない」

「妻は気の迷いで愚《おろ》かなことをしでかしてしまった」テッドが言い募る。「だが、警察がブリーに対する捜索令状を持ってうちに来たときに、彼女は過《あやま》ちに気づいた。メリッサはけっして自分自身を赦《ゆる》さないだろう。娘にさらなる疑いがかけられることをおそれて、妻はスティーヴンにしても彼の所有物にしてもふたたび損害をあたえるなんてとてもできないと思う」

「そこであなたは奥さんを出頭させるのではなく、ブリーのアリバイをちょっといじり、メリッサのアリバイも成立させるようにしたわけね」火事の翌朝、前夜は父親と一緒にテレビを観ていたとブリーはわたしに話した。ただ、ニックによると、三人一緒にテレビを観ていたとブリーの両親から聞いたとのことだった。状況が頭に浮かべられた。「あの晩、メリッサは居間にいるあなたとブリーの写真を撮ってない。あなたとブリーが家でテレビを観ているとき、奥さんは放火していた」

テッドがうなずく。「家にいたのは私と娘だけだ。娘は私との写真を撮りたがり、携帯電話を本棚に立てかけてタイマーを使った」

「そして、あなたはメリッサが写真を撮ったのだと警察に話し、奥さんのアリバイを作った」ヴェロが言うと、テッドはうなずいた。「でも、あなたと奥さんがスティーヴンをここへ招待したの？」

人を雇ってないなら、どうしてミーティングを設定してスティーヴンを殺すために
テッドは当惑した顔になった。「私はミーティングを設定などしていない」

わたしはヴェロに顔を向けた。「ここにいるだれもミーティングを設定してないなら、だれがしたの？」

「わたしを見ないでよ」テレサはワイン・ボトルに口をつけた。

正面の窓がガシャンと割れ、ガラスが宙を舞った。

銃弾が雨あられと屋内に降ってきて、全員が床に伏せ、耳をふさいでテーブルの下に逃げた。

40

銃声がついにやんだときの静寂は、耳をつんざくほどだった。

「みんな大丈夫か?」テッドが大声を出した。ミセス・ウェストーヴァーは散弾銃の撃鉄を起こした。

「だれが撃ってきたの?」テレサはエイミーのそばにうずくまっている。わたしはテーブルの下に隠れている面々を見まわした。全員にフェリクス・ジロフとのつながりがある。

「フェリクスに決まってる」わたしは言った。「彼は未処理事項が嫌いだと、あなたが言ったんでしょ」わたしたち全員が未処理事項だ。フェリクスの手下はわたしたちを一網打尽にできる。

また銃弾が家を破壊にかかった。

「やってやろうじゃないの!」ミセス・ウェストーヴァーがごろりと転がってひざ立ちになり、散弾銃の銃身を割れた窓にかけた。暗闇に向かって何発か撃ち、相手側の攻撃をさえぎった。銃弾を装塡《そうてん》するために彼女が引っこむと、フェリクスの手下たちが撃ち返してきて、ミセス・ウェストーヴァーはテーブルのわたしたちのもとへ退却せざるをえなくなった。

テレサは片腕にワイン・ボトルを抱き、もう一方の腕をエイミーにまわした。「夫に居場所を教えてしまってごめんなさい《ソーリー》!」エイミーが泣いた。

「あなたの夫がいやなやつで残念だわ《ソーリー》!」テレサはすすり泣いた。

何発もの銃弾がキャビネットに穴を穿《うが》ち、冷蔵庫の扉に当たってビシッと音をたてた。

「フィンレイ!」ヴェロがわたしの手をきつく握った。「死んじゃう前に話しておくことがあるの」

「わかってる!」ヴェロの手を握り返す。「わたしも愛してる! でも、いまはそんなことを言ってる場合じゃないわ!」

「ちがうの、フィン。お金のことなの。わたし――」

タイヤが砂利で横滑りする音がした。青いライトが窓に押し寄せ、次いで叫び声がした。

「警察だ! 武器を捨てて両手を上げろ!」

「ニックの声みたい!」外でまた激しい発砲があり、ヴェロは首をすくめて耳をふさいだ。

彼女と一緒に窓へと這い、外を覗いた。青いライトがニックの車のダッシュボードで回転していた。運転席側のドアは開いたままで、ニックの姿はどこにも見えない。黒ずくめの男ふたりが前庭の木々の背後に身を隠していて、ニックの車の助手席に向かって発砲するたびにセミオートマティックが火を噴いた。

「彼はどこ?」銃声に負けじとヴェロが声を張りあげた。

「わからない。車の背後から動けないんじゃないかな。どうにかしないと」ガンマンふたりは攻撃の手をゆるめず、ひとりが発砲を続けるあいだにもうひとりが銃弾を再装塡し、青いライトを狙って撃つと窓が割れた。窓辺で頭をさっと下げ、ヴェロの身も伏せさせた。「彼らの気をそらさせないと。ニックから注意がそれるようなでっかいことをするの」ガンマンたちの注意をニックの車から引き離すには、明るくて大音をたてるものでないとだめだ。なにか使えるものはないかとキッチンを見まわす。テーブルの上で倒れているワイン・ボトルに青いライトが反射していた。

「いいことを思いついた。来て！」割れたガラスをものともせず、ヴェロを従えてひざと肘を使ってテーブルのほうへと這った。顔を上げずにテーブルの上に手を伸ばし、手探りでワイン・ボトルをつかんでヴェロに渡す。もう一本のボトルをテレサの手から引ったくって中身を床に流し出すと、彼女が甲高《かんだか》く叫んだ。

「飲んでたのに！」

両手両ひざをついてワイン・ボトルをシンクへと運ぶ。ヴェロがぴったりついてきた。「いい考えとは思えないんだけど、フィンレイ！」

「とにかくなにかしないと！　ニックの車が蜂の巣にされてるのよ！」

キャビネットを漁り、ペーパー・タオルのロールやごみ袋を押しのけてガラス・クリーナーの容器を見つけた。キャップをまわし開けてにおいを嗅ぐ。刺激臭で喉が詰まり、目がひりひりした。「タオルをちょうだい」

ヴェロがわたしの体越しに手を伸ばし、冷蔵庫の取っ手から布巾をするっとはずして縦にふたつに裂き、わたしはワイン・ボトル二本にガラス・クリーナーを流し入れた。一本をヴェロに渡す。裂いた布巾の端をそれぞれのボトルに詰め、急いでコンロへ向かった。ヴェロが手を伸ばしてコンロの火をつける。ボトルを高く持ち上げて火の上に布巾が垂れるようにした。布巾に火がつくと、肘とひざをついて壊れた窓へ急いだ。外でまた発砲音がして、さっと身を伏せる。

「一、二の三でいくわよ」銃撃音のなかで声を張りあげる。

「待って。三と同時にいくのか、三を言い終わってからいくのか、どっち?」

「いいから投げて!」テレサがどなった。

ヴェロとわたしはガンマンらの火を噴く銃口に向かってボトルを投げた。ガラスが割れる。ボトルが炎の轟音とともに爆発した。フェリクスの手下どもが悲鳴をあげ、盾にしていた木々の陰から飛び出してきた。

ヴェロが、激しい動きのあったニックの車の背後を指さす。身を隠せる木に向かって駆け出すニックのジャケットの背中が見えた。ニックが銃をかまえてふり向いた。フェリクスの手下たちに狙いを定めて発砲する。ひとりが叫び声をあげて倒れた。ニックは続けざまに発砲し、ふたりめも倒した。

銃撃がやんだ。ニックの車のエンジン音と前庭の炎の音以外、静かになった。濃い煙と執拗《しつよう》に回転する青いライトのせいで、なにも見えなかった。

キッチンのわたしたちの背後でガラスのバリバリという音がした。テッド、ミセス・ウェストーヴァー、エイミー、そしてテレサがそろそろとテーブルの下から出てきて、わたしやヴェロと並んで窓枠越しに外を覗いた。

木々のどこからかうめき声が聞こえた。

「ニック！」わたしはよろよろと玄関に向かった。割れたガラスでスニーカーがすべる。ヴェロが足を引きずってついてくる音を聞きながら、フロントポーチに飛び出した。「ニック！どこなの？」

「フィン？　伏せろ！　危険だ」

ミセス・ウェストーヴァーが前庭に駆け出し、散弾銃をかまえてフェリクスの手下のひとりにのしかかるように立った。つま先で男をつつく。テッドはもうひとりのところへ行き、脈を確認した。首が横にふられた。

「大丈夫よ」わたしは叫んだ。「終わったわ」

ニックがうめいた。声のするほうへ向かうと、隠れるように座って木にもたれている彼を見つけた。ニックは腕をつかんで体に引き寄せていた。強烈な血のにおいがした。彼のそばにひざをつき、あいかわらず胸をどきどきさせながら怪我の箇所を探る。家の明かりは木でさえぎられていたので、彼の暗い輪郭しかわからなかった。９１１にかけるヴェロの携帯電話の画面が明るくなった。

「大丈夫。ただのかすり傷だ」ニックは立ち上がりかけたものの、すぐに考えなおした。シュッと息を呑み、左脚の太腿《ふともも》をつかんだ。「エイミーとテレサ……ふたりはどこだ？」

わたしは後ろをふり返った。テレサは前庭のまんなかで消火器で火を消そうとしている。エイミーは風で飛んだ火の粉を踏んづけている。「消火活動中よ」

「みんな無事か?」

「あなた以外はね」携帯電話のライトをつけて彼の傷をよく見ようとした。

「もっとひどい目に遭ったこともあるさ」ニックの笑顔に説得力はなかったし、その声はこわばっていた。

「もしもし、911ですか?」ヴェロが言った。「緊急事態です。こちらは――」

「お願い、言わないで」わたしは目をきつく閉じてつぶやいた。

「こちらはルイス巡査です。救急車をお願いします! 警官一名が撃たれました。くり返します、警官一名が――」

ニックがヴェロから携帯電話を引ったくった。「フェアファクス郡警察のニコラス・アンソニー刑事だ……」彼は通信指令員に現場の住所を伝え、救急車の手配を頼んだ。電話を切ると携帯電話をヴェロに返し、腕を押さえて木に頭をもたせかけた。「悪いがジョーイを呼んでくれないか?」ヴェロはニックが口早に伝える番号にかけた。そして、耳に指を突っこんで少し離れた。

わたしはもっとよく見ようとニックの袖をまくった。「どうやってエイミーとテレサがここにいるとわかったの?」

「エイミーは夫とメールをやりとりしていた。電波が発信された基地局をたどり、その付近にテレサの母親が以前住んでいた住所があるのを突き止めた。偶然にしてはできすぎに思われた。

たしかめる価値はあると考えた。あなたとヴェロがここでなにをしていたのか、知らないほうがいいかな?」

「あなたと同じよ。謎を解こうとしてたの。悪者を止めようと」よけいなことは言わないに越したことがないと判断する。「わたしたちのほうが早かったみたいだけど」

「あなたのリサーチ能力を二度と疑わないようにしないとな」遠くでサイレンが鳴り、どんどん近づいてきた。

「少なくとも、わたしはパートナーを連れてきたわよ。あなたはどうしてひとりなの、ニック? 殺されていたかもしれないのよ。ジョーイはどこ?」

「今朝スティーヴンが警察をまいたあと、ジョーイは一日中彼を捜していたんだ。その任務を中断させたくなかったし、エイミーがいるかどうかさっと確認しにきただけなんだ。だが、銃声を耳にするはめになって、バックアップを要請した」

ヴェロが携帯電話に眉をひそめながら戻ってきた。「三回ジョーイにかけたんだけど出ないの。病院であなたに会うようメッセージを残しといた」

うなじの毛が逆立った。考えれば考えるほど、腑《ふ》に落ちなかった。フェリクスがさまざまな罪を逃れられるのは彼の息のかかった警官が何人かいるからだ、とニックは言う。ジョーイがニックのパートナーになったのは、フェリクスが逮捕された直後だ。フェリクスがニックに関心を持つようになった直後。そしてジョーイは、先週の土曜日の夜にニックとわたしが〈クワス〉で食事をするのを知っていた。これで、わたしたちが店にいるのをキャットが知っていた説明がつく。それからキャムのこともある……。キャムはジョーイのCIだけど、彼が町を出ているると知ってニックに連絡してきた。なぜ？　それに、ジョーイが町に戻ってきたとたんに口を閉じたのはどうして？

〝知ってる情報を全部渡したら、ジョーイとの関係は終わりだ〟

キャムは、EasyClean の正体を突き止めようと動いたせいでたいへんな目に遭ったと言っていた。EasyClean についてなにかを知っていて、かならずしも女性とはかぎらない、と手がかりをくれた。こわくて自分の口からは言えないけど、EasyClean がだれなのかをわたしたちに突き止めてほしいみたいに。

〝オンラインではだれを相手にしてるのかを決めつけちゃだめなんだよ〟

キャムを痛めつけたのはフェリクスの手下ではなく、警官だった？　自分が利用しているフォーラムをだれにも知られたくない警官。お金が必要で副業をしている警官。パートナーに頼まれてわたしの元夫を監視していた警官。スティーヴンにまかれたとジョーイが言ったのは、疑念を潰し、彼の命を奪う好機をつかみやすくするためだったら？　追跡アプリをスティーヴンの携帯電話に入れたのはジョーイで、ずっと居場所を知っていたのだったら？

くそっ！　スティーヴンの携帯電話はミニバンのなかだ！　彼はこっちに向かっているとテッドに携帯電話で連絡した。時間がなくて追跡アプリをアンインストールできていない。

つまり、ジョーイはいまこの瞬間もスティーヴンを尾行しているかもしれないということだ。

サイレンが鳴り響いた。赤と青のライトをぎらつかせながら、パトカーと救急車がウェストーヴァー家の私道に入ってきた。救急救命士《EMT》ふたりがニックに駆け寄り、容態のチェックにかかった。わたしはヴェロの手をつかみ、家の脇へと引っ張っていった。「スティーヴンを見つけなきゃ」

　ヴェロが白い息をふんっと吐いた。「なんで？　こっちに向かってるところなんでしょ。待ってればいいんじゃないの？」

「ここまでたどり着けないかもしれないからよ。ジョーイがEasyCleanかもしれない」

「ジョーイ？」ヴェロがいきなり静かになったので、猛スピードでこれまでを思い返しているのがわかった。わたしと同じように、ここ数日のできごとを別の角度から見ているのだろう。

「まずいわ、フィン。ニックに話さないと」

「だめよ、ヴェロ！　この件はひとことも彼に言っちゃだめ。なんの証拠もないんだから。わたしたち、エイミーがFedUpだって確信してたけど、全部まちがってたでしょ」

「でも、今回はまちがってなかったら？」ヴェロはアストンマーティンのキーを差し出した。「行って。スティーヴンを見つけて。いまごろはもう近くまで来ているはず。彼がここまで来た場合に備えて、わたしはここにいる」

　木々のなかへ走り出したとき、わたしの名前を呼ぶニックの声が聞こえた。

41

カールの家の裏手にある暗い木々のなかを走りながら、スティーヴンの携帯電話にかけた。前方の駐車場でアストンマーティンがきらめいた。肺が燃えるように感じながら、ドアに手を伸ばす。

スティーヴンが挨拶もなしに出た。その声は冷たい夜気のようだった。「たっぷり説明してもらうからな」

「わかってる」はあはあとあえぐ。「ちゃんと説明する。約束する。でも、いまはわたしの話を聞いて」キーフォブのボタンをめちゃくちゃに押すと、室内灯がついてドアのロックが解除された。体をかがめて乗りこむとボタンの数々を観察し、エンジン始動のボタンを押した。

「きみの話を聞くのは終わりだ。ずっとものすごく辛抱強くしてやってきたが、フィン、もう限界を超えた。家に帰ったら、すぐにガイと会う約束を取りつける。こんなたわごとは終わりにする。わかったか？　終わりだ！」

「スティーヴン、聞いて」ギアを入れ、雑貨店の裏で車を急旋回させる。駐車場はまっ暗だったので、ヘッドライトをハイビームにした。「道路から離れて。人のいる場所へ行って。人がたくさんいる場所よ。照明たっぷりの場所。お店とかガソリンスタンドとか」わたしの予想どおりにスティーヴンが近くまで来ているなら、すでに選択肢はかぎられている。このあたりの道はすべて暗い田舎道だ。家族経営の小さなコンビニから次のコンビニまでは何マイルも離れているし、この時刻では開いていないだろう。

スティーヴンが陰鬱《いんうつ》な笑いを低く漏らした。「笑えるな。もう道路から離れてるさ。きみのいまいましいミニバンがついさっき昇天してくれたから、地の果てで立ち往生してレッカー車を待っているところだよ！」

だめ。だめ、だめ、だめ！　アクセルを強く踏みこむ。七百頭の馬を蹴《け》って全速力で走らせたみたいだった。木々が流れていく。曲がりくねる道のカーブに差しかかるたび、遠心力で体が左右に揺さぶられる。「スティーヴン、いまどこ？　通りの名前でも目印でもいいから教えて。そっちに向かってるから。ドアをロックしてミニバンのなかにいて。すぐに行くわ！」彼はきっと、ヴェロとわたしと同じルートで来ているだろう。だから、来た道を戻ればスティーヴンを見つけられるにちがいない。もうそう遠くないはず。

「ふざけてるのか？　きみのシッターに頭を殴られたんだぞ、フィンレイ！　脳震盪《のうしんとう》を起こしたかもしれない！　きみはぼくに猿ぐつわをかませ、みすぼらしいモーテルに置き去りにした。わからないのか？　きみは、ぼくがいまいちばん会いたくない相手なんだよ！」

「待って。あなたを見つけたと思う」前方の路肩で黄色いハザードランプが点滅していた。よく知っているミニバンのフロントグリルを目にして、詰めていた息を吐いた。スティーヴンがこちらを背にしてミニバンの横をうろついていた。アクセルから足を離し、スピードが落ちるのに合わせて心臓の鼓動も落ち着いてきた。

「助かった」スティーヴンが小さな声で言った。「レッカー車が来た。もう切るぞ」彼は道路に出て、反対側から近づいてくるヘッドライトに向かって自由なほうの手をふった。その車がスピードをゆるめると、冷たい恐怖がわたしに襲いかかった。

「それはレッカー車じゃないわ、スティーヴン。ミニバンのなかに戻って！」

「この話の続きは、明日ガイと一緒にしよう」

わたしは携帯電話に向かって叫んだけど、スティーヴンは電話を切ってポケットにしまった。彼はヘッドライトから目をかばいながら、近づいてくる車の運転手に合図した。車はウインカーをつけてスティーヴンを通り過ぎ、ミニバンの五十ヤードほど先でなめらかに停まる。わたしはスピードを上げ、対向車線の車のハイビームに目を狭めながら通り過ぎ、ウインドウを下げるボタンを手探りした。スティーヴンは、アストンマーティンがタイヤをきしらせて目の前で停まるとよろめいた。

「乗って！」わたしは叫んだ。

スティーヴンが目を丸くする。「こんな車をどこで手に入れたんだ？」

「いいから！　乗って！」

彼はわたしに背を向けて降参とばかりに両手を上げた。「家に帰れよ、フィンレイ」

「スティーヴン！」ギアをバックに入れ、対向車線の車に向かうスティーヴンに併走した。

「あの車に乗っている人はあなたを殺そうとしてるのよ。わたしと一緒に来て。いますぐ！」

「きみはほんとうにどうかしてるな、フィンレイ。わかってるのか？」彼は歩き続け、わたしはバックでゆっくりと隣りを走った。

「スティーヴン、お願いよ」開いたウインドウから彼の腕をつかんだ。

彼がわたしの手をふり払った。「あのモーテルに置き去りにされたときに、きみがいかれてしまったとわかったよ。だが、こんなことまで？　これは……」スティーヴンは足を止めた。ブレーキを踏むと彼に袖をつかまれた。「その手についてるのはなんだ？　血か？」

「説明している時間はないのよ」件《くだん》の車から人が降りてきた。スティーヴンはわたしの視線を追って運転手に手をふり、少し待ってほしいと指を一本立てた。相手も片手を上げた。その手をこちらに向ける。

「伏せて、スティーヴン！」運転手の銃が火を噴いた瞬間、わたしはドアを勢いよく開けてスティーヴンの股間にぶつけた。彼が開いたウインドウに頭を突っこむ形でふたつ折りになったとき、その頭のそばを銃弾が飛んだ。

続く銃弾が足もとのアスファルトに当たると、スティーヴンが目をまん丸にした。

「いいから早く乗って！」わたしは金切り声をあげた。スティーヴンがボンネットをまわって這々《ほうほう》の体で助手席に乗ると、わたしは急いでギアをドライブに入れた。彼は呆然としていた。

「いまのを見たか？　あいつはぼくを撃とうとした！」

「さっきからわたしがなにを伝えようとしてたと思ってるのよ？」

「まじめに言ってるなんて思ってなかったんだよ！」

「シートベルト！」リアウインドウに銃弾が当たり、母親然とした声で叫んだ。タイヤ跡がつくほど強くアクセルを踏みこむ。向こうの運転手が車に乗りこんで路上でスリーポイント・ターンをすると、後方でそのブレーキランプがついたり消えたりした。

スティーヴンがシートベルトを締めた。「嘘だろ、フィン。アストンマーティンじゃないか！」

「車種くらいわかってます、スティーヴン」

「いいからほんとうのことを言ってくれ。この車をどこで手に入れた？」

「そんなことはどうでもいいの。あなたの携帯電話をちょうだい」

「どうして？」

「いいから！」

スティーヴンが携帯電話を渡してきた。わたしは電源を切って窓の外に放り投げた。スティーヴンは文句を言いかけたけど、わたしがきっぱりと指を立てると開いた口をぴしゃりと閉じた。スピードメーターが百マイル超を示すと、彼はシートに背中を押しつけた。「ちょっとスピードを出しすぎだ。少し落としたほうがいいんじゃないのか」

「いまはわたしの運転に文句を言ってる場合じゃないでしょ」

「だな。悪かった」体をよじって背後を見る。「向こうの車のハイビームが見える。追ってきてるみたいだ」

「向こうがあなたのそばを通り過ぎたとき、運転手の顔を見た？」

「いや、あのときもハイビームだったからね。セダンぽかったかな。ひょっとしたらシボレーかも」

ジョーイはシボレーのセダンに乗っている。でも、それを言えば彼以外にもたくさんの人が乗っている。「色は？」

「わからない。暗かったから。色がわかるほど近づいてもらいたくないな」スティーヴンは前に向きなおり、首を縮めて周囲を確認した。「一マイルほど行ったら、左手に見通しの悪い交差点がある。あっちが角をまわってくる前に交差点を曲がってライトを消せたら、ふり払えるかもしれない」

わたしはさらに強くアクセルを踏んだ。スティーヴンに見られているのを感じる。張り詰めた空気のなかでさまざまな質問が募っていくのを感じられる。前方に黄色の警告標識が現われた。ブレーキを踏んで鋭いカーブに突っこみ、曲がり角があるのを視野にとらえ、ライトを消してハンドルを思いきり左に切った。ブレーキから足を離し、暗闇でなににもぶつからなかったことを祈る。ふたりして息を殺す。一瞬後、EasyClean のヘッドライトがリアウインドウの向こうを猛スピードで通り過ぎた。

「うまくまけたみたいだ」スティーヴンが肩越しにたしかめる。「向こうがUターンして戻ってくる前にここから出よう」

ヘッドライトをつけ、スティーヴンのナビゲートで田舎道の迷路を通り、ようやく見おぼえのある交差点に出た。

「あそこに入って」スティーヴンが小規模ショッピングセンターのがらんとした駐車場を指さした。食料雑貨店裏の路地に車を入れ、ダンプスターの陰に停めた。エンジンを切ると突然重い静寂が訪れ、わたしはハンドルに額《ひたい》を休ませた。

スティーヴンは助手席のドアにもたれてわたしを見つめた。「はじめから話したいかい？」

「そうでもない」へとへとすぎて、説明なんて論外だった。家に帰って子どもたちをぎゅっと抱きしめたいだけだ。「だれかがあなたを殺したがってるのよ、スティーヴン。それがだれかは知らない。でも、その人は、クリスマス前にあなたを始末してくれる殺し屋に十万ドル払うっていう求人をオンラインに投稿するくらい腹を立てている。思い当たる人はいる？」

薄暗い明かりのなかでスティーヴンの顔が青ざめた。「火事の夜にセキュリティ会社に録音されたきみの声に気づいたとき、てっきり壮大な計略なんだと思いこんだんだ」

わたしは目をこすり、癇癪《かんしゃく》を起こすまいとした。「あそこにいたのは、子どもたちの父親を殺したがっている人がだれなのかを突き止める手がかりを探していたからよ」

「だから、クリスマス・ツリーの農園でぼくをスパイしていたんだね」ようやく理解が追いついたようだ。「ぼくが子どもたちと一緒にいるときに、殺し屋が狙ってくるんじゃないかと心配して」

わたしはうなずいた。顔にかかった髪をかき上げる手は、いまも震えていた。「あのとき、殺し屋は携帯電話を盗んで、あなたの動向を簡単に追跡できるようにしたんだと思う」

「自宅のガス漏れ……ピックアップ・トラックのパンク……あれはみんな殺し屋の仕業だった

のか?」

「火事以外はね。放火は」陰鬱にくすりと笑う。「ブリーの母親の仕業で、求人広告ともあなたの殺害未遂のどれとも無関係なのは明らか」

そのことばを理解するあいだ、スティーヴンは静かだった。「だからぼくを拉致《らち》してモーテルへ連れていったのか。ぼくが狙われていると知っていたから、守ろうとしてくれたんだね」

彼が頭をふる。「ったく、フィン。どうしてただ話してくれなかったんだ?」わたしはぱっと口を開いた。スティーヴンは片手を上げて制し、目を閉じた。言ったとたんに過《あやま》ちに気づいたかのように。「わかってる。きみはそうしようとした。でも、ぼくが聞かなかった。すまない」

声は和《やわ》らいでいた。「で、これからどうしたらいい?」

わたしはウインドウに頭をもたせかけた。「それがわかればいいんだけど」

スティーヴンは周囲の路地にちらりと目をやった。「小便するのに車を降りたら、撃たれるかな?」

疲れた笑いが出た。「たぶん大丈夫よ」

スティーヴンが車を降りてダンプスターの裏に消えた。

わたしは携帯電話をチェックして、ヴェロからの電話に出損ねたのに気づいた。彼女の番号をタップし、息を殺して呼び出し音を聞いた。

「よかった、無事だったのね。スティーヴンは見つかった?」ヴェロがたずねた。

「いま一緒にいる。ミニバンがウェストーヴァー家から数マイルのところで故障したの。

EasyCleanが来る直前にスティーヴンを見つけられた。ジョーイから連絡はあった?」

「ううん。ちょっと前にニックが救急車で搬送されていったんだけど、ジョーイからはまだ電話がないの」

「そんなことだと思ったわ」疑念が正しかったようだ。「だれかを撃っているときに電話をかけるのはむずかしいもの」

「撃ってるとき?」

「心配はいらない。スティーヴンもわたしも大丈夫だし、彼の携帯電話は捨てたし」

「携帯電話といえば、FedUpのEメールをEasyCleanに転送しといた。いまごろ、どっちもお金を手に入れられないってわかったんじゃないかな。これ以上スティーヴンを追いかけて時間をむだにするのはやめてくれると思う」

「それでも、EasyCleanを雇ったのがだれなのかはわからないままだわ」

「それはまた改めて考えればいいじゃない。ところで、わたしの車は?」

穴が開いてひびの入ったリアウインドウをバックミラーでさっと見る。「あなたをピックアップしたときに説明する」

「その必要はないわ。ラモンが電話してきたの。わざわざ遠くからモーテルまで行ったのに、ミニバンがなかったからカンカンだった。彼がわたしを拾いにきてくれる。そのときにラモンに殺されなかったら、帰り道でミニバンを見つけて牽引《けんいん》してもらうよう頼んでみる。修理工場で会いましょう」

ヴェロが電話を切った。

この何時間かの混沌状態で見逃した通知をチェックした。シルヴィアから一件、ジュリアンから二件、姉から一件、それに母から三件の電話を取り損ねていた。こんなに遅い時刻に母が電話してくることはほとんどなかったので、不安の波に襲われて折り返した。

最初の呼び出し音で母が出る。「フィンレイ？　ジョージアから聞いたわ」パニックを起こした張り詰めた声で矢継ぎ早に言った。「スティーヴンは無事なの？　だれかが彼を殺そうとしているってジョージアが言ってたけど。どういうこと？　それに、どうして子どもたちをジョージアに預けてるの？」

「スティーヴンは無事よ、ママ」

「ほんとうに？」

「いまわたしと一緒にいるわ。ジョージアはシッターをしてくれてるだけ」

「ああ、よかった。心配でどうにかなりそうだったんだから。待って……」母の口調が疑わしげなものになる。「どうしてスティーヴンと一緒にいるの？」

「ちょっとした車のトラブルがあったから、わたしが彼をピックアップしたの」

「デートじゃないでしょうね？」

わたしは笑った。「まさか」

「よかった。そうそう、お姉ちゃんに電話しなさい。あなたを捜していたから」母は通話を切った。

携帯電話を置こうとしたとき、通知が現われた。ヴェロが転送したメールに対するEasyCleanからの返信だった。


Anonymous2、写真を使うなんてやるじゃないか。どちらもまんまとしてやられたようだ。プロからのささやかなアドバイスをしよう。常に半金前払いを強く要求すること。次のときはぜったいにこっちの邪魔をするな。


スティーヴンが助手席のドアを開けてどすんと乗りこんできた。わたしはEメールを閉じて携帯電話をひざに置いた。

「すべて問題なしかい?」

「ええ。あなたを殺害した人への莫大な懸賞金は、どうやら空約束だったらしいとわかったの。ヴェロとわたしであなたが死んだと思わせる写真を送ったんだけど、あなたに死んでほしがってた人には支払いをする気はさらさらなかったみたい」

スティーヴンは上着のジッパーを開け、ラズベリー色のしみがついたスウェットシャツをつまんだ。指先をなめて笑う。「ぼくが生きているとわかったら、だれかさんは腹を立てるだろうな」

「でしょうね。でも、あなたを撃ってきたあの人間は二度と近づいてこないと思う」わたしは重々しいため息をついた。「ニックは優秀な警察官よ。ガス漏れと切られたタイヤから得た証拠を追って、いずれ真相を解明すると思う。それまでのあいだ、だれも怒らせないように努力できる？」

「がんばってるところだ」フロントガラスの外を見つめながら助手席のウインドウの枠を指でなぞった。「じゃあ、ニックとはそういう関係なんだ？　うれしくはないが、まあ、しょうがないんだろうな」

「あなたの意見も許可も求めたおぼえはないんだけど」

「彼がひげを剃《そ》るくらいおとななのが救いだな」

「努力してるって言ったばかりなのに」スティーヴンに注意した。

「そうだった。すまない」鼻にしわを寄せてくんくんとやった。「あの殺し屋が戻ってこないんなら、ここを出ないか。あのダンプスターが臭くて」

わたしもにおいを嗅いだ。甘ったるい腐ったにおいがシートの背後あたりから漂ってきたけれど、割れたリアウインドウを通ってきたんじゃなさそうだと思った。大混乱のさなかでカールのことをすっかり忘れていたのだ。

「そのことだけど」わたしはエンジンをかけた。「あなたの助けが必要なの。それと、わたしを信じてほしいの。無条件に」

スティーヴンは躊躇《ちゅうちょ》の色を見せながらもうなずいた。「どうすればいいか言ってくれ」

ハンドルを握りしめて農園を目指すと、水膨《みずぶく》れの幻覚で手が痛んだ。「掘削機《バックホー》を借りたいの」

42

芝土《しばつち》農園へ向かいながら、カールの身に起きたすべてをスティーヴンに話した。彼はカールが病気なのを知っていたけれど、わたしの話に激しく動揺し、目の端に後悔の色が見えた。テレサがカールの死体を隠すために利用した貸倉庫の支払いを農園の事業口座からしていたこと、火事の夜にヴェロとトレーラーに忍びこんでその記録を発見したことを説明した。冷凍庫の中身をテレサの家に持っていったことや、彼女の家をあとにしたときに子どもたちを心配するあまりヴェロとわたしはチャージャーのトランクにカールの一部が残っているのを忘れたことを話したとき、スティーヴンは思わず吹き出した。でも、アストンマーティンの後部からするにおいの原因がなんなのかに気づくと、笑みが消えて恐怖が顔をよぎった。

「彼を埋めるのに手を貸してくれってことか。ぼくの農園に埋めるのに」スティーヴンの声から抑揚が消えたのはショックのせいだろう。なにしろ奇妙な夜だったから。これ以上彼を驚かす余地はほとんどないのではないかと思う。それがなによりかもしれない。

「カールを彼の家に戻すわけにはいかないでしょ」わたしは理を説いた。「あそこは警官がうじゃうじゃしてるもの。わたしの家にも持っていけない。農園がいちばん安全な場所なのよ。いまのところは」いつの日か騒ぎがおさまったら、スティーヴンとバーバラでカールの最後の一部をウェストーヴァー家裏にある永眠の地に戻せるかもしれない。

これが取りうる唯一の道だという事実をようやく受け入れたスティーヴンが、ゆっくりとうなずいた。

芝土農園へは裏口から入り、深い轍《わだち》のできた砂利道でアストンマーティンを這うように進めた。ヴェロと一緒にハリスを埋めた未作付けのフィールドを通り過ぎるとデジャヴュにがつんとやられ、ふり返りたい気持ちをこらえなければならなかった。そこを通るとき、スティーヴンは静かだった。

「そこだ」彼が小屋のひとつの背後を指さした。夜空の下でシルエットになっているバックホーの長い首が見えた。スティーヴンの指示でフィールドとフィールドのあいだの細い草道を横切る。

「ここで待ってて」スティーヴンはそう言って車を降りた。

わたしは助手席側のウインドウを下げて声をかけた。「手伝おうか」

彼がふり向き、手首についたダクト・テープの跡に向かって微笑《ほほえ》んだ。両手を車につき、開いたウインドウから顔を覗かせた彼の目は、プライドのようなものできらめいていた。「きみが手伝えるのはわかってる。だが、車のなかにいてもらったほうがいい」そう言ってわたしの靴と素手を指さす。「警察に関するかぎり、きみはここには来なかった」

ぷっと吹き出した。「なにも知らなかったら、あなたはこういうことに経験があると思うかもね」

スティーヴンは謙遜《けんそん》気味に肩をすくめた。「この何週間かよく眠れなくてさ。きみの本を二、三冊読んだかも。ほら、暇潰しにさ」わたしは驚きに口をあんぐり開け、スティーヴンはうつむいてブーツのつま先で地面を蹴った。トレーラーのファイル用引き出し――スティーヴンが寝ていたソファのそばにあった――で見つけた貸出期間の過ぎた図書館の本、あれはブリーが借りたものじゃなかったのだ。スティーヴンが顔を上げて目を合わせてきた。「きみのためにぼくにやらせてほしい、フィン。これくらいする借りはある」わたしがうなずくと、スティーヴンはルーフを軽く叩いた。「トランクを開けて。さっさと片づけてしまおう」

アストンマーティンのヘッドライトを頼りにしてスティーヴンがバックホーの運転席に上がり、エンジンをかけて深くきれいな穴を掘った。それからカールの最後の一部をその穴に下ろす。再度バックホーに乗って墓を埋め、その上に重機を停めた。

作業用手袋をはずしながら、わたしの側へぶらぶらと戻ってきた。ウインドウを下げる。

「今夜どこか行くあてはある?」トレーラーの燃え残りが遠くで影になっていて、自宅もいまのところはおそらく安全ではないだろう。

スティーヴンが肩をすくめた。「ガイに電話する。ソファで眠らせてほしいと頼んでも文句は言われないと思う」

「乗って。送っていく」

彼は首を横にふった。「農園のトラックを使えるから。遠くないし」アストンマーティンの横っ腹についた泥をこすり取る。「それに、だれかがこの車がなくなって困ってるんじゃないかな。どこで手に入れたか聞かないほうがよさそうか？」

「そうね」販売店はとっくに閉まっている。イリーナが車を戻しにくるのを暗いショールームで待っているアランが目に浮かぶようだ。イリーナがわたしをかばってくれるか、かばってくれるとしてどれくらいのあいだか、まったくわからない。「そろそろ行かなきゃ。ヴェロが待ってるから」アストンマーティンをどうするか決め、それからミニバンの修理が終わるまでラモンに代車を借りなければならない。ヴェロのたいせつなチャージャーがどうなったかは、だれが知っているのだろう？「ねえ、子どもたちと一緒に土曜日の夜にわたしの実家で食事をする予定なの。あなたも来る？ デリアとザックはあなたに会えなくてさみしがってるわ」

スティーヴンは笑い、頭をふった。「ハムを食べながらお義母《かあ》さんからきみの新しいボーイフレンドたちの話を聞かされ、自分がどれほどのくそ野郎かを思い知らされるためにか？ やめとくよ。実は少し休みを取ろうかと考えていたんだ。オフィスは焼け落ちてしまったし、事業も低迷してるから、姉に会いにいくのにいいタイミングかなと思ってさ。町を出て、しばらくおとなしくしてるのがいいかと。でも、その前に子どもたちに会いにいこうかな？」

「いいわよ。あの子たちも喜ぶわ」

「フィン」ウインドウを上げかけたわたしをスティーヴンが止める。作業用手袋をいじりながら、まじめな顔つきになった。「火事のあと、ずっときみに話そうと思ってたことがあるんだ。セキュリティ・システムの合いことばの件だけど。やりなおせる希望にしがみついてるわけじゃないんだ。ただ……きみと子どもたちは……きみたちはずっと変わらない存在だから」

「農園を買おうとしていたときも?」ねっとりした沈黙が落ちた。スティーヴンがうなだれる。テッドとカールと契約を結んだ時点でわたしたちはまだ離婚していなかったのだから、法律によって農園の一部はおそらくわたしのものだろう。「ガイは知ってたの?」

スティーヴンは曖昧《あいまい》に頭をふった。「ガイは友だちだ。彼はいつだって見ないふりをしてくれた」顔を上げた彼は恥じ入った表情だった。きっとガイはいろんなことを知っているのだろう。「ちゃんと正すよ、フィン。資産も、親権も、すべて」約束のことばの下に懇願が聞き取れた。彼がこわくてとても訊けない問いが。

ある意味では、スティーヴンもわたしの人生における変わらない存在であり続けるのだろうけど、まさかのときに安心して頼れるセーフティネットではなかった。わたしはもはや後ろざまに倒れはしない。これからは前向きに倒れるのみだ。それに、安心して頼れる人——わたしの人生がどんなにめちゃくちゃになろうとも、そばにいてくれると確信できる人——の名前を挙げるとすれば、それはヴェロだ。

「そうしてくれるとわかってるわ」わたしは言った。

スティーヴンは悲しそうな笑顔を浮かべてアストンマーティンの側面を軽く叩き、走り去るわたしに手をふった。

ラモンの修理工場は、オフィスの窓だけ明かりがついていた。金網塀の門をヴェロが開けたまま押さえてくれて、通してくれた。建物奥の搬入口は開いていて、ラモンが入ってと手をふった。

アストンマーティンを降りると、ヴェロとラモンが取り囲んだ。ラモンはリアパネルの弾痕をたどって息を呑んだ。彼はありあまる問いできらめく目でいとこを見た。ヴェロもわたしも答えるつもりのない問い。彼は割れたウインドウを見て頭をふった。「今度はいったいどんなことをしでかしたんだ、ヴェロニカ?」

「なおせる?」ヴェロが彼に訊いた。

ラモンは助手席側のドアを開けてなかに顔を突っこんだ。ヘッドレストの後ろ側に指を入れて銃弾を引っ張り出した。顎《あご》をこわばらせてその銃弾をわたしに放る。「ウインドウのガラスをなおすだけで何日もかかるな。塗装もあるし。それに、あのヘッドレストを取り替えるには莫大な金がかかる。取り替え用のヘッドレストが見つかったとしてだが」

「ハビがだれかを知ってるかも」ヴェロは車の周囲をまわるラモンのあとをついて歩いた。

ラモンが急にふり向いてヴェロに指を突きつけた。「ハビにはこの件をひとことだって言うつもりはない。きみもだ。こんなものは処分すべきだ」

「できないの」わたしは言った。「販売店で借りた車だから。返さないとならないのよ」アランはイリーナのために規則を曲げてわたしにキーを渡してくれたかもしれないけど、この車は高価すぎて、なくなっていることに販売店が長いあいだ気づかずにいるなんてありえないし、イリーナだってわたしをかばう気をいつなくすかもわからなかった。「修理にどれくらいの時間がかかるかしら?」

ラモンは両手を腰に当ててわたしを見た。「問題はヘッドレストですね。手に入れてくれそうな男を知ってますが、ふっかけられますよ」

「お金ならあるわ」わたしは請け合った。

「いいえ」ヴェロが静かに言った。「わたしたちにお金はない」彼女の目が曇る。ヴェロがわたしのお金を管理してくれているから、無一文の年寄りとして死を迎えることはない、と母に話したときも同じように目の輝きが消えたのだった。彼女が小さく首を横にふり、ラモンの前で事情を訊かないでと無言の懇願をしてきた。

苦労して唾を飲みこむ。この何週間かを必死で生き延びたのだから、一台の車なんかのために刑務所に入るなんてぜったいにごめんだ。

感覚の麻痺したわたしの耳に自分の声が聞こえてきた。「支払いはなんとかするわ」

ラモンの視線が、血のついたわたしのコートに落ちた。「追跡システムは今夜のうちに無効にできます。車体の修理は朝になったらはじめます。七十二時間以上はかかるでしょう。でも、もしだれかにこのことがバレたら、ヴェロ――」

ヴェロは涙をこらえてラモンに抱きついた。「だれにもバレないわ」

「おれはきみの後始末ばかりだな」彼女の髪に向かってそうつぶやく。ヴェロが身を引くと、ラモンは後ろポケットからきれいな布きれを引っ張り出して放ってきて、わたしの両手に向かって頭をくいっとやった。「ヴェロとおれとであなたのミニバンを見つけました。点検に二、三日はかかるし、おそらくは手早く修理できるものじゃないと思う。部品代や作業代を考えたら、買い替えたほうがいいかもしれない。〝売り出し中〟の掲示をウインドウに貼って修理工場の前に出しておきましょうか？　少しは金になるかもしれないし」

あのミニバンは数多くのことを乗り越えてきた。おそらくラモンの言うとおりだろう。もう苦しみから救ってやって、新しい車を手に入れる潮時かもしれない。でも、夢みたいな走りをするホットで派手なスポーツカーを試運転したけど、中年の危機にしか感じられなかった。ヴェロのチャージャーを運転したこともあって、エンジンは轟《とどろ》くし、フォルムは自信にあふれた流線型だけど、あまりにもパトカーを彷彿《ほうふつ》させるとときどき感じた。カーペットにチェリオスの食べこぼしがあって、後部座席にはチャイルド・シートと補助シートもあるけど、わたしのミニバンにはどこかシンプルで心安らぐものがあり、それを手放す覚悟ができているかどうか心許なかった。

「修理代の見積もりは出してもらえるかしら？」わたしは手に残っていた乾いた血をこすりながら言った。

ラモンがうなずく。「もちろん」

「代車がいるわ」ヴェロだ。「キーをもらえる？」

「ここで待ってな」ラモンが廊下を通ってオフィスに消えた。

ふたりのあいだに気まずいほど長い沈黙があったあと、ついにヴェロが口を開いた。「お金は投資にまわさなかったの」小声で告白した。「擦《す》ったのよ。全部」

「感謝祭の週末。わたしの実家を出たあと、どこへ行ったの？」答えはすでに知っていた。ただ、彼女の口から聞きたかったのだ。

「カジノよ。アトランティックシティーの。わたし……ある人たちにお金を借りてて。イリーナからのお金じゃ足りなくて。そのお金を倍にして、すべてうまくおさまると思ったの。実際そうなっていたはずだった」両手を握り合わせ、信じてほしいとわたしに懇願する。「最初の夜は申し分なかったのよ、フィン。その時点ですでに何千ドルか儲かってた。同じテーブルにいた人がそれに気づいて、部屋に戻ろうとしたわたしにプライベート・パーティのことを教えてくれた――高額のチップ、高い賭け金。もし参加したいなら、マーカーを用意してくれる人を知ってるって言うの」

「マーカーって?」

「あなたが本を書くときのアドバンスみたいなもの――貸付金よ」

ヴェロが勝って返さなければならない貸付金。ヴェロが話していたのをデリアが聞いたというマーカー。

〝二百《ツー・ハンドレッド》手に入れられなかったら、しゅっごく困ったことになるって〟とデリアは言っていた。

「そのマーカーっていくらだったの?」

ヴェロの目に涙があふれてくる。「二十万《ツー・ハンドレッド・サウザンド》ドル」

ラモンが戻ってきて、ヴェロはぎくりとした。彼がキーを投げる。胸で受けたヴェロの両手は震えていた。ラモンが封筒を差し出す。「今朝、おれのアパートメントの郵便受けにこれが入ってた。きみ宛だ」

ヴェロは封筒を受け取り、大きな字で書かれた名前を見た――ヴェロニカ・ラミレス。ヴェロは青ざめ、ラモンと長々と目を見交わした。「ありがとう」封筒をコートのポケットに押しこむ。「車をまわしてくる」

彼女に続こうとしたわたしの袖をラモンがつかんだ。「いとこに気をつけてやってください。彼女を愛してるけど、向こう見ずだから。ヴェロはこれ以上のトラブルを起こすわけにいかないんです」

出ていくヴェロを見つめる彼の眉《まゆ》はひそめられていた。

彼女の部屋のクロゼットで見つけたアルバムを思い出す。わたしの知らない名字宛の奨学金の手紙を。ヴェロを訪ねて彼女の母親の家に来た男性と、後ろ暗い秘密を隠すには州境を越えた場所がいちばんだということを。

たしかにヴェロは衝動的だ。でも、危険を冒しはするけど、計算のうえだ。お金に関しては、常に可能性を慎重に秤《はかり》にかける。わたしに内緒でふたりの貯えを賭けたのなら、それには理由があったはずだ。「ヴェロはどんなトラブルに巻きこまれてるんですか?」

ラモンは親指の油汚れをこすった。「おれの口からは言えません」

オフィスに下がる彼を見送った。物語によっては頭から離れないものもあると、わたしはおそらくだれよりもよくわかっている。たいていの場合、その物語によって自分のなにがあらわになるかこわいからだ――恐怖や欠点、過ちや失敗。その物語に表に出てきてもらうには、ちょっとしたあと押しが必要なこともある。血だらけになった布きれを銃弾と一緒にポケットに押しこんだ。ヴェロがどんなトラブルに巻きこまれていたとしても、ふたりで一緒になんとかしよう。

43

ヴェロと一緒に病院に着くころには、午前四時になろうとしていた。カールの家で銃撃戦があったことを知ったジョージアから十回以上も携帯に電話があった。わたしからの折り返しをようやく受けた姉は、母も呆れ返るような悪態を滔々《とうとう》とついた。ヴェロとわたしは無事だと何度も説明したあと、ニックが入院したと聞かされた——どうやらニックが言っていたほど傷は浅くなかったらしい。わたしの声に心配を聞き取ったヴェロは、サウスライディングを通り過ぎてまっすぐに病院まで運転してくれた。

「申し訳ありません」ニックを見舞いたいと話すと、受付係に言われた。「面会時間は六時間後からです。そのときにまたいらしてください」

ヴェロは受付の女性に礼を言い、カウンターから離れるときにコンピューターのモニターを盗み見た。それからわたしを脇に引っ張り、受付からこっそりちょうだいした面会札を見せてにやりとした。「ニックの病室は四〇二号室よ」小声で言って面会札をわたしの手に押しこんだ。「行って。あとはわたしがなんとかする」

ヴェロはわたしから離れ、暑いと泣きごとを言いながら自分を扇ぎはじめた。胸をつかんでおおげさにうめき、受付の前でくずおれた。慌てる動きがあって、だれかが看護師を大声で呼んだ。わたしはシャツに面会札をつけ、ドアの閉まりかけていたエレベーターにすべりこんだ。

四階は薄暗くて静かで、ときおりモニターのビープ音や、ナース・ステーションからの小声の会話が聞こえてくるだけだった。ニックの病室を覗いてみる。ヘッドボードの上の照明はついていたけどニックは目を閉じていたし、隅のモニターは彼の心臓に合わせて安定してゆっくりしたリズムのビープ音を発していた。
二、三歩病室に入って凍りついた。
ジョーイがベッド脇の椅子に座っていたのだ。通路からの明かりの条《すじ》が床に伸びて、彼がこちらを見た。立ち上がり、椅子を勧める彼の笑みは疲れ果てていた。

わたしは用心しながらベッドの遠い側へ向かい、ニックのパートナーについては自分がまちがっている可能性も残っているのだと思いながら、無理やり微笑みを浮かべた。証拠はひとつもない。あの車を運転していたのはだれであってもおかしくない。

「ニックの容態は？」わたしはたずねた。

「大丈夫。いまは休んでいるだけです。腕をかなり深くえぐられ、太腿《ふともも》にも一発食らった。しばらくはデスクワークに縛りつけられるでしょうけど、理学療法を何度か受ければ新品同様に戻れます」

容赦ないほどまっ白なシーツに休むニックの顔は、黒っぽいひげに囲まれておだやかだ。

ジョーイはポケットに両手を突っこんで壁にもたれた。「彼はあなたのことをめちゃくちゃ心配してました。救急車が到着したのとすれちがいで、走り去ったんだそうですね。救急車に乗せられた彼は、だれもあなたのミニバンを見つけられないと知ってパニックを起こしたんです」

「スティーヴンに貸したんです。ウェストーヴァー家にはヴェロの運転する車で行きました。通りの離れたところに駐車してあったんです」

「そうなんですか？　で、どこへ行ったんですか？」ジョーイは警官らしい目の輝きを宿していた。巧妙な嘘をも見抜く一心なまなざしだった。姉にそんな目つきをされたら腹が立つ。ニックだったら愛嬌を感じる。ジョーイの場合、肌がぞわぞわした。

「スティーヴンが心配だったんです。何時間か連絡が取れなかったから。だれも元夫の居場所を知らないとニックから聞きました」

薄暗い明かりのなかでジョーイの頬が少し赤らんだ気がした。「スティーヴンの家は午前中ずっと静かでした。途中でうとうとでもした隙に元ご主人に抜け出されたんだと思います。慰《なぐさ》めになるかどうかわかりませんが、そのことでニックにこっぴどく叱られましたよ」

「気にしないで。少し前にスティーヴンと話したから」

「そうなんですか？」ジョーイの声が鋭くなった。「彼は無事ですか？」

「ええ」

「彼はどこにいたんですか？」

「ミニバンのエンジンが問題を起こしたみたいで。しばらく道端で立ち往生したのだけど、安全な足を見つけたわ」どんな反応をするかとジョーイを見つめた。彼も同じくらい注意深くこちらを見ていると感じた。

「それならよかった。スティーヴン殺害未遂犯がつかまったから、私たちみんな少し肩の力を抜けますね」

病室が狭くなり、ふたりきりしかいないみたいに感じられた。「どういうこと？」

「一時間ほど前に署の友人から電話がありました。どうやら銃撃戦のすぐあとで、テッド・フラーと奥さんが身柄を確保されたみたいですね。メリッサ・フラーは、スティーヴンの芝土農園に放火したと自白しました」

「じゃあ、フォーラムに求人投稿をしたのも彼女だと考えてるんですか？」

「迷惑電話と放火以外は自白していませんが、かなり不利な状況ですね」ジョーイは肩をすくめ、くわえた爪楊枝《つまようじ》をずらした。「ウェブサイトはなくなったし、ガス漏れやタイヤの切りつけが彼女の犯行だという具体的な証拠はひとつもないから、検察がその二件もくわえて起訴するのはむずかしいでしょうが、放火では確実に服役することになるでしょう。彼女は当分忙しくなるでしょうね」

「スティーヴンのことはどうなんです？　彼が安全だとどうして確信できるんですか？」

ジョーイは肩をすくめ、歯のあいだで爪楊枝を転がした。「メリッサ・フラーが逮捕されたニュースは明日ローカル局で流れるでしょう。うまくすれば、請負殺人でも嫌疑がかかっているという事実をだれかが漏らすかもしれません。ジャーナリストはそういうネタが大好きですからね。きっと報道するでしょう。暗殺者はそれを見て結論を出すことになる。財源が刑務所にいまにも入るところだとわかれば、取引は中止になったと気づくでしょう」

「ひどく自信があるみたいですね」ジョーイがEasyCleanだったなら、そういう解決はとても都合がいいだろう。キャムが見つけた証拠を破棄し、ジョーイ自身が請負殺人の件をリークしてメリッサにさらなる疑いを向け、暗殺者はとっくに消えたとニックやみんなに思いこませ、EasyCleanに夕陽に向かって消えてもらうことができる。

「こういう輩《やから》は金だけが目当てなんです。この件では警察がうじゃうじゃしていて報酬を受け取るのがむずかしくなったから、彼はまちがいなく依頼を放棄するはずです」

「じゃあ、暗殺者は男性だと考えているんですね？」

「プロの殺し屋はたいてい男ですよ」

「どっちも？」わたしが言うと、ジョーイが不思議そうに小首を傾げた。「わたしの理解しているところだと、ふたりの人間が依頼を受けたはずだけど、あなたの話を聞いているとひとりしか考えていないみたいだから」

病室で聞こえるのはモニターのやわらかなビープ音だけだった。ジョーイは眉根を寄せ、用心深いまなざしでわたしを見た。「ニックから聞いたんですね？　そういう詳細は外部に漏らしちゃいけないのに」

「だれにも言わないわ」

「スティーヴンがあなたのミニバンを借りに現われたことをだれにも言わなかったように？」

ジョーイは考えこむように歯のあいだで爪楊枝を動かした。「彼を見たら、私かニックかロディに電話をくれるはずでしたよね。私は午後中彼を捜して三つの郡を走りまわったんですよ。手がかりをくれてもよかったでしょう」

「電話したら出てくれました?」

「そこに引っかかってるんですか? ヴェロから電話があったとき、私が出なかったから怒っている? パートナーが撃たれたとき、自分がその場にいなかったことを私が気にもしていないとでも?」

「あなたはどこにいたの?」

「ロディにトイレ休憩と食事をさせてやるために、代わりにあなたの家を見張ってたんですよ。銃撃戦の無線が入ったときは、ご近所さんのミセス・ハガティとおしゃべりのさいちゅうでした。ヴェロから電話があったらしきタイミングでは、ニックの状態の最新情報を得ようと通信指令員と電話中だったんですよ。病院はあなたの家の近くだったから、まっすぐにこっちへ来たというわけで」

「そう」緊張と決意が肩からするりと落ちた。近隣自警団の押しも押されもせぬ団長であるミセス・ハガティなら、玄関ホールのテーブルに常に置いている螺旋綴《らせんと》じのノートにジョーイの発着時刻や会話の内容を記録しているはずだ。となるとジョーイは EasyClean ではありえず、だれが EasyClean なのか皆目わからなかった。

「断言しますよ」ジョーイが言う。「ニックがこんな目に遭って、だれよりも私が動揺してます」

わたしはばかみたいに感じ、いらだちのため息を長々と吐いた。「ごめんなさい。あなたが動揺してないなんてほのめかすつもりはなかったの。ただ、すごく長い一日だったから。エイミーとテレサと彼女のお母さんはどうなったんですか?」中立的な方向へと話題を変えた。

ジョーイの体からこわばりが少し消えた。彼が両手をポケットに入れる。「テレサは保護拘置されてます。エイミーとテレサの母親は、ふたりとも幇助の罪で起訴されるかもしれません。ただ、検察はテレサが裁判に間に合うように戻ってきたことを喜んで、ふたりには手加減してくれる可能性があります」

「発砲してきた犯人の身元は特定できたんですか?」

「彼らはフェリクス・ジロフの所有する民間のセキュリティ会社の従業員でした。裁判の前に証人を何人か掃除するためにジロフが送りこんだようです。そうそう」爪楊枝を取ってわたしに向ける。「銃撃戦があったときに家のなかにいた人全員に供述をしてもらいます。あなたとヴェロの供述を取るために、おそらく午前中にだれかがお宅にうかがうと思います」

わたしはうなずいた。それくらいは予想がついていた。

「ただちょっと気になるんですが」ジョーイが片足を後ろの壁にかけた。「あなたとヴェロはあそこでなにをしていたんですか?」

「なんとなく勘で」

「それだけですか?」

ベッドをはさんで疑わしげな彼の目をしっかり見返した。

「尋問はそれくらいにしておけ、ジョー」ニックの声がして、ジョーイもわたしもそちらを見た。低くて弱々しい声だった。重たげなまぶたが震えながら持ち上がり、わたしを見ると唇《くちびる》に笑みらしきものが浮かんだ。そばに近寄ると、彼が手を伸ばしてきた。

「ふたりで積もる話ができるよう、私は自動販売機でコーヒーを買ってくるとするよ。無理するなよ」ジョーイは包帯を慎重に避けてニックの肩を軽く叩いた。わたしには堅苦しくうなずいて、病室を出ていった。

「見切りをつけられたかと思ったよ」ジョーイがいなくなるとニックは言った。「あなたが慌ててあそこからいなくなる前、おれは同情のキスをしてもらおうとしてたんだ。いまその同情のキスをもらえそうかな?」

「そうでもないわね」ベッドに腰をもたせかける。「パートナーが秘密をバラしたわよ。あなたは死なないし、すぐによくなるだろうって。絶好のチャンスを失ったみたいね」

ニックの笑みが大きくなり、殺傷力のある片えくぼが浮かんだ。彼が指をからめてきた。

「じゃあ、おれの家で同情の食事はどうかな?」眠そうに片方の眉をつり上げる。「今度はダンプスターにダイブするのはなしだと約束する」

「その話はあなたが元気になってからにしましょう。いまはしっかり休まなきゃだめ。退院したら、書類仕事が待っているみたいじゃない」

ニックはうめき、まぶたがまた閉じていった。「思い出させないでくれ」

鎮痛剤の効き目が現われはじめたのを見て、わたしは彼の手をぎゅっと握った。「救急外来《ER》

からヴェロを救い出さなきゃならないし、姉がうるさく電話してくるの。その気になったら電話して」ニックはうなずいたけど、もう半分眠っていた。さっきは文句を言ったけど、身をかがめて彼の頰にキスをした。ニックの笑みは弱々しかったけど、それでも勝ち誇った色は隠せなかった。「元気になってね」そっとささやいた。

ヴェロが車からテキスト・メールを送ってきて、ERから無傷で出られたと知らせてきた。駐車場までずっと、ポケットの銃弾をいじりながらジョーイとの会話を思い返した。エイミーについては完全にわたしがまちがっていた。ジョーイについてもだ。FedUpとEasyClean はいまもまだ名前も顔もわからないままどこかにいて、スティーヴンは今夜のところはガイの家にいればおそらく安全だろうけど、勝利感を抱くにはほど遠かった。代車の助手席のドアを開けて乗りこむ。ニックの病室の窓をちらりと見上げたとき、こちらを見下ろす人影が見えた気がした。

44

翌早朝、警察が供述を取りにやってきた。わたしとヴェロはできるだけ簡潔で矛盾のないように話した。

テレサの家族があのあたりに住んでいるのを知っていたのは、以前スティーヴンから聞いていたからだった。ウェストーヴァー家を訪れたのはテレサに出頭を勧めるためで、到着していくらもしないうちに銃撃戦がはじまった。

捜査官らに礼を言って玄関まで見送り、通りを覗くとロディ巡査の車はもう停まっていなかった。昨夜ジョーイがほのめかしたように、検察も警察もメリッサ・フラーが FedUp だと確信しているのなら、スティーヴンに対する脅威はなくなり、見張りを継続する理由がないと考えたのだろう。それが真実ならいいのだけど。

あと何時間かしたら、スティーヴンはフィラデルフィアにいる姉を訪れるため機上の人となる。運がよければ、彼が戻ってくる新年までにわたしたちで FedUp の正体を突き止めているだろう。

警察が帰っていくと、わたしは携帯電話を見つめた。アランが行方知れずのスーパーレッジエーラを探してイリーナに電話するまで、あとどれくらいごまかしていられるだろう？　あるいは、イリーナが事情を見抜いて、フェリクスの手下をけしかけてくるまで？

ヴェロが、励ますようにうなずきをくれた。わたしは販売代理店の番号にかけてアランと話したい旨《むね》伝えた。クリスマス・ジャズの保留音を聴きながら耐えがたいほど長く待たされたあと、ようやくアランが電話口に出た。

「アランです」不安げで途方に暮れているような声だった。彼がネクタイの結び目を引っ張っている姿が目に浮かぶ。

「どうも」咳払いをする。「わたしのこと、たぶんおぼえていると思うのですけど。昨日の夜、イリーナ・ボロフコフの車を選んだときに話しましたよね？　よんどころない事情があって、車を返すのが少し遅れると伝えておきたくて。ほんとうに申し訳ありません。こんなことになるとは――」

「謝っていただく必要はありません」アランが慌てて言った。

「そうなんですか？」

「必要なものはすべて揃いました。受領証を発行し、権利証と車両登録証は三十分前に宅配便の集荷に出しました。ほかに必要なものがなければ、車をこちらに戻していただく必要はありません」わたしは携帯電話を耳に当てたまま呆然となった。「ご購入の件でほかになにもなければ、失礼いたします」

電話は切れた。わたしは携帯電話を凝視した。

「どうなった？」ヴェロがコーヒーのマグをわたしの前に置く。

「わからない。イリーナが車の代金を払ったみたい」それしか考えられなかった。ヴェロの体がぐんにゃりとなった。隣りの椅子にへたりこむ。「じゃあ、返しにいかなくてもいいの?」

わたしはうなずいた。「販売店へはね」どこかの時点でイリーナがスーパーレッジェーラを引き取りにくるだろう。うまくすればそのころには修理も終わり、この悪夢すべては過去のものとなっているかもしれない。

ヴェロが安堵のため息をついた。パントリーの扉をがばっと開け、つま先立ちになって隠してあったクッキーに手を伸ばした。玄関の呼び鈴が鳴る。ヴェロはクッキーの袋に手をかけたまま凍りつき、わたしと目を合わせた。

「だれだと思う?」彼女が訊く。

姉が子どもたちを連れてくるまで一時間ある。「わからない」

ヴェロを従えて玄関へ行く。カーテン越しに外を覗いた。キャムが玄関ポーチに立っていた。パーカーのフードを顔が隠れるほど深くかぶり、封筒を小脇に抱えている。わたしはドアを大きく開いた。

「ちょっと!」ヴェロが彼に飛びかかろうとしたので、わたしは腕を突き出して止めた。「よくもわたしの車を盗んだわね!」

「おれはなんも盗んでないっすよ」そう言ってキーフォブを掲げる。「グローブ・ボックスの取扱説明書に販売店のスペアキーが入れっ放しでしたよ。招待されたも同然っしょ」

ヴェロは怒りのうなりをあげて彼の手からキーフォブを引ったくった。「引っかき傷でも作ってようものなら、あんたの息の根を止めてやる」彼を肩で押しのけるようにして外へ出ていく。どすどすとチャージャーを調べに向かうヴェロを見て、キャムが頭をふった。

「なにしに来たの？」キャムを玄関ホールに引っ張りこみ、ミセス・ハガティの窓を確認してからドアを閉めた。キャムがフードを脱ぐ。脂《あぶら》っぽい脱色ブロンドだった髪は染められ短く刈りこまれていた。古びたアーミー・ジャケットは、新品のにおいがする高価な革のジャケットに変わっていた。消えつつある紫と緑のあざが頬になければ、彼に気づけたかどうかわからなかった。

キャムが封筒を渡してきた。

「これはなに？」血のように赤い封蠟でしっかり閉じられている。キャットがつけていた印章つき指輪とそっくりの渦巻《うずま》くZのマーク。

「おれに訊かれてもわかんないっす。ただの使いっ走りなんで」

「フェリクスの下で働いてるの？」

「ミスター・ジロフがおれに仕事をくれたんすよ。部下におれを観察させてたって。で、おれの腕に感銘を受けたってことだったんで、取引した。おれは彼のためにときどき半端仕事をする。その見返りに、気前のいい金を受け取り、ある人たちから干渉されないようにしてもらうってね」

「それだけ？」わたしにはキャムがただの半端仕事をしているだけとは思えなかった。

キャムが肩をすくめる。「取引の内容を守って、よからぬ注意を引くようなまねをしなければ、出世もできるって言われたんす。だから、あんたの友だちの車を返しにきたわけで。ほら、誠意を示すために」わたしは片方の眉を上げてみせた。「あと、ミスター・ジロフにそうしろと言われたからっすかね」キャムは仕方なく認めた。

「取引をしてるのはあなたとフェリクスだけじゃないのよ」手を伸ばして彼の顎をつまみ、頬をじっくり見た。腫れは引いていたけど、目の周囲におぞましい彩色が花開いていた。前よりよくなったのか悪くなったのか、わからなかった。キャムに手を払われたけど、そこに悪意はなかった。「あなたは家にも学校にもここしばらく姿を見せていないってニックから聞いたけど。お母さんが死ぬほど心配してるんじゃないの」キャムの目に苦痛がよぎったのを見て、胸が痛んだ。

「おれがいないって気づくには、お袋も家にいないとな」

「お祖母《ばあ》さんは？」

彼は短く刈った黒っぽい髪をなでまわした。「ばあさんは元気だ。おれが面倒を見てる」

「あなたの面倒はだれが見てるの？」キャムはまだ子どもだ。あまりに早くおとなになり、深みにはまっている子ども。フェリクスの保護を受けて安全だと感じているかもしれないけど、その安全は幻想だ。フェリクスとの取引は防弾の役目は果たしてくれない。「EasyClean について話せることがなにかあるはずよ、なんでもいいの、キャム。彼はだれ？　あなたにこんなことをしたのはだれ？」

キャムがたじろぐ。ジーンズの前ポケットから丸めた札束を出して五十ドル札一枚を取り、わたしの手に握らせて残りをまたポケットにしまった。「なあ、あんたを助けられたらって思うよ。でも、信じてくれ、知らないほうが身のためだって。それにさ、そいつの名前を知ってたとしても、あんたには話せないんだ」

「どうして?」

「あんたの警官の友だちに渡すつもりだったUSBメモリを、ミスター・Zに渡すはめになった。それも取引の一部だったんだ。でも、心配はいらない」壁に耳があると思ってるかのように声を落とす。「いくつかの情報は消したかもしれないし」

喉が詰まって唾を飲むのもひと苦労だった。そのUSBメモリにはどれだけの情報が入っていたのだろう?

キャムが頬のあざをなでた。後ろめたそうな吐息を大きくつく。「なあ、一個だけたしかなのは、EasyClean が警官だってことだけなんだ。くっそ汚え警官だ。ってことは、つかまったら失うものがすっげえ多いってことだし、証拠を隠す手段をすべて持ってるってことだろ」

「彼が警官だってどうしてわかるの?」

キャムは両手をポケットに突っこんだ。「生まれたときから警官のそばにいたからだよ。親父が警官だった。警官には内輪の隠語が、自分たちにしかわからないことばがある。おれは EasyClean の投稿も送信ずみフォルダーに入ってたEメールも全部読んだ。EasyClean は警官みたいに話す」

わたしはジョーイとの会話をはっと思い出した。すべての手がかりが当てはまる。ジョーイには手段も、動機も、スティーヴンを殺す無数の機会もあった。でもゆうべは、アリバイもあった。アリバイの裏づけはまだだけど。

「なあ」キャムの声で、窓を見ていたわたしはわれに返った。「まだおれのアドバイスが欲しいか？　EasyClean のことは忘れな。あんたみたいないい母親がかかわるべき相手じゃない。ミスター・Zもだよ」ポケットから薄っぺらな折りたたみ式携帯電話を取り出す。わたしに差し出したそれが振動した。「あんたにだ」

だれがかけてきたのかを訊く間もなく、キャムはフードをかぶってドアから出ていった。ウインドウがスモークになっている深緑色のジャガーが、芝生を歩いているキャムの前で急停車した。キャムが後部座席のドアを開けて乗りこむ。スピードを上げて走り去るジャガーに向かってヴェロが中指を立てた。

ヴェロが家のなかに戻ってドアを閉めたときも、使い捨ての携帯電話は振動し続けていた。画面には〝非通知〟と出ている。親指で応答操作をし、ヴェロにも聞こえるようにスピーカー・モードにした。

「どちらさま？」わたしは言った。

「どうも、ミズ・ドノヴァン」エカタリーナ・ルイバコフの声は完全にビジネスライクだった。「ミスター・ジロフは自ら荷物をお届けできないのを残念がっていましたが、中身はわたしから説明するまでもないでしょう」

ヴェロに使い捨て携帯電話を持ってもらい、わたしは封蠟を破り開けて入っていた書類を見ていった。販売店の発行した権利証と車両登録証に、〝モダンミニマリスト（黒）〟色のスーパーレッジェーラ・ヴォランテの売上票だった。全額支払いずみだ。しかも現金で。フェリクス・ジロフによって。ヴェロがわたしの手から売上票を取り、目を丸くした。

「どうしてこれをわたしに？」小さな声でたずねる。車両の権利証と登録証を読んだので理由はわかったけど。所有者：FD独立コンサルティング有限責任会社。

FD。つまり、フィンレイ・ドノヴァン。

フェリクスはわたしの名前を架空会社に結びつけたのだ。彼が支払いをした車に。わたしはフェリクスのペーパー・カンパニーのひとつになった。フェリクスはいつでも警察にチクることができ、ニックはウサギの巣穴に飛びこんでわたしを見つけることになる。フェリクスは、〈クワス〉で食事をしたあとにニックとわたしがなにをしていたのかを正確に知っているのだ。

そして、その返事がこのメッセージなのだ。フェリクス・ジロフがわたしを所有していると。

「わたしのクライアントは、かなり前からあなたを注視していたのよ」キャットがおもしろそうに唇をゆがめているのが、見えるようだった。「どうやらあなたは強烈な印象を残したようね」

「それはどういう意味？」

「車はあなたが手もとに置いといていいってことだと思う」ヴェロがささやいた。

「車なんていりません」書類を力任せに戻す。

ヴェロの手が書類を追いかける。「ううん、いるわよ」

「車はもちろんあなたのものよ」ヴェロから携帯電話を取り返すと同時にキャットが言った。「でも、ある特定の情報が明るみに出るリスクを冒してもいいと思わないかぎり、運転はしないことを強くお勧めするわ」

キャットの言うとおりだ。些細な交通違反をしただけで警察に車両登録証を見られることになる。危険信号が多すぎる。あの車はスクラップにするしかない。とことん破壊するしか。ラモンが巨大なプレス機にあの車を入れてくれるかもしれない。そうしたら、書類を燃やしてそんな車は存在しなかったふりをする。

「フェリクスはわたしになにを望んでいるの？」彼はわたしのすべてを知っている。それはつまり、あの車の代金を返済なんてできないのを知っているということだ。

「いまのところは沈黙だけ」キャットが答える。「ごきげんよう、ミズ・ドノヴァン」

電話が切れてほっとすべきだった。車の件は解決した。わたしたちがどうやって手に入れたのかという浅ましい話で、イリーナをわずらわせる必要はなくなった。嘘の話をアランにする必要もなくなったし、お金を返す必要もない。でも、書類を封筒に戻すわたしは、いつまでも消えないふたつの疑問に押し潰されそうだった。フェリクスはどうやって車のことを知ったのか。そして、〝いまのところは〟とはなにを意味するのか。

ジャケットを着て靴を履き、ミセス・ハガティの家に向かって通りを渡り、応答がありませんようにと半ば願いながらノックをした。留守にしていて、キャムも彼を迎えにきた深緑色のジャガーも見ていませんようにと。

ドアチェーンがカチャカチャ鳴って錠をはずす音がした。ミセス・ハガティがドアを開け、目を狭めてわたしを見ながら細いゴールドのチェーンに下げた眼鏡に手を伸ばした。眼鏡をかけてもなお、困惑顔だった。

「こんにちは、ミセス・ハガティ」慌てて挨拶した。気まずい雑談を避けたかったのだ。キッチンのカーテンから覗き見たわたしの短く屈辱的な人生の瞬間について、たいてい批判されるからだ。「昨日の晩にうちに来た人をおぼえてらっしゃらないかと思って。警察官なんですけど?」

「何日もお宅の外に車を停めていた人のことかしら?」

「いえ、それとは別の人です」

「最近、この通りは忙しすぎますね」わざとらしい咳払いをする。「おぼえていられたら運がよかったというものですよ」

「夕食どきあたりなんですけど。これくらいの身長で」頭より高く手を掲げる。「ブロンドで、青い目をしていて、四十代前半です。あなたと話をしたと彼は言ってるんですけど」

ミセス・ハガティは薄くなりつつあるこめかみあたりの髪を掻きながら、しばらく考えていた。「夕飯のあとにごみを出しに外に出たわね。あそこに殿方が車を停めていたわ」いつもロディの車が停まっているあたりを指さした。「その人は車を降りてきて、ごみ箱を通りに出すのを手伝ってくれましたよ。この何時間かであなたかスティーヴンを見かけなかったかとたずねられたわ。わたしはすべての出入りを話した。そのあとその殿方に電話がかかってきて、名前を訊いて書き留める間もなく行ってしまいましたよ」

「その人が乗っていた車の色とか、その人の外見なんかはおぼえてます?」

「薄暗くて寒かったですからねぇ」ミセス・ハガティの口調は弁解気味だった。「その人は帽子をかぶってましたね。髪の色はわからないわ」それに、目の色なんて気づけるほど目もよくないしね、とわたしはひとりごちた。でも、ジョーイはミセス・ハガティとことばを交わしたと言っていた。それに、ロディの代わりにここにいるときにニックの件で電話を受けたとも言っていた。ジョーイのアリバイは裏が取れたけど、彼がなにか隠しているという感覚はふり払えなかった。

「ありがとうございました、ミセス・ハガティ」ジャケットを体にきつく巻きつけるようにして玄関から離れた。ミセス・ハガティがドアを閉める直前にふり向く。

「その男の人が煙草を吸っていたかどうかおぼえてません?」顔を合わせたのは短いあいだだったけど、ジョーイは煙草なしに長く過ごせないのではないかと思う。

「どうだったかしら。でも、言われてみれば、話しているあいだその人はなにかを口にくわえてたかしらね。若い人にしては礼儀正しいのに、ちょっと失礼だと思ったわ」

爪楊枝だ。煙草を吸えないときのジョーイは常に爪楊枝をくわえている。家に戻るときに礼を言ったわたしの声は、気が抜けて聞こえた。FedUp や EasyClean 捜しは、前夜から一歩も進んでいなかった。

45

私道の端で足が凍りついた。えび茶色のジープがうちの外に停まっていたのだ。ジュリアンがドアのところにいて、ノブになにかをかけていた。

わたしは近づいてそっと声をかけた。「ヘイ」

ジュリアンがさっとふり向く。サテンのリボンにつけたカシパンウニ（円盤のような形をしたウニ）がドアにそっと当たった。彼はわたしのほうに向かってきたけれど、腕一本分のところまで来ると足を止め、自分の手を扱いあぐねているかのようにポケットに入れ、それからまた出した。「邪魔したくなくて。話したくなければそれでもかまわない。ただ……フロリダであなたにちょっとしたものを買ってきたんだ。クリスマス・プレゼントに」するりと脱いだ帽子を体の前で持ちながら近づいてくる。冷たく湿った空の下で、ジュリアンの目はほとんど灰色に見えた。

「ごめん。いろいろと。パーカーに首を突っこむ権利なんてなかった」

「ううん、あったわ」自分の体を抱きしめてわたしは言った。細く白い雲となってため息が漏れる。「わたしはあなたに助けを求め、彼女が署に来てくれた。それに、彼女はあなたの友だちでしょ。あなたをだいじに思ってるのよ。だから、彼女には頭のなかの思いを口にする権利がある」

「ぼくが言ってもいないことを彼女は言うべきじゃなかった」ジュリアンはためらいがちに続けた。「あなたもだよ。ぼくはあなたを恥じてなどいない。ぼくたちのことも。ぼくが逃げていたかもしれないのは認めるけど、それはあなたには真剣なつき合いのできる人がふさわしいと思ったからなんだ。いまのぼくはそこまで達していない。このままの関係が気に入っているんだ」

「わたしたちの関係ってなに？」彼がどう答えようかと迷っているのがわかった。正しい返事が出てくるのを待って口を開いている。でも、正しい返事なんてないのだ。「それがわかるまで、ふたりとも時間が必要なのかも」

つま先立ちになってジュリアンの頬にキスをする。もっと長くキスしていたい気持ちに抗《あらが》った。「メリー・クリスマス、ジュリアン」やさしい微笑みを浮かべ、後悔のうずきを抱えながら、カシパンウニをノブからはずして家に持って入った。

キッチンに入ったとき、カウンターに置いてあったわたしの携帯電話が鳴っていた。手はかじかみ、鼻はしもやけになりかけで、心臓が喉のあたりまでせり上がっていた。

「シルヴィアからよ。この五分で三度かけてきた」カウンターにもたれてワインをちびりちびりと飲みながらヴェロが言った。

「まだ午前十一時だけど」ヴェロのそばにある開栓されたボトルを身ぶりで示す。

「うるさいこと言わないで。楽しんでるんだから」別のグラスにワインを注いでわたしの前に押し出す。

「必要ないわ」

「必要そうな顔だけど。あと、電話に出たほうがいいわよ。重要なことなんじゃないの」

わたしは携帯電話を取り、留守番電話に切り替わる前に出てスピーカー・モードにした。

「どうも、シル」

「フィンレイ、いったいどこにいたのよ？ ゆうべ留守番電話にメッセージを残したのよ」

「家族の緊急事態だったの。どうしたの？」

「編集者と話したわ。サンプルを気に入ってくれた。ホットな警官との刑務所での場面は最高よ。彼女は第三幕で弁護士を殺すべきだという考えを変えてないわ」

わたしがワインに手を伸ばすと、ヴェロがほくそ笑んだ。「考えてみる」

「あと、残りの原稿をクリスマス休暇が終わったらすぐに欲しいって」ワインを半分ほど流しこんだ。もちろん編集者はそう言うだろう。「もうひとつ。映画制作エージェントにサンプル原稿を送ったの。先方は大乗り気よ。興味を持ってくれそうな大物プロデューサーに連絡したがってる」

ヴェロの目が飛び出そうなほど見開かれた。

「でも、シルヴィア、原稿はまだ半分も――」

「最高クラスの女優陣、ハリウッドの一流スタジオ、マスコミ取材の数々について話したのよ、フィンレイ。わたしとあなたにとって、すばらしい展開になりそう。がっかりさせないでよ」

わたしはため息をついた。この物語がどう展開するかわかっていた。最初のときだって充分こわかったけど、シルヴィアはわたしに選択肢をあたえてくれないようだ。「わかった」

おざなりなクリスマスの挨拶を交わしたあと、シルヴィアは電話を切った。

「すごい物語なんだから、フィン」ヴェロがわたしのグラスにワインをつぎ足してくれる。「安売りしないようにね」

「あなたはもうわたしの物語を読んだでしょ。わたしがあなたの物語を聞けるのはいつ？」ヴェロが目を上げてわたしを見た。ふたりのあいだには空のボトルがあった。ヴェロとわたしの物語は、すでにめまぐるしく動いているプロットのどまんなかでいきなりはじまり、事態の展開につれてたがいについていろんなことを発見することになった。でも、どんな偉大なミステリも別のところ、過去の奥深くではじまる。ヴェロとふたりで彼女の問題を解決するのであれば、ほんとうのヴェロがだれなのかを知る必要があった。「わたしたちの関係ってなに？」それは、ついさっきジュリアンにしたのと同じ問いだったけど、ヴェロの場合は答えがわかっていた。

「友だち」

「ちがう、それ以上よ、ヴェロ。わたしたちはパートナーなの。友だちは過ちを犯す。パートナーは過ちに一緒に向き合う。もう秘密はなしにして」グラスを差し出す。

ヴェロがおずおずとグラスを合わせた。「もう秘密はなし」黙って何口か飲んだあと、彼女が言った。「ずっと考えてたんだけど。スーパーレッジェーラはわたしたちのものになった。

でも、使うわけにはいかない。ラモンに解体を頼んでもいい。ハビが部品を売れる。そのお金はあなたのものにすればいい。全部」そのことばには謝罪がこもっていた。擦った分を返すという約束の頭金。でも、あの車はヴェロのものでもわたしのものでもない。フェリクスのものだ。そんな車に触れるつもりは金輪際ない。

テーブルを立ち、フェリクスの封筒をコンロへ持っていって火をつけた。書類の端を炎の上に掲げ、売上票と車両登録証が燃えるのを見つめる。火のついた書類をシンクへ持っていく。煙探知機が作動して大きな音をたて、フェリクスから示された厚意の残骸《ざんがい》を排水口に流すとディスポーザーがうなった。

46

母の家は、メープルシロップと柑橘系とオールスパイスの香りがして、さながら天国だった。ヴェロは、はしたないと取られてもおかしくない喜びの声を小さく発した。キッチンでは鍋やフライパンの音がしていて、テレビ前のソファでくつろいでいる父を攻撃するようデリアとザックを放し、その間に子どもたちのコートをかけた。ヴェロは子どもたちのあとを追い、わたしの父を熱烈にハグした。

食器棚の扉がバタンと閉まる音がして、わたしは香りにつられてキッチンへ行った。お気に入りのクリスマス柄のセーターを着た母がコンロの前に立って湯気の立つグレーズド・ハムを作っていた。母の頬にキスをする。

「ヘイ、ママ」

母にしては珍しく無口で、顎《あご》をこわばらせて小さなクローブの粒をハムの肌から取ってシンクに投げ入れた。「ヴェロはどこ?　彼女を食事に誘ってって言ったはずだけど」

「パパと一緒に居間にいる。手伝おうか?」母が凶器にでもなりそうなサービングフォークを大皿に放り、包丁立てからカービングナイフを抜き取ったので、念のため少し離れたままでいた。

「これをテーブルに運んで。テレビを消して子どもたちをテーブルに座らせてってお父さんとお姉ちゃんに言ってちょうだい」母はポテトグラタンとロースト芽キャベツにサービングスプーンを突っこみ、トレイのロールパンの横にトングを乱暴に置いた。

「すべて順調、ママ?」

「問題ないわ」わたしは母の手に手を重ね、ばらばらにしていた装飾用の小枝を置かせた。母が重い吐息をつく。「大丈夫」小さく言って気を取りなおす。「あなたのお父さんにいらついているだけ。それだけよ」

「パパはなにをしたの?」

「わたしがプレゼントを包み、料理をし、掃除をしているあいだ、一日中ソファでフットボールを観てたのよ。それ以外にある?」わかるわというわたしの笑いにつられ、母が渋々笑みを浮かべた。

「ママとパパは大丈夫?」

母がわたしの頰をつまんだ。母の手はラムボール(ラム酒を使ったトリュフのようなお菓子。クリスマス時期によく出される)とジンジャーブレッドのにおいがした。「わたしたちはいつだって大丈夫よ。お父さんと一緒に暮らすのはときどきたいへんになるけど、わたしだって欠点がないわけじゃないしね。人生にはよいことも悪いことも受け入れるほうが楽なときがあるのよ、フィンレイ。そうしないと面倒くさいからね。完璧な人なんていない。善良な人で手を打つのがせいぜいよ。さて、芽キャベツが冷めないうちに、これを全部テーブルに運んでちょうだい」

母がハムの皿を葉野菜で飾る仕上げをしているあいだに、わたしは深めの大皿をダイニング・ルームへ運んだ。実家のクリスマス用リネンは雪のように白くてぱりっとアイロンがかけられていて、今夜中にうちの子たちがジュースのコップを倒したり、べたべたの手であちこち汚したりするのは避けられないとわかっていたけど、母なら新年に間に合うようにしみひとつない状態に戻す方法を見つけるだろう。

大皿をすごく慎重にテーブルのまんなかに置き、残りのごちそうも置けるようにきらめくクリスタルのゴブレットや銀器のいくつかを動かした。隣りの部屋ではテレビが消され、ジョージアとヴェロが子どもたちに小言を言っているのが聞こえた。玄関の呼び鈴が鳴った。

「だれか来る予定?」わたしは母に声をかけた。

「お姉ちゃんがお客さんを招待したのよ」

「マジ?」ジョージアが両親に会わせるためにだれかを最後に招待したのがいつだったか思い出せない。姉に先んじて謎めいた客に挨拶したくて、玄関へ急いだ。ドアを開けると、舌が喉に貼りついた。

ニックがいたのだ。左腕はボタンを留めていないジャケットの下で三角巾で吊られており、右側の松葉杖に体重をかけている。磨かれた革靴、こぎれいなカーキのズボン、体にいい具合になじんだカシミアのセーターといったいでたちの彼はすばらしかった。ひげはきれいにあたっていて、髪も散髪したてだった。

彼の目尻が笑みでゆがんだ。「会えてうれしいよ、フィン。きれいだ」

「あなたもすてきよ」頭をふり、乱れた思いをすっきりさせようとした。「その、最後に会ったときよりずいぶんよく見えるってこと。ほら、病院で。ここでなにをしているの？」

「あなたのお姉さんが招待してくれたんだ。入ってもいいかな？」片方の口角をくいっと上げると、えくぼが出た。「そのほうがいいなら、もう少しここにいてもいいけど」ニックの視線を追って見上げると、母が吊したにちがいないヤドリギ（クリスマスにヤドリギの下でキスをすると、その愛は永遠に続くという言い伝えがある）がひと房あった。顔を赤くして戸口から下がった。

「調子よさそうね、刑事さん！」ヴェロがいきなり現われ、ニックの頬にキスをした。

「メリー・クリスマス、ヴェロ。頼めるかな？」松葉杖でふらつきながらプレゼントの入った袋を差し出した。「こいつの扱いにまだ慣れてなくてね」

「プレゼント？　わたしに？　そんなことしてくれなくてもよかったのに！」ヴェロは彼から袋を取り、臆面もなくなかを覗いた。

「デリアとザックへのプレゼントなんだ」袋をテーブルへ持っていくヴェロにニックが言った。

「ワインはあなたのお母さんに」なかへ入るのに手を貸すわたしに言う。

「気をつかわなくてもよかったのに」

「そうしたかったんだ」松葉杖がドア枠に引っかかった。

彼を支えようと胸をつかむ。「気をつけて、転ぶわよ」

「転ばないよう努力してる」やわらかなカシミアのセーターを通してニックの低い声がごろごろ鳴るようだった。目はいたずらっぽいきらめきを宿している。「ただの食事だよ」

「そうね」片足でバランスを取ろうと苦心する彼と、ジャケットを脱ぐのに手を貸そうとするわたしで、ぎこちないダンスをした。それから、背後で松葉杖の音がするのを強く意識しながら、テーブルへと案内した。

「ニック！」デリアが椅子から飛び下りた。ニックの脚にぶつかる前に、姉がデリアを抱き上げる。

「落ち着いて。ニックの怪我はまだ治ってないし、みんな彼が仕事に戻ってくるのを待ってるんだから」

ニックはデリアの髪をくしゃっとした。「プレゼントを持ってきたよ」袋に向かって顎をしゃくる。「弟くんの分もあるからね」

母が手を拭《ぬぐ》いながらキッチンから出てきた。はたと立ち止まり、あんぐりと口を開ける。

「ニコラス！　どうしたの？　怪我をしたなんてジョージアから聞いてないけど！」

「たいしたことありません」やきもきする母を安心させる。「ちょっと引っかいただけです。一、二週間もすればもとどおりですよ。袋のなかにあなたへのプレゼントもあります、ミセス・マクドネル」

「スーザンと呼んでちょうだい」ママと呼んで、と言わずにいてくれただけで、わたしはほっとした。

ジョージアの肘《ひじ》を引っ張ってキッチンへ移動したあと、ドアがバタンと閉まった。力をこめてワインを置き、姉に食ってかかった。「なにしてるつもり？」

「は？　友だちを食事に招待しちゃいけないの？」

「デートの相手を招待したんだと思ってたのよ」

「連れてきたい特別な人なんて思いつかなかったのよ。それに、ニックはひとりでクリスマスを過ごすつもりだった。彼のお母さんはコロラドだし、妹さんはカリフォルニアだから。松葉杖と添え木があるせいで、料理もできないのよ。だから招待したの」ジョージアは引き出しのなかからコルク抜きを出してワイン・ボトルのコルクと格闘した。

「お姉ちゃんってほんっと嘘が下手よね」

「わかったわよ。彼はいい人だし、あなたに幸せになってもらいたいから招待しました」

「どうしてみんな、わたしに夫を見つけようと躍起になるの？」小声で噛みついた。「颯爽《さっそう》と登場して救ってくれる人なんて必要ありません！」

「そんなのわかってるわよ！」姉はコルク抜きをカウンターに叩きつけた。「スティーヴンがあんたと子どもたちを捨てて出ていったときからわかってたって！　だって、あの日からこっち、あんたは必死でがんばってきたんだもの。でもね、ひとりでもなんとかやっていけるからって、そうしなきゃいけないわけじゃないのよ」やさしくわたしの肩をつかんで揺さぶる。

「あんたを愛してるのよ、おばかさん。夫を見つけなきゃだめだなんてだれも言ってない。だけど、一緒にいてくれるちゃんとしたパートナーがいるのも悪くないのよ」ジョージアはわたしの首を腕で抱え、頭のてっぺんにキスをした。それからワイン・ボトルをつかんでテーブルへと運んだ。

わたしがキッチンから出ると、子どもたちは床に座ってプレゼントを破り開けていた。デリアはボードゲームのチェッカーのキラキラする箱を胸に抱きしめて飛び上がった。ザックは自分の包みについていたきらめく赤いリボンに気を取られて、プレゼントを放った。

父がテーブルの上座に座った。母は反対端の椅子に座り、デリアのために横の椅子を引き出した。わたしは母の左側に腰を下ろし、ヴェロとのあいだにあるハイチェアにザックを座らせた。ジョージアはニックに手を貸してわたしの斜め向かいに座らせ、松葉杖を壁に立てかけたあと彼の隣りに座った。母が食前の感謝の祈りを短めに捧げているあいだ、姉はニックの背後からデリアに変顔をしてみせた。母は十字を切り、ジョージアをにらみながらワインのボトルに手を伸ばした。わたしたちが皿をまわして取り分けるあいだ、母は自分のグラスにワインをなみなみと注ぎ、一気に飲んで顔をしかめた。ジョージアとわたしはテーブル越しに目と目を見交わした。ふだん母はほとんどアルコールを飲まず、飲んだとしても父のグラスからひと口かふた口するだけだったのだ。

「ゆっくり飲んでよ、ママ」ジョージアがからかう。「食事の終わりまでもたなくなるわよ。ママの作るペカン・パイは最高だってニックに自慢したんだから」

「お母さんのことは気にしなくていい。ちょっと腹を立ててるだけだから」父がむっつりと言った。

「なんでママは腹を立ててるの?」ジョージアだ。

「なんでもないわよ」母の口調はそっけなかった。

父がポテトを山ほど皿に取り分けた。「もう何週間もこんな調子なんだ。オンライン詐欺に巻きこまれて、写真を送りつけられたり金をうるさく要求されたりしてるんだ」

「だれもうるさくつきまとったりしてません」母はフォークでハムを突き刺した。「いまはね。終わったの」

「ほらな?」父が言う。「インターネットで目にしたものに引っかかったのは父さんだけじゃないんだよ」

「金を要求されてるんですか?」ニックがたずねた。

「いろんなところで話を聞く、オンラインのネズミ講かなにかだったんだろう。私たちみたいな人間は格好の餌食だから」

「年寄りってことね」ジョージアが言う。

「ことばに気をつけなさい」父が注意する。

「ネズミ講なんかじゃありませんでした」母が言った。「だれかの悪ふざけだったのよ」

ニックはフォークを置いてナプキンで口を拭った。「オンライン・ハラスメントは立派な犯罪です。つきまとわれて困っているなら、サイバー犯罪捜査班に頼んで調べてもらいますが」

「大丈夫」母は譲らなかった。「写真だって一枚だけだったし。それ以来、だれにも困らされていないから」

「それ以来って?」わたしは思わず訊いていた。陰鬱《いんうつ》でいやなものが腹部に落ちるのを感じていると、母がまたワインをぐいっとやった。

「二週間前だよ」答えたのは父だった。

「どんな写真だったの？」ジョージアがたずねる。

父が肩をすくめた。「私には教えてくれないんだ」

「だれにも関係ないからです」母がぴしゃりと言ってその話を終わりにした。ハムを切る母は歯を食いしばっていた。

「で、ニック」父が言う。「その怪我はどうやって？」

ニックの注意がさっと父に向かった。「勤務中に銃弾を食らいまして」

父の眉が両方とも跳ね上がった。「嘘だろう。きっとすごい話なんだろうね」

ニックがわたしに視線を向ける。わたしは頭をふってだめだと伝えた。「フィンから聞いてないんですか？　彼女もその場にいたんですよ」

母が弾かれたように顔を上げた。「なんですって？　フィンレイ、あなたなにも言ってなかったじゃないの！」それから姉を見る。ジョージアは両手を上げ、口いっぱいに食べ物が入っているのをいいことになにも言わなかった。

「わたしなら大丈夫だったわ。ニックがちょうどいいときに駆けつけてくれたから」

「まあそうだけど、おれはあなたの援護がなければ生きて帰れなかったかもしれない」テーブル越しに彼がじっと見つめてきた。

「マミーはヒーローなの？」デリアが皿の芽キャベツを押しのけながら言った。

「そうだよ」ニックの声は、わたしだけのために言っているかのように低かった。

ヴェロがナプキンで顔を扇いだ。「ちょっと暑くない？　わたしには暑いんだけど」

「銃撃戦なんかがあった場所でなにをしていたの？」母の大声でわたしはニックから視線を引き剝《は》がした。

「話せば長くなるわ。食事中に話すようなことじゃないし」喉の塊《かたまり》を咳で払う。「デリア、食べ終わったならおもちゃで遊んでいいわよ」デリアは椅子から飛び下りて、グラタンを髪になすりつけているザックを残して居間へと駆けていった。

姉はハムを頬張ったまましゃべった。「じゃあ、例のインターネット・フォーラムの殺人依頼が結局現実のものになったわけ？」

母が口もとへと運んでいたフォークが途中で止まった。

「わかるかぎりでは」ニックが答えた。「だが、捜査は暗礁に乗り上げた。ウェブサイトは、おれたちが有益な情報を得る前に消えてしまった」

「それはどんなウェブサイトなのかな？」皿のソースをロールパンでこそげながら、父が訊いた。

「ロシアン・マフィアの地元の手先が、組織犯罪の表向きの顔として女性のためのチャットルームを使っていたんだと考えてます」

母のフォークが音をたてて落ちた。

ヴェロが体をこわばらせた。

わたしは手に力が入らなくなり、グラスを置いた。そして、母を見た。

トレーラーの放火犯、カール殺しの巧みな隠蔽《いんぺい》、わたしの元夫を殺すために殺し屋を雇った人間の正体……。ついさっきまで、このすべては動機にまったく関連性がなかったから別々の謎に思われた。でも、ヴェロとふたりで床に座って必死で謎を解こうとしていたときに考慮しなかった、壊れようのない絆――もっとも強い動機――によって芯の芯ですべてがつながっていたら？

母親の愛。自分の子どもを守ろうとする抑えられない本能。

嘘でしょ！　ママがFedUpだった？

フォーラムのあの最初の投稿を思い出す。〝最低の男《リアル・ピース・オブ・ワーク》〟……〝彼がいなくなったら世界がもっといい場所になるという百《100》のしかるべき理由《Good reasons》なら簡単に思いつくわね〟……。FedUpはスティーヴンを憎んでいたけど、〝死んでもらいたい〟とか〝殺してくれたらお金を払う〟とは一度も言っていない。それに、やりとりしたEメールのなかでも、邪悪な要求をはっきりとは書いていなかった。ヴェロとわたしはFedUpが証拠として使われるのを避けてわざと曖昧《あいまい》に隠語で話しているのだと思いこんだけど、それが罪のないまちがいだったら？FedUpは殺し屋を雇い、お金を払わずに逃げようとしたのではなかったら？　ただの怒った母親で、ひどい義理の息子の愚痴《ぐち》を言っていただけで、そのせいで一連のできごとを引き起こしたなんて夢にも思っていなかったら？

ワイン・グラスを手にして一気に飲み干す。ニックが皿から顔を上げ、母を凝視《ぎょうし》するわたしを見て眉《まゆ》をひそめた。「そのウェブサイトってまさに汚物溜めって感じよね」わたしは言った。

「すっごくたくさんのろくでもないひどい人たちが、ろくでもないひどいことをしているんだもの。スティーヴンは殺されてたかもしれない。ニックだって命が奪われなくて幸運だった」

テーブルの下でヴェロに肘をつねられた。

母がナプキンを皿の上に放った。「フィンレイ、食べ終わったならキッチンで手伝ってちょうだい」

「喜んで」

母はテーブルを押して立ち上がり、自分の皿をキッチンへ運んだ。わたしもスイングドアを通ってあとを追う。

「それで」ヴェロが神経質に笑った。「明日のゲームに賭ける人は?」

背後でドアが閉まると、会話の声が小さくなった。母の皿がシンク横のカウンターに乱暴に置かれる。わたしは自分の皿をそこに重ね、腕を組み、冷蔵庫を開けてホイップクリームを探す母を見つめた。「なにを考えてたの?」小さな声でたずねた。

「なんの話だかわからないわ」

「ママがFedUpだってわかってるのよ」

冷蔵庫のドアを閉める母の手は震えていた。ダイニング・ルームのほうを不安げにちらりと見る。「どうしてそんなことがわかるの?」

「スティーヴンをそれほど憎んでいるのはママしかいないから」

「お姉ちゃんは知ってるの?　ニックは?」母がささやく。

「知ってるのはヴェロだけ」

カウンターに力なく寄りかかった母は十字を切った。震える声で言う。「送られてきたあの写真……お金を要求するEメール。あのウェブサイトを運営してるのがマフィアだなんて知らなかったのよ。わたしがスティーヴンを殺したがってるってだれかに思われることも。彼の殺害を考えたことがないとは言わないけど。あと、密かに願ったのは、バスがどこからともなく現われて――」

「ママ」

母はきゅっと口を閉じた。「あなたや子どもたちを危険にさらすなんて思ってもいなかった。誤解だったの。まちがいだったのよ。あんなフォーラムに投稿なんてすべきじゃなかった」

「そもそも、あんなウェブサイトでなにをしてたの？」

母が両手を揉みしだく。「お父さんが厄介なウイルスをダウンロードしてしまったあと、コンピューターを修理してくれる人を頼んだって話したのをおぼえている？」うちのキッチンで交わした気まずい会話を思い出し、わたしはうなずいた。「お父さんのしたことがとても恥ずかしくて腹立たしくて、でもうちに来てくれた技術者の女性はすごくすてきでものわかりがよかったの。わたしたちの年代の人間にはよくあることだって言ってくれた。わたしは彼女に昼食を出し、彼女は似たようなトラブル――ほら、いかがわしいウェブサイトを訪れて……どうにもがまんできない人たちがいるんだって――に巻きこまれて、奥さんたちがほかの人にダンナのへまがバレないように苦労してるって話をしてくれた。あっという間に時間が経って、気づいたら彼女が特別なプライバシー保護ソフトウェアを教えてくれていたの。インストールも手伝ってくれた。そのあと、たくさんの妻が夫たちの愚痴を吐き出す女性グループを見せてくれた。お父さんのとは別のEメール・アカウントを設定するやり方も見せてくれただけでなく、フォーラムに登録する名前とプロフィールを考えるのも手伝ってくれたわ。彼女が帰ったあと、何時間もそのグループに投稿されたメッセージを読んで、彼女から聞いていたとおりだと思った。カタルシスを得られたのよ、フィンレイ！　わたしみたいに、ばかなことをする夫のいる女性があんなにたくさんいた。パートナーのなかにはスティーヴンみたいにどうしようもない人もいた。彼のことを悪く言われるのをあなたがいやがるのは知ってるけど、あなたに対する彼の態度を目にして、わたしにはどうしてあげることもできないのがもどかしくて腹が立ってね。スティーヴンは自分とあのばかみたいな農園を誇らしく思っていて、いつだってお金と成功をあなたに見せつけてたでしょ。人は自分という人間を知るべきだと思ったのよ。彼は善良な人じゃないことを思い知るべきだって。わたしの愛する娘を傷つけてるんだって。そんな思いを吐き出す場所が欲しかっただけなのよ」顔を上げてわたしを見た母の目には謝罪の念がこもっていた。

つかの間、こういう事態になったことを理解しようとしながら、母を見つめるしかできなかった。涙を流す母を引き寄せて抱きしめた。

「だれのことも危ない目に遭わせるつもりなんてなかったのよ」母がすすり泣く。「あの写真が送られてきたときは吐きそうになったわ。すごくこわかった。あなたに電話してスティーヴンが無事だと聞いて、どんなにほっとしたことか。なにもかもが冗談だったのかもしれないと思った。詐欺だったって。わたしのお金を狙った」

「あれからふたりのどっちかが連絡してきた？」母が首を横にふると、二週間続いていた緊張が肩から抜けた。体を引いて母を見て、頬の涙を拭ってあげた。「大丈夫よ、ママ。だれも二度とスティーヴンを傷つけようとはしないと思う。ママが彼に怒ってるのはわかるわ。わたしも怒ってる。彼はどうしようもない夫だったかもしれないけど、いい父親になろうと努力してる。デリアとザックは彼をすごく愛してて、彼になにかあったら立ちなおれなくなると思う」

母の唇《くちびる》が震えた。「ほんとうにごめんなさい、フィンレイ。お願いだから」頭をふりながら言う。「このことはお父さんにもジョージアにも黙ってて」

「わかった。でも、あのEメール・アカウントは削除するって約束して。こんなことは起こらなかったふりをしましょう。もうフォーラムはなし。チャット・グループもなし」

母はうなずいて布巾で涙を拭い、時間かけて気を落ち着けると、パイとホイップクリームをテーブルへ運んだ。母と入れちがいで、ヴェロが食べ終わった皿をキッチンに運んできた。シンクの横に皿を置いた彼女は、あれこれ訊きたくてうずうずしているようすで目を見開いていた。わたしはうなずき、こめかみに手を当てた。

「ったく」ヴェロが小声で言う。「スティーヴンのあの写真をあなたのお母さんに送っちゃったなんて信じられない。お母さんは大丈夫？」

「大丈夫だと思う。ちょっと動揺はしてるけど」

「EasyCleanはお母さんに連絡してきた?」

「あの晩以来なし」疲れ果てて、腰をカウンターにもたせかける。「スティーヴンに電話して家に帰っても大丈夫だって伝えるべきかも」

「そうしなきゃだめ?」

「ヴェロ」

「ちょっと言ってみただけ」

わたしはため息をつき、ヴェロと腕をからませてテーブルへ向かう。「スティーヴンにはもうしばらく冷や汗をかいてもらってもいいかも」

47

母のペカン・パイが大好きでいつも楽しみにしていたけど、今年は食べたことすらほとんどおぼえていないありさまだった。ワイン・ボトルは空になり、エッグノッグはナツメグの浮く底が見えるまで飲み干されていた。子どもたちはツリーそばの床で眠りこけていて、父はきつくなったズボンのボタンをテーブルの下でこっそりはずしたにちがいないと思う。

母が重いため息をついて立ち上がり、皿を片づけるのを手伝ってほしいと姉に言った。わたしは、ヴェロがエッグノッグに追加したブランデーのせいで唇の感覚が怪しくなっていて、椅子にもたれた。パイでいっぱいになったお腹に片手を休ませる。母がFedUpだったと知ったショックがおさまってくると、このひと月ではじめて奇妙な浮揚感をおぼえた。悪夢はほんとうに終わったのだ。スティーヴンは安全だ。子どもたちは幸せだ。EasyCleanは仕事にあぶれた。テレサは予定どおりに証言をすることになり、彼女の母親のおかげでカールの殺人事件ではだれも痛い目に遭うことがない。ヴェロはアストンマーティンの処分をいとこに手配した。運がよければフェリクスは死ぬまで鉄格子のなかで、わたしたちは二度と彼の名前を聞くことがないだろう。

小説のプロットは、ようやくシルヴィアにも誇りに思ってもらえそうなものにまとまりつつあった。アドバンスの残りもじきにわたしの銀行口座に振りこまれるだろう。全体的に見て、感謝すべきことがたくさんあった。

ニックがぎこちなく立ち上がって松葉杖を取り、母と父に食事の礼を言った。ジョージアとヴェロに別れの挨拶をした彼を、わたしは玄関まで送っていった。ニックが松葉杖に体重をかけて玄関ホールで立ち止まる。声はやわらかく、まぶたは重たげだ。「ジャケットを着るのを手伝ってくれないか?」

彼はひとりでもちゃんと着られるんじゃないかと思った。ワインのせいか、いま感じている安堵のせいかわからないけど、わたしはジャケットに手を伸ばした。

「胸ポケットに入ってるものがあるんだ。取ってくれるかな?」コート掛けから革のジャケットを取るとき、彼の目が奇妙にきらめいているのに気づいた。なんだろうと思いながらポケットに手を入れると、出てきたのはわたしの携帯電話だった。新しいほうのではなく、カールを最初に見つけた何週間も前になくした携帯電話だ。

口のなかがからからになる。「どこで見つけたの?」

「銃撃戦の現場になったミセス・ウェストーヴァーの家で警察官が見つけた。電源を入れたらロック画面にあなたの名前が出て、銃撃戦のさなかに落としたんだろうと考えた。で、おれが返しておくと彼に言った」

「ありがとう」喉を絞められるように感じながら携帯電話をしまう。ロックしてあったから警察になかを見られたはずはない、と自分に言い聞かせる。このなかに証拠が入っているかもしれないと疑っていたら、返してくれるはずがない。それに、ニックはいまみたいな表情でわたしを見てくるはずがない。

「なくし物といえば、あなたの小説のヒロインは行方不明の弁護士を見つけたのか、ずっと気になってさ」

玄関ホールが狭くなった気がした。キッチンからの洗い物の音が胡散《うさん》臭いほど小さくなった。

「見つけたわ。でも、ふたりの物語は考えていたのとはちがう終わり方をしたの」

「残念だ」体を低くしたニックに、わたしは重い革のジャケットを着せかけた。彼のいいほうの腕を袖に通してあげながら、ジャケットのうっとりする香りを無視しようとする。「食事に行ったあの夜からずっと訊きたいと思っていたことがあるんだ」声を落としたニックの温かな息が、わたしの耳をくすぐった。「火事があった晩にあなたとヴェロはスティーヴンのトレーラーでなにをしていたのか、どうしても知りたくてね」襟《えり》にかけた手が凍りつく。なにかのまちがいでしょうと言おうとしたけど、こめかみから頬へとニックの鼻にゆっくりとたどられてことばが出てこなくなった。「あなたの声がセキュリティ会社に録音されていたのがなぜかを知りたい。あなたのクレジットカードの欠片がトレーラー前の雑草のなかに落ちていて、高性能のスポーツカーのタイヤ跡が裏手の泥のなかで見つかったのがなぜかを知りたい」ニックの唇がわたしの耳のそばに来た。「あなたとヴェロがどこであんなに強力な火炎瓶《モロトフ・カクテル》の作り方を知ったのか、テレサがウェストーヴァー家に隠れているとどうしてわかったのかを知りたい。あなたのなくした携帯電話と関係があるとおれは思っている」彼の唇があまりに近いせいで、欲望の震えが思わず走った。「だが、それよりもなによりも、いますぐあなたにキスをしたい。ただ、質問に答えてもらったらその雰囲気が台なしになってしまいそうだから、いまは知りたくない」

ひざにちょっと力が入らなくなり、わたしは彼のジャケットの襟をぎゅっとつかんだ。「あなたにキスさせてあげるってだれが言った？」

ニックは頭上のヤドリギに向かって頭をくいっとやった。それから顔を下げてわたしの唇の端をやさしくかすめるようにした。慎ましいキスをされて息が切れ、もっと欲しくなる。「メリー・クリスマス」ニックがささやき、ゆっくりと離れ、わたしの裏切りものの唇があとを追う。

わたしはジャケットから手を放してふらつき、彼は立ち去ろうと向きを変えた。ドア枠に頭をつけてうずく唇に触れる。彼は松葉杖で車に向かった。母が布巾で手を拭きながら隣りに来た。わたしの肩越しにニックを見て、母が吐息をつく。「彼はほんとうにすてきなビスケットを持ってるわね」

エピローグ

炉棚の水準器と巻尺の横にドライバーを置き、フックにかけたヴェロのホットピンクの靴下をまっすぐにした。子どもたちとわたしの靴下にはさまれ、空いたスペースが埋まってバランスが取れてすてきに見えた。

ヴェロと子どもたちがサンタさんのために置いたエッグノッグのグラスを取り、スティーヴンが選んだツリーのライトの下ですすった。懐かしさを感じながら、今夜ツリーに飾ったオーナメントひとつひとつの意味を思い出す。はじめての一歩、はじめての誕生日、今回新たにくわわったはじめて抜けた歯……。二階には、わたしの部屋のクロゼットにしまったオーナメントの箱がもうひとつある。はじめてのデート、結婚式、はじめての結婚記念日。なぜか、そんなオーナメントがなくてもツリーは充分キラキラしているように見えた。

ヴェロは二階の部屋にいて、デリアとザックに買った最後のプレゼントを包んでいる。子どもたちはぐっすり寝ていて、家はうれしくなるほど静かだった。

ノートパソコンをひざの上に引っ張ってきて、子どもたちが眠っているあいだに書き進めておこうと原稿のファイルを開けた。スランプのダムが決壊し、ようやく物語が筋の通った展開を見せはじめた。ヒロインは脱獄し、盗まれた賞金を取り戻し、行方不明になっていた弁護士を自力で見つけた。でも、最終的に裁判では彼に頼らないことにした。二度とくり返さないと後悔するような罪は犯していなかったから。シルヴィアは満足してくれた。殺し屋をつかまえると固く決意したホットな警官はプロットに戻ってきた。危険で不安定ながらなぜか正しく思われる綱の上で、ヒロインとホットな警官はスローダンスを踊る。

殺し屋のヒロインは、まだつかまる気になれなかった。いましばらくは自分自身の物語のヒーローでいることに満足していた。

コーヒー・テーブルに置いた携帯電話が振動し、画面が明るくなって通知が出た。〈インスタグラムでジュリアン・ベイカーからフォローリクエストがありました〉

承認ボタンの上で親指がためらった。

ヴェロが背後にそっとやってきて、わたしの肩越しに覗いた。プレゼント三つをツリーの下に置いてそのそばに座り、ソファの肘掛けに頭をのけぞらせた。「結局、ヒロインはどっちを選ぶの？」

「どっちかを選ばなきゃならないなんて、だれが決めたの？」わたしは画面を閉じて携帯電話を置いた。

「じゃあ、彼女は本のお金を全部持ってひとりで夕陽のなかへと去っていくの？」

「で、そこで物語を終わりにする？　まさか」わたしは考えながら言った。「解くべき謎をヒロインに用意しないと。あと、彼女はお金を持っていったりしない」

「ついに新しい車を買うことにするの？」

「ううん。会計士にあげるの」

ヴェロが固まった。彼女の目のなかでツリーのライトがきらめいていた。「どうしてそんなことするの？」

「あなたにはそのお金が必要だからよ。わたしたち、家族でしょ」ふたりのどちらかが泣き出す前に、わたしはソファから足をさっと下ろしてクリスマスの靴下に入れる小さなプレゼントの袋を彼女に投げた。「クリスマス休みが終わったら、アトランティックシティーへ行って失ったマーカーの片をつけましょう。そのあと、あなたが借金してる人たちにお引き取り願うの。ほら、靴下をちょうだい。プレゼントを詰めて寝ましょ。もうへとへと」

わたしはキャンディの袋を破り開け、ヴェロが炉棚から空の靴下を取っている隙にいくつか口に入れた。彼女が困惑に眉をひそめてわたしの分の靴下を高く掲げた。ぎゅっとつかむとカサコソと音がした。

「あなたの靴下になにか入ってる」ほかの靴下を脇へ置き、わたしの分の靴下に手を突っこんでクリーム色の封筒を取り出した。ヴェロが封筒をひっくり返すと深紅色の封蠟が見え、わたしの心臓が止まった。

ヴェロがわたしのそばに来てソファに座る。彼女が封筒を渡してきたけど、ふたりともショックが大きすぎてことばもなかった。

ゆっくりと破り開け、画像が印刷された何枚かのコピー用紙を広げた。目を走らせる。

「スクリーンショットだわ。女性のためのフォーラムの」投稿内容を解読したものが余白にペン書きされている。ドラッグの売人の秘密の売買場所、武器の出荷情報、フェリクスの仲間とターゲット。あのサイトが隠れ蓑《みの》であることを知っている人間がいる。そして、その人間は裏にいるのがだれかも正確に知っている。

金額が赤い大きな文字で書かれていた。メッセージには署名があった。

「EasyCleanがフェリクスを脅迫してるんだわ」わたしは小声で言った。「黙っている見返りに二百万要求してる」

最後のページを見ると、フェリクス・ジロフからわたし宛のメッセージがあった。


空気を乱している者がいる、ミズ・ドノヴァン。

EasyCleanを見つけ出してこの件の片をつけてほしい。

失望させてくれるなよ。Z

謝辞

この小説は、新型コロナウイルスのパンデミック中に書きました。締切とワード数のゴールは、ロックダウン、波乱に満ちた選挙、途切れることなく報じられるおそろしいニュースのヘッドラインのさなかにありました。何時間もなにも書かれていないモニターを見つめながら、気が滅入るほど乾ききった井戸から一オンスでもユーモアを掘り起こせるだろうかと訝《いぶか》る日々（昼も夜も）でした。コメディを書くのはふだんでも手強いものですが、世界中がたいへんな状況にあるときは、〝手強い〟をまったく新たなレベルに引き上げます。わたしにできるのかと自信を失うこともありました。この本がゴールできたのは、多くの人に助けてもらったおかげです。

はじめてのエージェントであるサラ・デイヴィーズに、フィンレイとわたしを揺らがず信じてくれたお礼を。そして、ステフ・ロスタンには元気潑剌《はつらつ》とまとめ役をこなしてくれたお礼を。あなたという人を見つけられて、ほんとうにありがたく思っています。

編集者のキャサリン・リチャーズには、サポートとやさしさとプロ意識と配慮を感謝しています。それに、この経験すべてをすごくおもしろいものにしてくれたことも！

ケリー・ラグランドとミノタウロス社には、フィンレイとわたしを歓迎してくれたお礼を。

その一部になれたわたしはほんとうに幸せ者です。

ミノタウロス社のわたしのチームに。サラ・メルニク、アリスン・ジーグラー、ネッティ・フィン、デイヴィッド・ロトシュタイン、ジョン・モローン、ジャナ・ドコス、ローラ・ドラゴネット、そしてゲイブリエル・グマ。フィンレイ・ドノヴァンを単なる本ではなく、共感できるものにしてくれてありがとう！　このキャラクターはひとり歩きをはじめましたが、それもこれもみなさんのおかげです。

ライツ・ピープルのハンナ・ホイッティカーと出版各社には、世界にフィンレイとヴェロを広めてくださってありがとうございます。

非凡なI・マーリーン・キングとローレン・ワグナーには、キャラクターとその物語にわくわくしてくれたお礼を。あなた方と仕事をする機会に恵まれたわたしは、もっとも幸運な現役作家です。フィンレイが映画になるのが待ちきれません。そして、WMEのフローラ・ハケットとサンジャナ・シーラムには、わたしたちを出会わせてくれて、この夢を実現してくれたお礼を。

時間を作って『サスペンス作家が殺人を邪魔するには』を読んでくれ、世界中に推薦のことばを広めてくれた、寛大で才能ある作家仲間へ。メガン・ミランダ、ウェンディ・ウォーカー、ケリー・ギャレット、そしてリサ・ガードナー――感謝してもしきれません。

ロー・スクールについての疑問にみごとに答えてくれたジェシカ・サートリアスにお礼を。

そして、わたしの夫トニーには、IT関連の〝もしも○○だったら〟という質問の数々に耐えてくれてありがとう。ハッキングや刑法の世界に関して誤りがあれば、その多くは少しでもおもしろいフィクションを創作するという名目のもとに意図的に行なったもので、完全にわたしの責任です。

この本は、現実世界の共犯者、アシュリー・エルストンとメガン・ミランダがいなければ刊行にはこぎつけられませんでした。心のなかで常にシャベルを二本余分に持ち運びます。あなたたちはずっと、いかれた冒険のなかで最高の部分です。

全然整っていない初稿を誠実に親切に読んでくれて、プロットの要点をブレインストーミングしてくれ、わたしを笑わせてくれ、わたしがこの仕事を愛している理由を思い出させてくれた人たちへ。クリスティーナ・ファーリー、ロミリー・バーナード、アシュリー・エルストン、あなたたちがいなければこの本を書き終えられませんでした。

わたしの家族――トニー、コナー、そしてニック――には、忍耐と愛と理解をありがとう。締切に追われ、ぴったりくることばを探して悶絶して徹夜した翌朝のわたしの不機嫌にがまんしてくれて感謝しています。それに、自分で自分を信じることを忘れたときも、変わらずにわたしを信じてくれてありがとう。

最後になりましたが、ブックスタグラムに。フィンレイを情熱的に受け入れてくれて感謝しています。ブックスタグラムの画像、読書会などの活動、レビューは、とことん暗い一年のなかで計り知れない喜びをくれました。この本がブックスタグラムにふさわしいものであるよう願っています。

解説

若林踏《ふみ》

エル・コシマノの〈フィンレイ・ドノヴァン〉シリーズは、懐かしさと新しさが同居したミステリ小説だ。「ああ、この物語の雰囲気はあのシリーズを思い出すなあ」と思う一方で、現代的な人物造形のキャラクター達が動き回り、いまを生きる読者へ確実に刺さる作品になっている。〝あのシリーズ〟って何、と気になるミステリファンもいるだろうが、それは後述しよう。

本書『サスペンス作家が殺人を邪魔するには』は、シングル・マザーの作家フィンレイ・ドノヴァンが主人公を務めるシリーズの第二作である。フィンレイはロマンティック・サスペンスの作家なのだが、売れ行きの方はいまいち。元夫であるスティーヴンとは彼の浮気が原因で離婚し、五歳の娘デリアと二歳の息子ザックを育てながら執筆に勤しんでいるのだが、安定した収入がある状態ではない。てんやわんやのフィンレイを支えているのがベビーシッターのヴェロで、フィンレイが仕事で忙しい時はヴェロが代わりにデリアとザックの面倒を見ている。

まさに崖っぷちの主人公であるフィンレイがひょんな事から突拍子もない事件に巻き込まれるのが第一作『サスペンス作家が人をうまく殺すには』だった。ある日、遅れている原稿について著作権エージェントとレストランで打ち合わせをしていたところ、隣に座っていた女性から夫を亡き者にして欲しいという依頼を受ける。どうやらフィンレイとエージェントが話していた小説の内容を聞き、フィンレイを殺し屋であると勘違いしてしまったらしい。そこからフィンレイの運命は大きく狂い始める。

小説についての会話が原因で殺し屋に間違われるという奇抜な出だしから、次から次へとトラブルに見舞われる主人公の姿を、ユーモアを交えつつ描くジェットコースター型サスペンス・スリラーだというのが第一作の肝《きも》だった。崖っぷちの日常から物騒な非日常の世界へと嵌《は》まり込んだフィンレイだが、作者はそう簡単に彼女を平穏な日々へと帰す気は無かったらしい。第二作である本書では何と、ウェブ上の掲示板で元夫のスティーヴンの殺害が依頼され、それを阻止するためにフィンレイが奮戦するのだ。

スティーヴンの殺害依頼が投稿されたのは〈いけず女のセッション〉というチャット・グループで、"FedUp"というハンドルネームを使う女性らしき人物が依頼を書き込んでいた。掲示板をチェックしていたヴェロは、やがて"EasyClean"という人物が書き込まれる不穏な依頼を請け負っているらしい事に気付く。"EasyClean"とは、まさかプロの殺し屋なのか。スティーヴンのことは許せないとはいえ、子供たちにまで危害が及ぶのは避けたいフィンレイは、ヴェロとともに"FedUp"と"EasyClean"の正体を探る。

ネット上での殺害依頼という、よくよく考えるとリアルで生々しい出来事が発端《ほったん》になっているにも拘《かかわ》らず、不思議と物語に陰気な印象は無い。それはやはり主人公であるフィンレイをはじめ、登場人物たちが賑《にぎ》やかに暴れ回っていることによるのだろう。必ずしも自分の意志ではないにせよ、フィンレイは明らかにトラブルメイカーの気質がある主人公であり、彼女が行動する度《たび》に予想外の事が次々と起きる。フィンレイだけではなく彼女の家族や周囲の人物も強烈なキャラクターが多く、なかには事態を余計にややこしくする者までいるのだ。

こうした展開を読んでいると思い出すのが、ジャネット・イヴァノヴィッチの〈ステファニー・プラム〉シリーズである。下着専門店のバイヤーから賞金稼ぎへと転じた三十歳のステファニー・プラムと、彼女の周囲にいる人物たちが巻き起こす事件を描いたミステリ小説のシリーズで、癖《くせ》の強いキャラクター達が織りなすスクリューボール・コメディの要素を備えているのが特徴だ。〈フィンレイ・ドノヴァン〉シリーズも同様で、厄介事を持ち込む主人公と家族や親戚が騒動を起こすという点で両者はよく似ている。また〈ステファニー・プラム〉シリーズは三角関係などのロマンスの要素で読ませることも特徴だが、本書でもフィンレイの複数の男性との関係を巡《めぐ》る物語がサブプロットとして上手く機能しているのだ。ちなみに〈ステファニー・プラム〉シリーズは一九九六年に第一作『私が愛したリボルバー』（細美遙子訳、扶桑社ミステリー）が紹介されたが、番外編である『勝手に来やがれ』（細美遙子訳、集英社文庫）が二〇一〇年に刊行されて以降は邦訳が止まっている。その意味で〝懐かしい〟作品ではあるのだが、実は本国アメリカでは二〇二二年刊行の第二十九作まで続いている。ステファニー・プラムは今でも現役のヒロインなのだ。

話を戻そう。〈フィンレイ・ドノヴァン〉シリーズはいわゆる巻き込まれ型と呼ばれるスリラーに属する作品だが、二作目である本書では降りかかった火の粉《こ》を払うために積極的に探偵活動をするフィンレイたちの姿が描かれている。フィクションの中では殺人事件に接しているとはいえ、捜査の知識もないフィンレイがヴェロと探偵コンビを組んで謎解きを行うのだ。しろうと探偵が身の回りで起こった事件の捜査を買って出るという、コージーミステリの要素も本書には加えられている。

強調しておきたいのはコージーミステリの要素が単なる添え物ではなく、物語を推進させる力としてきちんと描かれていることだ。突飛な展開や唐突に挟まれるアクションに目が行きがちだが、物語の出発点であった「スティーヴンの殺害を依頼した人物は一体誰なのか」というフーダニットの興味を最後まで失わせず、しっかり謎解きで読ませる場面を用意しているのだ。キャラクターの個性や展開の派手さで楽しませるだけではなく、ミステリとしての骨格も疎《おろそ》かにしない点に非常に好感を持った。

〈ステファニー・プラム〉シリーズとの共通点やコージーミステリの要素など、本書がミステリの系譜にどのような形で連なっているのかを説明してみた。だが、作品の魅力はそれだけではない。本書が極めて現代的なスリラーとして読者に受け入れられている理由の一つに、もう一人の主人公というべきベビーシッターのヴェロの存在がある。ヴェロは物理的にも精神的にもフィンレイを支える重要な役回りを演じるキャラクターだが、単なる友情や親愛といった感情で結びついているわけではない。第一作においてヴェロはとんでもない行動によってフィンレイとの結びつきを強める。それは彼女たちが平和な日常との決別を行うきっかけであり、彼女たちが血縁などを超えた紐帯《ちゆうたい》を持ったことを示すものでもあるのだ。本書にフィンレイと男性が織りなすロマンスの要素があることを先述したが、それと同等の比重を持ってヴェロとの濃い関係が書かれている辺りに、女性同士の連帯の要素を本書も備えていることを感じる。

エル・コシマノはもともとヤングアダルト向けの作品で小説家としてのキャリアをスタートさせた。小説を書き始める以前は不動産の販売とマーケティングの仕事に十四年近く携《たずさ》わっていたそうだ。仕事は軌道に乗って成功を収めていたが、同時に何か物足りなさを感じていたコシマノは、母の勧めを受けて小説を書き始めることを決意した、という経緯《けいい》をウェブサイト「Scary Mommy」のインタビューにおいて答えている。

二〇一四年に刊行されたコシマノのデビュー作 *Nearly Gone* はワシントンDCを舞台にしたヤングアダルト向けのミステリ小説で、ニアリー・ボズウェルという学生が新聞に掲載された不可解な広告を目にしたことを契機に、連続殺人の渦中《かちゆう》へ巻き込まれるという話だ。同作は国際スリラー作家協会のベストYA賞を受賞し、アメリカ探偵作家クラブ賞のベストYA賞の最終候補に選ばれるなど高い評価を得た。その後、同じくニアリー・ボズウェルを主人公にした *Nearly Found*（二〇一五）や、二部作のファンタジー小説 *Seasons of the Storm*（二〇二〇）、*Seasons of Chaos*（二〇二一）などのヤングアダルト向け作品を書いた後、はじめて一般向けの小説として発表したのが『サスペンス作家が人をうまく殺すには』だ。

先ほど紹介した「Scary Mommy」のインタビューには、作家としてのコシマノの姿勢を窺う事が出来る興味深い発言が幾つかある。例えば「ヤングアダルト向けの小説と一般向けの小説の書き方に違いはあるのか？」という質問に対しては「違いはない」と答え、フィンレイの子育ての困難さについては「母親としての私自身の経験から来ている」と述べている。また、作中におけるフィンレイとヴェロの関係についても「自分の人生の様々な局面で支え合い、お互いを高め合った存在がいた事から生まれたもの」と答えている。〈フィンレイ・ドノヴァン〉シリーズがスリラーとしては破天荒なプロットながら、物語の雰囲気が生活感に溢《あふ》れたものになっているのも、フィンレイにコシマノ自身の実人生を重ね合わせたことが大きいのだろう。

さて、本書を読み終えた方の中には既《すで》に続きが気になって仕様が無い方も多いだろう。本国ではすでに第三作 *Finlay Donovan Jumps the Gun* が二〇二三年一月に刊行されている。こちらは市民向け警察学校が舞台になっているとのこと。フィンレイたちがどのような暴れっぷりを見せてくれるのかが楽しみだ。また、第四作 *Finlay Donovan Rolls the Dice* が二〇二四年三月に刊行されることも予告されている。

最後に余談を。今回の解説を書くに当たってシリーズの原書を調べたところ、第三作の表紙に、ある作家が推薦文を寄せている事に気付いた。その作家の名前はジャネット・イヴァノヴィッチ。「そうか、フィンレイ・ドノヴァンはやはりステファニー・プラムの後継者の一人なんだな」と、表紙に書かれたイヴァノヴィッチの言葉を眺めながら私は笑みを浮かべた。

訳者紹介　翻訳家。大阪外国語大学英語科卒。マクリーン『愛がふたたび始まるならば』、ハチソン『蝶のいた庭』、コシマノ『サスペンス作家が人をうまく殺すには』、ウィーヴァー『金庫破りときどきスパイ』など訳書多数。

検印
廃止

サスペンス作家が
殺人を邪魔するには

2023年10月31日　初版

著　者　エル・コシマノ

訳　者　辻《つじ》　早《さ》苗《なえ》

発行所　（株）東京創元社
代表者　渋谷健太郎

162-0814／東京都新宿区新小川町1-5
電　話　03・3268・8231-営業部
　　　　03・3268・8204-編集部
URL　http://www.tsogen.co.jp
DTP　萩原印刷
暁印刷・本間製本

乱丁・落丁本は、ご面倒ですが小社までご送付ください。送料小社負担にてお取替えいたします。

ISBN978-4-488-18004-1　C0197